KNAUR

UNFOLLOW
me

TONI

Es gab zwei Dinge, die ich nicht leiden konnte: Pizza Hawaii und schlechte Geschichten. Glücklicherweise war die Geschichte von Henry und mir alles andere als schlecht. Genau genommen fand ich sie sogar ziemlich gut.

Gerade standen wir auf der Dachterrasse eines angesagten Restaurants und überblickten die New Yorker Skyline. Der Wind wirbelte meine Haare durcheinander, und als ich sie zum wiederholten Mal aus meinem Gesicht strich, stellte Henry sich hinter mich, sodass sein warmer Körper mich abschirmte.

Das sanfte Gemurmel der anderen Gäste rückte ebenso in den Hintergrund wie die Klaviermusik der Pianistin, die sicher andere Pläne in ihrem Leben gehabt hatte, als an einem Freitagabend für Menschen zu spielen, die der Speisekarte mehr Aufmerksamkeit widmeten als ihr.

»Die Zeit mit dir ist wie ein Traum«, flüsterte Henry, und sein Atem kitzelte mein Ohr. Es waren Sätze wie diese, die mich hatten schwach werden lassen. Henry war ein Schriftsteller, einige seiner Freunde bezeichneten ihn als aufstrebenden Newcomer, andere als die Sensation des kommenden Herbsts. Weder die New York Times noch andere Zeitungen hatten bisher über seinen Roman berichtet, der nächste Woche erscheinen sollte, aber das musste nichts heißen. In der heutigen Zeit gab es auch andere Wege, um Bücher groß zu machen.

»Du bist kitschig«, erwiderte ich und lachte leise.

»Und du liebst das«, hauchte er mir ins Ohr.

Ich liebe dich, hätte ich fast geantwortet, aber es war zu früh für diese Worte. Obwohl wir uns schon seit vier Monaten trafen, waren wir nicht exklusiv, und es war auch nicht so, als brannte tief in mir die ewig lodernde Flamme der unsterblichen Liebe. Doch in einem guten Liebesfilm wäre genau das meine Antwort gewesen, und es machte mich ein wenig traurig, dass wir noch nicht weit genug waren, um diese Vorlage zu nutzen. Aber ich würde diese Worte erst sagen, wenn ich sie so meinte, und nicht dann, wenn sie ein perfekter Teil einer romantischen Erzählung wären.

»Wollen wir noch Nachtisch bestellen?«, fragte ich stattdessen und wirbelte zu Henry herum. Er verzog seinen schmalen Mund zu einem Lächeln. Generell war alles an Henry ziemlich dünn. Er war hochgewachsen, schlaksig, seine Augen waren ebenso klein wie seine Nase und seine Ohren. Außerdem war er deutlich größer als ich. Er trug einen ziemlich teuren Anzug, seine hellen Haare waren fein säuberlich zurückgegelt.

»Schokoladenkuchen?« Er nahm meine Hand und führte mich zurück zu unserem Platz. Die Tische waren mit weißen Decken und roten Rosen in goldenen Vasen dekoriert. Die Teller unseres Hauptgangs waren bereits abgeräumt, die Weingläser noch halb gefüllt.

»Eis mit Himbeeren«, erwiderte ich. »Passt besser zum Wein.«

»Natürlich.« Er lachte, als würde meine Antwort keinen Sinn ergeben, und zog den Stuhl für mich zurück. Mit einem dankbaren Lächeln ließ ich mich nieder, und als er saß, nahmen wir die Gläser und prosteten einander zu.

Nachdem Henry an dem Wein genippt hatte, stellte er ihn wieder hin und stützte sich anschließend mit dem Ellbogen auf den Tisch, lehnte sich nach vorn.

»Nächste Woche«, sagte er. »Ich hoffe, die Kritiker zerreißen mich nicht.«

»Es wird gut.« Meine Stimme klang fest. Entschlossen. »Ich mochte deinen Text sehr gern.«

Repeat – Again and again war kein schlechtes Buch. Handwerklich solide. Gut recherchiert. Persönlich. Es würde Fans finden, da war ich mir sicher. Nicht viele, aber die würden den Text umso mehr lieben.

»Das klingt eher wie ein nett verpacktes *Okay* und nicht wie *Dein Buch ist großartig, Henry!*« Er seufzte, lehnte sich zurück, schloss die Augen. »Entschuldige. Ich sollte dich nicht so unter Druck setzen. Du bist nicht hier, um mir Komplimente zu machen. Ich mag an dir ja, dass du so ehrlich und unverblümt bist, aber gerade diese Woche … Es ist hart.«

»Das verstehe ich.« Ich legte meine Hand auf den Tisch, bot sie ihm an. Es erschien mir unmöglich, auf den ersten Teil seiner Antwort einzugehen. Tatsächlich fand ich sein Buch nämlich eher *Okay*. Henry war ein wundervoller Mensch, aber sein Text hatte mich weder überrascht noch zum Nachdenken angeregt. Ich hatte ihn gern gelesen, aber mehr auch nicht.

Für mich war das vollkommen in Ordnung. Ein Künstler war mehr als seine Kunstwerke, aber ich hatte schon zu oft erlebt, dass sie das anders sahen. »Viele Leute werden dein Buch lieben«, wich ich aus. »Da bin ich mir sicher.«

»Aber liebst du es auch?« Er griff nach meiner Hand. Eindringlich starrte er mich an, studierte mein Gesicht, und ich hoffte, dass es mich nicht verriet.

Ich liebe dich, hätte ich in einem kitschigen Film erneut geantwortet. Stattdessen fragte ich: »Hat Logan sich schon gemeldet?«

Sein Agent Logan war der einzige Mensch, der ihn in den letzten Wochen halbwegs aufbauen konnte. Henry zog seine Hand zurück, vor Enttäuschung sanken seine Mundwinkel hinab. Er griff erneut nach dem Glas und nahm einen großen Schluck. »Hat er«, sagte er schließlich und wich meinem Blick aus.

»Und?«

»Er glaubt, dass ich noch bessere Ideen habe.« Henry schnalzte mit der Zunge. »Der nette Weg, um mir zu sagen, dass die aktuelle Scheiße ist.«

»Oder dass er an dich glaubt«, versuchte ich ihn aufzubauen. »Die erste Idee ist doch selten die beste, oder? Wie viele Entwürfe hast du für *Repeat* geschrieben?«

Die Frage zauberte ein grimmiges Lächeln auf sein Gesicht. »Sieben.« Langsam strich er mit dem Zeigefinger über den Rand des Weinglases. »In dreizehn höllischen Monaten.«

»Siehst du«, antwortete ich und machte mir nicht die Mühe, darauf hinzuweisen, dass er bei unserem ersten Treffen von zwei Jahren geredet hatte. Manche Künstler hatten eine Art, die Wahrheit auszuschmücken und so das echte Leben in pointierte Geschichten zu verpacken. Es war eine Lüge, aber keine, die mich verletzte, deshalb ließ ich sie unkommentiert. »Und wie lange hast du jetzt an der neuen Idee gearbeitet? Zwei Wochen?«

»16 Tage.« Henrys Hand hielt in der Bewegung inne. »Du hast ja recht. Ich mache mir zu viele Gedanken. Die anstehende Veröffentlichung macht mich einfach nervös, und ich hätte gern vorher schon einen neuen Vertrag. Was ist, wenn *Repeat* ein Flop wird und mich deshalb kein Verlag mehr will? Dann ist mein Schriftstellerleben vorbei, bevor es überhaupt angefangen hat! Lange halte ich das nicht mehr aus.« Eine tiefe Falte bildete sich zwischen seinen Augenbrauen. »Ich finde kaum Schlaf, und die Unsicherheit macht mich fertig, aber alles ist besser als das, was davor war.«

»Weißt du …«, setzte ich an, aber Henry sprach einfach weiter.

»Es ist so schwer, als Autor sein Leben zu finanzieren. Ich liebe die Kunst, aber manchmal habe ich das Gefühl, dass das eine einseitige Beziehung ist.«

»Du hast ein Buch beendet«, warf ich ein. »Das ist mehr, als die meisten …«

»Ja, das ist vielleicht mehr, als viele andere schaffen, aber nichtsdestotrotz gibt es deutlich mehr, die erfolgreicher sind als ich. Toni, ich kann doch nicht zurück!«

»Das musst du auch nicht«, beruhigte ich ihn.

»Ich kann nicht ewig in diesem Klub arbeiten.« Henry rieb sich den Nacken, als hätte er Schmerzen. »Am Anfang klang es noch so gut. Nachts als Barkeeper hübsche Frauen bedienen und dann im Morgengrauen die gehörten Geschichten niederschreiben. Oder auf Servietten Ideen notieren. Die Wahrheit ist, dass Stifte darauf quasi nicht verwendbar sind. Da muss ich jeden Strich doppelt ziehen. Für Handynummern ist das okay, aber wie soll ich so den rasenden Ideen in meinem Hirn gerecht werden?« Jeden Satz sagte er schneller als den vorangegangenen. Es war nicht das erste Mal, dass ich sie hörte, und es tat mir leid, dass er diese Zweifel schon so lange mit sich herumtrug. Ich wünschte, ich könnte ihm dabei helfen, aber nur er hatte die Macht, sich aus dieser Gedankenspirale zu befreien. Mir blieb nichts anderes übrig, als geduldig seine Hand zu halten.

»Aber immer noch besser als dein alter Job«, erinnerte ich ihn, obwohl ich seine Arbeit als Informatiker lediglich aus Erzählungen kannte. Unregelmäßige Arbeitszeiten, kein Menschenkontakt, nur Zahlen.

»Ich kann nicht zurück in diese Inspirationssackgasse«, stimmte er zu. »Am Anfang dachte ich noch, dass Computer der perfekte Ausgleich zu meiner kreativen Ader sind, aber … Diese Datensätze bauten ein Grab für meine Muse.« Er überprüfte mit vorsichtigen Bewegungen den Sitz seiner Haare. »Die Wahrheit ist, dass meine Ersparnisse fast aufgebraucht sind, Toni.«

Das war neu. Ich runzelte die Stirn. »Aber du hast doch einen Job.«

»Mit dem verdiene ich gerade mal genug für die Miete«, erwiderte er. Dann deutete er auf das kostspielige Ambiente. Kellner mit Silbertabletts. Leise Klaviermusik hoch über der New Yorker Skyline. »Das alles hier wird von meinen Rücklagen bezahlt. Ich bin nicht bereit, meinen Lebensstandard einzuschränken. Als Informatiker verdient man deutlich mehr als hinter der Bar eines Nachtklubs. Egal, wie angesagt er auch sein mag. Ich habe mein Budget geplant, klar. Aber ich habe auch damit gerechnet, dass *Repeat* ein großer Erfolg wird. Wenn das ausbleibt …« Er ließ den Satz unvollendet und senkte den Kopf.

»Mit wie viel Geld hast du denn gerechnet?«, fragte ich. Als ich ihn damals im Hidden World kennenlernte und von seiner Geschichte hörte, hatte mich sein Mut angezogen. Menschen, die ihre sicheren Jobs für die Kunst aufgaben, waren selten, denn die meisten Künstler trauten sich nicht, von großen Erfolgen zu träumen. Zumindest war ich bisher keinem begegnet. Sie alle lebten günstige

Leben, und selbst wenn sie plötzlich finanziell erfolgreich waren, gaben sie weiterhin wenig Geld aus. Die Angst, das nächste Werk nicht verkaufen zu können, war allgegenwärtig. Jeder verdiente Dollar eine Absicherung für die Zukunft, keine Belohnung für erfolgreiche Arbeit.

»Mit viel mehr, als ich hätte tun sollen«, antwortete Henry, und ich ärgerte mich, dass ich in der ganzen Zeit, die wir einander nun schon dateten, niemals hinterfragt hatte, wie er all die luxuriösen Abendessen und prunkvollen Theaterbesuche hatte bezahlen können.

Natürlich hatte ich mehr als einmal versucht, Henry einzuladen oder zumindest meinen Anteil selbst zu zahlen. Vergebens.

»Buchveröffentlichungen sind immer ein Glücksspiel«, sagte ich. Seine Naivität machte mich hilflos und meine Ignoranz der letzten Monate wütend. Andererseits war er ein erwachsener Mann Mitte zwanzig, und es lag nicht an mir, seinen Finanzhaushalt im Griff zu haben. Ich atmete tief ein. »Du wirst eine Lösung finden, da bin ich mir sicher. So wie immer.« Die Panik in seinen Augen brachte mich zu einer Lüge. »Außerdem bin ich mir sehr sicher, dass *Repeat* ein Erfolg wird. Die Leute werden es genauso sehr lieben wie ich.« Die Worte schmeckten falsch, und ich schickte ein ebenso unechtes Lächeln hinterher, um ihnen den Anschein der Wahrheit zu verleihen.

Henry fiel darauf herein, und ich bereute es sofort, aber es war zu spät. Lügen brachten stets Probleme mit sich und boten nie eine Lösung, und obwohl ich das wusste, griff ich viel zu oft nach kleinen Ausreden, damit Menschen sich besser fühlten. So wie jetzt. Eine Angewohnheit, die ich mir dringend abtrainieren wollte.

»Danke.« Er seufzte erleichtert. »Ich glaube, das war genau das, was ich hören musste. Entschuldige, dass ich diesen schönen Abend ruiniert habe. Dabei wollte ich dich doch heute zu mir nach Hause einladen.«

Ich setzte mich ein Stück aufrechter hin, und er lachte. »Zu dir nach Hause?«

»Ja.« Dieses Mal war er es, der über den Tisch nach meiner Hand griff. »Wir zwei treffen uns jetzt schon so lange, und ich fände es schön, die Nacht mal nicht in einem Hotelzimmer zu verbringen.« Er zwinkerte, und mir war klar, dass diese Geste nicht romantischer Natur war, auch wenn er sie so aussehen lassen wollte. Die Hotelzimmer mit ihren bestickten Bademänteln und dem ausgiebigen Frühstück vom Roomservice mussten ihn in den letzten Monaten mehr gekostet haben als seine Miete. »Aber natürlich nur, wenn du möchtest.«

Ich nickte sofort. Die Wohnung eines anderen zum ersten Mal zu betreten, hatte immer etwas Offenbarendes. Man konnte sich bei Dates von der besten Seite zeigen und in Hotelzimmern sorgenfrei im Bett frühstücken, aber in den eigenen vier Wänden waren viele Leute nicht bereit, Krümel zwischen ihren Laken zu riskieren. Ich gehörte zu ihnen.

»Ich mache auch hervorragende Pancakes«, versprach er. In seinen Worten schwang die Verheißung mit, die ganze Nacht dort zu verbringen und gemeinsam aufzuwachen.

Der Kellner kam und nahm unsere Bestellung auf. Schokokuchen für Henry, Eis mit Himbeeren für mich. Wir lachten viel, aber die Anspannung wich nie ganz aus Henrys Gesicht. Als uns die Rechnung auf einem Tablett serviert wurde, zog ich schnell meine Karte aus dem Portemonnaie. Es war das erste Mal, dass Henry nicht protestierte, aber auf dem Weg nach unten wich er meinem Blick aus, starrte aus dem gläsernen Aufzug hinaus auf die immer näher kommende, belebte Straße.

»Du hättest das nicht tun müssen«, sagte er, als gerade die ersten Reklametafeln in mein Sichtfeld rückten.

»Aber ich wollte«, erklärte ich. »Ich durfte dich noch nie einladen, und ich freue mich sehr, dass ich jetzt die Gelegenheit dazu hatte.«

»Das Taxi übernehme ich.« Der Aufzug erreichte das Erdgeschoss, und Henry ließ mir den Vortritt.

Die Geräuschkulisse New Yorks empfing mich wie ein altes

Lieblingslied. Sofort blickte ich mich um, betrachtete die Menschen, die in rauen Mengen zwischen den Hochhäusern umherliefen, während Henry mich über den Bürgersteig zur Straße manövrierte und ein Taxi herbeiwinkte. Im Inneren des Autos roch es nach Leder und Apfel. Henry nannte die Adresse. Ich drehte schnell das Gesicht zum Fenster, damit er meine Überraschung nicht sah. Die Straße lag in SoHo.

»Wohnst du schon lange dort?«, fragte ich.

»Seit fünf Jahren.« Er grinste stolz. Offensichtlich war ihm bewusst, dass ich die horrenden Mietpreise dieser Ecke kannte. Die Gebäude im Stadtteil Manhattans zeichneten sich durch Gusseisenfassaden und Designerboutiquen aus. Die Straßen waren gepflastert, und es gab enorm viele Galerien, die auch zu später Stunde Besucher in ihre Ausstellungen lockten.

Das Taxi hielt an einer Straßenecke, und Henry führte mich zu einem Gebäude, in dessen Erdgeschoss sich ein bereits geschlossener Weinladen befand. Direkt neben dem Schaufenster führte eine Tür in das Treppenhaus, in dem sofort die großen Lampen ansprangen. Henry brachte mich in den dritten Stock.

»Willkommen in meinem Reich.« In einer eleganten Bewegung stieß er die Tür auf und ließ mich eintreten.

»Wow.« Ich meinte es ernst. Henry lebte in einem hochmodernen Loft. Das Bett stand direkt neben dem bogenförmigen Fenster, eine Theke trennte die Küche von einem bequemen Sofa mit riesigem Bildschirm. »Das Bad«, erklärte er mit einem Nicken in Richtung der einzigen anderen Tür, während er mir den Mantel abnahm.

Natürlich hatte Henry aufgeräumt, aber manche Dinge konnten nicht verborgen werden und verrieten so viel mehr über eine Person, als zehn Dates es vermochten. Das große Schuhregal erzählte mir, dass er wirklich so großen Wert auf sein Äußeres legte, wie ich bereits vermutet hatte. Neben der Spüle hing ein noch unbenutztes Geschirrhandtuch, was darauf schließen ließ, dass er lieber die teure Spülmaschine verwendete, als selbst einen Teller abzuwaschen. Falls er überhaupt zu Hause aß, denn bei unseren Dates hatte er häufig von Restaurantbesuchen erzählt. Die akkurat zurechtgerückten Hocker an der Theke neben dem Kochbereich bestätigten diesen Eindruck. Der Tisch war aus blitzblank poliertem Glas. Wenn das meine Wohnung wäre, würde niemand darauf essen.

Neben dem Fernseher stand ein Plattenspieler auf einem Regal voller Vinylscheiben, daneben ein deckenhohes Regal mit Leiter, in dem sich die Bücher stapelten. Ich ging ohne große Umschweife zu dem bequem aussehenden Ohrensessel und ließ mich darauf nieder. Die abgewetzten Stellen des Stoffes zeigten mir, dass Henry hier viel Zeit verbrachte, was die ausgeblichenen Zeichen auf dem Leselampenknopf bestätigten.

»Bequem.« Ich kuschelte mich noch tiefer in den Sessel und griff nach dem Buch, das auf dem Beistelltisch lag. Henry schnappte es mir aus der Hand, bevor ich einen Blick auf den Titel werfen konnte. Bei jedem anderen wäre mir das unhöflich erschienen, aber Henry verzieh ich es, denn er lächelte so liebevoll.

»Du bist doch nicht zum Lesen hergekommen, oder?« Henry beugte sich über mich, die Hände auf den Lehnen abgestützt, den Mund zu einem leichten Lächeln verzogen.

Natürlich war ich das nicht. Ich wollte seine Wohnung sehen, ihn besser kennenlernen und … Als Antwort beugte ich mich vor und küsste ihn.

HIKARU

Es gab zwei Dinge, die ich wirklich liebte: einen ruhigen Abend zu Hause und einen aufgeräumten Arbeitstisch. Heute hatte ich beides. Ich saß auf meinem Sofa, aß frische Trauben und lauschte der Musik, die aus den Boxen kam. Sanfte Geigentöne. Sie hallten durch die leeren Räume mit den viel zu hohen Decken. Meine Wohnung sah aus wie eine Tuschezeichnung. Schwarz und weiß mit eleganten Linien.

An den meisten Tagen fühlte ich mich hier wohl und stellte mir vor, selbst Teil eines Mangas zu sein. Die Realität war leichter zu ertragen, wenn man daran glaubte, dass das Schicksal sich an die Regeln des Storytellings hielt. Wenn man mich nach meiner größten Angst fragen würde, würde ich die Unvorhersehbarkeit des Lebens nennen. Nicht zu wissen, was als Nächstes geschah, machte mich nervös. Unruhig. In Geschichten wusste ich immer, was mich auf der nächsten Seite erwartete, deshalb liebte ich sie so sehr.

Es klopfte an der Tür, und vor Schreck fiel mir eine Traube aus der Hand. Ich starrte zum Flur, der im Dunkeln lag. Ein zweites Klopfen. Ich griff nach meinem Handy und schaltete über die Apps zuerst das Licht und dann die Musikanlage aus. Dann schloss ich die Augen und kniff die Lippen zusammen, als ich meinen Fehler erkannte. Damit hatte ich bestätigt, dass jemand zu Hause war.

Zwang mich das dazu, den Besuch in Empfang zu nehmen?

»Ich weiß, dass du da bist!« Eine tiefe Männerstimme beantwortete meine Frage. »Mach die Scheißtür auf, Hikaru!«

Widerwillig erhob ich mich vom Sofa und kam dem Befehl nach.

Matthew stürmte an mir vorbei ins Wohnzimmer und stieß dabei einen Fluch nach dem anderen aus.

»Was ist passiert?«, fragte ich und sah meinen ruhigen Abend verschwinden.

»Sie hat mich verarscht, Mann.« Matthew drehte sich zu mir um. Er war ein weißer Mann, sogar einen Kopf größer als ich, hatte breite Schultern, einen mächtigen Bart – und Tränen in den Augen.

»Wie meinst du das?« Ich trat auf ihn zu und bedeutete ihm, auf dem Sofa Platz zu nehmen. »Wer hat dich verarscht?«

Wir setzten uns zeitgleich hin, und er verbarg das Gesicht in seinen Händen. »Sarah.« Er schluchzte den Namen seiner Freundin, die ich nur einmal flüchtig gesehen hatte. Ich wusste nicht genau, was ich darauf antworten sollte, also blieb ich stumm, bis Matthew weiterredete: »Sie hat mir ernsthaft 'ne Nachricht geschickt, um mit mir Schluss zu machen. Auf Instagram!«

»Oh«, brachte ich heraus. »Wie lange seid ihr noch mal miteinander ausgegangen?«

»Zwei Monate!« Matthew sagte die Worte, als handle es sich um ein ganzes Leben. »Ich dachte, wir wären ein Paar, aber …« Er zog sein Handy heraus, tippte darauf herum und hielt mir Sarahs Instagram-Profil unter die Nase.

Travel. Sport. Madly in love with @itsjustsam.

»Sam?«, fragte ich.

»Offensichtlich waren wir nie ein Paar«, erklärte Matthew. »Sie hat mehrere Leute – wer weiß, wie viele! – parallel gedatet und sich dann für Sam entschieden.« Er schüttelte den Kopf. »Und ich dachte, wir wären seit einem Monat exklusiv.«

Am liebsten hätte ich ihn gefragt, wie er zu dieser Schlussfolgerung gelangt war, aber es erschien mir fehl am Platz, also sagte ich: »Das tut mir leid.«

»Mir auch, Mann. Mir auch.« Er wischte sich eine Träne aus dem Gesicht. »Und ich hatte überlegt, sie meinen Eltern vorzustellen. Wie naiv von mir! Wieso glaube ich denn dermaßen an die Liebe?« Frustriert stopfte er sich eine Weintraube in den Mund. »Die Frauen sagen immer, dass sie Romantiker wollen, aber wenn sie dann einen haben, entscheiden sie sich für *Sam.*«

An seiner Äußerung war so vieles falsch, dass ich nicht einmal wusste, wo ich anfangen sollte. Also beschloss ich, meine Frage doch zu stellen: »Habt ihr ausgesprochen, dass ihr exklusiv seid?«

»Ich dachte, das wäre klar. Immerhin habe ich ihr eine Schublade freigeräumt.«

»Und hat sie Dinge dort gelagert?« Ich hob die Augenbrauen, und Matthew wich meinem Blick aus. »Aha. Nur weil du nett zu einer Frau bist, schuldet sie dir gar nichts, weißt du?«

Matthew kniff die Lippen zusammen. »Du solltest dir endlich einen ordentlichen Job suchen«, sagte er unvermittelt, und ich befürchtete, dass er in absehbarer Zeit mit mir nicht mehr über Frauen reden würde. Ich hoffte nur, dass meine Botschaft trotzdem angekommen war.

»Ich weiß.« Er ahnte nichts von meiner Arbeit. Niemand tat das.

»Oder willst du auf ewig den Haussitter spielen?« Matthew machte eine große Handbewegung und deutete auf die Einrichtung, von der er glaubte, dass sie einem reichen Künstler gehörte, in dessen Urlaub ich hier wohnte, um Einbrecher abzuschrecken.

»Eigentlich fühle ich mich echt wohl«, erwiderte ich.

»Ich finde, der Hausbesitzer hat keinen Geschmack«, erwiderte Matthew und deutete mit dem Zeigefinger auf ein Gemälde, das ich Anfang des Jahres für 50 000 Dollar erstanden hatte. Es zeigte einen tiefschwarzen Himmel mit hellen Lichtpunkten. »War wahrscheinlich richtig teuer, dabei sind das einfach ein paar weiße Flecken auf schwarzer Farbe. Male ich dir sogar betrunken in dreißig Minuten.«

»Ich finde das Bild ganz schön«, sagte ich und zuckte mit den Schultern. »Der Besitzer hat mir erlaubt, Sachen, die mich stören, zeitweise auf

dem Dachboden zu verstauen. Die Stockentensammlung habe ich dort schon untergebracht.« Ein Witz, der die meisten zum Lachen brachte. Matthew gehörte nicht zu ihnen. So ernst, wie er mich ansah, wunderte ich mich, dass er mit seinem Herzschmerz zu mir gekommen war. Wahrscheinlich dachte er das Gleiche.

Ich bemühte mich um ein Lächeln. Matthew war noch nicht lange in meinem Leben, und nach heute Abend bezweifelte ich, dass er noch viel länger bleiben würde. Aber das lag nicht an ihm, sondern an mir und meiner Unfähigkeit, mich dauerhaft mit zwischenmenschlichen Verpflichtungen auseinanderzusetzen. Ganz abgesehen davon, dass die Ausrede mit dem Haussitting nicht ewig funktionierte und die Leute irgendwann Fragen stellten.

Wo ist der Hausbesitzer? Warum macht er fünf Monate Urlaub? Ist er ein Superstar? Gehört er zum FBI?

Das war immer der Moment, in dem ich den Kontakt beendete, und da ich mit niemandem eine wirklich tiefe Bindung einging, kümmerte es die Menschen wenig, wenn ich plötzlich nicht mehr auf ihre Nachrichten antwortete und aus ihrem Leben verschwand. Es gab nur zwei Menschen, die eine Ausnahme bildeten: mein Friseur Luca und Stefano, der Betreiber eines italienischen Restaurants, in dem ich gern essen ging. Die beiden teilten eine für mich sehr wichtige Eigenschaft: Sie erzählten lieber von ihrem Leben, als Fragen zu meinem zu stellen.

Matthew stand auf, als hätte er meine Gedanken gelesen. »Na ja, Mann, sorry, dass ich so reingeplatzt bin. Ich sollte gehen. Hast sicher noch was vor.«

Natürlich hatte ich das nicht. Hatte ich nie. Allein dass ich Matthew kennengelernt hatte, grenzte an ein Wunder. Wir waren uns mehrmals beim Sport im Park begegnet und hatten irgendwann angefangen, gemeinsam zu laufen. Das führte zu ausgetauschten Handynummern und dem ein oder anderen Bier, wobei ich die meisten seiner Einladungen abgelehnt hatte und nur so oft zu Verabredungen gekommen war, dass ich nicht komplett vereinsamte. Es schmerzte mich doch, dass diese Bekanntschaft nun ausgerechnet damit endete, dass Matthew sie zu einer Freundschaft hatte machen wollen. Wäre mein Leben ein anderes, hätte ich Matthew gern näher an mich herangelassen, aber das war nicht möglich.

Ich war einfach nicht für Freundschaften geeignet, wie die Vergangenheit gezeigt hatte.

»Pass auf dich auf«, sagte ich zum Abschied und klopfte ihm auf die Schulter. Er nickte nur und ging.

Als die Tür ins Schloss fiel, schien die Stille in dem großen Haus auf einmal erdrückend, und ich beschloss, doch noch einmal an den Schreibtisch zu gehen. Tatsächlich warteten im Arbeitszimmer mittlerweile zwei neue Mails auf mich. Eine davon war von meinem Management. Sie wünschten sich sechzehn weitere Seiten für die nächsten zwei Episoden, damit sie den Sammelband pünktlich zum Weihnachtsgeschäft veröffentlichen konnten. Die nächste Episode würde übermorgen erscheinen, also hatte ich gerade mal wenige Stunden Zeit für die ersten sechzehn Zusatzseiten.

Ich seufzte. Seit zwei Jahren war ich bei meinem Management unter Vertrag, und obwohl sich mein Lebensstandard und meine Einnahmen seitdem enorm gebessert hatten, fühlte es sich nicht immer gut an. Sie verstanden einfach nicht, wie ich arbeitete.

Meine Zeichnungen offenbarten mein Innerstes. Auch wenn viele Menschen Manga nicht als Kunstform begriffen, war es eben genau das: eine hohe Kunst. Gesichtsausdrücke, Panelaufteilungen, Lettering. Ganz zu schweigen von der einfachen Grundlage, wiedererkennbare Figuren zu erschaffen und mit ihnen eine fesselnde Geschichte zu erzählen.

Sechzehn Seiten in einer Nacht waren quasi unmöglich. Ich warf einen kurzen Blick auf den Papierstapel. Die weiße Oberfläche leuchtete im Schein der Lampe. Ich biss mir auf die Unterlippe.

Das Management wusste, dass ich es schaffen würde. Ich war Hikaru, besser bekannt als Luke Asakura, und ich hatte einen Ruf in der Szene. Niemand zeichnete so schnell wie ich. Das war mein größter USP, sagte das Management. Unique Selling Point. Das, was mich von anderen Kunstschaffenden unterschied. Der Grund, weshalb mein Webcomic eine so große Fangemeinde hatte. Ich lieferte zuverlässig jede Woche fünfzig bis siebzig neue Seiten. Seit vier Jahren. Die Sammelbände erschienen in regelmäßigen Abständen und waren vor allem als Geschenke beliebt. Wunderschöne Hardcover-Ausgaben, die von angehenden Mangaka koloriert wurden. Unglücklicherweise zählten Farben nicht zu meinen Stärken.

Ich warf einen schnellen Blick auf die Uhr, überlegte, ob ich noch heute beginnen oder es lieber auf den nächsten Morgen verschieben sollte. Aber ich wusste, dass ich keinen Schlaf bekommen würde, solange diese Aufgabe zu erledigen war, also konnte ich es gleich hinter mich bringen.

Abgesehen davon würde es mir nach dem Gespräch mit Matthew vielleicht guttun, den Abschied von der Freundschaft zu verarbeiten. Meiner Erfahrung nach wurden das auch die besten Geschichten: die persönlichen. Jene, die mir das Gefühl gaben, mich komplett entblößt zu haben. Das waren die Episoden, die bei meinen Fans am besten ankamen, und ich war fest entschlossen, ihnen nur das Beste zu geben.

Ich rollte mit dem Schreibtischstuhl hinüber zur Zeichenfläche und zog ein leeres Blatt vom Stapel. Allein der Anblick der weißen Oberfläche beruhigte mich. Sanft strich ich mit dem Daumen der rechten Hand an den Kanten entlang und legte die linke genau in die Mitte. Ich dachte an die Geschichte, an Harus letztes Abenteuer, in dem er mithilfe eines neu gefundenen Sternenkristalls einmal mehr das Böse gebannt hatte. Kurz schloss ich die Augen, rief mir die letzten Zeichnungen in Erinnerung. Das Bild von Haru, wie er den Kristall an seine Brust presste. Lichtstrahlen strömten von ihm zu den Panels um ihn herum, in denen sich verschiedene Monster auflösten. Schwarze Schuppen, Zähne, Klauen, überlagert von hellem Weiß.

Ein erlösendes Ende, nach dem sich die Leserschaft fragen würde, wie es mit Haru weiterging, da er ja alles Böse besiegt hatte. Die Lösung lag auf der Hand: Nicht einmal der Sternenkristall war mächtig genug, um dieses Ziel zu erreichen.

Meine Mundwinkel zuckten leicht nach oben. Als ich die Augen wieder öffnete, war die Seite vor mir gefüllt. In einer Ecke stand Haru, drückte den Kristall weiterhin an sich, und rund um ihn erstrahlte die Welt im Licht. Doch ganz unten links war ein Fleck, der dunkel blieb.

Zufrieden betrachtete ich mein Werk, dann zog ich die nächste Seite heran, strich wieder mit dem rechten Daumen über den Rand, während ich die linke Handfläche gegen die raue Oberfläche drückte. Dieses Mal schloss ich nicht meine Augen, sondern betrachtete fasziniert, wie schwarze Linien von meinen Fingern aus über das Papier strömten. Sie ordneten sich zu Figuren, zu Worten und Schattierungen.

Schnell floss die Tinte über das Blatt, und ich lächelte. An manchen Tagen zeigten sich die Charaktere nur zaghaft, und es geschah nicht selten, dass eine Seite komplett unbrauchbar war. Verwischte Konturen, unklare Aufteilungen, leere Sprechblasen. Aber heute war meine Muse bei mir, und die Geschichte erzählte sich von selbst.

Okay, zugegeben: Das tat sie immer.

Mein Einfluss auf den Verlauf von Harus Geschichte war gering. Ich konnte lediglich entscheiden, gewisse Teile oder Seiten nicht zu veröffentlichen. Aber das tat ich nur mit jenen, die unvollkommen waren.

Mit jeder Seite, die ich erschuf, offenbarte sich mir ein neuer Teil aus Harus Leben. Überraschungen gab es zugegebenermaßen selten, denn der Webcomic hielt sich brav an die mir bekannten Erzählstrukturen.

Ich liebte das. Ihn zu erschaffen, gab mir Sicherheit. Die Geschichte entfaltete sich unter meinen Händen, geschaffen von dieser Gabe, die ich vor der Menschheit geheim hielt. Für sie war ich ein Mangaka, der unfassbar schnell mit Tinte und Tusche zeichnete. Dabei besaß ich unbeschreibliche Magie, dank der die Geschichte direkt auf das Papier floss.

Das war auch der Grund, weshalb ich so einsam war. Meine Gedanken schweiften zu Matthew, während ich das nächste Blatt vor mich zog.

Tief in mir regte sich ein altbekannter Schmerz. Dabei ging es nicht mal so sehr um Matthew als Person, sondern vielmehr um meine Einsamkeit, die mich schon viel zu lange begleitete. Eigentlich wünschte ich mir einen Menschen, mit dem ich über all das reden konnte und der mich nicht verurteilte. Jemanden, der an meiner Seite blieb und mir half, mit meinem außergewöhnlichen Leben klarzukommen. Vielleicht sogar mit mir herausfand, wieso gerade ich diese Gabe besaß. Ich kniff die Lippen zusammen.

Meine Magie wirkte, zeichnete Harus Geschichte weiter. Ich schluckte, blinzelte die Tränen weg.

Es ist okay, sagte ich mir. Ich war vielleicht einsam, aber dafür begeisterte ich Hunderttausende mit dieser Geschichte. Auch wenn ich niemanden an mich heranließ, so kommunizierte ich doch mit vielen Menschen, und sie alle kannten mich irgendwie. Auch wenn ihnen das nicht bewusst war, für mich fühlte es sich an, als wären sie auf eine gewisse Art meine Freunde. Zumindest klammerte ich mich an diesen Gedanken, wenn ich wieder einmal einen Freitagabend allein verbrachte oder das große Bett am Morgen so leer schien.

Dafür hatte ich Magie, die wunderbare Geschichten zauberte. Eine Gabe, für die viele Kunstschaffende töten würden, da war ich mir sicher.

Die Linien unter meiner Hand begannen zu glühen, meine Finger zitterten. Ich stieß einen Fluch aus.

Die Kehrseite meiner Gabe offenbarte sich. Es geschah schon wieder.

TONI

Henry warf seinen Laptop aufs Bett, als ich gerade aus der Dusche kam. »Magst du schon einmal einen Film aussuchen?«

»Wir könnten auch auf dem Fernseher schauen«, schlug ich vor und deutete auf das Sofa, aber er schüttelte den Kopf.

»Das Bett ist viel bequemer.«

Lachend ließ ich mich darauffallen und steckte die nackten Beine unter die warme Bettdecke. »Mach nicht zu lange.«

»Ich habe noch nie schneller geduscht«, erwiderte er.

Mittlerweile waren diese zwei Sätze zu Floskeln geworden. Ich liebte diese routinierten Momente, die einen Vorgeschmack darauf gaben, wie eine längere Beziehung zwischen uns sein könnte. Sein Hemd schmiegte sich weich an meine Haut, während ich mich entspannt in die Kissen sinken ließ und den Laptop öffnete.

Es dauerte einen Moment, bis ich begriff, was ich dort sah, dabei hatte es eine Zeit gegeben, in der ich mehrmals am Tag diese Seite geöffnet hatte. Covernahaufnahmen neben pastellfarbenen Kaffeetassen. Fotos von mir vor einer Bücherwand. 1,2 Millionen Abonnenten. Meine Hände begannen zu zittern. Mein alter Bookstagram-Account. Der Teil meines Lebens, meiner Vergangenheit, den ich bisher vor Henry versteckt hatte. Wie hatte er ihn gefunden?

»Ah, Moment …« Henry kam aus dem Bad getapst. »Ich muss den Laptop noch entsperren.«

»Das ist er schon«, erwiderte ich und drehte den Bildschirm so, dass er ihn sah. Fragend hob ich die Augenbrauen.

»Das ist nicht schlimm«, sagte er, und ich fiel aus allen Wolken.

»Bitte?«

»Na, dass du es vor mir verheimlicht hast. Ich verstehe das.«

»Seit wann kennst du den Blog?« Meine Stimme klang kalt, und jetzt bemerkte Henry, dass ich wütend war.

Er senkte den Kopf, wich meinem Blick aus. »Ein Freund hat mir davon erzählt.«

»Wer?«, hakte ich nach. Ich hätte das Profil löschen sollen, aber bisher hatte mich immer etwas davon abgehalten. Mein letzter Post war inzwischen fünf Monate her.

»Wieso hast du damit aufgehört?« Henry winkte ab und trat auf mich zu, nur mit einem Handtuch um die Hüfte bekleidet. »Deine Posts sind großartig. Witzig, authentisch, nachdenklich. Du hast so viele Menschen zum Lesen gebracht.« Er setzte sich neben mich, legte eine Hand auf meine. »Du hast Bestseller gemacht, Toni. Eine Empfehlung von dir, und das Buch führte in der kommenden Woche die Bestsellerliste der New York Times an!« Ein Funkeln lag in seinen Augen. »Weil die Leute dir vertrauen. Deine Meinung ist ihnen wichtig.«

Ich erwiderte nichts, dachte an die Nacht zurück, in der mein farbenfrohes Leben plötzlich schwarz wurde. Meine Hände begannen zu zittern, mein Brustkorb fühlte sich auf einmal viel zu eng an für mein panisches Herz.

»Toni«, fuhr Henry eindringlich fort, »du bist ein inspirierender Mensch. Weshalb hast du das aufgegeben?«

Seine Hände auf meinen wirkten falsch. Ich riss sie weg. »Weil ich verfolgt wurde«, sprudelte es aus mir heraus.

Henry runzelte die Stirn. »Wie bitte?«

»Ich hatte einen Stalker«, erklärte ich. Das Wort klang zu harmlos für das, was er mir angetan hatte.

»Das haben viele Promis«, erwiderte Henry. »Gerade hier in New York. Das ist doch kein Grund, aufzuhören.«

Entsetzt schüttelte ich den Kopf. »Was hast du da gerade gesagt?«

»Na ja, es gibt genug Sicherheitsfirmen und …«

»Der Typ hat mir zu Hause aufgelauert.« Ich sprang auf und be-

gann, meine Kleidung aufzuklauben. In Henrys Hemd fühlte ich mich plötzlich so verletzlich. »Ich musste umziehen. Viermal in neun Monaten. Er hat mich immer wieder gefunden. Hat anhand des Sonnenstands in meiner Instagram-Story gewusst, wo ich bin. Er hat jeden Quadratzentimeter meiner Bilder analysiert und Spiegelungen der nebenstehenden Hochhäuser im Kaffee entdeckt. Und dann hat er dort gelauert. Hat mich angesprochen und mir erzählt, wie sehr er mich liebt. Wie gut wir zusammenpassen. Ich müsste ihm ja nur eine Chance geben.« Allein bei dem Gedanken wurde mir übel.

»Und die Polizei?«, fragte Henry.

»Denen habe ich eine Beschreibung des Typen gegeben, aber …« Ich seufzte frustriert, während ich mit meiner Strumpfhose kämpfte. »Vergebens. Es ist ja nicht so, dass der Kerl widerliche Kommentare schreibt oder Nachrichten schickt, sodass sie wenigstens die IP herausfinden könnten. Nein. Er ist irgendeiner meiner stillen Follower, und es gibt keine Beweise für seine Belästigung außer mein Wort. Außerdem hat er angeblich nichts getan, was ich anzeigen könnte. Er lauerte mir auf, hat mich aber nie verletzt.«

»Und wenn du zukünftig besser aufpasst?«

Ich schnaubte. Henry wusste nichts von meinem Zweitprofil. Von dem Account, auf dem ich seit einigen Monaten Manga-Reihen und Webcomics zelebrierte. 800 000 Follower. Eine unfassbar große Zahl für einen so kurzen Zeitraum. Vor allem, wenn man bedachte, dass ich für dieselbe Zahl bei BibliophileBoulevard fünf Jahre lang Content kreiert hatte. Aber dank meiner Erfahrung kannte ich die Spielregeln der Plattform. Und dank meines Stalkers wusste ich, wie ich BentoBooksAndComics komplett anonym hielt. Niemand wusste, wer hinter diesem Account stand. Nicht einmal die Sponsoren, für die ich arbeitete. Es lief alles über meine

Agentin. Mich. Das gab mir viel mehr Sicherheit, als mit meinem alten Account so zu tun, als wäre nichts geschehen.

Offiziell hatte ich mich nach meinem Rückzug bei Bibliophile-Boulevard als Beraterin selbstständig gemacht. Ich betreute auch noch einige andere Influencer, denn von meinem neuen Account allein konnte ich nicht leben. Damit war ich aus der Wahrnehmung der Öffentlichkeit verschwunden, aber die Branche kannte mich noch immer, vertraute mir. Glücklicherweise arbeitete ich auch hier nur mit einer Handvoll Menschen zusammen, die alle von dem Stalker wussten und dementsprechend umsichtig mit meinen Kontaktdaten umgingen. Meine Geschäftstreffen verteilte ich über die ganze Stadt, fuhr teilweise zwei Stunden, damit niemand erfuhr, in welchem Viertel ich wohnte.

»Ich weiß, was ich tue«, sagte ich zu Henry.

»Fehlt es dir nicht?« Er legte eine Hand auf den Laptop, und ich kniff die Lippen zusammen.

»Doch«, antwortete ich. »Natürlich fehlt es mir. Ich habe das Bloggen geliebt. Aber ich bin nicht bereit, mein Leben dafür zu opfern.«

»Das klingt jetzt aber sehr pathetisch.«

Ich stieß ein bitteres Lachen aus. »Und das von dir? Du bist doch derjenige, der ständig kitschige Phrasen raushaut. *Die Zeit mit dir ist wie ein Traum.*«

Henry senkte den Kopf, und mir wurde klar, wie verletzend diese Worte für ihn sein mussten. Aber ehrlich gesagt war es mir in diesem Moment egal. Seine Vorschläge waren übergriffig und unsensibel.

Ich zog mein Kleid über den Kopf und schlang den Gürtel um meine Taille. »Ich denke, wir sollten ein wenig Abstand voneinander nehmen.«

»Aber Toni, *Repeat* erscheint bald und …«

Ich erstarrte in der Bewegung. »Bitte?«

Henry sah mich mit gesenktem Kinn an, die Augenbrauen nach oben gezogen. »Ich …« Er fuhr sich durch die Haare. »… hatte gehofft, dass du …«

Oh nein, dachte ich. *Sag es nicht.*

»Ein Post auf BibliophileBoulevard, und es wäre ein Bestseller, da bin ich mir sicher.«

Wortlos drehte ich mich um und lief zur Tür.

Henry sprang auf, folgte mir. »Toni, bitte.« Er griff nach meiner Hand, aber ich riss mich los. »Wenn dieses Buch kein Erfolg wird, bin ich ruiniert. Kannst du mir diesen Gefallen tun? *Bitte?* Wir können das Foto doch so machen, dass niemand den Ort erkennt und …«

Ich wirbelte herum, stieß ihm den Zeigefinger in die Brust. »Stopp.« Mein Atem ging schwer, und mein Brustkorb fühlte sich viel zu eng an. Heiße Tränen stiegen mir in die Augen. Ich schluckte, versuchte, den Kloß in meinem Hals loszuwerden. Diese Situation wirkte wie aus einem schlechten Film. Henry hatte mich benutzen wollen, und ich musste wissen, ob das von Anfang an sein Plan gewesen war. »Hast du mich nur deshalb im Hidden World angesprochen?«

»Natürlich nicht!« Seine Antwort kam schnell, eindringlich. Er griff erneut nach meinen Händen, und dieses Mal ließ ich es zu. »Es war dein Lächeln, das mich in den Bann gezogen hat, das weißt du doch. Dieses Leuchten in deinen Augen, als sie dein Lieblingslied gespielt haben. Das war pures Leben, und deshalb wollte … *musste* ich dich näher kennenlernen. Aber als ich Chris ein Foto von dir zeigte, hat er dich direkt erkannt. Ich hielt es für eine Fügung des Schicksals. Weshalb sonst sollte New York mir ausgerechnet die erfolgreichste Bookstagramerin des Landes an die Theke spülen? Wie wahrscheinlich ist das schon, Toni? Es war *Schicksal.* Du und ich. Wir gehören zusammen.« Seine Worte klangen so schön wie immer. »Gemeinsam können wir wirklich erfolgreich sein.«

Und dieser Satz ließ die Blase platzen. Henry ging es nur um seinen Erfolg, nicht um mich. Er hatte kein einziges Mal gesagt, wie furchtbar er das Verhalten des Stalkers fand. Er hatte nicht erwähnt, dass er mich beschützen würde. Oder gefragt, was er tun könnte, damit es mir besser ginge. Nein, alles, was aus seinem Mund kam, waren Worte, die mich dazu bringen sollten, sein Buch zu promoten. Mir wurde übel, und ich schämte mich für den Teil in mir, der darauf gehofft hatte, dass alles ein riesiges Missverständnis war. Für den Teil, der ihm noch immer vertrauen wollte.

»Wie heißt der Song?«, fragte ich leise.

»Bitte?« Henry hob die Augenbrauen.

»Mein Lieblingslied, das sie gespielt haben?« Eine einfache Frage, deren Antwort er kennen musste, wenn es doch der Moment gewesen war, in dem er sich verliebt hatte. Wenn er mich kannte. Doch in Henrys Gesicht stand nichts als Ratlosigkeit.

Etwas in mir zerbrach. Ich riss mich frei, schnappte meine Schuhe und meine Jacke und verließ das Loft, ohne mich noch einmal umzudrehen.

HIKARU

Die Figur schälte sich aus dem Papier wie eine Raupe aus ihrem Kokon. Ganz langsam stieg sie empor, das Blatt raschelte. Ich wich zurück.

»Nein«, sagte ich deutlich. Manchmal half es, und das Monster kehrte in die Papierwelt zurück. Doch die Hörner wechselten von Schwarz zu Dunkelgrau, wurden fester, wie Nebel, der an einer kalten Oberfläche kondensierte.

Das Wesen erhob sich, und ich erkannte darin eines der Ungeheuer, das Haru noch vor wenigen Seiten erledigt hatte. Es fletschte die spitzen Zähne zu einem höhnischen Grinsen, dann breitete es seine fledermausartigen Flügel aus und stieg empor.

»Zurück!« Geistesgegenwärtig griff ich nach einer leeren Seite, aber es war bereits zu spät. Das Monster war verschwunden, hatte sich an einen anderen Ort dieser Welt teleportiert. So war es immer: Manche Figuren meiner Geschichte wurden lebendig, kämpften sich in meine Welt und verschwanden, um woanders wieder aufzutauchen.

Schon so oft hatte ich versucht, sie direkt nach dem Lebendigwerden einzufangen, aber das war mir bisher nie gelungen. Egal, wie sehr ich mich beeilte, die Ungeheuer waren schneller. Als würde mein Papier sie vertreiben.

Ich knirschte mit den Zähnen. Dann rollte ich zurück zum Schreibtisch, rief das Mailprogramm auf, öffnete die Textvorlage und personalisierte sie.

FYI – Für die nächsten Stunden habe ich mit dem Marketing eine weitere Kampagne vereinbart. Dieses Mal wird es eines der Monster aus den neuen Sonderseiten sein.

Ich überlegte kurz und fügte hinzu:

Unser Ziel ist, damit die neue Sammelausgabe zu promoten.

Dann schickte ich die Nachricht ab, stand auf und eilte zur Garderobe. Ich schnappte mir die bereitstehende Tasche und meine Jacke, schlüpfte in die bequemen Stiefel, die ich seit einigen Jahren mein Eigen nannte.

Ich hatte keine Zeit zu verlieren. Sicher war das Monster schon irgendwo gesichtet worden. Während ich zum Auto lief, blinkte mein Handy. Der Hashtag-Alert schlug an. Ich öffnete die App, begutachtete die ersten Fotos. Es war zweifelsfrei das eben geflohene Monster, auch wenn einige Bilder verschwommen waren. Eine junge Frau hatte die Location getaggt, und ich seufzte erleichtert.

Der Rockefeller Park.

Das war nicht weit von hier. Wie immer. Ich gab die Adresse in mein Navigationsgerät ein, dann startete ich den Motor und fuhr los. Obwohl die Menschen die entflohenen Monster für Marketing mit teuren Special Effects hielten und ich dadurch erst so richtig erfolgreich geworden war, durfte ich die Ungeheuer nicht zu lange in dieser Welt lassen.

Ich steuerte das Auto in eine Seitenstraße und zog mir die Kapuze meines Pullovers über den Kopf. Als ich ausstieg, empfing mich der Geruch nach gebratenem Fisch und Salz. Die Häuser ragten über mir auf, und ich fühlte mich seltsam eingeengt. Mir lief die Zeit davon.

Routiniert griff ich nach meinem Handy und überprüfte in den sozialen Netzwerken den aktuellen Aufenthaltsort des Monsters. Laut den Fotos befand es sich auf einer sehr alt aussehenden Bank. Und es aß Sushi.

Ich schnaubte. Noch tat es so, als wäre es ein harmloses Kuscheltier mit spitzen Hörnern und scharfen Zähnen, die es lediglich für toten Fisch verwendete, aber ich wusste, was es wirklich war, immerhin hatte ich die Geschichte erfunden. Diese Monster waren böse, und sie in dieser Welt zu behalten, war ein Risiko, das ich nicht bereit war, einzugehen. Es dürstete sie nach Menschenblut, und sie saugten ihre Opfer bis auf den letzten Tropfen aus. Eiskalte Mörder, wahr gewordene Albträume.

Ich betrat den Park und folgte dem Menschenstrom die geraden Wege entlang bis zu der Bank, die ich auf den Fotos gesehen hatte. Und tatsächlich saß es dort: ungefähr einen Meter groß, spitze Hörner auf dem Kopf, eine aufgeklappte Plastikbox voller Sushi neben sich. Gerade spießte es ein Sashimi auf eine seiner Krallen und tauchte es in Sojasoße.

»Abgefahren!«

»Wie süß es ist!«

»Hast du das gefilmt?«

Das Stimmengewirr lenkte mich zu sehr ab. Es erinnerte mich daran, dass die Menschen früher Angst vor diesen Monstern gehabt hatten. Aber mittlerweile war *Haru no Hikari: Sakura's Guardian* weltberühmt, und jeder Ausbruch wurde als Marketingkampagne gesehen. Schon lange fürchteten sich die Menschen nicht mehr vor diesen Ungeheuern. Nicht einmal dann, wenn sie wie dieses Exemplar besonders tödlich aussahen.

Als eine dunkelhaarige Frau mit erhobenem Handy auf es zutrat, fletschte das Ungetüm die Zähne und knurrte. Die Frau lachte und drückte den Auslöser. Das Blitzlicht entlockte dem Monster ein weiteres bedrohliches Knurren, und ich rechnete damit, dass es jederzeit jemanden ansprang. Unruhig ging ich einen Schritt darauf zu, dann ein weiteres Klicken, noch ein Foto, und ich zog mir die Kapuze tiefer ins Gesicht, wich wieder zurück, wollte nicht, dass mich irgendwer auf einem Foto erwischte. Mittlerweile war höchste Vorsicht geboten, denn ganze Foren hatten es sich zur Aufgabe gemacht, meine Identität und das Geheimnis dieser angeblichen Marketingwunder zu lüften.

Hier war es zu voll. Ich konnte das Monster nicht vor den Augen dieser Menschen wegbringen, geschweige denn es auf Papier bannen. Sobald ich mich dem Ding näherte, würden Fragen auftauchen. Schon jetzt sah ich Menschen, die hinter Bäumen und Büschen nach Projektoren und Komplizen suchten.

Ich musste mich beeilen, bevor noch mehr Menschen dem Ding zu nahe kamen und sich in Gefahr begaben.

Routiniert ging ich meine Optionen durch.

Ablenkung würde schwierig werden, denn dieser offene Park war eine denkbar schlechte Location, um Verwirrung zu stiften. Alles war gut einsehbar, es gab keine Gebäude und auch keine dichten Baumgruppen oder Büsche.

Als ob das Monster wüsste, wie es sich in Sicherheit bringen konnte. Es mampfte gemütlich sein Essen, und die meisten Menschen gingen bereits wieder, doch dafür kamen neue hinzu und trauten sich näher heran, egal wie aggressiv das Ungetüm die Zähne fletschte. Sein Sushi war beinahe leer.

Kurz fragte ich mich, wie es überhaupt an dieses Essen gekommen war und warum es Lachs verschlang, obwohl so viel Menschenblut in greifbarer Nähe war. So viel weiches Fleisch, das auf seine Zähne wartete. Ein kalter Schauer lief mir über den Rücken.

Je länger ich wartete, desto mehr Leute würden kommen, angezogen von den unzähligen Posts auf sozialen Netzwerken. Ich musste handeln. Meine Finger wanderten zu den Rauchbomben in der kleinen Tasche, aber der Wind war zu stark und würde den Nebel wegreißen, bevor ich auch nur in der Nähe des Wesens war. Die Musikbox war zwar laut, aber selbst wenn ich mit ihr die Menschen in der Hoffnung auf ein großes Happening an einen anderen Ort lockte, würden sie das Monster und mich weiterhin sehen. Die Decke war ebenso nutzlos wie die Gesichtsmaske, mit der ich nur noch mehr Aufmerksamkeit auf mich ziehen würde, statt mich vor Überwachungskameras zu schützen.

Mein ganzes Equipment war in dieser Situation vollkommen unwirksam. Ich war zum Warten verdammt und hoffte, dass das Wesen bald an einen geeigneten Ort weiterziehen würde. Am besten, bevor die Zeit ablief und ich es nur noch mit einem Messer in der Brust aus dieser Welt löschen konnte.

Da sah ich aus dem Augenwinkel eine bekannte Gestalt, die alles noch schwieriger machte. Ich kniff die Lippen zusammen.

Ausgerechnet Matthew. Wieso war er hier?

Ich starrte ihn eine Sekunde zu lang an, und er erwiderte meinen Blick. Überraschung breitete sich auf seinem Gesicht aus, verwandelte sich in ein Grinsen. Dann kam er zu mir.

»Hey, Mann!« Er klopfte mir auf die Schulter, als hätte das Gespräch vor wenigen Stunden nicht stattgefunden. »Hätte nicht gedacht, dass du auch ein Hunter bist.«

»Bin ich nicht«, sagte ich schnell.

»Klar.« Matthew schmunzelte. »Deswegen bist du auch hier und starrst dieses Ding da an.«

»War nur ein Zufall«, log ich. »Ich komme einfach gern hier in den Park. Mir gefällt die Nähe zum Hudson River.«

»Klar, wer winkt nicht gern mal nach Jersey.«

»Seit wann bist du ein Hunter?« Ich steckte meine Hände in die Jackentaschen. Ausgerechnet Matthew. Der Kerl, der meine Adresse kannte und gerade erst in meiner Wohnung gewesen war. Das Arbeitszimmer sperrte ich zwar immer ab, aber … Noch nie war einer der Hunter mir so nahe gekommen.

Beruhige dich, ermahnte ich mich. Nicht alle

Hunter waren besessen vom Auffinden des Zeichners. Manche bezeichneten sich auch nur so, weil sie in ihrer wenigen Freizeit gern Fotos und Videos analysierten, ohne wirklich etwas zur Community beizutragen. Ich hoffte sehr, dass Matthew einer von ihnen war.

»Nicht so lange«, gab Matthew zu und sah sich um. »Scheiße.«

Plötzlich ging er in die Hocke und zog mich mit nach unten. Ich folgte seinem Blick und erkannte die junge blonde Frau sofort. Sie trug einen Trainingsanzug, hielt eine große Kamera in der Hand und sah sich sehr aufmerksam in der Menge um, scannte jedes Gesicht.

»Du bist wegen Sarah hier«, stellte ich fest. Matthew grummelte und gab vor, sich die Schuhe zu binden. Ich tat es ihm gleich und wischte dabei etwas Dreck von der Spitze meiner Lederstiefel. »Ernsthaft, Matthew? Jetzt auch noch Stalking?«

»Würde ich nicht so nennen«, brummte er. »Sie hat mir eben ein Hobby gezeigt, und ich gehe dem auch nach der Trennung nach.«

»Wie heißt die Hauptfigur in *Haru no Hikari: Sakura's Guardian?*«, fragte ich geradeheraus.

»Heriu?« Matthew formte jede Silbe äußerst langsam, dann schnaubte er. »Okay, okay, du hast mich erwischt. Mir ist egal, wer diesen Comic zeichnet. Ich dachte nur, wenn ich Sarah noch einmal sprechen könnte …«

»Erstens: Und deshalb versteckst du dich, sobald du sie siehst?« Ich schüttelte den Kopf. »Und zweitens: Lass den Scheiß. Du solltest deiner Ex echt nicht nachts in einem Park auflauern.«

»Wenn du das so sagst, klingt es richtig hart.« Matthew seufzte. »Okay, du hast recht. War 'ne beschissene Idee. Meinst du, ich kann verschwinden, bevor sie mich sieht?«

»Sind ziemlich viele Leute da«, meinte ich.

»Könntest du ein Ablenkungsmanöver starten?«, bat er, und ich erstarrte.

»Auf keinen Fall.« Ich durfte keine Aufmerksamkeit auf mich

ziehen. Unter keinen Umständen. Für einen Kerl, der gerade seine Ex-Freundin gestalkt hatte, würde ich erst recht keine Ausnahme machen.

»Bitte, Mann.« Matthew legte mir eine Hand auf die Schulter. Langsam begannen meine Knie von der Hocke zu schmerzen, und ich richtete mich auf, wobei Matthew weiterhin unten blieb. Er hob das Gesicht, verzog den Mund. »Ich will nicht, dass sie mich sieht und für supererbärmlich oder feige hält.«

Mir war ziemlich egal, wofür Sarah ihn hielt. Ganz abgesehen davon, dass er sich das selbst eingebrockt hatte. Ich lenkte meine Aufmerksamkeit wieder auf das entflohene Monster.

»Setz dich mal daneben«, sagte eine Mutter gerade zu ihrem kleinen Sohn und bugsierte das Kind zu der Bank, auf der das Ungetüm genüsslich die letzten Reste aus der Schachtel leckte. Ein bedrohliches Knurren erklang, und das Kind streckte seine dünnen Arme, die in einer grellgrünen Jacke steckten, zur Mutter. Tränen standen in seinen großen dunklen Augen.

»Nur kurz stillhalten.« Die Frau trat zwei Schritte zurück, hob das Handy und drückte auf den Auslöser. Mein Herz setzte einen Schlag aus.

Das Monster ließ die Schachtel sinken. Es hob einen Mundwinkel und entblößte dabei eine Reihe spitzer Zähne.

Das Kind weinte laut los, und ich war schon im Begriff, nach vorne zu stürzen. Lieber würde ich mich offenbaren, als ein unschuldiges Kind zu Schaden kommen zu lassen. Der Junge weinte bitterlich, und das Monster drehte ihm den Kopf zu.

»Verzeihung«, sagte die Mutter in alle Richtungen, während sie ihr Kind von der Bank pflückte und auf den Arm nahm. »Stell dich nicht so an«, raunte sie ihm ins Ohr, während sie an mir vorbei zum Parkausgang strebte. »Nicht viele in deinem Alter haben schon ein echtes *Haru no Hikari: Sakura's Guardian*-Ereignis erlebt.« Die restlichen Worte gingen im Raunen der Menge unter, als sie darin verschwand.

»Lass mich nicht im Stich.« Matthew hatte sich erhoben, wobei er sich so hinter mich duckte, dass ich zwischen ihm und Sarah stand. Mein Blick galt nur dem Ungetüm.

Ich habe jetzt keine Zeit dafür, wollte ich am liebsten sagen, aber es hätte ihm verraten, dass ich etwas mit dem Ereignis zu tun hatte – oder zumindest hätte es ihn in diese Richtung gelenkt.

Ich brauchte eine Idee. Dringend.

Den verzweifelten Matthew neben mir, eine riesige Zuschauermenge um mich, das hungrige Monster auf einer Parkbank. Noch nie war mir eine Situation derart aussichtslos erschienen.

Dafür hatte ich aber auch noch nie jemanden vor Ort gekannt. Vielleicht musste ich aufhören, Matthew als Bedrohung zu sehen, und seine Anwesenheit als Chance nutzen.

»Ich lenke sie ab, wenn du mir einen Gefallen tust«, sagte ich. Es war das erste Mal, dass ich jemanden in dieser Sache um Hilfe bat, aber im Angesicht des Monsters, das sich langsam aufrichtete und seine bedrohlich starken Gliedmaßen streckte, blieb mir nichts anderes übrig.

»Alles, Mann«, erwiderte Matthew sofort.

Ich drückte ihm einige Rauchbomben in die Hand und er sah mich verständnislos an. »Wirf die zwischen die Bäume, und pass auf, dass dich niemand dabei sieht.«

»Was?«

»Ich meine es ernst.« Es war ohne Frage ein gefährlicher Plan. Wenn jemand Matthew sah, würden sie ihn für den Schöpfer des Comics halten, und er müsste sich mit Stalking herumschlagen. Andererseits war das noch immer besser, als wenn mir jemand auf die Schliche kam. Ich redete mir ein, dass Matthew gerade seine Ex-Freundin gestalkt hatte, er ein starker Mann war und es verkraften würde, aber so richtig gut fühlte ich mich trotzdem nicht. Scham tobte in meinem Magen, und mir wurde übel.

Als Matthew mit den Rauchbomben verschwand, bereute ich meine Kurzschlusshandlung bereits, aber es war zu spät.

Das Monster zog meine Aufmerksamkeit mit einem lauten Brüllen auf sich. Dabei zeigte es seine spitzen Zähne nur zu deutlich. Die Menschen klatschten begeistert und hielten mit ihren Handykameras auf das Spektakel, während das Ungetüm sich mit einem mächtigen Satz von der Bank schwang und ziellos umherstolperte. Der Blick seiner dunklen Augen wanderte von Mensch zu Mensch, hinüber zum Wasser, zurück zu den Bäumen.

Kurz darauf erklangen erstaunte Rufe hinter mir. Ich wandte mich um und sah, wie überall tiefblauer und pinkfarbener Rauch zwischen den Bäumen hervorwaberte.

»Da ist bestimmt noch eins!«, rief ein Mann und zog seinen Partner mit sich. Viele taten es ihnen gleich und stürmten zwischen die Bäume, getrieben von der Hoffnung, etwas noch Spektakuläreres zu sehen.

Doch die Hardcore-Hunter, die wahren Fans, wussten, dass diese Rauchbomben niemals neue Wunder offenbarten. So blieb ich mit sieben Menschen zurück, die alarmiert die Umgebung beobachteten und ihre Kameras in alle Richtungen schwenkten. Ich selbst ging in die Hocke und filmte von dort aus, als würde ich zu ihnen gehören und auf dem Boden nach Hinweisen suchen. Auch Sarah war zurückgeblieben, und ich hoffte, dass sie sich nicht an mich erinnerte, geschweige denn mich erkannte.

Das Monster wandte sich interessiert den Rauchschwaden zu, die langsam zu uns krochen, aber auf der freien Fläche direkt vom Wind weggerissen wurden. Die anderen Menschen verteilten sich zwischen den Bäumen, suchten in den Ästen und zwischen den Büschen nach Hinweisen.

»Anfänger«, murmelte eine Huntress und näherte sich dem Monster. Sie war recht klein und schien noch jung zu sein. »Dann wollen wir doch mal sehen, wer in diesem Kostüm steckt … Oder bist du ein Roboter?«

Als das Ungeheuer ihre Anwesenheit bemerkte, wandte es sich ihr zu und fletschte die Zähne.

»Oh, wie bedrohlich«, meinte sie trocken. »Jetzt komm schon. Es muss auch keiner erfahren, dass du uns die Wahrheit gesagt hast.« Sie griff in ihre Hosentasche, zog einen Geldbeutel hervor. »Wenn du mir verrätst, wer dich bezahlt, kriegst du noch mal so viel obendrauf.«

»Vielleicht doch eine Projektion«, schaltete sich ein anderer Hunter ein. »Bin gespannt, ob man diese Dinger wirklich anfassen kann. Bisher ist ja niemand nah genug drangekommen …« Er trat mit erhobenem Arm zu dem Monster, zeigte kein Anzeichen von Angst. Die anderen Hunter drängten ebenfalls heran, umzingelten das Wesen, dessen Knurren immer tiefer wurde. Ich brauchte eine Lösung, und zwar schnell. In meiner Panik griff ich auf den einzigen Trick zurück, der mir einfiel. Ich trat zu der Gruppe, umschloss in meiner Jackentasche das Stück Papier.

»Da!«, rief ich und deutete zwischen die Bäume. »Ich hab ihn gesehen! Den Lichtprojektor!«

Tatsächlich wandten sich alle sieben in die Richtung, in die ich deutete. Ich nutzte die Sekunde, die ich dadurch gewann, zog das Blatt hervor und presste es gegen das Monster. Der Geruch von Tinte kitzelte meine Nase.

Das Wesen verschwand lautlos. Ich steckte den Zettel zurück in die Tasche.

All das hatte kaum länger als eine Sekunde gedauert dank der Routine, die ich in den letzten Jahren beim Einfangen entwickelt hatte. Die Hunter sahen perplex auf die leere Stelle zwischen ihnen und dann zurück an den Ort, auf den ich gezeigt hatte.

»Los geht's!«, sagte Sarah und stürmte voran. Die anderen folgten ihr sofort, und ich schloss mich ebenfalls an, tauchte in die Finsternis unter den Bäumen ein, ließ mich etwas zurückfallen und schlenderte dann mit heftig klopfendem Herzen davon.

Zu knapp. Das war eindeutig zu knapp gewesen. Hoffentlich hatte mich niemand beobachtet.

»Hikaru!« Atemlos kam Matthew neben mir zum Stehen und sah mich mit großen Augen an. »Wir müssen reden, Mann.«

Das war zu viel. Das Ende meines Lebens türmte sich vor mir

auf wie ein Eisberg, an dem ich zerschellen würde. Dafür war ich nicht bereit. Noch nicht.

»Ich kann nicht«, erwiderte ich knapp. »Muss los.«

Damit stürmte ich davon, ohne mich noch einmal nach Matthew umzusehen. Ich brauchte Platz und Zeit, um meine Gedanken zu ordnen.

Was hatte er gesehen? Hatte er sich die Wahrheit zusammengereimt? Wie teuer würde sein Schweigen werden? Konnte ich mich darauf verlassen, dass er die Klappe hielt, wenn ich ihn einmal bezahlte, oder hatte ich mich gerade in eine lebenslange Erpressung manövriert?

TONI

Der neue Tag begann mit dem Vibrieren meines Handys. »Christopher?« Ich rieb mir mit einer Hand die Augen, während ich mit der anderen das Gerät an mein Ohr drückte. »Was ist los?«

»Mein voller Name«, erklang die Antwort. »Du bist also wirklich verdammt wütend auf mich.«

Ich richtete mich auf. Wir kannten einander über Henry, aber dennoch gehörte Chris zu den Menschen, die ich in den letzten Monaten ins Herz geschlossen hatte. Umso verletzter war ich, dass Chris derjenige gewesen war, der BibliophileBoulevard von Anfang an gekannt und mich damit belogen hatte. Als wir einander vorgestellt wurden, hatte er so getan, als wäre ich ihm fremd. Eine Farce, die ich nicht so schnell vergeben würde.

»Kann man so sagen.«

»Zu Recht. Deswegen wollte ich ja unbedingt mit dir reden.«

»Schieß los.« Ich seufzte, wollte die heruntergeratterte Entschuldigung schnellstmöglich hören, um danach aufzulegen. Es würde einige Tage dauern, bis ich womöglich bereit war, ihm zu vergeben.

»Können wir uns nicht treffen?«

Der Vorschlag überraschte mich. Ich warf einen Blick auf die Uhr. »Es ist acht Uhr morgens.«

»Also Frühstück?«

»Chris …« Ich seufzte. Allein sein flehender Tonfall reichte, damit ich schwach wurde. Er hatte sich in den letzten Monaten als guter Zuhörer erwiesen, und wir hatten tiefsinnige Gespräche über die neuesten Theaterproduktionen geführt. Tatsächlich hatte ich Henry gegenüber mehr als einmal gescherzt, dass ich im Falle einer Trennung Chris auf jeden Fall behalten würde. Der rationale Teil in mir sagte, dass ich ihm zumindest eine Chance geben sollte. »Na schön.«

»Neun Uhr, selber Ort?«

»Neun Uhr, selber Ort«, wiederholte ich brummend und legte auf. Sobald die Stille mich umfing, bereute ich, zugesagt zu haben. Am liebsten wäre ich den ganzen Tag im Bett geblieben, hätte einen Liebesroman gelesen und vielleicht gegen Abend einen kitschigen Film eingeschmissen, um mir die Augen auszuheulen.

Aber nun hatte ich Chris zugesagt, also wuchtete ich mich aus dem Bett und manövrierte mich durch die Klamottenberge auf dem Boden Richtung Badezimmer. Ich schnappte mir die Zahnbürste und klaubte dann einhändig im Schlafzimmer mein Outfit zusammen. Ein beigefarbener Oversize-Pullover, Strumpfhose, Overknee-Strümpfe.

Dann warf ich mir meinen Lieblingsmantel über und verließ die Wohnung. Ein mulmiges Gefühl begleitete mich, wie immer. Aufmerksam sah ich in die Seitengassen, an denen ich vorbeilief, und betrachtete die Gesichter der Menschen um mich herum. Eine alte Frau mit einem auffällig bunten Halstuch. Ein Mann in einem schwarzen Mantel. Niemand kam mir bekannt vor.

Ein Blick auf mein Handy sagte mir, dass ich etwas zu spät kommen würde – und zeigte eine Nachricht von Henry. Sobald ich seinen Namen las, drückte ich die Benachrichtigung weg. Ich war noch nicht bereit, seine Entschuldigung zu lesen. Gleichzeitig nagte die Angst an mir, dass es vielleicht gar kein *Es tut mir unendlich leid* war, das auf mich wartete.

Unterwegs dachte ich über die Dinge nach, die Henry gesagt hatte. Ich knirschte mit den Zähnen. Mich zum Bloggen bringen zu wollen, um sein Buch zu promoten, und das Ganze in ein *Lass dich nicht unterkriegen* zu packen, war einfach unter aller Sau. Er hatte sich verdammt egoistisch gezeigt, und ich war froh, dass ich noch nicht von echter Liebe sprechen konnte. Auch wenn ein Teil von mir hoffte, dass das Gespräch mit

Chris uns diesen Weg wieder eröffnen würde. Die hoffnungslose Romantikerin in mir war stark.

Ich ließ mich vom Strom der Pendler in die U-Bahn ziehen und hielt mich an einer Stange fest, während ich weiterhin versuchte, alles im Blick zu behalten. Es war eng, roch nach Aftershave und teurem Parfüm. Um diese Uhrzeit trugen die Menschen in den öffentlichen Verkehrsmitteln Anzüge und Kleider, nur vereinzelt sah ich bunte Farben in dem Grau. So viele junge Leute, die ihre besten Jahre dem Leben in der Großstadt widmeten, um Karriere zu machen, Geld zu verdienen und sich davon für die Rente ein schönes Haus im Grünen zu kaufen.

Ich liebte New York. Eine Stadt, die niemals schläft, fasste es nicht einmal annähernd zusammen. New York war keine Stadt, die niemals schlief. New York war eine Stadt, die immer lebte. Seit sieben Jahren wohnte ich hier, und trotzdem gab es Ecken, die ich nicht kannte. Wahrscheinlich könnte ich mein ganzes Leben hier verbringen, ohne New York City jemals komplett zu kennen.

Ich stieg an der richtigen Station aus und folgte dem Strom nach oben. Wo einmal ein Waschsalon geöffnet hatte, war nun ein Schnellimbiss. Eine ehemalige Boutique stellte frische Schnittblumen aus. Ein weiterer Grund, weshalb ich die Stadt niemals vollständig erforschen konnte, war der stetige Wandel.

Aber das UrbanLuxe gab es glücklicherweise noch. Hier hatte ich mich bereits häufiger mit Christopher getroffen. Er stand zwischen Holzstühlen und Heizpilzen unter der dunkelblauen Markise und winkte mir zu. Seine bunte Flickenjacke überstrahlte das Grau des New Yorker Herbstes.

»Hey.« Eigentlich hatte ich mir fest vorgenommen, ihn nicht zur Begrüßung zu umarmen, immerhin war ich wütend. Aber als er mit seinen blonden Locken und dem schiefen Grinsen vor mir stand, ließ ich mich doch in seine Arme ziehen.

»Ich bin so dankbar, dass du mir diese Chance gibst, T«, sagte er und geleitete mich in das Innere des Cafés, wo wir uns einen Platz in der hintersten Ecke suchten. Währenddessen blickte ich mich unauffällig um, aber der Stalker war nirgendwo zu sehen. Ich liebte dieses Café vor allem deshalb, weil es so übersichtlich war.

Es roch nach gemahlenen Kaffeebohnen, frisch gebackenem Kuchen und Papier. An den Wänden reihten sich Bücher in meterlangen Regalen aneinander. Einfarbige Buchrücken von Klassikern und knallige Lettern von Neuerscheinungen buhlten um meine Aufmerksamkeit. Nur mit Mühe riss ich den Blick von ihnen los und sah zu Chris, der gerade die Karte studierte, obwohl er bisher bei jedem Besuch das Gleiche bestellt hatte.

»Einen Chai Latte Vanilla bitte«, sagte er zu dem jungen Kellner, der aussah, als wolle er eigentlich Schauspieler sein. Ein perfekt weißes Lächeln, hohe Wangenknochen, volle Haare, ein genervter Blick.

»Für mich Kaffee. Schwarz.«

Wir schwiegen, bis der Kellner unsere Getränke brachte. Und dann noch ein bisschen länger. Chris spielte nervös mit seinem Kaffeebecher, während ich mich wieder den Büchern widmete. *Odyssee. Herr der Ringe. Alice im Wunderland. Der Name des Windes. Zerrissene Erde. Das wandelnde Schloss.*

»T«, brach Chris schließlich das Schweigen. »Es tut mir wirklich leid.«

»Was genau?« Ich bohrte meinen Blick in seinen, und Chris strich sich eine blonde Locke aus dem Gesicht.

»Ich habe ihm von Anfang an gesagt, dass es eine beschissene Idee ist, das musst du mir glauben.«

Ich sagte nichts. Es half nur bedingt, dass Henry Chris gebeten hatte, sein Wissen für sich zu behalten. Mir wäre es lieber gewesen, wenn er direkt mit offenen Karten gespielt hätte.

»Er war so aufgeregt, als er dich in der Bar erkannt hat.« Chris biss sich auf die Unterlippe. »Zu Beginn hat er sich vielleicht noch wegen deiner Reichweite bei dir eingeschleimt, aber dann hat er sich wirklich in dich verliebt.«

»Was?« Meine Stimme klang hohl. Chris fuhr fort, ergoss sich in Rechtfertigungen darüber, weshalb Henry irgendwann emotional zu tief drinsteckte, um die Wahrheit zu sagen.

Ein seltsames Piepsen übertönte Chris' Worte. Mir wurde schwindelig. Henry hatte also von Anfang an gewusst, wer ich war. Er hatte mich in der Bar nicht angeflirtet, weil mein Lächeln ihn verzaubert hatte. Sein Interesse hatte nicht Toni gegolten, sondern BibliophileBoulevard.

»Er hat gestern gesagt, dass du mich erkannt hast«, unterbrach ich Chris. Vielleicht hatte ich etwas falsch verstanden.

»Äh …« Chris stockte, suchte offensichtlich nach der richtigen Erklärung. Er war nie ein guter Lügner gewesen.

»Also nein«, ersparte ich ihm den Versuch. »Er hat mich nur angesprochen, weil er mich erkannt hat.«

»Kannst du es ihm denn verübeln?«, versuchte es Chris vorsichtig. »Er war wirklich verzweifelt wegen *Repeat*. Wenn das Ding kein Erfolg wird …«

»Und das gibt ihm das Recht, mit meinen Gefühlen zu spielen?«

Chris zog die Mundwinkel nach unten. Wir mochten uns angefreundet haben, aber er und Henry kannten sich seit der Highschool. Er war ein zu guter Freund, als dass er Henry jetzt fallen lassen würde.

»Er hat sich *wirklich* in dich verliebt«, wiederholte er eindringlich. »Das würde ich dir nicht erzählen, wenn es nicht so wäre.«

»Wir beide kennen Henry gut genug, um zu wissen, dass seine angebliche Liebe zu mir nur Teil seiner großartigen *Life-of-Henry*-Story ist, die er jedem erzählt«, sagte ich verbittert und erinnerte mich daran, wie er mir gegenüber von Schicksal gesprochen hatte. Alles Lügen. Geschichten, die er sich selbst erzählte, damit sein Leben interessanter war. Wut kochte in meinen Eingeweiden.

»Seit du mir das gesagt hast, kann ich es übrigens nicht mehr *nicht* sehen.« Chris seufzte. »Ich kenne den Kerl schon so viele Jahre, und trotzdem ist mir nie aufgefallen, dass er sämtliche Erlebnisse so umdichtet, dass sie wie ein Roman klingen. Ich glaube, es hat mich einfach nie gestört.«

»Macht seine Erzählungen ja auch irgendwie spannend«, erwiderte ich und zog einen Mundwinkel nach oben. »Aber so leid es mir tut, wird er damit als längerfristiger Partner leider echt uninteressant.« Ich nippte an meinem Kaffee, um den leichten Stich in der Brust zu überspielen. Natürlich schmerzte es, Henry zu verlieren. Wir hatten wunderschöne Momente erlebt, und ich hätte ihm sogar verziehen, dass er die Wahrheit manchmal verdrehte, um sie spannender klingen zu lassen. Aber der Verrat saß zu tief.

Ich schüttelte den Kopf. »Kaum zu glauben, wie weit Henry für den Erfolg seines Buches gehen wollte. Stell dir vor, ich hätte ihn geliebt. Er hätte mir das Herz gebrochen.«

»Hast du das nicht?«

»Ich war verliebt in ihn, aber wir waren gerade erst auf dem Weg, eine ernsthafte Beziehung einzugehen.« Ich lächelte wehmütig. »Wenn ich das alles erst in zwei Wochen herausgefunden hätte … Wer weiß.«

Ich dachte an die kleinen Momente der Vertrautheit. Die Augenblicke, in denen ich mich sicher gefühlt hatte. Alles Lügen. Der Schmerz in meiner Brust regte sich, der Kloß in meinem Hals kehrte zurück. »Er hatte auf jeden Fall das Potenzial, mein Herz zu gewinnen. Ich hielt ihn für einen Guten.« Als Chris den Mund öffnete, hob ich die Hand, um ihn direkt zu unterbrechen. »Bitte sag mir nicht, dass er das ja sei. Auch wenn wir noch nicht so lange zusammen waren, tut das gerade wirklich verdammt weh.« Ich hielt die Tränen nicht länger zurück.

»Oh, T.« Chris stand auf, umrundete den Tisch und nahm mich in den Arm. Ich ließ es zu, kuschelte mich an seinen weichen Pullover. »Sag niemandem, dass ich das gesagt habe, aber Henry kann wirklich ein Arsch sein.«

Das überraschte mich so sehr, dass ich kurz auflachte. »Ich hab dich noch nie schlecht über ihn reden hören.«

»Ich habe auch noch nie eine Frau getröstet, der er das Herz gebrochen hat.«

Ich wischte mir die Tränen weg und schüttelte den Kopf. »So weit würde ich gar nicht gehen.«

»Aber er hat deinem Vertrauen in die Menschheit einen großen Knacks verpasst«, flüsterte Chris und drückte mich. »Das ist eigentlich viel schlimmer.«

Seine Worte drückten alles aus, was ich fühlte, und ich weinte erneut. Weinte um all die Freundschaften, die ich gern geführt hätte. Mit Menschen, die mich nie wirklich hatten kennenlernen wollen. Ich weinte um die verpassten Gelegenheiten, in denen ich mich aus Angst vor genau so etwas zurückgezogen hatte. Und um die Zukunft, die ich nie mit Henry haben würde.

»Darf ich dich was fragen?« Chris legte den Kopf schief und sah mich mitfühlend an.

»Klar.«

»War das das erste Mal?«

Ich wusste sofort, was er meinte. »Nein«, antwortete ich. »Aber es war das erste Mal, dass ich auf diese Weise darauf hereingefallen bin. Sonst haben die Leute mir Freundschaft vorgespielt. Aber Liebe? So krass war noch keiner.«

»Ich glaube nicht, dass er sie dir vorgespielt hat«, beharrte Chris. »Und wenn, dann nicht bewusst. Er glaubt wirklich, dass er dich liebt. Reicht das nicht?«

»Er liebt nicht mich«, antwortete ich. »So wie all die anderen Menschen, die mit mir befreundet sein wollten, nicht wirklich an Toni interessiert waren. Sie sahen Ausschnitte meines Lebens und glaubten, mich zu kennen.« Ich dachte an den Stalker, der sogar davon gesprochen hatte, dass wir einander ähnlich waren, obwohl er mich nicht einmal kannte. »Dabei war Instagram nur ein ganz kleiner Teil von mir.«

HIKARU

Wie verabredet wartete Matthew an der kleinen Parkbank mit dem zerbeulten Mülleimer. Seit ich hier joggte, war dieses Metallteil kaputt, und ich glaubte nicht, dass die Stadtverwaltung sich in den nächsten Jahren darum kümmern würde.

Nachdem ich gestern Abend das Monster eingefangen hatte, hatte Matthew mich noch in ein Gespräch verwickeln wollen, aber ich war direkt geflüchtet. Zu Hause hatten sich meine Gedanken nur um ihn gedreht, und mir war klar geworden, wie fahrlässig das war. Ich musste wissen, was er über die Aktion dachte, also hatte ich mich irgendwann dazu durchgerungen, ihn in einer kurzen Nachricht um eine Verabredung zu bitten, damit ich vorfühlen konnte, ob er mich verdächtigte.

Es war angenehm kühl, und ich hatte mein Handy im Auto liegen lassen, damit mich das Vibrieren nicht alle fünf Minuten daran erinnerte, dass das Management mich dringend wegen der Aktion gestern sprechen wollte. Seit gestern Abend versuchten sie quasi durchgehend, mich zu erreichen. Allein dass sie mich in der Nacht in Ruhe gelassen hatten, grenzte schon an ein Wunder. So penetrant waren sie noch nie gewesen, und obwohl mir das Sorgen bereitete, hatte ich beschlossen, mich dem Problem erst einmal nicht zu stellen. Zunächst galt es auszuschließen, dass Matthew irgendetwas bemerkt hatte.

»Hey, Mann!« Matthew zog mich zur Begrüßung in die Arme. Er trug ein pechschwarzes Outfit, das seine Muskeln betonte. Vor allem auf seine Waden war ich ziemlich neidisch.

»Guten Morgen«, erwiderte ich und klopfte ihm auf den Rücken. Seine freundschaftliche Begrüßung sprach dafür, dass er mich nicht verdächtigte. Ein Lichtblick. Sobald wir uns voneinander lösten, begann ich, auf der Stelle zu hüpfen, um mich aufzuwärmen, dabei beobachtete ich ihn ganz genau. Er wirkte unverändert, wärmte sich ebenfalls auf. Alles war wie immer. Schließlich fragte ich: »Bereit?«

»Klar.«

Wir setzten uns gemeinsam in Bewegung. Unsere Füße trafen im Gleichtakt auf den harten Boden. Um diese Uhrzeit war der Park vor allem der Zufluchtsort von Eltern mit Kinderwagen und Geschäftsleuten, die bereits drei Stunden arbeiteten und den ersten Kaffee im Freien zu sich nahmen. Sie liefen mit Pappbechern und Headsets über die verschlungenen Wege und gestikulierten wild mit den Händen. Kinder weinten. Hunde bellten. Aber wir trafen auch auf einige Jogger, die uns zunickten, als wären wir Teil eines Geheimbundes.

Matthew und ich schwiegen, wie immer. Mir gefiel dieses stumme Beisammensein. Dieses Gefühl der Verbundenheit, ohne etwas von sich preisgeben zu müssen. Nach gestern fühlte ich mich Matthew näher, und die Aussicht darauf, so etwas wie einen Freund gefunden zu haben, beflügelte jeden meiner Schritte, doch die Angst hing wie ein Gewicht an meinen Beinen. Das Wissen, dass seine Ex-Freundin Teil der Hunter war, verunsicherte mich. Aber es war ein gutes Zeichen, dass er mich nicht auf gestern ansprach, denn das bedeutete, dass er mich nicht verdächtigte. Offenbar war zumindest dieses Problem damit erledigt. Nach dem Sport konnte ich mich also ruhigen Gewissens um das Management kümmern.

Der Kies knirschte unter meinen Füßen, immer wieder wehten kalte Windböen in mein erhitztes Gesicht. Mein Herz hämmerte laut in meiner Brust, in der mein starker Wunsch nach einem Verbündeten und die Angst vor Verrat miteinander rangen.

»Die Hunter sind echt krass drauf, oder?«, begann Matthew das Gespräch.

»Sehr«, erwiderte ich abweisend. Die Erwähnung des gestrigen Abends nährte die Unsicherheit, und sie gewann die Oberhand. Leitete Matthew so meine Vernichtung ein? Würde er mir gleich sagen, dass er alles durchschaut hatte?

»Ich habe leider schlechte Nachrichten«, fuhr er fort, und mein

Herz sackte mir in die Knie. Ich war erledigt. »Gestern Abend habe ich noch die Reddit-Foren der Hunter gecheckt …«

Was hatte er dort gesehen? Ich unterdrückte einen Fluch. Das wäre meine Aufgabe gewesen. Normalerweise tat ich das immer, aber die Sache mit Matthew hatte mich echt aus der Bahn geworfen, und meine Gedanken waren den ganzen Abend um ihn gekreist. Darum, was er vielleicht dachte. Ich hatte nachlässig reagiert. Hals über Kopf, chaotisch. Das war nie eine gute Lösung. Aber ich lief weiter, bemühte mich um einen neutralen Gesichtsausdruck.

»… und man hört deine Stimme.«

»Scheiße.« Ich verlor meinen Rhythmus, hielt an. Mein Blut rauschte mir in den Ohren. Mein Blick suchte Matthews, und zu meiner Überraschung fand ich dort keine Anklage, sondern Mitleid.

»Keine Sorge, niemand verdächtigt dich.«

»Verdächtigt?«, echote ich. Bisher hatte ich nie eine solche Situation gehabt, und obwohl ich gestern Abend gedanklich unzählige Streitgespräche mit Matthew geführt hatte, entfielen mir jetzt alle Argumente, die ich mir zurechtgelegt hatte. »Was hört man denn?«

»Du rufst etwas und zeigst in eine Richtung.«

Ich erinnerte mich. Mein Ablenkungsmanöver, damit die Hunter wegsahen.

»Und jetzt?«

»Diskutieren sie, zu wem die Stimme gehört, da man dich vorher noch nie irgendwo wahrgenommen hat.«

Ich seufzte erleichtert.

Matthew fuhr fort: »Wieso versteckst du dich eigentlich und tust nicht einfach so, als wärst du einer von ihnen? Das wäre doch die beste Tarnung für deinen Job.«

»Was?« Perplex starrte ich ihn an, während sich ein triumphierendes Grinsen auf seinem Gesicht ausbreitete. Vor meinem inneren Auge brach meine ganze Welt auseinander, und seine nächsten Worte bestätigten meine größte Angst:

»Lass mich anders fragen: Seit wann arbeitest du für diesen Comic?«

TONI

In meiner Wohnung ließ ich mich mit einem Seufzen auf dem bequemen Sofa nieder und zog meine Kuscheldecke über mich. Die Idee mit dem Liebesroman hatte ich verworfen, stattdessen wollte ich produktiv werden und arbeiten. Mit einem wohligen Seufzen rückte ich das Kissen hinter mir zurecht. Das war einer der größten Vorteile meines Jobs: im Liegen arbeiten. Ich schnappte mir mein Tablet, öffnete eine Mail von Lydia, der Managerin des Webcomics *Haru no Hikari: Sakura's Guardian* und las die neuesten Seiten. Sie waren wie erwartet. Haru fand ein mächtiges Artefakt und tötete damit die verbliebenen Monster – aber oh nein! Eines überlebte, und alles begann von vorn. Ich seufzte.

Mir erschloss sich einfach nicht, weshalb diese Geschichte so erfolgreich war. Jeder Handlungsstrang folgte demselben Muster, Haru entwickelte sich nie weiter, und es gab immer ein noch mächtigeres Artefakt, gefolgt von einem noch böseren Ungeheuer, das die Welt bedrohte. Aber halt, Haru war zur Stelle, um das nächste mächtige Artefakt zu finden und zu aktivieren, denn das war seine Aufgabe. Selbst die Geschichte rund um sein sterbliches Leben blieb monoton: Es gab ein Mädchen namens Sakura, das er liebte und das auch ein Geheimnis vor ihm hatte. Mal waren sie zusammen, dann ertrugen sie ihre gegenseitige Geheimniskrämerei nicht mehr, sie trennten sich – um dann festzustellen, dass sie nicht ohneeinander konnten. Und so weiter und so weiter.

Gut, ich musste zugeben, dass der Zeichenstil wunderschön war und ich selten einen Manga gelesen hatte, der derart perfekt mit Panelaufteilungen spielte. Auch das Design der Monster variierte sehr stark und zeigte die grenzenlose Fantasie des Schöpfers. Nur schade, dass er diesen Einfallsreichtum in Monsterdesigns statt in die Geschichte steckte.

Als ich das Tablet zur Seite legte, war es bereits Mittag, und mein

Magen brummte, also beschloss ich, mir Fertigramen aufzugießen.

Ich stand auf und ging in meine kleine Küche. Für New Yorker Verhältnisse war meine Wohnung recht groß, immerhin besaß ich zwei Zimmer. Das meiste Geschirr befand sich noch in Kartons, nur der Wasserkocher, ein paar Teller und Tassen und eine Handvoll Besteck hatten es nach draußen geschafft. Dank der Erfahrungen der letzten Monate hatte ich es mir angewöhnt, mich nicht zu häuslich einzurichten.

Routiniert füllte ich den Wasserkocher an der kleinen Spüle, holte die Packung Ramen aus dem Schrank darüber und wartete auf das heiße Wasser.

Lediglich zwei Fotos am Kühlschrank verliehen der Küche einen Hauch Leben. Ich hatte sie mit sternförmigen Magneten dort befestigt: Eines zeigte meine Eltern und mich an Weihnachten, stolz lächelnd vor einem glitzernden Baum. Das andere war ein Fotostreifen von Henry und mir, entstanden in einem Automaten. Wir zogen darauf Grimassen, er wuschelte durch mein Haar, ich küsste ihn auf die Wange. Kurze Momente des Glücks.

Ich riss den Fotostreifen ab und warf ihn in den Mülleimer.

Dann goss ich die Fertigramen auf und verzog mich mit der dunklen Schüssel und einem Paar Stäbchen ins Wohnzimmer.

Hier herrschte wenigstens etwas mehr Leben, denn es stapelten sich mehrere Manga in verschiedensten Ecken und Regalen. Den Großteil meiner Sammlung hatte ich nach dem zweiten Umzug in einer Garage eingelagert, was jeder, der schon einmal mit Büchern umgezogen war, sicher nachvollziehen konnte. Die Manga, die sich in der Wohnung befanden, waren entweder meine Lieblingsstücke oder in den letzten Wochen neu in meine Sammlung gekommen.

Ich stellte die Schüssel auf dem niedrigen Couchtisch ab, kuschelte mich unter meine Decke und scrollte während des Essens durch meine Instagram-Timeline. Ich folgte Webcomic-Zeichnerinnen und Manga-Artists, sodass ich vor allem wunderschöne Bilder sah. Einmal mehr fragte ich mich, wieso ich nie den Ehrgeiz besessen hatte, selbst zu ihnen zu gehören. Ich liebte das Zeichnen, aber meine Utensilien hatte ich im Haus meiner Eltern zurückgelassen. Mit Comics verdiente man kein Geld, hatte es damals geheißen. Andererseits lebte ich nun vom Lesen und Rezensieren, und dieser Glücksgriff schien noch unwahrscheinlicher. Vielleicht hätte ich es schaffen können, wenn ich mutig genug gewesen wäre. Aber ich hatte jahrelang keinen Stift in die Hand genommen, und es war nicht so, als wären meine damaligen Zeichnungen Kunstwerke. Ganz im Gegenteil.

Seufzend legte ich das Handy weg und trank die letzten Reste direkt aus der Schüssel. Dann zog ich wieder meinen Laptop heran und tippte die ersten Zeilen der Rezension zur neuesten *Haru no Hikari: Sakura's Guardian*-Episode. Ich versuchte, es nicht ganz so hart klingen zu lassen, und vermied die Worte *langweilig* und *vorhersehbar.* Dennoch wollte ich nicht lügen, das verbot mir mein selbst auferlegter Ehrenkodex.

Fazit: Die Geschichte verläuft in gewohnten Bahnen und wird die Fans von Haru no Hikari: Sakura's Guardian *definitiv begeistern*, klang doch eigentlich ganz nett. Aber natürlich würden meine Follower verstehen, was ich damit meinte, da war ich sicher.

Jede Rezension, in der ich sagte, dass die Geschichte jemand anderen begeistern könnte, bedeutete eigentlich: *Aber ich gehöre nicht dazu.*

Auch nach dem vierten Durchlesen

blieb die Unsicherheit. Schon die letzten Male hielt sich meine Euphorie für Harus Geschichte in Grenzen, und die Kommentare dazu waren alles andere als nett gewesen.

Ich öffnete mein Instagram-Profil und scrollte zum letzten Posting über *Haru no Hikari: Sakura's Guardian*, in dem ich immerhin sehr viele lobende Worte über das Monsterdesign verwendet hatte. Trotzdem waren die Reaktionen auf mein Fazit – *eine weitere Episode, in der* Haru no Hikari: Sakura's Guardian *genau das liefert, was erwartet wird* – vernichtend.

Mach es doch selbst besser.

Ich fand die Episode GENIAL.

Wir teilen offensichtlich nicht den gleichen Geschmack. Bye-bye.

An diesem Tag waren mir tatsächlich einige hundert Menschen entfolgt, und während ein wenig Fluktuation bei Followerzahlen durchaus normal war, war der Einschnitt an diesem Tag in den Statistiken doch durchaus von Bedeutung.

Wäre ich wirklich die Managerin der Influencerin, die dieses Profil betreute, würde ich ihr sagen, dass negative Äußerungen über ein so beliebtes Franchise zukünftig besser unterlassen werden sollten.

Aber ich war meine eigene Managerin, und Businessplan hin oder her, es entzog sich meinem Verständnis, dass Menschen sich von einer anderen Meinung derart angegriffen fühlten. Nicht jeder mochte jede Geschichte, verdammt. Glücklicherweise, denn sonst wäre die Welt ein trostloser Ort mit den immer gleichen Erzählungen. Ohne Entwicklung, ohne die Möglichkeit, Neues zu entdecken.

Ich schloss die Augen, lehnte mich zurück und massierte meine Schläfen. Der Geruch nach Ramen hing noch in der Luft und mischte sich mit dem Duft nach Papier, der nach wenigen Tagen an jeder meiner Wohnungen haftete.

Allein dass ich darüber nachdachte, ob die Wahrheit den Verlust der Follower wert war, ärgerte mich maßlos. Normalerweise sollte ich einfach posten, was ich wollte, aber seit Instagram mein Beruf war, gestaltete sich das nicht so einfach. Andererseits … Entschlossen öffnete ich die Augen und begann, auf meinem Laptop rumzutippen.

Bisher hatte ich immer die Wahrheit gesagt. Ich war nie beleidigend geworden, denn jedes Kunstwerk verdiente Respekt, aber dennoch waren meine Beiträge stets *ehrlich* gewesen. Deswegen folgten mir so viele Menschen.

Ein Google-Alert erweckte meine Aufmerksamkeit und riss mich aus dem Schreibfluss. Ich öffnete den Artikel und überflog die Zeilen.

Kind bei Haru no Hikari:
Sakura's Guardian-Marketingkampagne verletzt

Als gegen 20 Uhr eines der berühmten Monster im Rockefeller Park auftauchte, fand schnell eine Menschenmenge zusammen. Seit Jahren begeistern die mysteriösen Monstererscheinungen aus dem Manga Haru no Hikari: Sakura's Guardian *die Welt und tragen zur Berühmtheit der Reihe bei.*
Niemand weiß, wer für diese Marketingstunts verantwortlich ist. Dieses Mysterium lockt viele Menschen an, die für Aufklärung sorgen wollen. Bisher hat sich jedoch niemand verletzt.
Laut Zeugenaussagen entstand durch plötzlich auftauchende Rauchbomben ein Tumult, der ein fünfjähriges Kind von der Mutter trennte. Das Kind stürzte in der Dunkelheit und schlug sich den Kopf an, woraufhin es bewusstlos wurde. Es wurde wegen einer leichten Gehirnerschütterung im Krankenhaus behandelt.
Die Mutter wird gegen den Zeichner Luke Asakura Anklage wegen fahrlässiger Körperverletzung einreichen.

Ich stieß ein leises Pfeifen aus. Es war das erste Mal, dass sich jemand bei diesen Kampagnen verletzt hatte, und auch wenn ich kein großer Fan von *Haru no Hikari: Sakura's Guardian* oder diesen komischen Monsterauftritten war, so hielt ich eine Klage doch für reichlich übertrieben.

Sofort checkte ich die neuesten Kommentare unter der Episode der letzten Woche. Das Internet teilte meine Meinung nur zur Hälfte. Während einige meiner Ansicht waren, gab es auch Kommentare, die forderten, dass sich Harus Schöpfer persönlich bei dem Kind entschuldigen und diese Maskerade endlich fallen lassen sollte. Es erschreckte mich, wie hart die Worte teilweise ausfielen.

> Die tun doch nur so geheimnisvoll, weil unmöglich nur eine Person hinter Luke Asakura steckt. Das ist 'ne Gruppe Künstler, die auf supermysteriös macht, um berühmt zu werden. Erbärmlich.

> Wegen einer dieser Monsteraktionen habe ich mal ein Vorstellungsgespräch verpasst – wo ist meine Entschädigung?

> Das feige Arschloch kann sich nicht ewig verstecken.

Ich schloss die Webseite und atmete tief ein. Den Gedanken, dass hinter der Serie mehrere Menschen steckten, teilte ich. Aber ich würde das niemals derart verurteilen. *Haru no Hikari: Sakura's Guardian* war eben ein Gesamtkunstwerk, das eine ganze Generation bewegte. Das Geheimnis um die Schöpfer gehörte ebenso dazu wie die Monsterauftritte. Natürlich verstand ich, wenn man damit nichts anfangen konnte, aber dieser Hass? Nein, der war alles andere als gerechtfertigt.

Mich überkam Mitleid, und kurz zog ich sogar in Erwägung, meine Rezension anzupassen und einige positive Worte einzufügen, aber Mitgefühl durfte meine Beurteilung nicht beeinflussen. Immerhin hatte ich auch schon andere beliebte Reihen verrissen und mich einer Meute wütender Fans entgegengestellt. Da würde das hier ein Kinderspiel werden. Hoffte ich zumindest.

HIKARU

Matthew stemmte die Hände in die Hüfte. »Hast du echt gedacht, dass ich das nicht checke? Du warst da mit 'nem Haufen Rauchbomben.«

»Ich ...« Plötzlich wurde mir übel, und ich beugte mich leicht nach vorn. »Ich hab keine Ahnung, wovon du redest.«

»Deshalb siehst du auch gerade so aus, als hätte dir jemand in den Magen getreten«, kommentierte Matthew. »Mir kannst du es doch erzählen, Mann. Ich sag das niemandem weiter. Dank Sarah weiß ich, wie krass ein Teil der Hunter drauf ist, und heilige Scheiße, wenn ich mir vorstelle, dass die anfangen, dich zu belästigen ...« Er schüttelte den Kopf. »Ne, nicht mit mir, Mann. Das bleibt unser Geheimnis, keine Sorge.«

»Ich muss mich setzen.« Tatsächlich erschien es mir sinnlos, zu lügen. Und ich wollte es auch gar nicht. Noch nie hatte mich jemand direkt darauf angesprochen, ob ich für *Haru no Hikari: Sakura's Guardian* arbeitete. Meine Schauspielkünste reichten nicht aus, um mich rauszureden, wie Matthew treffend festgestellt hatte. Dafür fehlte mir die Erfahrung.

Also setzte ich mich auf eine der Bänke am Wegesrand und sah hilflos zu Matthew. »Und jetzt?«

Matthew gesellte sich neben mich. »Wie meinst du das? Ist doch kein großes Ding, oder? Also ... Klar, ich verstehe, wieso du wegen der Hunter Angst hast, aber mir kannst du vertrauen, Mann. Echt jetzt.«

Ich vergrub das Gesicht in den Händen. »Das ist alles sehr kompliziert.«

»Komm mal runter.« Matthew schnalzte mit der Zunge. »Du arbeitest eben für eine krasse Marketingfirma. Ich will auch gar nicht wissen, wie ihr das alles macht. Ist mir ziemlich egal. Das Haus, in dem du wohnst, gehört dann wahrscheinlich deinem Chef, oder?«

Er riss die Augen auf. »Oder verdienst du genug, um dir das Ding leisten zu können, und hast das nur nie gesagt, weil du nicht als Bonze rüberkommen wolltest? Boah, sorry, dass ich so schlecht über dein ganzes Zeug geredet habe, Mann.«

Meine Gedanken rasten. Matthew hielt mich also für einen Mitarbeiter der Marketingfirma. Natürlich. Das war der erste logische Gedanke, wenn man glaubte, dass jemand für *Haru no Hikari: Sakura's Guardian* arbeitete. Ganz sicher erschloss sich niemandem direkt, dass ich auf magische Art und Weise unabsichtlich Tintenfiguren zum Leben erweckte.

»Ich gebe nicht gern an«, sagte ich deshalb und zog einen Mundwinkel nach oben. Ich fasste neuen Mut. Das hier konnte vielleicht doch funktionieren. »Außerdem muss ich meinen Job echt geheim halten. Wenn mein Chef rauskriegt, dass jemand davon weiß, werde ich gefeuert.«

»Die sind richtig streng, was?«

»Na ja, sonst wären sie nicht so berühmt«, erwiderte ich. Die Lügen kratzten unangenehm in meinem Hals, also versuchte ich, die Wahrheit so zu formulieren, dass sie zu der Geschichte passte. »Ein Teil des Zaubers ist doch, dass niemand weiß, wer dahintersteckt.«

»Stimmt«, gab Matthew zu. »Also: Wie lange bist du schon dabei?«

»Darf ich nicht sagen«, wich ich aus.

»Okay«, sagte Matthew und zuckte mit den Schultern. »Alles sehr geheim. Verstehe ich.«

Dann fuhr er sich mit einer Hand durch die Haare. »Und trotzdem hast du deine Deckung riskiert und Sarah abgelenkt. Das weiß ich echt zu schätzen, Mann. Danke.« Matthew griff nach der Trinkflasche an seinem Gürtel und nahm einen kräftigen Schluck. »Dein Geheimnis ist bei mir echt sicher. Und um ehrlich zu sein, hab ich eh nie kapiert, weshalb Sarah so hart auf diesen Luke abfährt.« Er schnaubte. »Vielleicht ist es ganz gut, dass sie sich für Sam entschieden hat. Das wäre mir auf Dauer zu anstrengend geworden.«

»Du wirst schon noch jemanden finden, der dich so liebt, wie du es dir wünschst«, meinte ich.

»Ja, ich denke auch. Ach, übrigens … Was ich dir unbedingt noch sagen wollte: Ich habe viel über das nachgedacht, was du gesagt hast.«

Ich runzelte die Stirn. »Was meinst du?«

»Mit der Exklusivität aussprechen und so. Ich hatte wohl falsche Erwartungshaltungen, die ich dann nicht einmal ordentlich kommuniziert habe.«

Völlig überrumpelt starrte ich Matthew an, der sich seinerseits den Nacken rieb. »Danke, dass du so ehrlich zu mir warst. Das macht wahre Freundschaft aus, finde ich. Dass man ehrlich ist, auch wenn's unangenehm wird.«

»Danke, dass du das so siehst.« Mir fiel nichts Schlaueres dazu ein, aber Matthew schien es zu reichen, denn er zog mich ohne Umschweife an seine schwitzige Brust. Und einfach so hatte ich zum ersten Mal in meinem Leben das Gefühl, einen echten Kumpel an meiner Seite zu haben.

Es war alles gut. Ich hatte die Aussicht auf einen Freund, und selbst wenn das Management wütend war, würde ich das wieder hinbekommen.

Niemand hatte mich gestern erwischt. Mein Geheimnis war weiterhin sicher.

Zurück im Auto, griff ich als Erstes nach dem Handy, um mit Lydia zu reden. Das Gespräch mit Matthew hatte mir genügend positive Energie gegeben, um das durchzustehen.

Dachte ich zumindest. Also aktivierte ich die Stimmenverzerrer-App und drückte den Rückrufbutton.

»Endlich« war die erste Reaktion, die mich empfing, »wurde auch höchste Zeit.«

Ich hatte Lydia noch nie so wütend gehört. »Entschuldige, ich war beschäftigt.«

»Das Marketing hat richtig Scheiße gebaut.« Etwas klackerte, und Lydia fluchte. »Die Chefin will nicht, dass du weiterhin das Marketing leitest. Ab jetzt soll alles über uns laufen.«

»Was? Warum?«

Ein kurzer Moment der Stille. Es klang, als würde Lydia irgendetwas wegräumen. »Dein Ernst? Du hast es noch nicht gehört?«

Mein Nacken kribbelte, und ich rieb mit der Hand darüber. »Nein?«

»Bei dem spontanen Auftritt gestern wurde ein Kind verletzt. Die Mutter hat Klage eingereicht.« Lydia sprach weiter, aber ihre Worte gingen in dem Klingeln in meinen Ohren unter.

Ein Kind wurde verletzt? Wann? Wieso hatte ich das nicht mitbekommen?

»Geht es dem Kind gut?«, unterbrach ich sie.

»Es wird schon wieder«, erklärte Lydia. »Nur eine leichte Gehirnerschütterung. Viel Drama um nichts, aber das Internet stürzt sich natürlich auf diesen Fehltritt. Am besten rückst du jetzt endlich den Namen der Marketingagentur raus, und wir leiten die Anklage weiter. Dann geben wir ein Statement raus, dass du als Künstler nichts davon wusstest.«

Nur dass es keine Marketingagentur gab. Ich war dafür verantwortlich. Ganz allein. »Ich überlege mir was.«

»Du verstehst den Ernst der Lage nicht, Luke.« Lydia stieß einen Schwall Luft aus. »Jemand wurde verletzt. Die Marketingfirma soll einfach den Schadensersatz zahlen, das ist nicht unser Problem. Wir konzentrieren uns darauf, dich als Künstler aus der Scheiße zu ziehen. Die Leute dürfen nicht denken, dass du etwas damit zu tun hast. Niemand mag Leute, die für Geld Kinder verletzen.«

»Natürlich nicht«, sagte ich tonlos. »Ich werde mit ihnen reden.«

»Heute noch«, fügte Lydia an. »Wir schicken dir gleich den Entwurf für unser Statement, das wir nach deiner Freigabe an die Presse geben.« Sie stieß ein freudloses Lachen aus. »Je berühmter man ist, desto schlimmer ist auch der kleinste Fehltritt. Ich bin

froh, dass niemand dein Gesicht kennt, wäre sonst echt unangenehm, einkaufen zu gehen oder so.«

»Ja.«

»Wir kriegen das hin. Verlass dich auf uns.«

Damit beendete Lydia das Gespräch. Ich ließ das Telefon sinken. Mir war übel, und ich legte die Stirn an das Lenkrad. Es war genau das eingetreten, was ich immer befürchtet hatte: Jemand wurde durch einen Ausbruch verletzt.

Ich atmete tief ein, dann öffnete ich auf meinem Handy die Newsseiten. Es war überall. Na ja, zumindest, was die Klatschzeitschriften betraf. Und mein Instagram-Profil. Die Kommentare waren übel. Mit zitternden Fingern scrollte ich durch die Beschuldigungen und Hassnachrichten.

Meinetwegen war ein Kind im Krankenhaus gelandet. Auch wenn viele Menschen mich in Schutz nahmen und darauf hinwiesen, dass das Kind gestolpert war und die Verletzung nicht in direktem Zusammenhang mit dem Monster stand … Ohne mich wären Mutter und Kind wahrscheinlich nicht dort gewesen. Es hätte keine Rauchbomben gegeben. Keine Aufregung.

Nein, meine Schuld an dieser Sache ließ sich nicht wegreden. Tränen traten in meine Augen. Dem Kind ging es zwar gut, aber das hieß nicht, dass in Zukunft nicht schlimmere Dinge passieren konnten.

Ich musste endlich herausfinden, wie ich diese Ausbrüche unter Kontrolle bekam. Wie ich sie verhinderte. Bevor noch jemand meinetwegen starb und Blut an meinen Händen klebte.

TONI

Der nächste Tag begann mit einer Handyerinnerung. *Haru no Hikari: Sakura's Guardian*-Releasetag. Ich postete den gespeicherten Beitrag noch in meinem Bett, dann zog ich mir die Decke wieder über den Kopf. Durch die dunklen Vorhänge fiel nur wenig Licht in mein Zimmer, aber der kleine Sonnenstrahl reichte, um mich wach zu halten.

Also stand ich irgendwann auf, und im Gegensatz zu meiner sonstigen Routine vermied ich es heute, Kommentare zu lesen. Ich ahnte, was dort stehen würde.

Ich nahm mir eine der wenigen ausgepackten Tassen und startete die Kaffeemaschine. Währenddessen starrte ich nachdenklich auf die unausgepackten Kartons, die sich auf dem Esstisch stapelten. Vielleicht war es an der Zeit, wenigstens einen auszuräumen. Ich öffnete den obersten, zog einen Topf hervor und verstaute ihn im Schrank neben der Spüle.

Dann piepste die Kaffeemaschine und signalisierte mir, dass mein Frühstück bereit war. Dankbar nahm ich die Tasse und zog mich in das Wohnzimmer zurück, in dem ich die Kartons immerhin hinter der Tür gestapelt hatte, sodass ich sie vom Sofa aus nicht sah.

Sie erinnerten mich daran, dass diese Wohnung nicht von Dauer war und der Stalker jederzeit auftauchen konnte. Ich brachte es nicht über mich, sie auszuräumen, immerhin wusste ich nicht, wie lange ich hier noch sicher sein würde. Bisher hatte der Stalker es immer geschafft, mich zu finden. Meine Vorsicht war größer geworden, aber seine Methoden auch gerissener. Während ich am Anfang noch unbedacht auf geradem Weg nach Hause fuhr, nahm ich jetzt Umwege. Ich kaufte

nicht im selben Supermarkt ein, wechselte die Restaurants und wählte Orte, an denen ich eine gute Übersicht hatte. Aber ich war mir sicher, dass er einen neuen Weg finden würde, um mir zu folgen. Das tat er immer. Allein der Gedanke bereitete mir Übelkeit.

Mein Handy blinkte auf und erinnerte mich daran, dass ich heute noch einen Außentermin hatte. Ausgerechnet jetzt. Dabei versuchte ich, so wenig wie möglich außerhalb meiner vier Wände zu arbeiten. Buchreleasepartys sagte ich ebenso ab wie Lesungen. Aber der Auftrag spülte eine Menge Geld in die Kasse, und ich würde mich nicht davon abhalten lassen, meinen Job auszuführen.

Gerade als ich die U-Bahnverbindung nachschauen wollte, vibrierte das Gerät erneut.

Eine Nachricht. Von Henry. Ich stellte den Kaffee zur Seite, starrte auf den Namen und die Buchstaben. Zunächst las ich die Nachricht, die er mir direkt am nächsten Tag geschickt hatte.

Können wir telefonieren? Bitte?

Hätte ich sie damals direkt gelesen, wäre ich vielleicht eingeknickt, aber der Text, den er heute geschickt hatte, zerschmetterte diesen kurzen Anflug Empathie.

Hast du dich mittlerweile etwas beruhigt, damit wir reden können?

Ein ungläubiges Lachen kam über meine Lippen.

»Ernsthaft?« Als ob ich mich unbegründet aufgeregt hätte. Ich fand, dass ich in Anbetracht der Umstände sogar recht entspannt reagiert hatte.

Kurz darauf rief Henry an. Ich drückte auf Ablehnen.

Ein weiteres Vibrieren. Noch mehr Nachrichten.

Ich weiß, dass du meine Nachricht gelesen hast.

Bitte, Antonia.

Nach allem, was ich erfahren hatte, würde ich Henry unter keinen Umständen eine weitere Chance geben.

Wir waren doch so gut zusammen.

Der Schmerz in meiner Brust regte sich, und ich legte das Handy beiseite, um diesen flehenden Worten zu entkommen. Diesen Lügen. Dann atmete ich tief durch.

Er rief erneut an. Dieses Mal ging ich ran.

»Hey.« Er klang überrascht, und irgendwie bereitete mir das Genugtuung.

»Was gibt es?«, erwiderte ich kalt und war stolz darauf, wie beherrscht ich mich gab.

»Ich wollte mit dir reden.«

»Aber ich nicht mit dir.« Ich nahm einen Schluck Kaffee. Meine Hände zitterten.

»Komm schon, Toni.«

»Nein«, sagte ich ruhig. »Du hast mich vom ersten Tag an belogen. Ganz abgesehen davon habe ich bei deiner Reaktion auf meine Stalking-Geschichte gemerkt, dass du nicht der Mann bist, mit dem ich weiterhin Zeit verbringen will.«

»Hä, was hat der denn jetzt damit zu tun?«

Am liebsten wollte ich auflegen. Stattdessen zwang ich mich dazu, dieses Gespräch weiterzuführen. Ein letztes Mal. »Ich habe dir gesagt, wie mies es mir deswegen geht, und du hattest nur dein Buch im Sinn.«

»Aber verstehst du nicht, wie wichtig *Repeat* für mich ist?«

»Doch.« Ich seufzte. »Das verstehe ich. Es ist dir wichtiger als mein psychisches Wohlergehen. Und deswegen bist du nicht der richtige Kerl für mich. Lass es einfach dabei bewenden, in Ordnung?«

»Toni, mit BibliophileBoulevard könntest du …«

»Du hast also auch jetzt nur angerufen, um dein Buch zu promoten. Nicht, um dich zu entschuldigen.« Es überraschte mich nicht einmal. Der Schmerz in meiner Brust verstummte, wurde zu kalter Gleichgültigkeit. »Leb wohl, Henry. Ich wünsche dir nur das Beste. Ehrlich.«

Ich nahm das Telefon vom Ohr und legte auf, obwohl Henrys Stimme noch undeutlich aus dem Lautsprecher drang. Dann blockierte ich seinen Kontakt. Überall.

Es fühlte sich befreiend an, und ich war dankbar dafür, dass Henry mich zwar fasziniert, aber niemals komplett um den Finger gewickelt hatte. Ich war stolz auf mein Leben. Auf das, was ich erreicht hatte. Darauf, dass ich mich nicht einmal von einem Stalker aus New York und meinem Beruf vertreiben ließ. Ich war stark. Selbstständig. Zufrieden. Dafür brauchte ich weder Henry noch einen anderen Menschen an meiner Seite.

HIKARU

Als ich am nächsten Tag aufwachte, stand mein Entschluss noch immer fest: Ich wollte keine Geschichten mehr erzählen. Nicht, bevor ich diese Ausbrüche endlich unter Kontrolle hatte. Mein Erspartes reichte für einige Jahre, und falls es hart auf hart kam, hatte ich noch immer genügend teure Kunstwerke, die ich weiterverkaufen konnte, um mein Leben zu finanzieren. Die Aussicht darauf, nicht mehr zu zeichnen, drückte schwer auf meine Brust, aber ich hielt mir vor Augen, dass ich dann auch keine Ausbrüche mehr bewältigen musste. Niemanden mehr in Gefahr brachte. Es war vernünftig. Das einzig Richtige. Auch wenn es sich so falsch anfühlte.

Ich lag noch im Bett, lauschte leiser Musik und wollte einfach, dass die Zeit verging. Aber das Leben war nicht gnädig mit mir, und es klingelte an der Tür.

Nur wenige Menschen wussten, wo ich wohnte, und meine Ahnung bestätigte sich, als ich schließlich die Treppe nach unten trottete und die Tür aufzog.

»Übel, Mann.« Matthew stürmte herein, ohne eine Einladung abzuwarten. »Ich hab's gelesen. Also normalerweise lese ich solchen Tratsch nicht, aber heute stand es in der *Times*.«

Er drückte mir eine Zeitung in die Hand. Darauf das Datum von heute. Dunkle Bilder und viel Text. Ich erkannte das Monster sofort.

»Wir haben ein Kind verletzt«, sagte Matthew, riss die Arme in die Luft und ließ sich aufs Sofa fallen. »Kriegst du jetzt richtig Ärger von deinem Boss? Wirst du gefeuert?«

Es dauerte einen Augenblick, bis ich verstand, wovon er redete. Aber da ich Matthew erzählt hatte, dass ich für die Marketingfirma arbeitete, erschien mir seine Schlussfolgerung logisch. Immerhin hatte auch Lydia gefordert, dass die Marketingfirma den Shitstorm auf sich nahm und die Konsequenzen trug, deshalb hatten wir das in der offiziellen Pressemitteilung verlauten lassen. Und diese Pressemitteilung wurde von der *Times* zitiert.

»Das tut mir so leid«, fuhr Matthew fort. »Hab ich mit den Rauchbomben was falsch gemacht? Ich hab's versaut, oder?«

Seine Fürsorge rührte mich. Ich schüttelte den Kopf. »Ne, alles gut.«

»Aber das Management sagt …«

Ich winkte ab und überlegte mir schnell eine Lüge, damit er sich besser fühlte. »Ja, aber mein Chef hält den Ärger von mir fern. Er ist ein wirklich lieber Mensch und sieht den Fehler bei sich, weil er mich allein geschickt hat. Ich habe auch nicht erzählt, dass du mir geholfen hast.«

»Klar, ist ja alles geheim, Mann.« Matthew nickte. »Bin dir trotzdem dankbar, dass du mich da nicht mit reinziehst. War immerhin meine Schuld, weil ich das mit den Rauchbomben verbockt habe.« Seine Stimme klang seltsam belegt.

»Das stimmt doch nicht«, widersprach ich. »Du hast mir einen riesigen Gefallen damit getan und mir wirklich enorm geholfen. Ohne dich wäre das alles nur noch schlimmer geworden.«

»Ach ja?« Matthew schüttelte den Kopf. »Glaub ich nicht. Du hast das gemacht, um Sarah abzulenken, weil ich so unüberlegt gehandelt habe.«

Sein Selbstmitleid schmerzte mich. Das war seine Geschichte, ja. Aber sie basierte auf zu vielen Lügen. Darüber, was ich getan hatte. Warum ich überhaupt dort gewesen war. *Wer* ich war.

»Ihr habt bestimmt noch andere Auftraggeber, oder?«, lenkte Matthew das Gespräch wieder auf mein scheinbares Problem. »Ihr seid jetzt nicht pleite, da dieser Luke möglicherweise die Zusammenarbeit beendet?«

Auch das war Teil des offiziellen Statements gewesen – und ein riesiges Problem für mich. Denn nur weil Lydia eine Vertragsauflösung mit einer angeblichen Marketingagentur wollte, würden die Ausbrüche nicht aufhören.

Wann immer ich zeichnete, würden neue Wesen dem Papier entkommen. Neue Ungeheuer, die Aufmerksamkeit auf sich zogen. Wie sollte ich das vor Lydia rechtfertigen? Eine neue Marketingfirma vorschieben?

Mein Kopf dröhnte noch genauso stark wie am gestrigen Abend, und ich ließ mich seufzend neben Matthew aufs Sofa sinken.

»Wird schon alles«, sagte ich, obwohl es sich nicht so anfühlte. Genau genommen stand ich in einer ziemlich ausweglosen Sackgasse.

»Kann ich dir irgendwie helfen?«

Ich musterte ihn. Diesen Mann, den ich gestern Morgen noch abgeschrieben hatte. Jetzt war er der Mensch, dem ich mich am nächsten fühlte. Seltsam, wie schnell sich Dinge änderten.

»Ich fürchte nicht«, sagte ich, obwohl sich in mir der Wunsch regte, ihm die Wahrheit zu sagen. »Es reicht schon, dass du hier bist. Das ist wirklich viel wert.«

»Ist doch selbstverständlich.«

Wir saßen eine Weile schweigend nebeneinander. Die Musik tanzte leise aus dem Obergeschoss herab. Schließlich seufzte Matthew. »Und jetzt?«

»Einfach weitermachen?« Ich zuckte mit den Schultern. »Keine Ahnung, wirklich. Mein Boss wird das schon regeln. Ich mache meinen Job und bekomme weiterhin mein Gehalt. Also alles gut.«

»Okay.« Matthew grinste, und ich erwiderte sein Lächeln tapfer, obwohl ich mich gar nicht danach fühlte. Es gab keinen Boss, der das für mich erledigte. Ich musste mich selbst darum kümmern und war komplett auf mich allein gestellt. Ganz ohne Lösungsansatz oder Anhaltspunkt.

Meine Hände begannen zu zittern, und ich steckte sie schnell in meine Hosentasche, damit Matthew nichts davon mitbekam. Mein Herz raste,

und ich überlegte fieberhaft, wie ich das lösen sollte, aber mir fiel nichts ein. Mein Körper war im Panikmodus.

»Aber ruf mich an, wenn was ist, ja? Ich bin jederzeit bereit.« Dann warf Matthew einen Blick auf die silberne Uhr an seinem Handgelenk. »Außer jetzt. Ich komm zu spät zur Arbeit. Wollen wir vielleicht heute Abend ein Bier trinken?«

Mein erster Impuls war eine Absage, aber die Vertrautheit zwischen uns brachte mich zum Nicken. Vielleicht war es auch nur die Angst vor einem Abend allein mit meinen Ängsten. »Gern. Sagst du Bescheid, wenn du Feierabend machst?«

Er stand auf und tippte sich mit dem Zeigefinger an die Stirn. »Wird erledigt. Bis später.«

Als er die Wohnung verlassen hatte, blieb ich noch eine Weile sitzen, starrte ins Leere und hing meinen zusammenhanglosen Gedanken nach. Immer wieder drehten sie sich im Kreis, rund um das verletzte Kind, meine Gabe, Lydias Forderung nach einer neuen Marketingagentur mit genaueren Absprachen, die ich nicht erfüllen konnte.

Es gab lediglich eine Sache, die mich jetzt aufbauen würde. Diese eine Leidenschaft, der ich gerade besser nicht nachgehen sollte, weil das Risiko viel zu groß war.

Ich ging ins Arbeitszimmer, öffnete eine Schublade an meinem Schreibtisch und zog den Papierstapel hervor. Hunderte Seiten voller Geschichten, die niemals das Licht der Welt erblicken würden.

Liebevoll breitete ich die Blätter auf dem Schreibtisch aus, betrachtete die feinen Linien. Lächelnde Gesichter, weinende Augen, Monster, Kirschblüten. Mein Blick blieb an einer Seite hängen, und ich zog sie näher heran, verfolgte die Geschichte eines Jungen, der sich mit seinem Vater über die Zukunft stritt. Erinnerte mich daran zurück, wie es gewesen war, dieser Junge zu sein.

Das schwere Gefühl in meiner Brust wurde intensiver, zog mich auf den Bürostuhl. Ich stützte meinen Kopf auf meine Hände und beobachtete, wie das Licht langsam über die Zeichnungen kroch, während die Sonne immer höher stieg.

Wie Gold floss es über die Linien, tauchte die traurige Geschichte eines einsamen Kindes in Herbstlicht. Als es schließlich das letzte Panel erreichte, hob ich den Kopf und sah aus dem Fenster, beobachtete die wenigen Wolken, die über den Himmel zogen.

Die Zeit verging, und ich hatte keine Lösung gefunden. Genau genommen hatte ich überhaupt nichts gemacht, außer in Selbstmitleid zu versinken. Also holte ich mein Handy hervor und öffnete Instagram, um die Kommentare zur neuesten Episode zu lesen. Sicher hatten sich nicht alle von mir abgewandt, und es gab noch immer begeisterte Fans.

Tatsächlich fand ich viele positive Worte. Verlinkungen mit ausführlichen Besprechungen. Video-Analysen. Und natürlich eine Rezension von BentoBooksAndComics. Ich erkannte ihren Beitrag sofort an der Art des Bildes, an der Farbgebung, der Ästhetik. Kurz verharrte mein Finger über dem Bild. Ein kaum bemerkbarer Augenblick des Zögerns, denn mir war klar, dass sie kein großer Fan meiner Arbeit war.

Aber ich wollte wissen, was sie zu sagen hatte. Ihre Rezensionen zu anderen Werken entsprachen so oft meiner Meinung. Es war, als fasste sie meine unbegreifliche Gedankenwelt in verständliche Worte.

Wenn ich eine Geschichte las, waren da nichts als Emotionen in mir. Verworren, unverständlich, kaum lösbar. Aber dank ihrer Beiträge begriff ich, weshalb ein bestimmter Manga etwas in mir auslöste. Ihr Urteil war mir wichtig, weil ich sie für äußerst kompetent hielt – und weil ich mich ihr nah fühlte. Auch bei ihr standen immer die Werke im Vordergrund. Es ging nie um sie als Person. Sie blieb ebenso anonym wie ich, und das gab mir ein seltsames Gefühl von Verständnis.

Fazit: Die Geschichte verläuft in gewohnten Bahnen und wird die Fans von *Haru no Hikari: Sakura's Guardian* definitiv begeistern.

Mittlerweile las ich den Blog lange genug, um zu wissen, was das hieß: Sie fand die Episode langweilig und vorhersehbar, traute sich aber nicht, diese Worte so klar auszusprechen, weil sie aufgrund der gestrigen Sache Mitleid mit mir hatte.

Ich knirschte mit den Zähnen. Auch unter ihrem Post häuften sich die Kommentare zu dem Vorfall, eine Schlammschlacht zwischen meinen Unterstützern, Internettrollen und den Menschen, die mich einfach noch nie leiden konnten.

Fast wünschte ich mir, BentoBooksAndComics wäre einfach ehrlich gewesen. Ihr Desinteresse an Harus Geschichte wegen meines persönlichen Unglücks derart schmeichelhaft zu verpacken, war einfach …

Ich knallte die Stirn recht unsanft auf den Tisch.

Der heutige Tag war eine einzige Katastrophe. Bisher hatte ich nichts getan, als in Selbstmitleid zu baden. Die Blätter mit den persönlichen Geschichten raschelten, als ich den Kopf leicht drehte. Da lagen sie, die Geschichten, die nur für mich waren. Meine persönlichen Schätze.

Ich richtete mich auf und zog energisch ein leeres Blatt heran. Niemals würde ich mir von BentoBooksAndComics sagen lassen, dass meine Geschichten nicht *genug* waren.

Haru no Hikari bildete meine Gefühle ab. Meine Magie zauberte mein Innerstes direkt aufs Papier. Wenn sie sagte, dass meine Geschichten langweilig waren, so meinte sie damit eigentlich *mich*. Und ja, vielleicht war ich das in den letzten Jahren gewesen. Hatte mich immer in einem sicheren Rahmen bewegt. Nichts gewagt, riskiert.

Umgeben von meinen privaten Seiten, erwachte die Motivation in mir. Ich wollte beweisen, was in mir steckte, und die Welt überraschen. Also musste ich etwas tun, was mir widerstrebte. Ein kleiner Akt der Rebellion. Nach gestern wollte ich nie wieder meine Magie nutzen. Deshalb musste ich genau das tun.

Ja, ich würde eine neue Geschichte kreieren, sie BentoBooksAndComics zukommen lassen und um ihre ehrliche Meinung bitten.

Und diese Geschichte würde aufgrund meiner unvorhersehbaren Handlung so gut sein, dass sie nicht anders konnte, als sie zu lieben. Wenn ich mich weiterentwickelte und entgegen meinen Prinzipien handelte, würden auch meine Zeichnungen überraschen.

Selbstsicher legte ich die Hand aufs Papier und konzentrierte mich auf die Gefühle in meinem Inneren.

Suchte diesen neuen Funken, den diese Rezension in mir geweckt hatte. Ein bisher unbekanntes Gefühl, für das ich noch keinen Namen kannte.

Es übertrug sich direkt auf das Papier. Die Linien, die über das Blatt flossen, waren anders als sonst. Rauer. Energischer.

Ich zog einen Mundwinkel nach oben, genoss die schöne Seite meiner Magie. Dann schlug der Fluch wieder zu, und ich wusste, dass ich einen riesengroßen Fehler begangen hatte.

Flammen schossen aus dem Papier empor und versengten meine Hand. Vor Schmerz schrie ich auf und wich zurück. Ein riesiges Auge folgte, dann ein breites Grinsen. Das Ungetüm blickte mich triumphierend an.

Aber irgendetwas war anders. Ich spürte es an der Energie, die in der Luft lag. Hörte das fast sprachähnliche Grummeln, während es dem Papier entstieg.

»Nein«, sagte ich bestimmt. Hoffte, dass es dieses Mal etwas änderte, aber das Monster kam in unsere Welt, ganz gleich, was ich tat. Es war ein seltsames Geschöpf, gemacht aus Flammen und Hitze. Je lebendiger es wurde, desto wärmer wurde es in dem kleinen Arbeitszimmer.

»Bitte«, sagte ich zu dem Wesen, und es geschah etwas, das noch nie zuvor passiert war: Es grinste mich an. Lange, spitze Zähne. Leuchtende Augen. Kurz flammte Hoffnung in mir auf. Vielleicht war es dieses Mal wirklich anders, und wir konnten miteinander reden.

In einem Moment schwebte das Monster wie eine in Bernstein gefangene Sternschnuppe in meinem Zimmer. Im nächsten war es verschwunden.

TONI

Die Arbeit half mir, mich abzulenken. Ich arrangierte die zwölfbändige Reihe im Regal einer Kaffeehauskette, die mir einen hohen Betrag dafür zahlte, sie diesen Monat als perfekten Leseort vorzustellen. Noch eine Kaffeetasse mit Logoaufdruck daneben. Perfekt.

Ich lud das Ganze mit dem Hashtag #BentoBooksBrews hoch und griff dann nach meinem Kaffee. Die Chefin des Ladens setzte sich zu mir. Sie war einen Kopf kleiner als ich, und alles an ihr war rund. Ihr Kopf, der Dutt darauf, ihre Ohrringe, die roten Kreise auf ihrem dunklen Kleid.

»Fertig?«, fragte sie und schüttelte den Kopf. »Meine Tochter liebt BentoBooksAndComics. Hätte nie gedacht, dass sie ihre Fotos gar nicht selbst schießt.«

»Die meisten macht sie selbst«, wehrte ich wie so oft ab. Kurz nach dem ersten Stalker-Unfall hatte ich mehrere Leute beauftragt, für mich Fotos zu schießen – sie waren katastrophal geworden. Entweder erinnerten sie an Hochglanz-Werbebilder oder wirkten so unästhetisch, dass sie für Instagram nicht verwendbar waren. Die einzige Fotografin, die gepasst hätte, konnte ich mir schlicht und ergreifend nicht leisten. Nein, Contentproduktion war nichts, was ich abgeben konnte, wenn ich weiterhin erfolgreich sein wollte.

»Nur bei Kooperationen, die einen Außeneinsatz verlangen, springe ich ein. Sie hat es nicht so mit Menschen.«

»Dabei sind Menschen doch wundervoll«, sagte sie. Leider hatte ich ihren Namen vergessen, und im Gegensatz zu ihren Mitarbeitenden trug sie weder Schild noch Uniform. »Deswegen liebe ich diesen Laden. Weil guter Kaffee Menschen zusammenbringt.«

Ich beobachtete die Kundschaft im nicht abgesperrten Bereich des Ladens. Die meisten Menschen tippten auf ihren Handys, manche sahen kurz zu uns herüber, bevor sie sich wieder ihren Displays widmeten. Sogar an den Tischen, an denen zwei Personen saßen, dauerte es nicht lange, bis ein prüfender Blick auf das Gerät geworfen wurde.

»Das tut er«, sagte ich trotzdem und ahnte, dass die Frau eine Anweisung von ganz oben erhalten hatte, mir das Firmenmotto näherzubringen. Ich nippte an meiner Tasse. »Der ist wirklich gut.«

»Nicht wahr?« Sie strahlte, und irgendwie schaffte sie es dabei, dass ihr Gesicht noch rundlicher wirkte. Wenn die Sache mit Henry nicht passiert wäre, hätten wir uns vielleicht sogar wirklich gut verstanden. Das wurde mir klar, als die Stille zu lange dauerte. Ich wusste nicht, was ich sagen sollte. Aktuell ertrug ich keine zwischenmenschlichen Interaktionen, suchte in jeder Handlung und jedem Wort nach Verrat.

Ich musste wirklich ganz dringend aus dieser paranoiden Gedankenwelt ausbrechen, also antwortete ich schließlich doch. »Ah, Entschuldigung, ich musste mir den Kaffee gerade auf der Zunge zergehen lassen. Er ist wirklich köstlich. Verrätst du mir das Geheimnis?«

War das zu viel des Guten? Ich war kurz unsicher, aber sie nickte eifrig, und ich atmete auf.

»Ja. Also nein.« Sie lachte. »Er schmeckt wirklich großartig, aber das Geheimnis kann ich dir leider nicht verraten.«

Wir quatschten noch eine Weile, dann packte ich die Manga ein und setzte mich in die U-Bahn nach Hause. Sobald ich einen freien Sitz erkämpft hatte, schloss ich die Augen. Die Unterhaltung war anstrengend gewesen, aber sie hatte sich gelohnt. Es fühlte sich gut an, über meinen Schatten gesprungen zu sein. Die Erfahrung mit Henry durfte mich nicht zu einer seltsamen Eigenbrötlerin machen.

Ich zog mein Handy heraus und tippte eine kurze Nachricht an Chris, dann öffnete ich mein Mailfach. Eine ziemlich wütend klingende Mail von Lydia, der Managerin von *Haru no Hikari*, wartete dort auf mich.

Ich rief sie an, sobald ich den Untergrund verlassen hatte.

»Hallo?«

»Guten Tag«, erklang eine säuselnde Stimme. »Sicher haben Sie schon von dem gestrigen Desaster gehört.«

»In der Tat«, antwortete ich und fragte mich, weshalb sie mich anrief. »Wirklich bedauerlich. Ich bin froh, dass dem Kind nichts Schlimmes zugestoßen ist.«

»Wir auch«, erwiderte Lydia. Etwas raschelte, und sie räusperte sich. »Hören Sie … Ich weiß, dass sich BentoBooksAndComics nicht kaufen lässt.«

»So ist es«, stimmte ich zu und hielt inne. Ich ahnte, was jetzt folgen würde.

»Dennoch würden wir gern anfragen, wie viel eine Interviewplatzierung kostet.«

»Eine Interviewplatzierung?« Ich bemühte mich um einen neutralen Tonfall, aber meine Neugier war geweckt. »Mit Luke Asakura?«

»Ja.« An Lydias Lächeln in der Stimme erkannte ich, dass ihr der Köder, den sie mir damit vor die Nase hielt, mehr als bewusst war. »Er würde ein Exklusivinterview geben.«

»Über das Ereignis?«

»Über *Haru no Hikari*«, stellte Lydia klar. »Darüber, was die Geschichte ihm bedeutet. Die Fragen dürfte BentoBooksAndComics stellen. Natürlich mit vorheriger Absegnung durch uns.«

»Sie trifft nicht gern Menschen«, wandte ich ein, obwohl mich die Vorstellung, den Menschen zu treffen, der angeblich hinter dieser weltberühmten Geschichte steckte, unfassbar reizte. Lydia wollte dieses Interview an mich vergeben, also konnte ich direkt entsprechende Konditionen und Rahmenbedingungen aushandeln. Ich musste nur dafür sorgen, dass sie den Auftrag niemand anderem erteilte. Außerdem durfte sie nicht bemerken, wie sehr ich dieses Interview wollte. Begehren schwächte die eigene Verhandlungsposition.

»Der Künstler auch nicht.« Lydia lachte. »Wir dachten an ein Textinterview.«

Die Aussicht darauf, ihn doch nicht zu treffen, verpasste mir einen Dämpfer, aber ich stimmte trotzdem zu. »Ich werde das mit meiner Klientin bereden und anschließend eine Preisvorstellung schicken. Aber ich denke, dass wir uns da sehr schnell einig werden. Ist das in Ordnung?« Zumindest musste ich so tun, als wäre ich eine Managerin, welche die Meinung ihrer Klientin einbezog. Selbst wenn es gar keine Klientin gab.

»Das klingt perfekt. Bitte bis heute Abend, sonst geht das Angebot an jemand anderen.«

»Ich verstehe.«

»Dann höre ich bald von Ihnen.«

»So schnell wie möglich«, antwortete ich und beendete das Gespräch. Etwas perplex starrte ich auf mein Handy. Was für eine aufregende Möglichkeit sich mir damit bot! Bisher hatte sich der Künstler komplett bedeckt gehalten und sämtliche Interviewanfragen abgelehnt. Sogar große Zeitschriften hatten sich an ihm die Zähne ausgebissen.

Ich fragte mich, weshalb gerade ich das Angebot bekam – und noch dazu ein bezahltes, während die anderen wirklich viel Geld ausgeben würden, um mit ihm zu reden.

Während die Menschen an mir vorbeiströmten, fand ich die Erkenntnis: Lydia wollte beeinflussen, was geschrieben wurde, und glaubte, dass das bei einer Influencerin leichter war als bei einer großen Zeitschrift. Außerdem bedeutete Geld Macht, und die Person, die es zahlte, saß am längeren Hebel. Mich hatte sie sicher gewählt, weil sie hoffte, positive Worte der größten Kritikerin wögen schwerer als die eines Fans.

Ich schmunzelte. Was für ein kluger Schachzug. An ihrer Stelle hätte ich genauso gehandelt. Aber abgesehen davon wollte ich dem Künstler wirklich helfen. Durch den Shitstorm, der seit gestern tobte, tat er mir unfassbar leid. Oder besser gesagt sie. Meiner Ansicht nach steckten mehrere Menschen hinter dem Namen Luke Asakura. Dadurch, dass das Interview lediglich in Textform angeboten wurde, bestätigte sich dieser Eindruck. Das war natürlich leichter und günstiger, als einen Schauspieler zu briefen.

In Gedanken versunken, setzte ich mich wieder in Bewegung. Kalkulierte, welches Angebot angemessen wäre. Es durfte nicht zu hoch sein, damit Lydia mich nicht für unverschämt hielt; aber auch nicht zu niedrig, damit sie weiterhin glaubte, die Macht zu haben. Tatsächlich war ich in diesem Fall bereit, viele Zugeständnisse zu machen. Einerseits weil ich helfen wollte und andererseits weil mir dieses Interview definitiv Aufmerksamkeit bescheren würde.

Es gab so viele Fragen, die ich ihm gern stellen würde und …

Was war das? Ich rümpfte die Nase. Rauch, deutlich stärker als von einer Zigarette. Hatte da jemand einen Mülleimer angezündet? Ich spürte scharfe Hitze an meiner rechten Wange und drehte mich um.

In diesem Moment schoss eine Flammenwand vor mir empor.

HIKARU

Tausend Horrorszenarien überrollten mich, tobten in meinem Kopf, zogen mich in einen Strudel aus Verzweiflung. Deshalb war ich feige. Mut hatte einen Preis, und ich war nie bereit, ihn zu bezahlen.

Reflexartig griff ich nach meinem Handy. Noch bevor ich eine App öffnen und nach Fotos des Monsters suchen konnte, klingelte es. Lydias Nummer erschien auf dem Display, und mir wurde kalt. Wie hatte sie so schnell davon erfahren?

Das Monster war keine Minute weg. Ich aktivierte die Stimmenverzerrer-App, nahm den Anruf an, eingestellt auf Wut und eine Kündigung der Zusammenarbeit. Stattdessen hörte ich Lydias sanfte Stimme.

»Wir haben eine Lösung gefunden«, begann sie. Jedes ihrer Worte wirkte wie abgelesen. »Dafür brauchen wir allerdings deine Kooperation.«

»Okay?« Ich fröstelte. Sobald sie von dem erneuten Ausbruch erfuhr, wären sämtliche Lösungsvorschläge hinfällig. Ich wollte sie unterbrechen, aber meine Angst war zu groß.

»Ein Interview mit BentoBooksAndComics«, fuhr Lydia fort.

»Was?« Ich war verblüfft, aber Lydia schien meine Überraschung als Ablehnung zu deuten.

»Du wirst dieses Interview geben«, sagte sie bestimmt. »Ich weiß, dass du BentoBooksAndComics magst. Deswegen schicken wir ihr weiterhin die Seiten vorab, obwohl ihre Rezensionen selten ein positives Wort verlauten lassen. Wenn sie dich jetzt in einem Interview gut dastehen lässt, überzeugen wir sicherlich einen Großteil der Leute. Zumindest mehr, als wenn wir einen Hardcore-Fan ranlassen. Deine mir unverständliche Begeisterung für sie ist der einzige Grund, warum wir ihr jede Woche nicht wenig Geld zahlen.«

»Ich weiß«, antwortete ich und bemühte mich, dankbar zu klingen. Dabei war ich einfach nur panisch. Ich hatte keine Zeit, mich mit PR zu beschäftigen. Wenn ich das entflohene Monster nicht bald fand, würde mir kein Interview der Welt mehr helfen. »Kann ich mich später melden? Ich muss …«

»Ist das eine Zusage?« Lydia ließ nicht locker. Also gab ich nach.

»Ja«, stieß ich hervor. »Ich gebe dieses Interview.«

»Sehr gut«, erwiderte Lydia erfreut. »Wir segnen die Fragen vorher ab, und falls du eine davon doch nicht beantworten willst …«

»Die Details können wir später klären, oder?«, unterbrach ich sie. »Ich habe einen dringenden Termin.«

»Oh …« Sie klang verblüfft. 29351»Okay. Ja. Bis später.«

Ich beendete das Gespräch mit einem unguten Gefühl. Bisher war ich noch nie so forsch zu Lydia gewesen. Sie war eine hervorragende Managerin, und ich kam sehr gut mit ihr zurecht. Also nahm ich mir vor, mich nach getaner Arbeit bei ihr zu entschuldigen.

Aber zuerst musste ich verhindern, dass meine Welt endgültig in Flammen aufging.

TONI

Es stank nach Rauch. Ich hob meinen Arm vors Gesicht, drückte meine Nase in den Stoff des Mantels, stolperte zurück. Völlig verwirrt starrte ich auf diese lodernden Flammen, die meinen Blick wütend erwiderten.

Ich keuchte, hustete. Die Flammen kamen näher. Jetzt erkannte ich, dass wirklich ein Auge im Feuer schwebte. Groß war es, und es glühte wie Kohle. Die Wand verdichtete sich zu einer nahezu menschlichen Silhouette. Sie brüllte.

»*Haru no Hikari!*«, rief jemand neben mir und zückte sein Handy. Einige Umstehende klatschten.

Der Anblick des glühenden Auges bereitete mir Unbehagen, die Flammen erschienen mir täuschend echt. Ich wich etwas zurück, so wie die anderen, getrieben von der heißen Luft, die auf meiner Haut brannte.

Ich musste zugeben, dass das Schauspiel sehr eindrucksvoll war. Schnell holte ich mein Handy heraus und machte einen Schnappschuss. Vielleicht würde ich ihn nie verwenden, aber womöglich war er auch gutes Material für das bald anstehende Interview.

Die Menschenmenge um mich herum wurde dichter, drängte näher heran. Schweißperlen standen auf meiner Stirn, die Hitze und Enge wurde unerträglich. Das Monster brüllte weiterhin, den Kopf in den Nacken gelegt.

Ich wich zurück, wollte mich aus der Masse befreien, um frei zu atmen. Aus dem Augenwinkel nahm ich eine Seitengasse wahr, also drängte ich mich an den Leuten vorbei, hinein in die nach Müll stinkende Freiheit.

Auch wenn es hier nach Unrat roch, fühlte ich mich doch besser. Über den Köpfen der Menschen sah ich das Spektakel aus Flammen, und ich beschloss, dass es an der Zeit für mich war, zu gehen. Ich wollte nicht, dass mich jemand fotografierte und mein Stalker das Foto fand, immerhin war ich fast zu Hause, und jeder Hinweis, der mich in dieser Gegend verortete, konnte dazu führen, dass ich bald nicht mehr hier wohnte.

Also zog ich mich weiter zurück, ging die kleine Gasse entlang und stellte erleichtert fest, dass sie nach rechts abbog. Nach der Biegung fand ich allerdings eine Sackgasse vor. Hier standen einige Müllcontainer, eine Feuerleiter führte auf das Dach des Hochhauses daneben.

Ich fluchte, drehte mich um und stand den Flammen gegenüber. Überrascht sah ich mich um, aber das Wesen und ich waren allein. Das glühende Auge starrte mich an, und neben der Hitze lag etwas anderes in der Luft. Hass.

Schnell schüttelte ich den Kopf. Was für ein absurder Gedanke.

»Hallo.« Ich hob grüßend die Hand, unsicher, ob es sich um einen Menschen in einem absurden Kostüm oder eine seltsame Drohne mit Kamera handelte. Aber irgendwie musste es mich ja verstehen. »Deine Fans sind da draußen. Ich wollte nur …«

Ich verstummte. Das Ding breitete sich aus. Größer wurde es, heißer. Flammen zuckten in die Höhe, griffen nach mir. Ich stolperte zurück. Ganz offensichtlich hatte mich niemand gehört.

»Das ist nicht lustig«, sagte ich. Mein Puls raste, denn auch wenn mein Verstand wusste, dass es sich um keine reale Bedrohung handelte, so spürte mein Körper das Feuer und die unerträgliche Hitze.

Instinktiv wich ich einen weiteren Schritt zurück. »Ich habe schon ein Foto«, versuchte ich es und zeigte als Beweis das Bild auf meinem Handy. »Soll ich noch eins machen?«

Irgendetwas stimmte nicht. Mein Herzschlag beschleunigte sich, aber ich hielt die Kamera dennoch hoch und drückte erneut ab. Hoffte, dass ich es so loswerden würde. Waren die Marketingkampagnen immer so bedrohlich? Die bisherigen Berichte und Postings hatten nicht danach geklungen. Oder war es genau dieser Nervenkitzel, der die Leute anzog?

Nun verstand ich den Hype um *Haru no Hikari* noch weniger. Das hier war einfach Furcht einflößend.

Das Ding grummelte, das glühende Auge wurden größer, ein Mund öffnete sich unter ihnen. Dieser gähnende Schlund bereitete mir Gänsehaut, und meine Eingeweide krampften sich zusammen. So aggressiv war bisher keines der Monster aufgetreten. Irgendetwas stimmte hier nicht, das spürte ich. Es war eine dunkle Gewissheit, die mich in einen Panikmodus versetzte. Meine Beine zitterten, mein Blick suchte nach einem Ausweg, aber fand nur hohe Wände.

Kurz darauf schoss eine Flamme auf mich zu. Mit einem lauten Schrei sprang ich zurück und ließ dabei vor Schreck das Handy fallen. Es landete mit einem Knall auf dem Asphalt, und ein Blick reichte, um das zersplitterte Display zu sehen.

»Ernsthaft?«, stieß ich hervor, während ich es aufhob. Meine Stimme zitterte, aber ich bemühte mich um Contenance. Ein letzter verzweifelter Versuch meines Verstandes, die Kontrolle zurückzubekommen. Die Situation zu begreifen. Einzuordnen. Der Gefahr zu entkommen. »Nach der Aktion gestern auch noch das? Ihr könnt froh sein, dass ich euch nichts Böses will, aber …« Weiter kam ich nicht. Die Flammenwand rückte näher, der Rauch sammelte sich in der Gasse und raubte mir die Luft zum Atmen.

Ich ging in die Hocke, hustete. Tränen standen in meinen Augen. »Es reicht«, flehte ich. »Bitte.«

Die Flammen blockierten den kompletten Weg, hinter mir waren eine Wand und Müll. Nur die Feuerleiter bot einen Ausweg. In meiner Panik griff ich danach, zog sie nach unten. Sie klemmte, aber ein kräftiger Ruck gab sie frei, und ich kletterte hinauf.

Hier war der Rauch beißender, und ich stieg weiter, Stockwerk für Stockwerk. Hoffte, dass der Rauch sich bald lichtete und meine Lunge frischen Sauerstoff fand.

Ich wagte keinen Blick zurück, bis ich das Dach erreichte. Hustend stolperte ich auf die freie Fläche, beugte mich nach vorn, schnappte nach Luft.

Der Rauch war auch hier. Als ich mich schließlich umdrehte, verstand ich, wieso: Das Feuer war mir gefolgt.

Wie ein brennender Dämon stand es über mir. Die Klauen aus-

gebreitet, die Fratze verzerrt. Das Wesen brüllte und stürzte auf mich zu. Ich sprang zur Seite, stolperte, fiel auf den harten Beton. Schnell rappelte ich mich auf, da kam schon der nächste Schlag. Heiße Flammen, die nach meinen Beinen griffen. Mir blieb keine Zeit zum Atmen, kein Moment zum Nachdenken, ich wich dem nächsten Angriff aus und dann noch einem und noch einem.

Es war ein absurder Tanz über den Dächern New Yorks, und ich fragte mich, wann jemand den Rauch bemerken und Hilfe schicken würde. Oder wann das Feuer mich erwischte.

Meine Rippen schmerzten, die Luft brannte in meiner Lunge, meine Knie zitterten bei jedem Sprung, bei jedem Schritt.

Das Feuerwesen ließ eine weitere Flamme auf mich zu rasen, und dieses Mal war ich nicht schnell genug. Es erwischte mein Bein. Stechender Schmerz. Ich schrie, stolperte, fiel. Wimmerte. Der Stoff meiner Hose war verbrannt, Brandblasen wucherten auf heller Haut.

Ich sah meinem Ende entgegen. Blickte in das glühende Auge dieses seltsamen Wesens. Wünschte für einen kurzen Moment, Teil eines Mangas zu sein. Jetzt wäre der perfekte Zeitpunkt für eine sprechende Katze, um mir Mondmagie zu schenken. Stattdessen waren da nur der Wind und die ferne Geräuschkulisse New Yorks, übertönt vom Dröhnen in meinen Ohren und dem Rauschen des Feuers vor mir.

Und Schritte. Irgendwo ganz in der Nähe. Ich drehte den Kopf und sah, wie sich eine Silhouette durch den Rauch kämpfte. Ein Husten, dieses Mal nicht aus meiner Kehle. Ein Ziehen in meiner Brust. Angst. Ich verstand nicht, was hier passierte oder wer bei mir war. War er eine weitere Bedrohung? All das die Rache meines Stalkers, weil ich ihm nicht die Aufmerksamkeit geschenkt hatte, die er wollte? Ein absurder Gedanke. Er konnte so etwas nicht bewerkstelligen. Nein, das hier war ein Monster. Ein echtes, richtiges Flammenwesen, das mich tot sehen wollte.

»Nein!« Eine laute Stimme. Das Feuer dehnte sich aus, raste auf mich zu, ebenso wie dieser fremde Mensch.

Dann nichts. Die Flammenwand war verschwunden.

Das Hupen der Autos gemischt mit meinem hektischen Atem wirkte seltsam klein und unbedeutend. Ich blinzelte. Der Rauch wurde vom Wind weggerissen, und plötzlich war ich einfach nur eine Frau auf einem Dach. Mein Blick irrte zu der Brandwunde an meinem Bein. Nein, ich hatte mir all das definitiv nicht eingebildet.

Der Mann drehte sich zu mir um, und ich atmete erleichtert aus. Es war nicht der Stalker. Natürlich nicht. Aber das bedeutete nicht, dass ich in Sicherheit war.

Misstrauisch musterte ich den Fremden. Zweifelsohne ein Künstler. Ich erkannte es an diesem Schimmer in seinen Augen, diesem besonderen Blick, mit dem er die Welt in sich aufnahm. Er betrachtete sogar mich, als wäre ich ein Kunstwerk, und wo sein Blick mich berührte, kribbelte mein Körper.

Vorsichtig rappelte ich mich auf, klopfte den Dreck von meiner Kleidung und biss die Zähne zusammen, als der Schmerz vom Bein durch meinen Körper schoss. Trotzdem schwankte ich. Er fing mich auf.

»Vorsicht.« Ohne die Panik in seiner Stimme klang er wie Bleistift auf Papier. Zurückhaltend, unsicher. Skizzierend. Als wäre jede Silbe nur ein Test, um zu sehen, ob sie im Gesamtbild stimmig waren. Ich bewunderte, wie besonnen er wirkte, während in meinem Körper Adrenalin durch die Blutbahnen rauschte. Gleichzeitig machte diese Ruhe mich misstrauisch. Langsam begann mein Verstand wieder ordnungsgemäß zu arbeiten.

»Geht schon«, sagte ich, aber ich befreite mich nicht von ihm, sondern hielt ganz still. Er wirkte, als könnte er jeden Moment ebenso verschwinden wie die Feuerwand. Surreal.

Wer bist du?, wollte ich wissen, stattdessen fragte ich: »Was war das?«

Er richtete mich auf, ließ mich los, und der Moment der Zerbrechlichkeit verschwand. Plötzlich war er keine Bleistiftzeichnung mehr, sondern einfach nur ein Mensch. Selbst das Leuchten in seinen Augen war verschwunden, und ich fragte mich, ob ich es mir nur eingebildet hatte.

»Ich muss gehen«, sagte er und drehte sich um.

»Warte!« Ich machte einen Schritt auf ihn zu, hielt ihn fest. Ohne Antworten würde ich diesen Fremden nicht ziehen lassen.

»Du weißt etwas«, stellte ich fest, und tatsächlich versteifte er sich unter meinen Worten. Dann ein Seufzen.

»Ich arbeite für die Marketingfirma.« Er drehte sich nicht zu mir um, und mein Verstand fügte die Informationen zusammen, war dankbar für die rationale Erklärung. Erst jetzt wurde mir richtig bewusst, dass ich in den letzten Minuten an etwas ganz anderes geglaubt hatte. Daran, dass mir wahrhaftig ein Monster gegenüberstand. Erleichterung durchflutete mich, gepaart mit Neugier.

»Es war also eine Werbeaktion für *Haru no Hikari*?« Ich ließ ihn los. »Wieso hat es mich angegriffen?«

Jetzt wandte er sich mir doch zu, musterte mich. Nicht wie ein Kunstwerk, sondern wie ein Rätsel. »Die Programmierung war fehlerhaft. Entschuldige.« Kurzes Schweigen. Mein Herzschlag so laut wie eine U-Bahn-Station. Er kramte in seiner Tasche, zog Zettel und Stift hervor, notierte etwas darauf. Musterte mich erneut. Dann steckte er mir den Zettel zu. »Ruf wegen des Schweigegeldes hier an. Wir zahlen gut.«

Ich starrte auf die hingekritzelten Zahlen. »Bitte?« Es klang nicht halb so empört, wie ich wollte. Eher ungläubig als wütend. Mit einer ausladenden Bewegung deutete ich auf mein Bein. »Schweigegeld? Ich muss ins Krankenhaus.«

Er folgte meiner Geste, zog die Augenbrauen hoch und stieß einen Pfiff aus. Seine Reaktion verwirrte mich noch mehr. Wie hatte er diese Wunde nicht bemerken können?

»Ich kümmere mich um die Fehlfunktion«, sagte er, aber ich registrierte die Überforderung auf seinem Gesicht. Das leichte Beben seiner Nasenflügel.

»Wo ist es?«, fragte ich.

»Was?«

»Das Ding, das mich verletzt hat.« Suchend betrachtete ich seine Statur, die Jackentaschen. Keine Ausbeulung. Kein Koffer.

»Weg«, sagte er nach einem kurzen Moment der Stille, als würde dieses Wort als Erklärung genügen. Tat es nicht.

Ich wiederholte meine Frage eindringlicher. »Wo ist es?«

Der Mann wich zurück, schüttelte den Kopf. »Ich muss es dringend zurückbringen, bevor es wieder fehlzündet«, erklärte er. Seine Worte klangen unsicher. »Bitte verzeih. Du kommst zurecht, oder?«

»Nein«, sagte ich, aber da war er bereits an der Feuerleiter, auf dem Weg nach unten. Ich stolperte ihm hinterher. Mit der Wunde war ich viel zu langsam. Als ich am Dachrand ankam und hinabblickte, sah ich gerade noch, wie er die letzten Stufen der Feuerleiter nahm und dann die Straße entlang verschwand. Ich blieb allein mit dem Wind zurück.

HIKARU

Ich hatte wirklich nicht fliehen wollen. Okay, zugegeben: Flucht war genau das, was sich jede Faser meines Körpers gewünscht hatte. Aber mein moralischer Kompass war damit absolut nicht einverstanden.

Mit schwirrendem Kopf und klopfendem Herzen stieg ich in mein Auto, lehnte mich zurück. Schlug den Hinterkopf gegen die Lehne des Sitzes. Wieder und wieder. Fluchte. Das war schlecht. Mehr als schlecht. Mein Untergang. Tränen traten in meine Augen, und ich wischte sie weg, wütend über mich, meine Unsicherheit, meine Unfähigkeit.

Jetzt war das geschehen, wovor ich mich so sehr gefürchtet hatte, doch das Wahrwerden meiner größten Angst hatte etwas seltsam Befreiendes. Als wäre dieser Schatten, der mich seit meiner Kindheit verfolgte, endlich real geworden. Nicht länger eine unbegreifliche Kontur, sondern ein lebendiges, atmendes Wesen. Und etwas, das atmete, konnte sterben.

Ich holte tief Luft und öffnete die Augen. Wer auch immer diese Frau auf dem Dach gewesen war: Sie hatte keine Zeugen. Sie war allein dort oben gewesen, und selbst wenn sie ihre Geschichte erzählte, würden die meisten ihr wohl nicht glauben und sie für jemanden halten, der die Situation ausnutzte, um *Haru no Hikari* zu schaden.

Gleichzeitig schlug das schlechte Gewissen seine Klauen in mich. Ich wollte nicht so denken, geschweige denn so etwas hoffen. Und als ob das nicht reichte, um mich als schlechten Menschen auszuweisen, hatte ich sie auch noch mit einer Verletzung auf einem Dach zurückgelassen. Mit einer Brandwunde, für die ich verantwortlich war.

Ich schlug gegen das Lenkrad.

Mein Handy klingelte, und ich hoffte, dass es die Fremde war,

immerhin hatte ich ihr meine Nummer hinterlassen. Ein kleines, peinliches Stück Ritterlichkeit.

Aber stattdessen leuchtete Lydias Name auf dem Display. Ich aktivierte die Stimmenverzerrer-App und nahm ab. Sie gab mir keine Chance, als Erstes das Wort zu ergreifen: »Wusstest du davon?!«

Mein ganzer Körper erschlaffte, resignierte. Ich senkte den Kopf und die Lider, seufzte. Mir fiel keine passende Antwort ein. Keine Ausrede, keine Begründung. Nachdem das Monster entflohen war, hatte ich die Social-Media-Kanäle gestalkt und war sofort losgerast, als das erste Bild auftauchte. Ich hatte mir noch keine Gedanken darüber gemacht, wie ich das Ganze vor Lydia rechtfertigte, zu beschäftigt war ich mit der Öffentlichkeit und der verletzten Frau gewesen.

»Ich erwarte eine Antwort.« Lydia schnaubte.

»Nein«, erwiderte ich, weil ich nicht wollte, dass auch sie wütend auf mich war. Es reichte, dass ich mich selbst hasste.

Sofort wurde ihre Stimme sanfter. »Wir werden sie verklagen.«

»Wen?«

»Die Marketingfirma«, erklärte Lydia. »Du hast mir die Kontaktdaten noch nicht geschickt. Unsere Anwälte würden das Schreiben aber gern rausschicken. Es ist bereits fertig.«

»Wir verklagen sie nicht.« Ich erwartete nicht, dass Lydia das verstehen würde, und ich behielt recht. Sie stieß ein ungläubiges Lachen aus.

»Ihretwegen wurde deine Reputation verletzt.«

»Und ein Kind«, fügte ich hinzu. »Was wichtiger ist.«

»Natürlich«, lenkte Lydia ein. »Aber die Klage der Mutter ist noch nicht angekommen. Wir werden selbstverständlich auch sie an die Marketingfirma weiterleiten.«

»Ich werde selbst dafür aufkommen«, erklärte ich.

Lydia lachte nervös. »Es ist nicht die richtige Zeit für Scherze. Schickst du mir die Adresse bitte direkt?«

Mit der freien Hand massierte ich meine Schläfe. Ich rief mir in Erinnerung, dass Lydia für mich arbeitete. Sie war meine Managerin und verdiente ihr Gehalt damit, für mich zu verhandeln. Das gab ihr nicht das Recht, meine Meinung zu ignorieren.

»Das war mein Ernst«, sagte ich deshalb. Es war das erste Mal, dass ich ihr widersprach, und ich wusste nicht, wer überraschter war: Lydia oder ich. Das erinnerte mich daran, dass ich ihr auch noch eine Entschuldigung für mein unwirsches Verhalten bei unserem letzten Telefonat schuldete. »Lydia, es tut mir leid, dass ich dich neulich so abgewimmelt habe. Es ist nur so … Diese Agentur hat jahrelang hervorragende Arbeit geleistet und den Erfolg von *Haru no Hikari: Sakura's Guardian* maßgeblich geprägt. Ich werde sie nicht wegen eines Fehlers verklagen. Das hätte jedem passieren können. Es ist ja nicht so, als wäre das Kind direkt durch ihre Taten verletzt worden.« Nicht wie die Frau auf dem Dach.

»Aber …«, setzte Lydia an, fand jedoch offensichtlich keine Worte. Ihre Stimme verlor sich in Stille. Sie räusperte sich, und ich glaubte, ein Lächeln zu hören, als sie weitersprach: »Diese Einstellung ehrt dich, und ich muss sagen, dass sie mich sehr … beruhigt.«

Das verschlug mir die Sprache. Ich räusperte mich. »Bitte?«

»Es zeigt deine Integrität«, erklärte Lydia. »Und gibt mir Hoffnung, dass du auch uns nicht aufgrund eines kleinen Fehlers fallen lassen würdest.«

»Natürlich würde ich das nicht«, sagte ich sofort, und obwohl ich keine Marketingfirma, sondern nur mein Geheimnis beschützte, meinte ich es ernst. Nach allem, was Lydia für mich getan hatte, müsste vieles passieren, bevor ich die Agentur wechselte.

»Dann rufe ich mal die Anwälte zurück«, erklärte Lydia. »Dennoch müssen wir uns überlegen, wie wir weiter vorgehen. Bist du dir sicher, dass du die Kosten selbst tragen willst?«

»Ja.« Ich nickte, obwohl sie nur am Telefon war. »Ganz sicher.«

»In Ordnung. Dann hoffen wir mal, dass BentoBooksAndComics zusagt und das Interview voll einschlägt.«

»Das wird es«, versicherte ich und klang dabei zuversichtlicher, als ich mich fühlte. Wir verabschiedeten uns, und Lydia versprach, schnellstmöglich die Interviewfragen zu senden.

Sobald ich wieder allein mit der Stille meines Autos war, wanderten meine Gedanken zu der Frau auf dem Dach. Zu ihrem ängstlichen Gesichtsausdruck, der Panik in ihren Augen. Der Wunde an ihrem Bein, für die ich verantwortlich war. Ich legte mein Kopf auf das Lenkrad und überlegte, auszusteigen und zurückzukehren, aber es war unwahrscheinlich, dass sie noch dort war. Selbst wenn … Was sollte ich sagen?

Jedes Wort wäre eine Lüge, und keins würde helfen. Jeder Kontakt mit ihr war eine Gefahr, und ich verfluchte mich dafür, dass ich ihr überhaupt meine Nummer gegeben hatte, aber mein schlechtes Gewissen hatte zumindest das gefordert. Gleichzeitig hoffte ich, dass sie sich meldete und wir das klären konnten. Auch wenn ich nicht wusste, wie.

TONI

Ich traute mich nicht, das Krankenhaus aufzusuchen, denn wie hätte ich diese Wunde begründen sollen?

Ein riesiges Flammenwesen hat mich angegriffen, Herr Doktor, aber zum Glück kam ein Mann und hat mich auf mysteriöse Weise gerettet.

Also schleppte ich mich die letzten Meter nach Hause und googelte, wie man Brandwunden am besten behandelte. Die Antworten waren ernüchternd: Ein Arzt sollte sich um schwere Verbrennungen kümmern.

Eine Marketingkampagne von Haru no Hikari: Sakura's Guardian *bestand aus einer gigantischen Flammenwand, die mich angegriffen hat.*

Nein, das war keine Option. Es würde übertriebene Stalker auf den Plan rufen, und ganz gleich, wie falsch diese Sache gelaufen war, den darauf folgenden Hass wünschte ich niemandem. In Ermangelung einer Alternative schluckte ich eine Schmerztablette und biss die Zähne zusammen, während ich die Wunde desinfizierte. Das Desinfektionsmittel brannte ähnlich stark wie das Feuer, und Tränen verschleierten meinen Blick, während ich einen Verband um mein Bein legte.

Als es versorgt war, griff ich nach dem Zettel, den der Fremde mir gegeben hatte. Eine Handynummer.

»Ruf wegen des Schweigegeldes hier an. Wir zahlen gut.«

Ich schnaubte. Ich wollte kein Geld, sondern Antworten. Also ignorierte ich den pochenden Schmerz in meinem Bein, griff nach dem Handy mit dem zersprungenen Display. Bereits auf der Rückfahrt hatte ich mit Erleichterung festgestellt, dass es wenigstens halbwegs benutzbar war. Wenn ich mir genug Zeit nahm, auch mal doppelt oder dreifach auf etwas zu drücken.

Mit zusammengebissenen Zähnen wählte ich die Nummer. Das

Freizeichen ertönte. Einmal. Viermal. Zehnmal. Ich zählte leise mit, wurde mit jedem Ton ungeduldiger, trommelte mit der freien Hand auf das Knie meines unverletzten Beins.

Beim fünfzehnten Läuten legte ich schließlich auf, prüfte noch einmal die gewählte Nummer. Sie stimmte mit der Zahlenfolge auf dem Zettel überein. Ich versuchte es erneut, da vibrierte das Handy an meinem Ohr. Verwirrt beendete ich den Anruf und las die eingegangene Textnachricht, wobei ich immer wieder hoch- und runterscrollte, um den Text zwischen den Sprüngen zusammenzusetzen.

Schicken Sie uns Ihre Kontodaten, und wir überweisen die von Ihnen gewünschte Summe.

Perplex starrte ich auf die Worte. Mein Schweigen war nicht käuflich. »So kommt ihr mir nicht davon«, stieß ich aus und drückte die Wahlwiederholung. Dieses Mal ertönte sofort das Besetztzeichen. Frustriert ließ ich mich zurücksinken, legte den Kopf in den Nacken und atmete tief ein. Dann hob ich das Display hoch, las erneut die Nachricht. Mit jeder Wiederholung klang sie unverschämter.

Ich tippte eine wütende Antwort.

Daw

Verfluchter Sprung. Was ein beschissener Tag. Was für ein unverschämter Kerl. Der Schmerz in meinem Bein pochte. Ich biss auf die Unterlippe, konzentrierte mich darauf, meine Wut in diese Zeilen zu packen. Das zersplitterte Display und die daraus folgenden Schwierigkeiten machten mich nur noch zorniger.

Schließlich starrte ich schwer atmend und stolz auf mein Ergebnis:

Das könnt ihr so was von vergessen, ihr reichen Arschlöcher.

Mein Daumen schwebte kurz über dem Senden-Button, dann senkte ich das Gerät und seufzte. Ich war schon zu lang im Social-Media-Geschäft tätig, um nicht zu wissen, wie schädlich spontane und emotionale Antworten sein konnten. Ich hatte bereits unzählige erboste Mails getippt und sie dann gelöscht. Das war mein Weg, mit Frust umzugehen. Er half die meiste Zeit.

Also löschte ich auch diese Nachricht. Zumindest war das der Plan. Als mein Blick jedoch auf das Display fiel, erstarrte ich. Versehentlich hatte ich die Nachricht gesendet. Vermutlich dank des verästelten Risses, der sich quer über die Oberfläche zog.

Doch das war nicht einmal das Schlimmste. Unter meinen sehr unwirschen Worten stand bereits ein kleines graues Wort, das ich verfluchte.

Gelesen.

HIKARU

Als mein Handy klingelte, aber keinen Namen anzeigte, wusste ich sofort, wer anrief. Immerhin besaß kaum jemand meine Nummer, und ich hatte jeden einzelnen Kontakt eingespeichert.

Außerdem war es noch keine Stunde her, seit ich sie unüberlegt auf einen winzigen Zettel geschmiert hatte. Erstarrt vor Angst beobachtete ich, wie das Vibrieren das Handy über die Oberfläche meines Schreibtisches tanzen ließ.

Fieberhaft suchte ich nach einer Lösung. Ich wollte definitiv nicht mit dieser Frau sprechen. Als es endlich verstummte, tippte ich deshalb eine freundliche Nachricht.

Mein Handy klingelte direkt erneut, was mich wenig verwunderte. An ihrer Stelle hätte ich ebenso mit jemandem reden wollen. Sie musste unzählige Fragen haben. Das Problem war nur, dass ich ihr keine Antworten geben konnte. Wollte.

Mein Blick irrte zu den ausgebreiteten Comic-Seiten. Zu den Strichen, die so perfekt saßen und mich dennoch nicht glücklich machten. Wie von mir geplant waren die neuen Seiten großartig. Zumindest in meinen Augen. Aber das war ein schwacher Trost.

Ich biss mir auf die Unterlippe. Jetzt begriff ich zum ersten Mal die Worte meines Vaters. Jede Gabe forderte einen Preis, und mein Zahltag war gekommen. Meinetwegen kamen Menschen zu Schaden, ich riskierte ihre Leben. Wenn ich nicht dort gewesen wäre, wäre diese Frau vielleicht …

Ich weigerte mich, den Gedanken zu vollenden. Es war alles gut ausgegangen. Aber noch einmal durfte so etwas nicht passieren.

Da vibrierte das Handy erneut. Dieses Mal war es eine Textnachricht. Verblüfft las ich die Worte.

Das könnt ihr so was von vergessen, ihr reichen Arschlöcher.

Ein raues Lachen entschlüpfte meiner Kehle. Ich hatte mit vielen Reaktionen gerechnet, aber eine direkte Beleidigung war keine davon. Seit Jahren lebte ich in einer Welt, in der die Menschen mich mit Samthandschuhen anfassten. Entweder weil sie mich noch nicht lange kannten oder weil sie bloß mit mir als Künstler Kontakt hatten und dementsprechend falsch freundlich handelten, um meine Gefühle nicht zu verletzen.

Die Einzige, von der ich Ehrlichkeit erlebt hatte, war BentoBooksAndComics – und nun auch diese Frau. Ich fand es erfrischend. Außerdem erinnerte es mich an einen klassischen Spannungsaufbau zwischen zwei Charakteren.

Das gefiel mir.

Doch als der erste Moment der positiven Überraschung verflog, blieb die Beleidigung und die daraus folgende Konsequenz: Ich musste etwas tun, damit sie mich nicht verriet.

Die Vorstellung, dass sie ihr Erlebnis öffentlich machen könnte, bereitete mir Übelkeit. Das wäre nach der Sache mit dem Kind ein wahres Desaster. *Irreparabel*, würde Lydia sagen.

Allerdings fiel mir keine Möglichkeit ein, um sie aufzuhalten. Vorsichtig tippte ich einige Worte in das Textfeld.

Lassen Sie uns morgen telefonieren.

Ich versuchte, mich in ihre Situation zu versetzen. An ihrer Stelle würde mich diese Nachricht nur noch wütender machen. Immerhin hatte sie gerade zweimal versucht, mich telefonisch zu erreichen. Klar, ich könnte in einem Meeting oder anderweitig beschäftigt sein, aber ihre Nachricht war bereits so voller Frust, dass ich kein Risiko eingehen wollte.

Nicht bei solch einer heiklen Angelegenheit. Aber ich brauchte etwas Zeit, um mir einen Plan zurechtzulegen.

Lassen Sie uns morgen gemeinsam mittagessen.

Die Worte machten mir Angst. Dennoch schickte ich die Nachricht ab.

TONI

Die Mittagszeit kam viel zu langsam. Nach langem Ringen machte ich mich schließlich doch auf den Weg zum Arzt, um meine Wunde versorgen zu lassen. Dort erzählte ich irgendetwas von heißem Nudelwasser, was die Ärztin mit einem mitleidigen Blick beantwortete. Auf dem Rückweg besorgte ich ein neues Handy, wobei der Kaufpreis mich noch einige Zeit verfolgen würde. Aber ich brauchte es für die Arbeit. Danach richtete ich das Gerät ein, erledigte sonst aber keinen weiteren Punkt meiner To-do-Liste. Dabei hatte ich nicht einmal den Kopf, mich darüber aufzuregen. Stattdessen scrollte ich auf meinem neuen Handy durch den Feed von *Haru no Hikari: Sakura's Guardian* und las die Kommentare.

Mir war klar, weshalb sie mich zum Schweigen bringen wollten. Nach dem PR-Desaster mit dem kleinen Jungen wäre meine Verletzung eine Katastrophe. Irgendetwas war in der Marketingagentur schiefgegangen. Ob jemand absichtlich *Haru no Hikari* torpedierte? Hatte sich ein Konkurrent in das Unternehmen eingeschleust und sabotierte nun die Kampagnen?

In der heutigen Zeit schien mir alles möglich.

Ich glaubte nicht, dass ich absichtlich verletzt worden war. Zumindest nicht von Luke Asakura – beziehungsweise den Menschen, die hinter diesem Pseudonym steckten.

Dementsprechend nahm ich mir fest vor, beim heutigen Mittagessen klarzustellen, dass ich ihnen nichts Böses wollte. Im Gegenteil: Ich wollte helfen. Denn erst wenn der Übeltäter gefunden war, würden diese Übergriffe aufhören. Und das mussten sie, bevor jemand ernsthaft zu Schaden kam.

Bei jeder Bewegung schmerzte mein Bein, und ich wollte wahrlich nicht, dass jemand anders Schlimmeres erleiden musste.

Und natürlich war da die Neugier.

So nah war ich den Machern von *Haru no Hikari* noch nie gekommen. Erst das angebotene Interview, dann diese Begegnung. Es war fast so, als wollte das Schicksal, dass ich endlich dieses Geheimnis lüftete.

Was mich daran erinnerte, dass ich Lydia dringend noch ein Angebot zukommen lassen musste. Schnell tippte ich die Nachricht, dann war es endlich Zeit, zum Treffpunkt zu gehen. Ich schlüpfte in ein enges Oberteil und eine bequeme weite Hose, um meinen Verband zu schonen. Dann nahm ich mir ein Taxi, denn mit der Verletzung erschien mir die U-Bahn wie die Hölle.

Das vorgeschlagene Restaurant war ein kleiner Italiener, wie man sie in New York an vielen Straßenecken fand. Ein paar alte Stühle, Ölgemälde an den Wänden, der Geruch nach Steinofenpizza und der Klang italienischer Worte hingen in der Luft.

Außer mir war niemand hier. Ich ließ mich von dem Kellner an einen Fenstertisch begleiten und legte dort meinen Notizblock zurecht. Darauf standen die Fragen, die ich mir seit gestern Abend überlegt hatte. Mein Gegenüber sollte ruhig merken, weshalb ich hier war. Ich hatte keine Lust auf Versteckspiele. Nach meiner unabsichtlichen Nachricht war es für gespielte Höflichkeit sowieso zu spät. Ich bestellte mir eine Flasche Wasser und beschloss, mit dem Essen auf meine Verabredung zu warten.

Dass diese sich als der Mann vom Dach herausstellte, überraschte mich nicht wirklich. Sein schlanker Körper steckte in einem eleganten Anzug, und eine teure Uhr blitzte an seinem Handgelenk. Er war gekleidet wie ein Geschäftsmann, aber ich erinnerte mich an seinen Blick auf dem Dach, und auch jetzt erkannte ich den Künstler in jeder seiner Gesten. Ich stand nicht auf, wie ich es normalerweise getan hätte, aber er reichte mir die Hand. Sie war weich und angenehm warm.

»Mein Bein tut noch ziemlich weh«, erklärte ich. »Entschuldigen Sie meine Unhöflichkeit.«

»Waren Sie bei einem Arzt?« Seine Sorge klang aufrichtig.

»Ja. Er meinte, dass ich es schonen und regelmäßig eincremen soll. Wird schon wieder.«

»Es tut mir sehr leid, dass das geschehen ist«, antwortete er, während er sich hinsetzte und den Raum musterte, als wäre er eine Leinwand. »Ich hoffe, die Wahl des Restaurants ist in Ordnung?«

Ich beschloss, ihn nicht darauf hinzuweisen, dass meine Entschuldigung sich nicht auf meine Nachricht bezogen hatte. So ersparte ich mir immerhin eine weitere Erklärung.

»Es ist wirklich sehr schön hier«, antwortete ich und ließ den Blick über die Familienfotos neben der Küchentür schweifen. »Sehr familiär.«

»Hikaru!«, erklang da die Stimme des Kellners. Er trat auf den Mann zu, und kurz darauf lagen die beiden sich in den Armen. »Ewig nicht gesehen! Wie geht es dir? So schwer beschäftigt, was?«

Hikaru lächelte und kratzte sich dabei peinlich berührt am Hinterkopf. »Ach, das Übliche. Du kennst das ja. Manchmal nimmt die Arbeit einen einfach ein.«

»Zeit für Pizza sollte immer sein«, befand der Kellner und schnalzte mit der Zunge. »Dasselbe wie immer? Ein Caesars Salad?«

»Ja bitte.«

»Und was nimmt dein Date?«

»Wir sind geschäftlich hier«, entgegnete ich, wobei mir nicht klar war, weshalb meine Worte so harsch klangen. Ich räusperte mich und fügte hinzu: »Eine Pizza Funghi und einen kleinen Salat, bitte.«

»Kommt sofort.« Der Kellner zog mit hochrotem Gesicht ab.

»Sie sind also öfter hier, Mr …?«, stellte ich fest, als Hikaru sich setzte.

»Ich denke, nachdem du mich als Arschloch bezeichnet hast, können wir uns die Höflichkeiten sparen. Nenn mich einfach Hikaru.«

»Toni«, erwiderte ich.

»Früher war ich zumindest sehr oft hier«, erzählte Hikaru und legte sich eine Stoffserviette über den Schoß. »Aber wie ich bereits zu Stefano sagte: Die Arbeit nimmt mich in letzter Zeit sehr in Beschlag. Womit wir auch zum Grund unseres Treffens kommen.« Er atmete tief ein. »Es tut uns wahnsinnig leid, was dir auf dem Dach zugestoßen ist.«

»Ich habe nie etwas anderes geglaubt«, erwiderte ich ehrlich und zog den Block mit den Fragen an mich heran. »Wer war dafür verantwortlich?«

»Wofür?«

»Für die Marketingkampagne.« Ich holte tief Luft. »Hör zu: Ich glaube, dass da jemand ist, der *Haru no Hikari* sabotieren will.« Dann durchbohrte ich Hikaru mit meinem Blick. »Ich verspreche dir: Sollte sich im Laufe des Gesprächs herausstellen, dass du das bist, haben wir beide ein echtes Problem miteinander.«

Hikaru lachte laut auf. »Mit dir gibt es kein Versteckspiel, was?«

»Nach meiner Nachricht scheint mir das unnötig«, sagte ich aufrichtig. »Außerdem glaube ich nicht, dass du derjenige bist, der *Haru no Hikari* schaden will, immerhin triffst du dich mit mir, um mich zum Schweigen zu bringen. Wenn du auf der falschen Seite wärst, hättest du mich ins Krankenhaus und zum Reden gebracht.«

»Schlaue Schlussfolgerung. Wie kommst du darauf, dass jemand *Haru no Hikari* schaden will?« Er beugte sich interessiert nach vorn.

»Nun, es ist ganz einfach.« Ich klopfte mit dem Stift auf meinen Block. »Jahrelang ist nichts Schlimmes geschehen. Die Kampagnen waren ein voller Erfolg. Aber jetzt wurde vor Kurzem dieses Kind verletzt und gestern ich? Weil es beide Male Fehlfunktionen gab? Das wäre ein ziemlich krasser Zufall. Nein, die Vorfälle hängen zusammen.«

Mit einem Seufzen lehnte Hikaru sich zurück. »Das klingt sehr schlüssig. Und du möchtest jetzt also *Haru no Hikari* retten?«

In diesem Moment kam Stefano mit unserem Essen zurück. Es

duftete himmlisch, und mir lief sofort das Wasser im Mund zusammen.

»Für euch«, sagte er und zwinkerte Hikaru zu. »Ich wünsche euch ein gutes Geschäftsessen. Sag gern Bescheid, wenn ich noch etwas tun kann.«

»Danke«, antwortete Hikaru und lächelte ebenfalls. »Es riecht wieder einmal köstlich.«

»Hast du etwas anderes von mir erwartet?« Stefano stemmte die Hände in die Hüfte. »Noch nie hat sich jemand über mein Essen beschwert.«

Ich begann, die Pizza zu schneiden, und nahm einen ersten Bissen. Warm, weich, würzig. »Sie ist perfekt.«

»Deine Partnerin hat Geschmack«, sagte Stefano und nickte. »Kein Wunder, wenn sie mit dir Geschäfte macht. Also: Ich bin hinten und kümmere mich weiter um die Bestellungen.« Er musste meinen verwirrten Blick bemerken, denn er fügte hinzu: »Heutzutage kommt fast keiner mehr zum Essen vorbei. Die lassen sich alles liefern. Dieses Internet hat mir den besten Teil meines Jobs genommen: die Menschen!« Er warf die Arme in die Luft und zog von dannen.

Ich grinste. »Er ist der Erste, der Menschen als besten Teil seines Jobs bezeichnet.«

»Stefano ist ein echter Menschenfreund«, erwiderte Hikaru und sah auf die geschäftige Straße. »Das ist etwas, um das ich ihn wirklich beneide.«

»Ich auch«, fügte ich hinzu und war erstaunt darüber, wie offen ich mit Hikaru sprach. »Menschen machen mir oft Angst.«

Er wandte seinen Kopf wieder in meine Richtung, und einmal mehr hatte ich das Gefühl, dass er mich wie ein Kunstwerk musterte. Schnell widmete ich mich dem Essen.

»Das verstehe ich«, sagte er

schließlich. »Vor allem, wenn du recht hast und jemand wirklich *Haru no Hikari* schaden möchte. Also: Du willst ihn retten? Warum? Bist du ein so großer Fan?«

Sicherlich könnte ich davon erzählen, wie sehr ich die Geschichte von Haru liebte und wie wichtig er mir war, aber die Wahrheit war eine andere.

»Um bei der Ehrlichkeit zu bleiben: nein, bin ich nicht. Ich interessiere mich bloß schon lange für dieses Phänomen und wüsste einfach gern, wer dahintersteckt …«

»Du bist also eine Huntress.« Die Feststellung klang seltsam hasserfüllt, und ich hielt im Schneiden inne. »Und du bist hier, weil du dich auf dem netten Weg einschleichen möchtest.«

Seine Unterstellung traf mich tief. »Ich finde furchtbar, was diese Hunter tun.« Energisch fuchtelte ich mit dem Messer in der Luft herum. »Sie tun so, als wäre das alles nur ein Achievement in einem Videospiel und nicht absolut grenzüberschreitend.« Ich dachte an den Stalker und daran, wie er plötzlich in meinem Leben aufgetaucht war. Wie schlimm musste es für den Schöpfer von *Haru no Hikari* erst sein, ganze Reddit-Foren zu lesen, in denen über seine Identität spekuliert wurde? Wie gruselig war es wohl, wenn sämtliche gezeichneten Gegenstände und Hintergründe nach Hinweisen auf die Realität und den eigenen Wohnort abgesucht wurden? Mein Stalker war damals ohne Ankündigung erschienen, und es hatte mich völlig unvorbereitet getroffen, doch die Zeichner hatten Zugriff auf die Spekulationen rund um ihr Leben. Alles, was sie taten, wurde sofort unter die Lupe genommen, deshalb mussten sie ebenso penibel auf ihre Taten und Worte achten wie ich. Irgendwie fühlte ich mich dadurch mit ihnen verbunden, denn ich verstand ihre Angst und ihren Schmerz. »Sie tun mir einfach leid.«

»Sie?« Hikaru runzelte die Stirn. »Die Hunter?«

»Nein. Die Zeichner von *Haru no Hikari*.« Ich stach mit meiner Gabel in eine Tomate. Der Salat schmeckte ebenso frisch, wie er aussah. »Mir ist total klar, dass ein Kollektiv hinter der Sache steckt. Wenn ein einzelner Mensch das alles zeichnen würde …«

»Dann?«, unterbrach er mich. Sein Essen hatte er noch nicht angerührt, also legte ich trotz meines Hungers ebenfalls das Besteck zur Seite.

»Dann hätte der entweder übermenschliche Fähigkeiten oder …« Ich lehnte mich zurück, verschränkte die Arme vor der Brust. »… bräuchte weder Essen noch Schlaf noch ein Leben, was uns wieder zu Punkt eins führt.« Hikaru setzte gerade zu einer Antwort an, da hob ich bereits abwehrend die Hände. »Ich verstehe, dass du mir dazu nichts erzählen kannst. Sicher hast du Geheimhaltungsverträge unterschrieben. Deswegen sind wir heute hier, oder?« Ich rückte den Notizblock zurecht. »Damit ich ebenfalls so etwas unterzeichne.«

Als Antwort zog Hikaru einen Stapel Papier aus seiner Aktentasche. »Ich fürchte, dass ich darauf bestehen muss, ja.«

»Obwohl ich sagte, dass ich *Haru no Hikari* schützen will?«

»Das könnte eine Taktik sein, um weitere Informationen zu erhalten«, erklärte er ungerührt. »Wieso sollte ich einfach so glauben, dass du keine Huntress bist?«

»Touché.« Ich zog den Vertrag zu mir heran und begann, ihn zu lesen. Er enthielt vor allem Klauseln darüber, dass ich zukünftig keine negativen Äußerungen über *Haru no Hikari* abgeben würde, da diese von meinen Erlebnissen beeinflusst sein könnten. Die Ungeheuerlichkeit dieser Forderung verschlug mir die Sprache.

Wenn ich also zukünftig als BentoBooksAndComics nicht ganz so positive Dinge schreiben würde, wäre das ein Vertragsbruch. Aber selbst wenn ich keinen Blog führen würde, wären die Forderungen dieses Vertrags zu drastisch. Ich schnalzte mit der Zunge. »Auf gar keinen Fall unterschreibe ich das.«

»Wieso?« Hikaru fuhr sich mit einer Hand durch die Haare. »Das ist ein Standardvertrag, den wir bei solchen Angelegenheiten nutzen.« Er setzte ein Lächeln auf, das ich sofort durchschaute.

Siegessicher lehnte ich mich nach vorne. »Ich dachte, wir wollten ehrlich sein.«

»Wie meinst du das?« Seine Frage kam zu schnell, und das verriet mir, dass ich ins Schwarze getroffen hatte. Also hob ich einen Finger.

»Möglichkeit eins: Ihr musstet bisher keinen derartigen Vertrag nutzen, weil die Sache mit dem Jungen sofort öffentlich war und ihr gar keine Chance zum Vertuschen hattet. Dann wäre das kein *Standardvertrag, den ihr bei solchen Gelegenheiten nutzt.*« Mein zweiter Finger ging in die Höhe. »Möglichkeit zwei: Es gab bereits häufiger Vorfälle, die aber vertuscht wurden. Dann hättest du mich belogen, was die Fehlerquote des Marketings betrifft.« Ich legte den Kopf schief. »Also: Was ist die Lüge?«

HIKARU

Ich blinzelte. »Wow.«

»Wow?«, wiederholte sie. »Das ist alles, was dir dazu einfällt?«

Fasziniert betrachtete ich diese Frau, die unfassbar intelligent war. Die sanften Gesichtszüge. Das Muttermal an ihrem Kinn. Der eindringliche Blick. »Na ja … Das war wirklich verdammt clever.«

»Und das ist etwas, das du von mir nicht erwartet hättest?« Sie lachte, und mein Gesicht wurde warm. Schlagfertig war sie also auch noch. »Nett.«

»So war das nicht gemeint.« Ich hob abwehrend die Hände und grinste ebenfalls. »Aber da kann ich mich jetzt wohl schlecht rausreden, oder?«

»Das stimmt.« Sie nickte und stützte ihr Kinn auf ihren Händen ab. »Also: Hast du mich angelogen?«

»Es ist kein Standardvertrag, den wir nutzen«, gab ich zu. »Aber es ist ein Standardvertrag, der für solche Vorfälle angemessen ist.« Das klang hoffentlich nach *»den unsere Rechtsabteilung erarbeitet hat«* und nicht nach *»den ich im Internet gefunden habe«*.

»Verstehe.« Ihr Blick flog über die Zeilen.

»Ich bräuchte auch noch deine Adresse«, sagte ich und zeigte mit der Spitze des Stifts auf das freie Feld. »Selbst wenn wir den hier überarbeiten, wäre es gut, wenn ich die bereits für die nächste Fassung haben könnte.«

Bei diesen Worten versteifte ihr ganzer Körper. »Ist das notwendig?«

Ihre Reaktion weckte meine Neugier. Die Frage nach privaten Daten war ihr sichtlich unangenehm, und ich verstand das nur zu gut. Leider war es dennoch erforderlich. »Damit wir einen rechtsgültigen Vertrag haben? Ja.«

»Ich verstehe.« Ihr Blick ruhte auf der leeren Zeile, dann schrieb sie etwas hinein. »Macht ihr eigentlich auch noch Werbung für andere Comics?«, fragte sie unvermittelt und musterte mich eindringlich. Mir war klar, dass sie anhand meiner Reaktion abschätzen wollte, ob ich log.

»Nein«, sagte ich ehrlich. »*Haru no Hikari* reicht vollkommen, um alles zu finanzieren.«

»Schade. Es gibt einige gute Geschichten, die ebenso viel Aufmerksamkeit verdient hätten.«

»Was ist für dich denn eine *gute Geschichte?*«

»Ich liebe Erzählungen, in denen es keinen moralischen Zeigefinger gibt. Kein Gut und Böse, sondern die Darstellung der Welt, wie sie eben ist. Facettenreich.«

Interessiert legte ich den Kopf schief. »Und was ist deine Meinung zu *Haru no Hikari*?«

Sie wich meinem Blick aus. »Äh …«

»Sei ehrlich und direkt«, bat ich. Anhand ihrer folgenden Worte würde ich hoffentlich abschätzen können, ob sie eine Huntress war. Fans verrieten sich immer, wenn sie über geliebte Dinge sprachen. Es war das Funkeln in den Augen, das leichte Zucken der Mundwinkel, die Begeisterung in ihrer Stimme.

Toni seufzte. »Ich finde die Monster sehr innovativ. Das Design ist großartig.«

Nur mit Mühe verkniff ich mir ein triumphales Grinsen. Ja, auf diesen Teil der Geschichte war ich besonders stolz. Meine Wesen waren inspiriert von Mythologie und Popkultur. Sie bildeten eine einzigartige Mischung, die auch ohne die Ausbrüche definitiv ein Markenzeichen der Geschichte geworden wären.

Ich musterte Toni genau. Da war keine Leidenschaft in ihren Augen, und mein Verdacht, dass sie eine Huntress war, wurde kleiner.

»Es ist nur so …«, fuhr Toni fort. »Also, wenn ich ganz ehrlich sein soll: Die Geschichte ist meistens recht vorhersehbar.«

Das traf mich unvorbereitet. Ich griff nach meinem Glas, um meine Gefühle zu überspielen. Irgendwie tat es weh, dass diese intelligente Frau mein Werk als *vorhersehbar* bezeichnete.

»Inwiefern?«

»Na ja, manchmal habe ich das Gefühl, dass Luke Asakura genau der Mut fehlt, den sie Haru andichten. Einfach mal ein wenig … Innovation. Erlernte Spannungsbögen und Erzählmuster sind ja was Tolles, aber die wirklich großen Geschichten sind doch die, in denen genau damit gespielt wird.« Jetzt trat das viel früher erwartete Leuchten in ihren Blick. »Wenn man ein Klischee nimmt und es so bricht, dass es alle überrascht. Kennst du dich mit Marvel aus?« Als ich zur Bestätigung nickte, fuhr sie fort: »Alle aktuellen Kinofilme gesehen?«

»Ja?«

»Okay, sonst wäre das ein Spoiler. Aber ich meine: Wie absurd ist es eigentlich, dass sie Iron Man wirklich haben sterben lassen? Helden sterben eigentlich nicht. Sie kommen wieder. Immer. Auf irgendeine skurrile Weise. Und wenn es Doctor Strange ist, der sie durch die Universen zerrt. Er ist auch ein gutes Beispiel: Eigentlich hätte man in der *What-if*-Serie erwartet, dass er es als Held schafft, Christine zu retten, aber stattdessen muss er lernen, mit dem Verlust umzugehen. Das war großartig.« Ihre Mundwinkel wanderten wieder ein Stück nach unten. »Bei Haru und Sakura habe ich ehrlich gesagt oft das Gefühl, dass das gar keine richtige Liebesbeziehung ist. Da geht ja nichts vor- oder rückwärts. Eigentlich bleibt alles immer gleich.«

Das saß. Für mich war wenig verwunderlich, dass die Liebesgeschichte der beiden stagnierte, immerhin tat die Liebe das in meinem Leben auch. Ich besaß schlicht und ergreifend keine andere Erfahrung als jene, die auch Haru teilte: Sobald es zu nah wurde, zog ich mich zurück, um mein Geheimnis zu wahren. Nur weil ich Sakura ebenfalls ein Mysterium angedichtet hatte, funktionierte dieses Hin und Her. Dachte ich zumindest. So wie Toni darüber sprach, regten sich Zweifel.

»Was würdest du dir für die beiden wünschen?« Meine Frage ließ sie erstaunt blinzeln.

»Dass Sakura die mit dem richtig krassen Geheimnis ist und

Haru sich die ganze Zeit umsonst gesorgt hat.« Toni lachte. »Aber ich mag auch einfach, wenn Charaktere lernen, zu vertrauen. Wenn sie sehen, dass sie nicht allein das Schicksal der Welt auf ihren Schultern tragen, sondern wir alle ein Teil davon sind. Wie San in Prinzessin Mononoke. Sie hat so lange das Gefühl, den Wald gegen alle Menschen verteidigen zu müssen, und dann kommt Ashitaka …«

Ich bewunderte, wie begeistert sie von alldem sprach, und wir verloren uns in einem Gespräch über Serien, Comics, Bücher und Filme. Der Vertrag lag vergessen zwischen uns auf dem Tisch, während wir immer tiefer in eine Leidenschaft eintauchten, die wir offensichtlich miteinander teilten.

»… und deshalb bin ich dem Buch so dankbar«, schloss Toni ihre Geschichte.

»Kann ich noch etwas zu trinken bringen?«, fragte Stefano zum siebten Mal, seit ich angekommen war, und ich war erneut froh, diesen Ort für unser Treffen ausgewählt zu haben. Der Geruch nach Steinofenpizza, die Familienfotos, Stefanos Lachen waren Dinge, die mich schon häufiger aus einem Loch gezogen hatten. In schlaflosen Nächten war ich vorbeigekommen, um einen Salat zu essen und mir Stefanos Lebensgeschichte anzuhören. Er redete, ohne je eine Antwort zu verlangen, und er merkte sich alles, was ich erzählte.

Außerdem hatte ich ihn vorab instruiert, und sollte ich ihn nach einer Cola fragen, so würde er fünf Minuten nach meiner Bestellung einen Küchennotfall vortäuschen, um uns rauszuwerfen. Keine nette Lösung, aber Konfrontation zählte nicht zu meinen Stärken.

Ich lächelte ihn dankbar an. »Alles bestens.«

»Für mich noch einen Espresso, bitte«, sagte Toni, die gerade den letzten Bissen ihrer Pizza verschlungen hatte. Mein Salat lag noch immer unangetastet vor mir. Denn obwohl das Gespräch nicht so unangenehm war, wie ich befürchtet hatte, war mir dennoch schlecht vor Aufregung.

»Wie verbleiben wir nun?« Toni lehnte sich nach vorne, und in ihren Augen blitzte dieser Funke, der mir schon mehrmals aufgefallen war. Als wäre sie einem Geheimnis auf der Spur.

»Ich schicke dir später eine Liste mit den Filmempfehlungen«, versprach ich. »Und du schreibst mir noch einmal den Titel dieses Mangas, den ich unbedingt lesen muss.«

Toni nickte, dann verschwand das Lächeln von ihren Lippen. »Ich werde den Vertrag in dieser Form aber nicht unterschreiben. Das weißt du, oder?«

»Ich hatte es nach deiner Reaktion befürchtet«, gestand ich. Allerdings war der Vertrag auch nicht sonderlich gut. Ich hatte ihn in der Nacht selbst mit Informationen aus dem Internet zusammengetippt.

Natürlich hätte ich meine Agentur um Hilfe fragen können, aber dann hätte ich die Sache mit Toni erklären müssen, und das erschien mir zu kompliziert. Vor allem würde Lydia in Panik verfallen, wenn sie erfuhr, dass noch jemand verletzt worden war. Nein, ich musste das allein regeln.

»Könnten wir den Vertrag gemeinsam anpassen, um einen Kompromiss zu finden?«

Zu meiner Erleichterung nickte Toni sofort, und das strahlende Lächeln kehrte auf ihr Gesicht zurück. »Das klingt nach einem guten Plan.«

Der Espresso kam, und sie nahm einen Schluck, während ich Stefano bat, meinen Salat einzupacken. Weder er noch Toni kommentierten den unangetasteten Teller, weshalb sich einer der unzähligen Knoten in meinem Magen löste.

»Danke, dass du dich mit mir getroffen hast.« Toni stellte die Tasse ab. »Ein so nettes Gespräch hätte ich nach meiner Nachricht nicht erwartet.«

»Ich auch nicht«, erwiderte ich. »Es hätte mich zumindest nicht überrascht, wenn du nur aufgetaucht wärst, um mir weitere Beschimpfungen an den Kopf zu schleudern, bevor du mit meinem Scheck abziehst, um doch alles öffentlich zu machen.«

»So schlimm klang ich?« Ihr Lachen war angenehm warm. »Ja, gut. Es war wirklich übel. Werde ich mich je genug dafür entschuldigen können?«

»Vielleicht.« Ich spürte, wie die Stimmung sich veränderte und was in diesem kleinen Wort mitschwang. Eine mögliche Zukunft. Sofort räusperte ich mich, verdrängte den Gedanken, der in mir aufkeimte, aber an der Art, wie Toni den Kopf senkte, hoffte ich zu erkennen, dass sie das Gleiche dachte.

TONI

An manchen Tagen enthielt mein Mailfach nichts als Spam und unhöfliche Mails von Managern, deren Klienten ich in ihren Augen nicht gut genug bewertet hatte. Eine Influencerin, die ich betreute, Candice, schrieb mir verzweifelt, dass sie das neue Buch, das ich ihr vermittelt hatte, nicht wirklich leiden konnte. Ich gab ihr Tipps, wie sie mit dieser Situation umgehen konnte, und bot ihr ein Telefonat an, von dem ich wusste, dass sie es nicht annehmen würde. Candice lebte sehr zurückgezogen.

Außerdem fand ich eine nette Nachricht von Lydia vor, die sich für mein Angebot bedankte und mir das Interview zusagte. Perplex starrte ich auf die Worte. Luke Asakura würde mir tatsächlich Fragen beantworten. *Mir.*

Ganz abgesehen von dem Traffic, den das für BentoBooksAndComics bedeutete, war das eine enorme Chance, endlich die Fragen zu stellen, die mir schon so lange im Kopf herumspukten.

Ich nahm meinen Notizblock in die Hand. Hikaru hatte ich keine der vorher notierten Fragen gestellt, zu sehr hatte ich mich in unserem Gespräch verloren. Erst zu Hause war mir mein Fehler aufgefallen, und als Frustausgleich hatte ich mich in die Arbeit gestürzt. Lydias Antwort erschien mir wie eine zweite Chance. Also machte ich mich direkt daran, die Fragen von meinem Notizblock für das Interview umzuformulieren. Manche musste ich leider kürzen, denn ich konnte kaum den Künstler nach dieser Flammenwand fragen, die mich verletzt hatte.

Nein, der Angriff auf mich war nicht öffentlich gewesen, und wenn BentoBooksAndComics ihn erwähnte, würde Hikaru glauben, dass Toni – dass *ich* – geredet hatte. Also musste ich alle Fragen rund um diesen Nachmittag streichen, und ich stellte mit Erschrecken fest, dass die meisten sich darum drehten.

Also widmete ich weitere drei Stunden denen, die ich noch nicht ausformuliert hatte, um im Anschluss Struktur in diesen zusammenhanglosen Haufen zu bringen.

Lydia hatte zwar darum gebeten, den Fragenkatalog schnellstmöglich zu schicken, aber ich legte die Datei trotzdem erst einmal bei den Entwürfen ab, denn viel zu oft fielen mir noch Dinge ein, wenn ich die Arbeit für beendet erklärte und mich dem Alltag widmete.

Ich ging in die Küche, schnappte mir eines der wenigen ausgepackten Gläser und schenkte mir frisches Wasser ein. Dann begab ich mich auf die Suche nach meinem Handy und fand es schließlich auf dem Sofa, wo es während meiner Arbeit stumm ausgeharrt hatte. Routiniert verließ ich den Flugmodus, und obwohl ich mit den vielen Benachrichtigungen gerechnet hatte, war eine unter ihnen, die meinen Puls in die Höhe trieb.

Eine SMS mit sieben Filmtiteln. Sofort grinste ich und tippte eine Antwort.

Danke für die Tipps! Der Manga, von dem ich sprach, heißt Tokyo Mew Mew.

Nachdem ich auf *Senden* gedrückt hatte, tippte ich automatisch weiter.

Bin sehr gespannt, wie du ihn findest :)

Ich löschte die Worte wieder. Zu persönlich, zu bemüht. Wir hatten einander Geschichten empfohlen, nicht mehr. Also öffnete ich Instagram, um dort Nachrichten zu beantworten, doch zu meiner Überraschung vibrierte mein Handy erneut.

Welchen wirst du dir denn als Erstes ansehen?

Verwirrt starrte ich auf die Frage. Eine eindeutige Einladung zu einem Gespräch, und das, nachdem wir heute bereits den ganzen

Nachmittag gesprochen hatten. Über Dinge, die definitiv nicht berufsrelevant waren.

Ich schüttelte den Kopf. So unprofessionell kannte ich mich nicht. Ja, ich trat Hikaru gegenüber als Toni auf, nicht als Antonia Barnes, die Managerin, und erst recht nicht als die Betreiberin von BentoBooksAndComics, dennoch durfte ich mein Ziel nicht aus den Augen verlieren.

Da beschlich mich ein anderer Gedanke. War es möglich, dass genau das sein Plan war? Wollte er mich, das Opfer seiner Marketingagentur, auf diese Art auf seine Seite ziehen?

Schockiert ließ ich das Handy sinken. Mein altes Ich hätte niemals solche Gedanken gehabt, aber seit Henry wusste ich, wie verdreht manche Menschen die Welt sahen und wie manipulativ sie sein konnten, um etwas zu erreichen.

Mit zitternden Fingern legte ich das Gerät zur Seite. Ich durfte Hikaru nicht für Henrys Fehler verantwortlich machen, und doch war das Verlangen verflogen, ihm zu antworten. Es war besser, wenn ich mich auf meine Arbeit konzentrierte.

Zumindest fürs Erste.

HIKARU

Als ich am Abend Matthews Klopfen erkannte, fiel mir unser Gespräch von gestern Morgen ein – und das Versprechen des gemeinsamen Bieres, das wir uns gegeben hatten. Ich hatte ihm nicht geschrieben und fühlte mich mies, dass ich ihn ohne ein Wort versetzt hatte. Andererseits hatte er sich auch nicht gemeldet, was ungewöhnlich war.

Ich zog mein Handy hervor und checkte meine Nachrichten, befürchtete, dass seine in meiner allgemeinen Panik, den Telefonaten mit Lydia und der Beleidigung von Toni untergegangen war. Aber da war nichts.

Nicht einmal eine Antwort von Toni. Mein Magen krampfte sich zusammen, aber ich schob die Verunsicherung schnell zur Seite. Vielleicht arbeitete sie gerade. Dabei fiel mir auf, dass ich nicht einmal ihren Job kannte. Wir hatten so viel geredet, hatten über Charaktere, Spannungsbögen und Stereotypen gefachsimpelt, aber niemals über unsere Leben gesprochen. Auf einmal erschien mir mein Gesprächsversuch ziemlich erbärmlich.

Andererseits war ich noch immer nicht komplett davon überzeugt, dass sie keine Huntress war. Sie war definitiv kein Fan von *Haru no Hikari,* aber das bedeutete bei näherer Betrachtung der Foren gar nichts. Dort waren einige Menschen, die lediglich wegen ihrer Sensationsgeilheit an dem ganzen Unterfangen teilnahmen. Gleichzeitig wirkte sie so emphatisch und liebevoll, dass es mir schwerfiel, mir vorzustellen, dass sie in ihrer Freizeit jemanden stalkte. Nein, das passte nicht zu ihrer durchdachten Art.

Gedankenverloren öffnete ich die

Tür und wurde von Matthews stürmischer Umarmung zurück in die Gegenwart geholt.

»Es tut mir so leid«, erklärte er atemlos, und mir wurde ganz warm ums Herz. Er drückte mich von sich, begutachtete mich, als suche er nach Verletzungen.

»Mir geht es gut«, erwiderte ich und schluckte den Kloß in meinem Hals hinunter. Seit Jahren hatte sich niemand um mich gesorgt. Nicht wirklich. Vielleicht um Luke Asakura und seinen Output, aber definitiv nicht um mich als Mensch.

»Tut mir leid, dass ich mich gestern nicht gemeldet habe«, sagte Matthew sofort und betrat die Wohnung. »Du siehst ganz schön blass aus. Gab's wegen der Sache mit dem Jungen großen Ärger?«

Es dauerte einen Moment, bis ich mich an die Lügen erinnerte, die ich ihm erzählt hatte. Meine Arbeit für die Marketingagentur mit dem strengen Chef.

»Er hat doch nicht herausgefunden, dass ich Bescheid weiß, oder?«, fuhr Matthew fort.

»Nein.« Ich folgte ihm ins Wohnzimmer und bot ihm an, sich zu setzen.

Sofort ließ er sich auf das Sofa fallen. Er knetete die großen Hände in seinem Schoß und musterte die Gemälde an den Wänden. »Sarah hat sich gemeldet. Sie hat mich auf Fotos von dem Ereignis erkannt und …«

Der Rest seiner Worte ging in meinen panischen Gedanken unter. Die meiste Zeit hatte Matthew direkt neben mir gestanden, und das bedeutete, dass auch ich auf den Bildern zu sehen war. An einem normalen Tag hätte ich das direkt nach dem Vorfall überprüft, aber durch den verletzten Jungen, den nächsten Ausbruch und Toni hatte ich diese Routine vernachlässigt.

Mein Leben war wirklich komplett aus den Fugen geraten, wenn ich sogar solche wichtigen Dinge vergaß. Ich schluckte.

»Was soll ich machen?«, endete Matthew und lehnte sich seufzend zurück.

»Ihr eine kurze und freundliche Antwort schicken?«, schlug ich

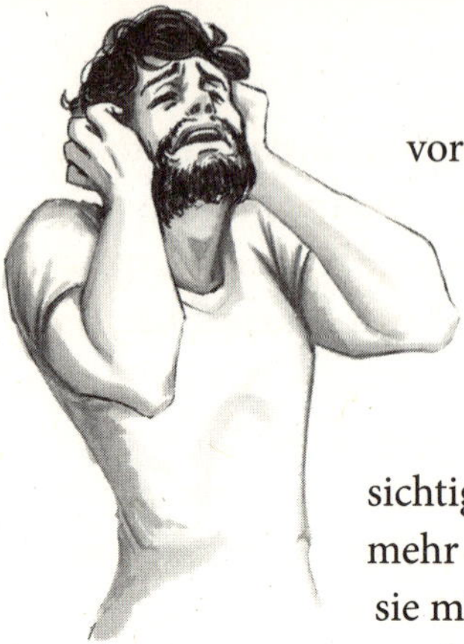

vor und ließ mich ebenfalls auf dem Sofa nieder.

»Hast du mir gerade nicht zugehört?«, fragte er verzweifelt, und ich beschloss, ihm nicht zu sagen, dass das zutraf.

»Egal, wie sauer sie ist«, riet ich vorsichtig, »sie hat eine Antwort verdient, aber mehr bist du ihr nicht schuldig. Immerhin hat sie mit dir Schluss gemacht.«

»Sie ist nicht sauer, immerhin will sie mich zurück!« Matthew übermittelte diese Nachricht ebenso verzweifelt wie die Botschaft seiner Trennung, was mich zunehmend irritierte.

»Aber … wolltest du sie nicht auch wiederhaben?«, wagte ich mich vor und fühlte mich ziemlich schlecht dabei. Ich hätte Matthew zuhören sollen, statt in Panik zu verfallen.

»Ich … Ja. Nein.« Er nickte, schüttelte den Kopf, raufte sich die Haare. Sein Gesichtsausdruck schrie Verzweiflung. »Scheiße, Hikaru, sie hat Fotos von mir mit den Dingern gemacht.«

Die Wahrheit explodierte wie die genannten Rauchbomben. Ich riss die Augen auf. »Nein.«

»Und jetzt will sie mich zurück, weil sie denkt, dass ich sie zum Künstler führen kann. Da bin ich mir sicher. Ach scheiße …«

Das Blut rauschte laut in meinen Ohren, und meine Finger zitterten. Ich schluckte. »Okay. Was genau ist passiert?«

»Sarah schrieb mir gestern, dass sie sich mit mir treffen möchte. Natürlich habe ich sofort zugesagt. Sie hat sogar unsere alte Lieblingsbar vorgeschlagen. Deswegen habe ich auch vergessen, dir zu schreiben.« Er seufzte. »Tut mir echt leid.«

»Schon gut. Zurück zu Sarah«, lenkte ich ihn zum wichtigen Thema.

»Wir saßen in der Bar, und es begann alles entspannt«, fuhr er fort. »Sie sagte, dass sie sich über mein Interesse an Haru Dingsda freut, und stellte jede Menge komische Fragen und war sehr … flirty. Hat oft meinen Arm berührt und gelacht. Irgendwann legte sie dann ausgedruckte Bilder auf den Tisch und erklärte mir, dass ich mich nicht weiter verstellen bräuchte. Sie wüsste Bescheid und fände gut, dass ich das Geheimnis bewahrt habe. Das spräche für meine Integrität oder so.« Matthew zuckte mit den Schultern. »Und sie würde mein Geheimnis bewahren, wenn ich ihr weitere Infos gebe.« Schuldbewusst sah er mich an, und mir wurde übel.

»Was hast du ihr erzählt?« Meine Frage war kaum mehr als ein Flüstern.

»Du hast mir beim ersten Mal echt nicht zugehört«, stellte Matthew fest. »Gar nichts. Sarah meinte, dass sie mich zurückwill und wir gemeinsam dieses Geheimnis bewahren können. Dass sie nur wissen möchte, wer hinter alldem steckt. Und wenn sie den Zeichner nur einmal sehen könnte, würde das für immer zwischen uns beiden bleiben. Wir hätten dann eine gemeinsame Zukunft.«

»Das ist doch …« Ich suchte nach dem passenden Ausdruck.

»Supermanipulativ«, sprang Matthew mir bei. »So hätte ich sie echt nicht eingeschätzt. Aber um zu meiner ursprünglichen Frage zurückzukehren: Was mache ich jetzt? Wenn ich ihr keine Infos liefere, wird sie bestimmt das Foto von mir und den Rauchbomben veröffentlichen, und dann werden diese Hunter mich auseinandernehmen …« Panik glänzte in seinen Augen. »Ich hab gesehen, was sie mit dem Projektor-Typen gemacht haben. Das packe ich nicht.«

Ich wusste sofort, wovon er sprach. Vor knapp einem Jahr war ein Mann Mitte dreißig mit einem Projektor bei einem Ausbruch aufgetaucht und dabei fotografiert worden. Egal, wie oft er erzählte, dass er lediglich auf dem Weg zu einem Filmabend gewesen war – die Hunter hatten seine Identität herausgefunden, seine Wohnadresse ausfindig gemacht und ihn belagert. Selbst als die Polizei eingriff, fand er keine Ruhe. Menschen

bewarben sich bei seinem Arbeitgeber, um in der Mittagspause an ihn heranzukommen. Es war absolut bizarr gewesen und hatte mir nur zu deutlich gezeigt, weshalb ich meine Identität geheim hielt.

Irgendwann war der Mann ausgewandert, und seitdem blieb er glücklicherweise von der Bildfläche verschwunden. Aber die Hunter hatten sein Leben zerstört.

»Das solltest du auch nicht müssen«, erwiderte ich. Die Übelkeit nahm zu. Ich hätte Matthew da niemals mit reinziehen dürfen und schämte mich dafür, dass ich seine Sicherheit so leichtfertig aufs Spiel gesetzt hatte.

»Und du willst nicht mit ihr zusammen sein, nehme ich an?«

»Nach der Aktion?« Matthew schnaubte. »Auf gar keinen Fall. Sie ist total fanatisch. Wenn sie mich zurückwill, um an diesen Zeichner ranzukommen … Ne.« Ein Grinsen breitete sich auf seinem Gesicht aus. »Tut mir ja fast ein bisschen leid für Sam. Oder auch nicht. Meinst du, Sarah hat bereits Schluss gemacht?«

»Das ist gerade wirklich nicht das, worüber wir uns Gedanken machen sollten«, antwortete ich und schloss die Augen in der Hoffnung, eine Antwort zu finden. Es fiel mir leichter zu denken, wenn ich mit mir selbst allein war und die Außenwelt abschirmte. »Okay. Es gibt also Fotos von dir mit den Rauchbomben. Wer hat die?«

»Nur Sarah.«

»Erkennt man dich gut?«

»Bis ins kleinste Detail.«

»Schlecht«, murmelte ich. »Ist darauf zu sehen, wo du dich befindest?«

»Wie meinst du das?«

Ich öffnete die Augen, glaubte, einen Hoffnungsschimmer gefunden zu haben. »Sind andere Menschen auf dem Foto zu sehen? Oder nur du, wie du mit Rauchbomben im Halbdunkeln zwischen Bäumen umherirrst?«

Angestrengt runzelte Matthew die Stirn. »So genau hab ich da nicht drauf geachtet …« Dann hellte sich seine Miene auf. »Ich glaube, man sieht nur mich zwischen den Bäumen. Mit einer Rauchbombe in der Hand.«

»Also könntest du behaupten, dass das in irgendeinem anderen Kontext entstanden ist«, schlussfolgerte ich und grinste. Auch seine Mundwinkel wanderten nach oben.

»Theoretisch schon, ja.«

Dann fiel mir das Problem auf, und ich seufzte schwer. »Aber wenn es noch weitere Fotos von dir bei dem Happening gibt, wird das für die Hunter als Anhaltspunkt reichen, um dich zu stalken.«

Matthew vergrub das Gesicht in den Händen. »Ich bin verloren.«

»Oder du lieferst Sarah einen Grund, die Fotos nicht zu posten.« Meine Stimme klang so ernüchtert, wie ich mich fühlte.

»Was meinst du damit?« Matthew ließ die Hände sinken. »Nein.« Mit einem lauten Ruf sprang er auf und begann, in der Wohnung herumzutigern. Er lief zwischen meinem Sofa und der Küchentheke umher, warf immer wieder nervöse Blicke zum Fenster und schüttelte vehement den Kopf. »Das krieg ich nicht hin.«

»Es ist wohl unsere einzige Chance«, erklärte ich und schluckte bittere Galle herunter. Matthews Blicke zum Fenster hatten etwas in mir ausgelöst. Ein unangenehmes Kribbeln im Nacken, als würde mich jemand beobachten. Ich stand ebenfalls auf, trat ganz ruhig auf Matthew zu.

»Meinst du, sie ist dir gefolgt?«, fragte ich sanft und ohne jeden Vorwurf. Ich erwartete nicht, dass Matthew, der sich zum ersten Mal mit so etwas konfrontiert sah, vollkommen bedacht handelte. Dennoch war da diese altbekannte Panik in meinem Brustkorb, brachte mein Herz zum Rasen und meine Knie zum Zittern.

Wenn eine Huntress meinen Wohnort mit Luke Asakura in Verbindung brachte, würde es nicht lange dauern, bis sie hier auftauchten. Gleichzeitig arbeitete mein Verstand gegen diese Furcht und erklärte mir, dass Sarah diese Schlussfolgerung niemals ziehen würde. Selbst wenn sie Matthew gefolgt war, so hatte er einfach nur einen Freund besucht. Oder?

Nervös kaute ich auf meiner Unterlippe und sah aus dem Fenster, suchte in den Schatten der Bäume nach einer Bewegung oder einer fremden Silhouette. Doch es war zu dunkel, die Außenbeleuchtung ausgeschaltet.

Möglichst unauffällig trat ich an die Fenster heran und ließ die Jalousien hinunter. Immerhin war es bereits spät am Abend.

»Ich gehe kurz hoch«, erklärte ich und schirmte auch das obere Stockwerk ab. Mit geschlossenen Vorhängen und heruntergelassenen Rollladen fühlte sich das Haus auf jeden Fall viel sicherer an.

Als ich zurück nach unten kam, saß Matthew wieder auf dem Sofa. Der sonst so imposante Mann war nicht mehr als ein zusammengekauerter Junge, der darauf wartete, Ärger zu bekommen.

»Bist du sehr wütend?«, fragte er mich. Ich schüttelte den Kopf.

»Gar nicht«, erwiderte ich aufrichtig. »Wir müssen uns einfach überlegen, wie wir damit umgehen und wie wir dich aus der Sache rausbekommen, ohne dass du dein restliches Leben mit Sarah verbringen musst.«

Er wurde kreidebleich. »Das könnte passieren, oder?« Erneut barg er das Gesicht in den Händen. »Scheiße, vielleicht flehe ich sie einfach auf Knien an, dass sie mir das nicht antut.«

»Ist eine Möglichkeit«, sagte ich und schnappte mir einen Apfel aus dem Korb auf der Küchentheke. »Hast du sie nicht gebeten, nichts zu sagen?«

»Doch.« Seine Antwort klang verzweifelt.

»Und, was hat sie gesagt?« Ich betrachtete den Apfel, hatte nicht vor, ihn zu essen, aber brauchte etwas, um meine unruhigen Finger zu beschäftigen, also rollte ich ihn von einer Hand in die andere, konzentrierte mich auf die glatte Oberfläche.

»Sie meinte, dass das dem Ethos der Hunter widerspricht«, flüsterte Matthew.

Ich schnaubte. »Diese Leute kommen uns mit Ethos? Sie haben einen Mann dazu gebracht, das Land zu verlassen!« Meine Hände zitterten so sehr vor Wut, dass ich den Apfel fallen ließ. Er landete dumpf auf den Fliesen, aber ich beachtete ihn nicht weiter. »Und sie würde nicht wider ihr Ethos handeln, wenn sie dafür einen Vorteil bekommt und den Zeichner trifft?« Ungläubig schnalzte ich mit der Zunge. »Wenn sie das Geheimnis allein löst und die Antwort für sich behält? Das ist lächerlich. Also entweder will sie uns an die Hunter ausliefern oder den Ethos sowieso brechen. Da könnte sie auch direkt schweigen.«

Matthew saß einfach nur da und sah mich hilflos an. Da begriff ich, dass es an mir lag, eine Lösung für dieses Dilemma zu finden. Matthew war nun vielleicht mein Freund, aber das machte alles nur komplizierter. Zu allem Überfluss klingelte in diesem Moment mein Handy.

Lydia. Natürlich. Diese Frau besaß einen Riecher für schlechtes Timing.

»Bin gleich zurück«, sagte ich zu Matthew, dann ging ich in das obere Stockwerk, aktivierte die Stimmverstellung und nahm den Anruf entgegen.

»Wir sollten reden«, begann sie das Gespräch säuselnd.

»Worüber?«, erwiderte ich und merkte an ihrem scharfen Luftholen, dass das die falsche Frage war.

»Über die Strategie, um dein Image aufzupolieren?«

»Oh.« Mir wurde etwas schwindelig. Natürlich wollte das Management das weitere Vorgehen besprechen.

»Wir müssen uns wirklich bedeckt halten. Wenn jetzt noch mal etwas schiefläuft, könnte das das Ende für *Haru no Hikari: Sakura's Guardian* bedeuten.«

»Also gar kein Druck«, stellte ich sarkastisch fest. »Hast du schon eine Idee?«

»Natürlich habe ich die«, erklärte Lydia. »Das Interview mit BentoBooksAndComics ist nur ein kleiner Baustein. Ich dachte daran, dass wir …«

»Lydia, können wir das ein andermal besprechen? Ich habe Besuch.«

»Es ist wichtig.«

»Ich weiß. Aber ich melde mich, sobald es mir passt, okay?«

Kurzes Schweigen. Irgendwie fiel es mir dieses Mal leichter, sie abzuwimmeln. Es fühlte sich nicht mehr so ungewohnt an. »In Ordnung.«

»Danke.« Seufzend beendete ich den Anruf, dann ging ich nach unten.

Mit jeder Stufe, die mich weiter Richtung Erdgeschoss brachte, wurde mir klarer, dass es keinen guten Ausweg gab. Mein Fluch hatte mich in eine ausweglose Situation manövriert. Auf der vorletzten Stufe verlor ich den Halt und stolperte. Mein Magen rutschte nach oben, ich schrie. Glücklicherweise landete ich unverletzt.

»Alles okay?«, fragte Matthew, und ich war mir nicht sicher, ob er das Telefonat oder meinen Stunt meinte.

»Ich muss arbeiten«, erklärte ich mit belegter Stimme. Mir gefiel es nicht, ihn jetzt wegzuschicken, aber ich brauchte dringend Raum für meine Gedanken, und so ungern ich Matthew mit dem Problem allein ließ, so brachte es mich für den Moment nicht in Schwierigkeiten. Mittlerweile war ich mir sogar ziemlich sicher, dass er mich nicht verraten würde. Immerhin war ich sein einziger Verbündeter und Ausweg in dieser Angelegenheit.

»Jetzt noch?« Matthew warf einen Blick auf die Uhr.

»Leider ja«, erklärte ich. »Nach dem Vorfall ist einfach unfassbar viel los. Ich werde mal meinen Kollegen fragen, wie wir dir helfen können.«

»Bloß nicht.« Panisch hob Matthew die Hände. »Bitte. Ich will nicht, dass irgendwer in deiner Firma weiß, dass ich schuld an der Verletzung bin.« Er schluckte. »Die verklagen mich doch.«

Mir wurde ein wenig schlecht, als ich gespielt bedächtig nickte und so tat, als hätte Matthew recht. Niemand würde ihn verklagen, aber solange er das dachte, verriet er mich erst recht nicht an die Hunter.

»Okay, ich sage nichts«, stimmte ich zu. »Aber ich mache mir Gedanken. Was glaubst du, wie lange wir Sarah hinhalten können?«

Er verzog gequält den Mund. »Sie will morgen Abend mit mir essen gehen, und ich habe die Befürchtung, dass sie dann eine Antwort erwartet.«

»Um wie viel Uhr?«

»Sieben.«

»Also haben wir noch 22 Stunden.« Ich nickte. Das war zwar nicht viel, aber genug, damit ich mir den Kopf zermartern konnte.

»Okay.« Matthew erhob sich, und ich begleitete ihn zur Tür. »Danke, Mann.«

Wir umarmten uns lange, bevor ich ihn in die Nacht entließ. Sobald die Tür ins Schloss fiel, umfing mich angenehme Ruhe.

Ein Problem nach dem nächsten. Zunächst einmal brauchte ich eine Lösung, um Lydia zufriedenzustellen. Bisher hatte es dafür einen ganz einfachen Weg gegeben: eine neue, großartige Episode. Der Gedanke, heute noch produktiv zu werden, gefiel mir. Seit dem Gespräch mit Toni trieb mich eine innere Unruhe um. Ich wollte ihre Anmerkungen umsetzen. Sie beeindrucken. Obwohl sie nicht einmal wusste, dass ich Luke Asakura war, wollte ich aus ihrem Mund lobende Worte über *Haru no Hikari* hören. Dabei ging es nicht um mich, sondern um mein Werk.

Wenn ich mich heute an den Schreibtisch setzte, würden großartige Seiten herauskommen, da war ich mir sicher. War dieses kreative Feuerwerk das Risiko wert?

Unschlüssig lief ich ins Arbeitszimmer, holte die Utensilien heraus und starrte sie an. Die Tinte flüsterte meinen Namen. Harus Geschichte wollte weitererzählt werden. Ich spürte den Drang überdeutlich und gab ihm nach. Sobald ich den Stift ansetzte, durchflutete mich die Magie. Ein warmes Gefühl, berauschend, mächtig. Zu sehen, wie Harus Geschichte auf dem Papier weitergesponnen wurde, durchströmte mich wie Ruhe. Es war wie Nachhausekommen. Wie ein warmer Kakao in einer Winternacht. Ich lebte im Moment, liebte die Geschichte, und das erinnerte mich daran, wie wichtig *Haru no Hikari* für mich war. Wie viel mir diese Tätigkeit bedeutete.

Ich beendete diese Episode in Rekordzeit und betrachtete zufrieden mein Werk. Irgendwie erinnerte Sakura mich in dieser Zeichnung an Toni. Ich lächelte. Dann wurde mir klar, dass ich diese Seiten so unmöglich verwenden konnte, ohne Toni einen Hinweis auf meine wahre Identität zu liefern. Aber Lydia brauchte sie noch heute, zu groß wäre der Imageschaden, wenn die versprochene Episode nach diesem Eklat nicht kam. Also machte ich mich erneut an die Arbeit.

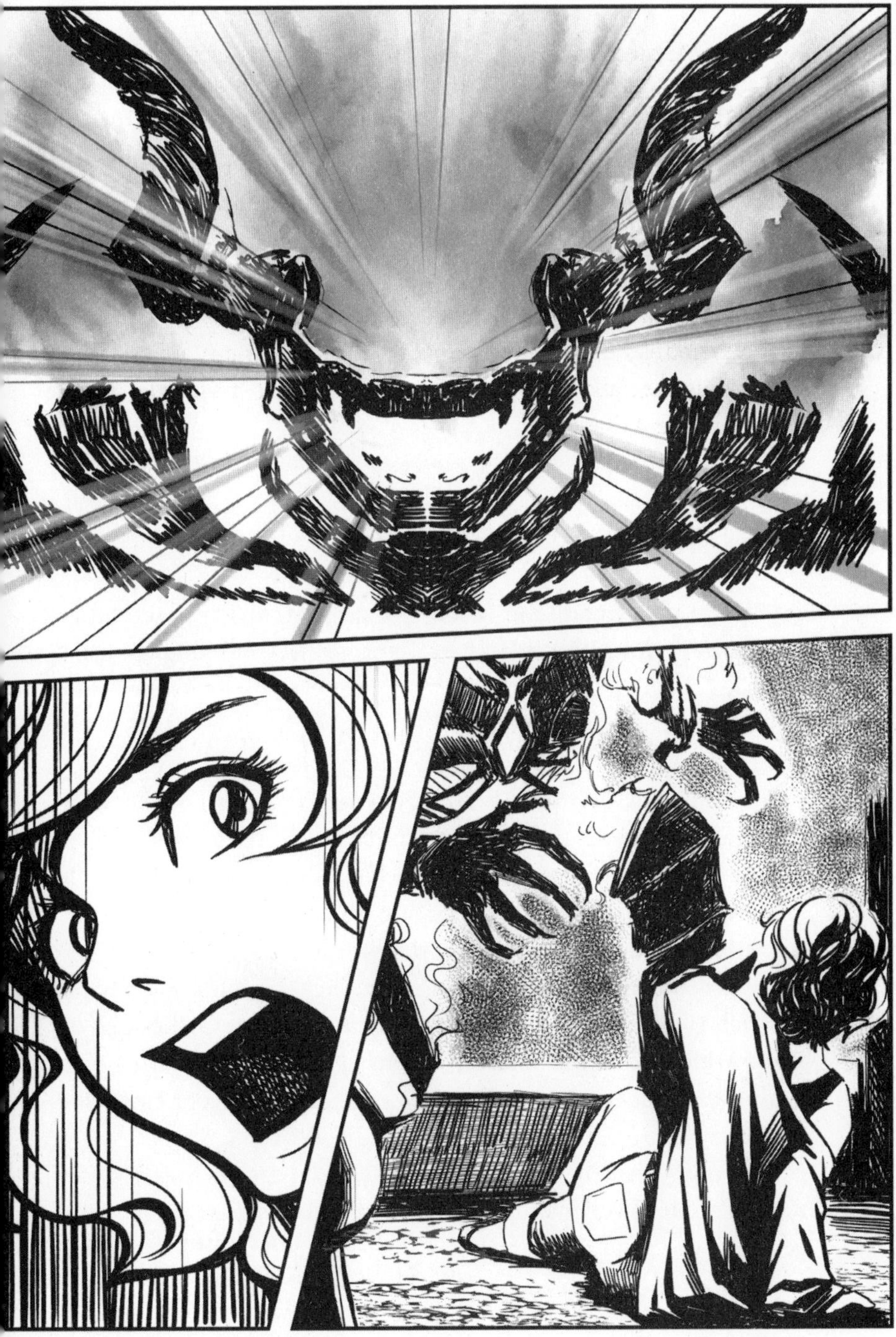

TONI

Ich liebe *Haru no Hikari* immer noch!

Das war doch nur ein Fehler.

Die Entschuldigung könnt ihr euch sonst wo hinstecken, zahlt dem Jungen Geld!

Der Zeichner kann nix dafür, verklagt das Marketing!

Das haben die sich doch nur ausgedacht, um Luke zu verklagen.

Die Kommentare auf Instagram zerfetzten sich gegenseitig. Während die Fans Luke Asakura erbittert verteidigten, wurden die Gegenstimmen immer lauter. Ich schürzte die Lippen und nippte an meinem Chai Latte.

In dem kleinen Café herrschte emsiger Betrieb. Ich hatte beschlossen, heute in Brooklyn zu arbeiten, um meinem Stalker eine neue falsche Fährte zu liefern, denn ich weigerte mich, komplett von der Bildfläche zu verschwinden. Nein, Rückzug war für mich keine Option, also preschte ich nach vorn und sorgte dafür, dass er nie wieder herausfand, wo ich wohnte.

Dennoch ging ich nur bei hellem Tageslicht hinaus und schaute, dass ich stets eine volle U-Bahn erwischte, um im Getümmel zu verschwinden und auf Umwegen nach Hause zu fahren. Es war anstrengend, aber es fühlte sich besser an, als den Kopf einzuziehen.

Das Café besuchte ich heute deshalb zum ersten Mal. Es war recht klein und voller Kunstpflanzen, an denen Preisschilder hingen. Manche fand ich sogar überraschend schön und lebensecht, wie den Efeu, der sich an der Wand entlangschlängelte.

Die Besucher waren sehr jung und enorm hip gekleidet. An einer Wand des Cafés stand ein kleines Bücherregal, das zwar ein paar Titel enthielt, aber vor allem der Dekoration diente, wie die zahlreichen Kunstpflanzen zwischen den Büchern zeigten. Dennoch holte ich mein Handy hervor und knipste ein Foto. Nicht für Instagram, sondern als Erinnerung.

Bevor ich noch tiefer in das Gewirr an neuen Fan- und Hassaccounts vordringen konnte, erhielt ich die Benachrichtigung über eine neue Mail. Ich zog die Augenbrauen hoch.

Liebe BentoBooksAndComics, vielen Dank für deine Interviewfragen! Der Zeichner freut sich schon sehr darauf, sie zu beantworten. Um die Wartezeit zu überbrücken, hätten wir hier bereits die neuen Seiten von *Haru no Hikari: Sakura's Guardian.*

Verwirrt starrte ich die Worte an, hielt sie zunächst für einen Fehler. Die letzte Episode war gerade erst erschienen, niemals konnte der Zeichner bereits weiteres Material geliefert haben.

Vor allem nicht, wenn er ein Gewissen hatte und sich die Stimmen seit dem Unfall zu Herzen nahm. Doch als ich den Anhang öffnete, stellte ich fest, dass alles seine Richtigkeit hatte.

Sie enthielten tatsächlich zehn neue Seiten, die nächste Episode von *Haru no Hikari: Sakura's Guardian,* eine Sonderfolge als Entschuldigung an die Fans. Ungläubig stellte ich meine Tasse ab und begann zu lesen.

Leider war die Geschichte so vorhersehbar wie immer. Doch dann hielt ich plötzlich inne. In einem Panel stellte Haru sich einem Monster. Einem einschüchternden Flammenwesen, das Sakura angriff. Ich kniff die Augen zusammen, klickte zur nächsten Seite: Die Frau lag auf dem Boden, ihr Bein war verletzt. Sofort begann meine Wunde, die ich mittlerweile ganz gut ignorierte, zu ziepen. Bildete ich mir diese Ähnlichkeit nur ein?

Die Flammen bewegten sich auf die am Boden liegende Frau zu. Gigantische Hörner, riesige Klauen. Ich blinzelte erneut, zoomte hinein, wollte weiterlesen, aber mit diesem Panel endete der Webcomic, ein klassischer Cliffhanger.

Es war das erste Mal, dass ich wirklich dringend wissen wollte, wie es weiterging. Meine Gedanken rasten, weg vom Plot des Comics hin zu dem Angriff, zu Hikaru.

Hatte er den Zeichnern von mir erzählt? Oder gehörte er gar selbst zu ihnen? Ich öffnete seine unbeantwortete Nachricht, starrte auf die Buchstaben.

Welchen wirst du dir denn als Erstes ansehen?

Am liebsten hätte ich ihn direkt angerufen und zur Rede gestellt, aber noch waren die Seiten nicht veröffentlicht, und somit konnte ich sie nicht kennen. Ich nahm all meinen Mut zusammen und tippte eine Antwort.

Wollen wir das vielleicht gemeinsam machen?

HIKARU

Grinsend legte ich mein Handy zur Seite. Die anstehende Verabredung mit Toni zauberte mir ein Lächeln aufs Gesicht. Mir gefiel die Vorstellung, ihr meinen Lieblingsfilm zu zeigen, und ich war unfassbar gespannt, was sie dazu sagen würde. Außerdem half mir die Aussicht darauf dabei, endlich das Bett zu verlassen und die zwei wichtigen To-dos des Tages anzugehen.

Der Fragenkatalog von BentoBooksAndComics würde bis heute Abend warten müssen. Obwohl Lydia mich angefleht hatte, das Interview schnellstmöglich zu beantworten, gab es gerade ein viel dringenderes Problem: Sarah.

Ich überwand mich dazu, die Hunter-Foren zu öffnen und alles genau durchzugehen. Glücklicherweise waren keine neuen Fotos aufgetaucht, auf denen ich erkennbar wäre. Von Matthew konnte ich leider nicht dasselbe behaupten.

Es gab einige Bilder, auf denen er mit kalkweißem Gesicht in der Menge stand. Die Qualität war nicht sonderlich gut, aber das änderte nichts daran, dass seine Anwesenheit dokumentiert und unsere bisher einzige Möglichkeit – zu behaupten, dass die Bilder mit den Rauchbomben von einem anderen Tag waren – unbrauchbar geworden war. Vor allem, weil Matthew auf den Bildern logischerweise dasselbe Outfit trug.

Also versuchte ich mich an die kurze Begegnung mit Sarah zu erinnern. Sie war mir recht ruhig erschienen, und das Bild, das ich von ihr hatte, stimmte weder mit ihrem Instagram-Profil noch mit Matthews Erzählungen überein.

Bevor ich Matthew anrief und hierherbestellte, wollte ich zunächst einen groben Plan ausarbeiten. Ich zog mich an und ging in die Küche, um mir einen Kaffee zu kochen. Dann setzte ich mich mit Stift und Klemmbrett auf das Sofa und begann, mir Notizen zu machen.

Die Probleme zu visualisieren, half mir meistens dabei, eine Lösung zu finden. Also schrieb ich die mir bekannten Möglichkeiten auf, Fotos zu speichern. Anschließend durchsuchte ich das Internet nach weiteren Optionen. Zuletzt prüfte ich in den Foren, welche Programme die Hunter oft erwähnten. Am Ende hatte ich unzählige Speicherorte, die potenziell die kompromittierenden Fotos beherbergten. Ich schluckte.

Das alles zu überprüfen, war kaum zu schaffen.

Einen Hacker zu engagieren, war eine zweischneidige Lösung. Einerseits könnte er eventuell alle Spuren beseitigen; andererseits könnte er ein Hunter sein und anfangen, gegen mich zu arbeiten und meine Daten gegen mich zu verwenden. Das Risiko war zu groß.

Aber selbst sämtliche Dienste abzusuchen, sich einzuhacken und Dateien zu löschen, war quasi unmöglich. Ich schluckte, atmete tief durch und machte mich dann daran, physische Speicherorte zu notieren. SD-Karten, das Handy, Festplatten. Auch hier stieß ich schnell an die Grenzen meines eigenen Wissens und nahm das Internet zu Hilfe, um ein ähnliches Ergebnis zu erhalten: USB-Sticks konnten so klein sein, dass Sarah sie überall versteckt haben könnte. Möglicherweise hatte sie sogar einen Safe gemietet.

Ich schüttelte den Kopf. Sarah war zwar eine Huntress, aber keine Datensicherheitsexpertin. Hoffte ich. Es gab nur einen Menschen, der mir dazu genauere Auskunft geben konnte, also rief ich Matthew an. Als er noch vor dem ersten Klingeln ranging, wurde mir klar, dass er schon lange auf meinen Anruf wartete. Er klang unfassbar müde.

»Hikaru«, stieß er atemlos hervor. »Endlich.«

»Kannst du vorbeikommen?«, fragte ich direkt. Wir hatten keine Zeit für Small Talk.

»Habe mir freigenommen«, erklärte er. »Bin gleich da.«

Seine Augenringe bestätigten mir, was ich bei dem Telefonat bereits vermutet hatte: Matthew hatte definitiv eine unruhige Nacht hinter sich. Er drückte mich kurz, dann schlüpfte er aus den Schuhen und marschierte zum Sofa, als wäre das hier sein Zuhause.

»Oh.« Sein Blick fiel auf das Klemmbrett mit den Notizen. »Du hast dir wirklich viele Gedanken gemacht.«

»Wieso überrascht dich das?«, entgegnete ich und ging zum Kühlschrank, um ihm ein Glas Wasser einzuschenken. Seine Antwort dauerte eine Weile.

Erst als ich das Glas vor ihm abstellte, murmelte er: »Habe mich einfach sehr allein gefühlt.«

Das schlechte Gewissen rammte mir seine Krallen in die Brust. Ich hatte ihn gestern Abend einfach rausgeworfen und mich dann stundenlang nicht gemeldet. Für ihn musste sich das wie eine Ewigkeit angefühlt haben.

»Es tut mir leid«, sagte ich aufrichtig. »Arbeit …«

Jetzt war er es, der hastig eine Entschuldigung murmelte. »Hast du gestern noch großen Ärger bekommen? Du sahst nach dem Anruf so aufgewühlt aus.«

»Ging schon«, erwiderte ich ausweichend und verschwieg, dass ich großartige Zeichnungen erschaffen und mich dadurch deutlich besser gefühlt hatte. Vor allem, nachdem Lydia sie begeistert in Empfang genommen hatte. »Kommen wir zu Sarah.« Ich reichte ihm meine Notizen und einen Stift. »Das sind alle Speicherdienste, die mir einfielen oder die ich im Internet gefunden habe. Du weißt nicht zufällig, welche Sarah nutzt und wie viel Ahnung sie von Datensicherheit hat?« Mit einem schiefen Grinsen deutete ich auf die »USB-*Stick in Schließfach*«-Anmerkung.

Matthew schnaubte und strich zielsicher die meisten der Dienste durch. »Die nutzt sie nicht.«

»Sicher?«

»Sehr sicher. Sie hat mir stundenlang gepredigt, wie schlecht sie deren Datenpolitik findet.« Dann überlegte er kurz und kürzte weiter, bis er schließlich sein Werk mit zusammengekniffenen Augen musterte. »Ja, das dürfte passen. Sie ist nicht so der Hardware-Crack. Ich habe ihren Rechner zusammengestellt.«

Ich starrte auf die übrigen Möglichkeiten. Das erleichterte so vieles. »Matthew, ich habe einen Plan.«

»Funktioniert er?«

»Er ist zumindest unsere einzige Hoffnung.«

TONI

Ich setzte mich mit meiner Ausbeute in die U-Bahn und atmete tief ein. Der Gestank nach Dreck und fettigem Essen stieg mir in die Nase, und doch fühlte ich mich so leicht wie schon lange nicht mehr.

Auf Chris' Drängen hin hatte ich mir ein neues Kleid für die Verabredung gekauft, und irgendwie freute ich mich tatsächlich darauf, es morgen zu tragen. Sich extra dafür auf eine Shoppingtour zu begeben, fühlte sich bizarr, aber auch befreiend an. Als würde ich ein Stück meines alten Lebens wiederbekommen, denn ich hatte in den letzten Stunden das ganze Stalker-Chaos und die Brandwunde so gut wie vergessen. Sie schmerzte zwar noch, wenn ich den Verband wechselte, aber ansonsten war das Bein belastbar. Auch die Gedanken an das Flammenmonster, die neuen Comic-Seiten und die Marketingfirma waren in den Hintergrund gerückt, übertüncht von der Normalität des Ausflugs mit Chris.

Doch jetzt saß ich allein zwischen lauter Fremden, und alles, was ich in den letzten Stunden verdrängt hatte, stürmte auf mich ein. Zur Ablenkung zog ich mein Handy hervor, schaltete Musik ein und beantwortete einige Fan-Nachrichten, bis die Durchsage meine Umsteigestation ankündigte.

Ich schnappte meine Einkaufstaschen und stieg aus. Den Blick noch immer auf den Bildschirm geheftet, machte ich mich auf den Weg zum letzten Bus, der mich endlich nach Hause bringen würde.

Da spürte ich es. Jemand war hinter mir.

Die Haltestelle war relativ voll, und ich legte einen abrupten Richtungswechsel ein, um den Verfolger loszuwerden. Dabei vermied ich es, mich umzusehen, damit er nicht realisierte, dass ich ihn bemerkt hatte.

Doch dieses Kribbeln im Nacken verfolgte mich. Da war je-

mand, der seinen bohrenden Blick auf mich richtete und sich nicht abschütteln ließ.

Ich beschleunigte, rannte. Meine Einkaufstaschen schlugen schmerzhaft gegen mein verbranntes Bein. Jede Berührung schickte eine Welle Schmerz durch meinen Körper, aber ich lief weiter.

Die Musik, die leise aus meinen Kopfhörern drang, wurde übertönt von meinem hektischen Atem und dem Trubel der anderen Menschen. Hinter mir glaubte ich leise Rufe zu hören, aber ich ignorierte sie. Ich hetzte eine Rolltreppe nach oben, drängte mich an den daraufstehenden Personen vorbei. Dann wieder zurück, die andere Rolltreppe nach unten und von dort aus rechter Hand in einen Gang, von dem ich keine Ahnung hatte, wohin er führte.

Essensstände, dicht an dicht, mit langen Schlangen davor. Menschen, die ihr Abendessen in braunen Papiertüten nach Hause trugen. Gerade duckte ich mich zwischen ihnen hindurch, als mich jemand an der Schulter packte.

Ich schrie.

HIKARU

Ich zupfte mir die Schürze zurecht und warf Stefano einen mürrischen Blick zu. »Muss das sein?«

Als Antwort erhielt ich ein Lachen. »Steht dir sehr gut.«

In der Küche roch es nach Pizza und Spülmittel. Stefano schnitt einige Tomaten, während ich einen Blick durch die offene Tür warf.

Matthew saß bereits an einem Tisch und knetete nervös seine Hände. Das sanfte Kerzenlicht betonte die Ringe unter seinen Augen, und ich hoffte, dass Sarah seine Nervosität auf sie bezog und nicht die Falle witterte. Der Plan war waghalsig und setzte voraus, dass Matthew seine Ex-Freundin gut kannte, aber er war die beste Möglichkeit. Alles andere wäre entweder sehr teuer, sehr riskant, noch illegaler oder alles zusammen.

»Danke, dass du mir hilfst«, sagte ich, als Stefano mir zwei Teller mit frischem Salat in die Hand drückte.

»Tisch vier.« Er grinste. »Zu einem kostenlosen und gut aussehenden Kellner für einen Abend sage ich nicht Nein. Aber denk dran: Das Trinkgeld bekomme auch ich.«

Ich zwang meine Mundwinkel nach oben und brachte die Vorspeise zu dem älteren Ehepaar, das mich keines Blickes würdigte, wofür ich nicht undankbar war.

Am Nachbartisch bemerkte ich ein leeres Weinglas und bot Nachschub an, was die Dame mit einem charmanten Lächeln ablehnte. Sie zwinkerte mir zu, und ich verschwand mit hochrotem Kopf in der Küche.

»Also ich würde dich auch dauerhaft einstellen«, sagte Stefano. »Du schlägst dich echt gut.« Er warf einen Blick nach draußen. »Bisher hast du erst vier Bestellungen verwechselt und drei Getränke vergessen.«

»In drei Stunden«, murmelte ich.

»Ach, immerhin ist kein Wein auf einem Gast gelandet«, winkte er ab und wackelte mit den Augenbrauen. »Noch nicht.«

Es war mir unbegreiflich, wie er so viel Spaß an dieser Sache haben konnte. Er wusste nicht, worum es ging, aber ich hatte ihn grob in unseren Plan eingeweiht und behauptet, der verschüttete Wein wäre die Notfallstrategie, falls die Ex meines Kumpels zu schwierig wurde.

Stefano hatte diesen sehr löchrigen Vorwand hingenommen, als wäre es das Normalste der Welt, und ich war ihm sehr dankbar dafür. Dass er mich als Gegenleistung den ganzen Abend schuften ließ, war ein kleiner Preis, falls unser Vorhaben gelang.

Gerade als ich hinausging, um einen Tisch abzuräumen, betrat Sarah den Raum. Matthew und ich hatten sehr hitzig darüber diskutiert und waren zu dem traurigen Schluss gekommen, dass Sarah sich nie genug für sein Leben interessiert hatte, um sich mein Gesicht zu merken. Falls doch, konnten wir immer noch behaupten, dass Matthew deshalb so gern hierherkam, weil ich ihm immer kostenlosen Nachtisch besorgte.

Um das zu testen, musste ich allerdings dafür sorgen, dass Sarah mich zuerst sah. Also trat ich mit einem freundlichen Lächeln auf sie zu.

»Willkommen.«

Ihr Blick huschte kurz von meiner Schürze zu meinem Gesicht und dann weiter zu Matthew. »Ich bin verabredet«, sagte sie bloß und winkte ihm zu. Perfekt.

Das machte vieles leichter.

»In Ordnung. Ich bringe direkt die Karte.« Aus dem Augenwinkel beobachtete ich, wie die beiden einander mit Wangenküsschen begrüßten und Matthew feuerrot anlief. Ich knirschte mit den Zähnen. Sarahs Umgang mit ihm machte mich enorm wütend.

Mit Rehaugen saß sie ihm gegenüber, den Körper in einen eleganten weißen Hosenanzug gehüllt, große Ohrringe glitzerten im

Kerzenlicht. Sie lächelte, als hätte Matthew ihr soeben einen Heiratsantrag gemacht.

Durch das Stimmengewirr der anderen Gäste und die italienische Musik, die aus den Lautsprechern drang, verstand ich leider keines ihrer Worte. Erst als ich mit der angekündigten Speisekarte näher trat, änderte sich das.

»Das nenne ich Schicksal!«, sagte Sarah und griff über den Tisch nach Matthews Hand. Er erstarrte unter ihrer Berührung, und Sarah kicherte. »So nervös?«

»Ein wenig«, gestand Matthew und zog seine Hände zurück, um sie an der Hose abzuwischen, bevor er die Karte entgegennahm. Mir entging nicht, dass er vermied, mir ins Gesicht zu sehen, also beschloss ich, es ihm leichter zu machen, und zog mich schnellstmöglich in die Küche zurück.

Als ich erneut hinging, um die Essenswünsche entgegenzunehmen, wirkte Matthew noch gequälter. Seine Stirn warf tiefe Falten, und seine Haut war leichenblass. Ich begann daran zu zweifeln, dass wir den Plan durchziehen würden. Vor allem, da er bei der Bestellung des Essens mit so zittriger Stimme sprach, als würde er eine enorm wichtige Präsentation vor einem vollen Stadion halten.

Mein Kellner-Ich ignorierte diese Unsicherheit geflissentlich, doch ich wollte ihn am liebsten in den Arm nehmen. Während Sarah ihre Bestellung aufgab, scannte ich schnell die notwendigen Dinge. Ihr Handy lag mit dem Display nach unten auf dem Tisch, die Handtasche hing auf der fensterzugewandten Seite des Stuhls. An der Ausbeulung glaubte ich zu erkennen, dass sie tatsächlich wie mit Matthew abgesprochen die Kamera mitgebracht hatte. Perfekt.

Matthew war ein so guter Kerl, dass Sarah bei seiner Bitte offensichtlich keinerlei Verdacht geschöpft hatte.

Ich nahm ihre Bestellungen entgegen und übermittelte sie an Stefano in der Küche.

»Es ist viel entspannter, wenn ich nicht auch noch draußen arbeiten muss«, plauderte er. »Vielleicht sollte ich wirklich überlegen, dauerhaft eine Servicekraft einzustellen. Interesse?«

»Nein danke«, erwiderte ich und hielt den Blick starr auf den Tisch gerichtet. Sarah holte gerade die Kamera hervor und zeigte Matthew etwas auf dem kleinen Bildschirm. Daraufhin wurde mein Freund noch blasser. Stefano stellte sich neben mich und legte kameradschaftlich seinen Arm um meine Schulter.

»Der sieht aber nervös aus«, kommentierte er. »Was zeigt sie ihm da? Nacktfotos?«

Er lachte, und ich stimmte halbherzig mit ein. Wahrscheinlich wäre Matthew sogar das deutlich lieber gewesen.

Stefano löste sich von mir und ging zurück zum Pizza-Ofen, während ich mich daranmachte, Matthew und Sarah ihre Getränke zu liefern. Eine Flasche Wasser und zwei Gläser Rotwein. Matthew griff sofort nach dem Alkohol und leerte die erste Hälfte des Glases, ohne mit Sarah anzustoßen. Ihre Reaktion war ein verhaltenes Lachen.

»So nervös kenne ich dich gar nicht«, sagte sie leise. »Gefällt mir aber.«

Ich drehte mich schnell weg, damit sie mein entgeistertes Gesicht nicht sah. Die Frau hatte Nerven. Sie flirtete mit Matthew, als wären sie in der rosaroten Anfangsphase einer Beziehung, und nicht, als würde sie ihn erpressen, um das Ziel ihres fanatischen Hobbys zu erreichen.

Mit schnellen Schritten zog ich zum nächsten Tisch weiter, nahm dort eine Nachtischbestellung auf, schenkte einem älteren Herrn Wein nach und verständigte mich dann lautlos mit Matthew, dass der Moment gekommen war.

Meine Handflächen waren schwitzig, mein Herz schlug laut, das Stimmengewirr erschien mir auf einmal unerträglich. Ich näherte mich Sarah und gab Matthew das vereinbarte Zeichen, indem ich mir den rechten Nasenflügel kratzte. Dabei kam ich nicht umhin, mich ein klein wenig wie ein ziemlich cooler Geheimagent zu fühlen.

Matthew hingegen war alles andere als gelassen. Wie aus dem Nichts griff er über den Tisch, um Sarahs Hand zu nehmen. Dabei stieß er den Wein um, und die rote Flüssigkeit verteilte sich spritzend über Sarah, die fluchend aufsprang.

»Matti!« Ihre Stimme wanderte zwei Oktaven höher. Sie schnappte sich eine Serviette und versuchte, den Schaden einzudämmen, während Matthew Entschuldigungen stammelte. Wenigstens kam ihm seine anfängliche Nervosität jetzt zugute: Er musste nicht schauspielern, um am Boden zerstört zu wirken.

Sein hilfloser Blick wanderte immer wieder kurz zu mir, bevor er sich auf Sarah konzentrierte, die noch immer mit ihrem Hosenanzug beschäftigt war.

»Die Toiletten sind dort hinten«, sprang ich helfend zur Seite und reichte Sarah weitere Servietten. »Ich bringe Ihnen gleich Salz aus der Küche.«

Sarah nickte dankbar und folgte meinem Fingerzeig, während ich Matthew mit einem Nicken bedeutete, sich um die Geräte zu kümmern.

Dann ging ich in die Küche, schnappte mir die Salzpackung sowie meinen Beutel und eilte Richtung Damentoilette, wobei ich einen kurzen Umweg über Matthews Tisch nahm. Ich ließ die Stofftasche neben ihm fallen und brachte Sarah dann das Salz.

»Danke!«, empfing sie mich mit einem erleichterten Ausruf und Tränen in den Augen. »So kenne ich Matti gar nicht. Er ist sonst so umsichtig.« Ihr Redeschwall überraschte mich und zwang mich dazu, einen Moment länger in der Tür zu verharren.

»Missgeschicke passieren«, erwiderte ich.

»Er macht gerade eine schwere Zeit durch«, fuhr Sarah fort und bearbeitete den Rotweinfleck auf ihrer weißen Hose. »Seine Arbeit ist ziemlich anstrengend.«

Ich versteifte mich. Mein schlechtes Gewissen löste sich mit jedem ihrer Worte weiter auf. Diese Frau war viel zu indiskret, um solche Fotos zu besitzen.

»Verstehe«, antwortete ich ausweichend und setzte einen Fuß zurück.

»Denken Sie, das hier ist ein gutes Date?«, fragte sie plötzlich und suchte meinen Blick im Spiegel. Ich beging den Fehler, ihn zu erwidern.

»Ein Weinfleck ruiniert doch keine Liebe.« Mühevoll setzte ich ein Lächeln auf. »Machen Sie sich keine Sorgen.«

Die Zeit rann mir durch die Finger. Der Weinfleck war kaum noch auf Sarahs Hose zu sehen, und ich musste den mit Handy und Kamera gefüllten Beutel bei Matthew einsammeln, bevor sie zurück war. Andererseits begriff ich das hier als Chance: Durch diese Unterhaltung würde Sarah mich nicht als den Dieb verdächtigen, sollte der zweite Teil unseres Plans schiefgehen und sie die Abwesenheit der Gegenstände bemerken, bevor ich die Daten gelöscht und sie zurückgebracht hatte.

»Vermutlich haben Sie recht«, stimmte Sarah zu und lächelte vorsichtig. »Ich sollte nicht zu hart mit ihm sein. Danke.«

Mit einem letzten Nicken verabschiedete ich mich, sammelte schnellen Schrittes die Stofftasche ein, grinste Matthew einmal zu und verschwand dann mit meiner Beute in der Küche.

Das Blut rauschte mir in den Ohren. Stefano zog die Augenbrauen hoch.

»Weinunfall«, erklärte ich ausweichend und drehte mich so, dass er den Beutel nicht sah. Vergebens.

»Was ist das?« Er deutete mit der Messerspitze darauf.

»Gehört meinem Kumpel«, erklärte ich und suchte nach einer plausiblen Ausrede. »Sind die Sachen, die noch bei seiner Ex lagen. Ich soll sie aufbewahren.«

»Das hier ist kein Lager.« Stefano schüttelte den Kopf. »Bring sie nach hinten zur Garderobe.«

Ich tat wie geheißen und war froh, den kleinen Nebenraum zu betreten, der aus nicht viel mehr als einem Kleiderständer und zahllosen aufeinandergestapelten Kartons bestand. Dort holte ich die Kamera aus der Tasche und schaltete sie ein.

Das erste Foto, das mir entgegenleuchtete, war tatsächlich Matthew mit der Rauchbombe, die ich ihm an diesem Abend gegeben hatte. Ich widerstand dem Drang, auch die anderen Bilder durchzuklicken. Es ging mich nichts an. Wichtig war nur, dass die Fotos tatsächlich existierten und auf dieser Speicherkarte waren. Ich nahm sie an mich, steckte die Kamera wieder in den Beutel und kümmerte mich dann um das Handy.

Das würde viel kniffliger werden.

Matthew hatte mir einige Kombinationen gesagt, die er sich als ihren Code vorstellen könnte.

Ihr Geburtsjahr. Fehlanzeige.

Das Geburtsdatum ihrer Mutter. Vergebens.

Das Gerät forderte weiterhin den korrekten Code, um mir Zugriff zu gewähren. Meine Finger begannen zu zittern. Kurz atmete ich tief durch, überlegte, was ich über Sarah wusste.

Es war nicht viel, aber vielleicht reichte es. Mein linker Mundwinkel wanderte nach oben, während ich die nächste Zahlenkombination eintippte: das Veröffentlichungsdatum der ersten Folge von *Haru no Hikari: Sakura's Guardian.*

Der Sperrbildschirm verschwand, und ein Screen mit einer Haru-Fan-Art tauchte auf. Ich war fast ein wenig beleidigt, dass sie kein offizielles Artwork gewählt hatte.

Dann klickte ich auf die Fotogalerie und fand dort tatsächlich ebenfalls Matthews Bilder. Mit wenigen Klicken beförderte ich sie in den Papierkorb und leerte diesen im Anschluss. Den Fotos in

ihren zwei Cloud-Diensten erging es nicht anders. Als ich auch dort die Papierkörbe geleert hatte, prüfte ich noch einmal, ob sie weitere Kopien gespeichert hatte.

In diesem Moment vibrierte das Gerät und zeigte mir eine Nachricht von Sam.

Wie lief es?

Ich öffnete sie aus einem seltsamen Reflex heraus. Die letzten Nachrichten zwischen den beiden beinhalteten erstaunlich viele Kuss-Emojis dafür, dass Sarah laut eigener Aussage wieder Single und bereit für Matthew war. Ich schnaubte. Damit war auch der letzte Rest des schlechten Gewissens gestorben.

Doch da wurde mir die Bedeutung der Nachricht bewusst: Sam wusste von dem Treffen mit Matthew – und dementsprechend sehr wahrscheinlich auch von den Bildern. Mir blieb also nichts anderes, als zu hoffen, dass Sarah die Dateien für sich behalten hatte. Ich checkte den Nachrichtenverlauf, aber immerhin hatte Sarah die Bilder nicht an Sam weitergeleitet. Ein schwacher Trost, aber es gab nichts, was ich noch tun konnte. Wir mussten einfach hoffen. Also steckte ich auch das Handy wieder in den Beutel.

Jetzt kam der schwierige Teil. Ich musste die Geräte unbemerkt zurück an den Tisch bringen.

»Was machst du denn so lange dadrin mit dem Kram?«, rief Stefano.

»Die Vollständigkeit prüfen!« Es war erstaunlich, wie leicht mir diese Lüge über die Lippen kam. Dann ging ich mit dem Beutel hinter meinem Rücken durch die Küche, direkt zur Tür, und stellte ihn so ab, dass Stefano ihn nicht sah. »Man weiß ja nie.«

»Ich glaube, dein Freund braucht dringend Hilfe«, erklärte Stefano sein plötzliches Interesse an meiner Arbeitsmoral. Tatsächlich: Sobald ich Matthew und Sarah ins Auge fasste, wurde mir klar, dass wir aufgeflogen waren. Oder zumindest Matthew.

Sarah stand mit auf den Tisch gestützten Handflächen vor ihm und schrie ihn an, während Matthew die Beschimpfungen mit versteinerter Miene über sich ergehen ließ.

Obwohl Matthew und ich abgesprochen hatten, dass er diesen Teil allein durchstand, fühlte es sich alles andere als gut an, im Türrahmen zu warten und zuzusehen, wie Sarah ihn runtermachte.

»Bist du nicht genau dafür da?«, fragte Stefano und schüttelte den Kopf. »Sieht richtig übel aus.«

»Ich habe versprochen, erst einzugreifen, wenn er mir das Zeichen gibt«, erklärte ich. »Aber ja … Ich an seiner Stelle hätte mich schon längst gerufen. Er ist ziemlich tough.«

Sarahs Tirade ging weiter, die Gäste an den anderen Tischen warfen einander vielsagende Blicke zu.

»Wenn du das nicht unterbindest, kümmere ich mich darum«, warf Stefano ein. »So ein Verhalten dulde ich nicht in meinem Familienrestaurant.«

»Aber …« Ich wollte ihn zurückhalten, doch er drückte sich so schnell und bestimmt an mir vorbei, dass ich keine Chance hatte. Mit in die Hüfte gestemmten Händen trat er an den Tisch. Ich verstand nicht, was er sagte, aber Sarah lief rot an und gestikulierte wild in der Luft herum.

Daraufhin wandte Stefano sich Matthew zu, der mit hochroten Ohren den Kopf schüttelte. Die drei verfielen in eine Diskussion, und ich überlegte fieberhaft, wie ich unauffällig den Beutel zurückbringen konnte. Immerhin wollte ich wirklich keinen Diebstahl begehen. Schließlich stand Matthew auf und kam mit großen Schritten auf mich zu.

Erschrocken zog ich mich in die Küche zurück, aber er blieb vor der Tür stehen, nahm die Stofftasche hoch und brachte sie zu Sarah, die ihn entgeistert anstarrte.

Über die Musik und das Raunen der anderen Gäste hinweg hörte ich noch immer kein Wort, aber die Vorsicht war größer als meine Neugier. Sarah überprüfte den Inhalt des Beutels und startete die Kamera.

Ich bemerkte Stefanos kurzen Blick in meine Richtung und war dankbar dafür, dass er nichts sagte. Schließlich schnappte Sarah sich ihre Jacke und stürmte davon. Die Tür fiel ins Schloss, und langsam kehrte die alte Stimmung in den Raum zurück. Die Gäste tauschten sich an ihren Tischen kurz über das Geschehen aus. Einige warfen Matthew ein kurzes, aufbauendes Lächeln zu.

Nach vier weiteren Atemzügen wagte ich mich aus der Deckung und trat zu Matthew und Stefano.

»Ihr habt sie also bestohlen«, schlussfolgerte Stefano und schnalzte mit der Zunge.

»Wir …«, setzte ich zu einer Erklärung an, aber Matthew unterbrach mich.

»Sie hat keine Sicherungskopien.« Die Farbe war in sein Gesicht zurückgekehrt. »Deshalb ist sie gerade so ausgeflippt. Sie hatte wirklich sämtliche Datenträger mit den Bildern dabei, aber sie sprach davon, dass sie alle in die Cloud hochgeladen hätte.«

»Ah.« Stefano lachte leise. »Sie hat dich also mit Fotos erpresst.«

»Sie ist Teil dieser Hunter-Gruppierung rund um diesen Zeichner Luke und denkt, wir hängen da mit drin«, erklärte Matthew, und ich versteifte. Abwartend sah ich Stefano an. Wir kannten uns schon viele Jahre, aber das Thema Luke Asakura hatte ich natürlich immer gemieden. Ich kam gern zum Essen hierher und hörte mir seine Geschichten über sein Leben an, schwieg aber über mich selbst. Das war unsere Art der Beziehung.

Stefano schnaubte. »Wenn ihr mir das direkt gesagt hättet, hätte ich ihr die Kamera persönlich geklaut. Bekomme das immer nur am Rand durch meinen Sohn mit, aber dieses ganze Phänomen ist wirklich absonderlich.« Er riss die Arme in die Luft. »Können die Menschen sich nicht einfach um ihr eigenes Leben kümmern?«

Erleichterung breitete sich in mir aus, und ich widerstand dem Drang, Stefano um den Hals zu fallen. Meine Kehle war trocken, und meine Augen brannten. All die Jahre war ich nicht wirklich allein gewesen.

Matthew nickte und lenkte so dankenswerterweise die Aufmerksamkeit von mir weg. »Aber Hikaru hat mir geholfen, sie zu beseitigen. Das hätte sonst echt böse ausgehen können.«

»Sie hat nicht kapiert, dass die Bilder weg sind«, sagte Stefano. »Die Drohung am Ende klang in meinen Ohren nach ›*Ich werde sie veröffentlichen*‹.«

»Ich habe sie alle gelöscht.« Meine Worte klangen sicherer, als ich mich fühlte. Ich kämpfte noch immer mit den Tränen. »Auch aus der Cloud.«

»Auch im Papierkorb?«, fragte Stefano. Meine Antwort war ein Schnauben, das verdächtig nah an einem Schluchzen war, sodass er abwehrend die Hände hob. »War nur ein Witz.«

»Auch im Papierkorb«, erwiderte ich trotzdem. Der plötzliche Gefühlsschub ebbte langsam ab, und ich wollte so schnell wie möglich hier weg, damit er mich nicht erneut überfiel und ich den beiden die ganze Wahrheit gestand. »Hoffen wir einfach, dass ich wirklich alles gefunden habe.«

Mit einem Blick auf meine Armbanduhr fiel mir die andere Aufgabe des heutigen Abends ein. Ich zog die Schürze aus und drückte sie Stefano in die Hand.

»Danke für die Hilfe.«

»Gleichfalls«, erwiderte er. »Es war wirklich entspannt, dich als Kellner zu haben. Also, falls du mal umschulen möchtest …« Er zwinkerte mir zu. »Sei das nächste Mal direkt ehrlich zu mir.«

Meine Ohren begannen zu glühen. »Entschuldige.«

»Ich wollte nicht, dass jemand davon weiß«, mischte Matthew sich ein. »Es war mir peinlich, in so eine Situation geraten zu sein.«

»Verstehe.« Stefano nickte. »Auf diesen Schock erst einmal ein Glas Wein auf Kosten des Hauses?«

»Leider muss ich wirklich los.« Zu gern wäre ich geblieben und hätte mit Matthew unseren Sieg gefeiert, aber Lydia wollte noch heute die Antworten für das Interview. »Arbeit.«

»Manche Dinge ändern sich wohl nie, was?«, fragte Stefano mit einem Grinsen. Er ahnte offensichtlich nicht, wie viel sich für mich durch den heutigen Abend geändert hatte.

TONI

Mein Schrei war laut genug, um die Aufmerksamkeit aller Anwesenden auf mich zu ziehen. Die Hand auf meiner Schulter gehörte zu einem mittelgroßen Mann mit dunklen Haaren und einer schweißnassen Stirn.

»Hier.« Er hielt mir etwas entgegen, und ich blinzelte verwirrt. Dann erkannte ich eine meiner Einkaufstüten. »Die haben Sie in der U-Bahn liegen lassen.«

»Danke.« Mit zittrigen Fingern nahm ich sie entgegen. Die Passanten um uns herum setzten sich wieder in Bewegung, ein paar wenige, vornehmlich Frauen, blieben allerdings in der Nähe und beobachteten mich, bis ich ein dankbares Lächeln aufsetzte und sie beruhigt weiterzogen.

Der Fremde entblößte eine Reihe weißer Zähne, dann tippte er sich an die Stirn. »Ich … gehe dann mal zu meinem Bus.«

Damit ließ er mich schweißüberströmt und mit hochrotem Kopf in dem nach gebratenem Fleisch und Fritteusenfett stinkenden Zwischengeschoss der U-Bahn-Station zurück. Unfassbar, dass er mir so schnell gefolgt war, um mir die Tasche zu bringen. Gerade fragte ich mich, wie ich ihm dafür danken konnte, da war er bereits außer Sichtweite.

Ich rang nach Atem und drückte die Einkaufstüten eng an mich. Mein Bein pochte, mein Herz raste, und meine Knie bebten. Nun verfluchte ich, dass ich diesen Umweg genommen hatte, denn ich wollte einfach nur zurück in die Wohnung.

Eine heiße Dusche, ein gutes Buch, leise Musik. Sicherheit.

Das war alles, wonach ich mich sehnte, und ich atmete erleichtert auf, als ich endlich die Haustür hinter mir schloss und allein war.

Die Tüten stellte ich neben die unausgepackten Kartons mit dem Großteil meiner Kleidung, dann zog ich mich ins Badezimmer zurück und entledigte mich des durchgeschwitzten Oberteils sowie meiner Hose. Als ich den Verband löste, biss ich vor Schmerz fest die Zähne zusammen.

Die Wunde sah schon um einiges besser aus, aber dort, wo die Taschen beim Laufen dagegengeschlagen hatten, war die Haut stark gerötet. Ich nahm den Duschkopf in die Hand, stellte das Wasser angenehm kühl ein und ließ es über die Brandwunde laufen. Sofort entspannte sich mein ganzer Körper, und ich seufzte.

Nachdem ich geduscht und meine Haare gewaschen hatte, wickelte ich mich in ein übergroßes Handtuch und ließ mich im Wohnzimmer auf das Sofa fallen.

Ich fühlte mich, als wäre ich einen Marathon gelaufen, und wenn man die ganzen Kilometer, die ich an Chris' Seite durch die Gänge der Kleidungsgeschäfte zurückgelegt hatte, zusammenzählte, kam man wahrscheinlich mindestens auf zweiundvierzig.

Mein Magen knurrte, also nahm ich mein Handy und bestellte mir ein Kichererbsen-Curry zum Abendessen, bevor ich mich an die Auswahl meiner Abendlektüre machte. Ich wollte etwas lesen, in dem die Welt noch in Ordnung war. Eine herzerwärmende Geschichte, die mich mit ein paar normalen Widrigkeiten konfrontierte, aber wirklich schwere Kost außen vor ließ. Irgendetwas, worin nicht ausgesprochene Worte das größte Problem waren und ich einfach abschalten konnte.

Meine Wahl fiel auf einen *Slice-of-Life*-Manga, den ich selbst gekauft hatte und deshalb nicht rezensieren musste. Geschichten ohne den Hintergedanken an einen zukünftigen Instagram-Post zu lesen, hatte auf mich glücklicherweise noch immer eine entspannende Wirkung. Ich kannte genügend Kolleginnen, die in ihrer Freizeit nicht mehr lasen, seit sie dieses Hobby zum Beruf gemacht hatten.

Doch für mich zählte gutes Essen mit einem guten Buch noch immer zu den besten Dingen auf der Welt.

HIKARU

Schon viel zu lange starrte ich auf dieses verfluchte Dokument mit seinen viel zu gut formulierten Fragen. Sie bewiesen auf jeden Fall, dass BentoBooksAndComics die Richtige für den Job war und weshalb so viele ihrer Seite folgten.

Ihr Interview war auf den Punkt, und es fühlte sich nicht so an, als hätte sie einfach x-beliebige Fragen gesammelt, die man sonst in Zeitschriften fand. Kein »Wie bist du zum Zeichnen gekommen?« oder »Was war deine Inspiration für *Haru no Hikari: Sakura's Guardian?*«.

Dafür gab es Fragen wie »Steht die Dunkelheit, die Haru verfolgt, für sein schlechtes Gewissen?« oder »Was war der wertvollste Ratschlag, den dir dein Vater je gegeben hat?«.

Auch wenn ich noch nie ein Interview beantwortet hatte, so war ich in Gedanken schon oft mögliche Antworten auf häufig gestellte Fragen durchgegangen. Dank der sozialen Netzwerke hatte ich eine ungefähre Vorstellung davon, was die Menschen von mir wissen wollten, aber auf diesen Fragebogen war ich nicht einmal ansatzweise vorbereitet gewesen.

Ich tippte mit dem Zeigefinger nervös auf die Tischplatte und betrachtete die Zeichnungen der neuesten Episode, die neben mir auf dem Tisch lag. Mein Vater hatte mir viele Ratschläge gegeben. Keinen davon hatte ich je als wirklich nützlich empfunden.

Erzähle niemandem von deinem Fluch, oder sie sperren dich weg.

Es wäre das Beste, wenn du dich von uns fernhältst.

Die Worte schmerzten noch immer. Auch nach all den Jahren der Funkstille gingen sie mir nah. Eine Wunde, die sich nie ganz geschlossen hatte. Egal, wie viel ich darüber las, dass die Bestätigung der Eltern nicht den Wert einer Person bestimmte: Die Verletzung blieb.

Also starrte ich diese Frage an, bis ich schließlich seufzend zur nächsten sprang. Jede einzelne brachte mich dazu, über mich nachzudenken, zu reflektieren, und manche halfen mir sogar dabei, mich selbst besser zu verstehen.

Ich war fasziniert von diesem Erlebnis, und in mir wuchs der Wunsch, die Person hinter BentoBooksAndComics kennenzulernen.

Wenn sie doch nur nicht so hart und unerbittlich meiner Kunst gegenüber wäre. Immerhin war *Haru no Hikari* nicht nur ein einfacher Comic, sondern wortwörtlich mein Innerstes. Ich goss dank meiner Gabe meine Gefühle direkt aufs Papier. Meine Gedanken wurden zu Geschichten, die ich mit der Welt teilte. Diese Fähigkeit besaß ich, seit ich denken konnte, und weder meine Eltern noch ich wussten, woher sie kam. Zu Beginn hatte meine Mutter die Antwort darauf noch in alten Legenden aus ihrer Heimat gesucht, aber sie war nie fündig geworden. Ich hatte mich ebenso oft gefragt, weshalb es gerade mich getroffen hatte. Hatte alte Geschichten durchdacht und Familienmitglieder befragt. Bisher erfolglos.

Als ich mit dem Interview fertig war, dauerte es noch eine Stunde, bis ich mich traute, die Antworten abzuschicken.

Ich fühlte mich plötzlich so durchleuchtet und verletzlich. Was seltsam war, wenn man bedachte, wie stark ich mich durch die Comics entblößte. Aber mit meinen Worten war das etwas anderes. Sie hatte ich gewählt. Bei meinen Zeichnungen hatte ich hingegen keine Wahl: Sie entstanden ohne mein Zutun.

Nachdem ich die Mail verschickt hatte, schaltete ich schnell meinen Computer aus und griff nach meinem Handy. Darauf erwartete mich eine Nachricht von Matthew, die ich mit einem mulmigen Gefühl öffnete. Immerhin bestand die Gefahr, dass Sarah eine weitere Sicherungskopie besaß und unser Plan somit alles verschlimmert hatte.

Statt eines panischen Hilferufs fand ich allerdings ein kurzes und simples: Danke.

Damit ging es mir nicht viel besser, immerhin beruhte sein *Dan-*

ke auf einer Lüge, und ich kam mir egoistisch dabei vor, Matthew dennoch in meinem Leben behalten zu wollen. Es tat gut, jemanden an der Seite zu haben, auch wenn unsere Freundschaft auf Lügen baute. Immerhin war da jetzt jemand, der mir zuhörte und sich um mich sorgte.

Die Schuldgefühle drängte ich vehement weg und legte schließlich das Handy zur Seite, um mir vor dem Schlafengehen noch einen heißen Tee zu machen.

In meinem Vorratsschrank fand ich sogar noch meine Lieblingssorte. Eine spezielle Kräutermischung, die meine Mutter mir immer am Abend vor wichtigen Prüfungen zubereitet hatte. Angeblich beruhigte sie den Geist.

Der Duft nach Baldrian und Lindenblüte half tatsächlich dabei, dass ich freier atmete. Vor allem, weil er mich daran erinnerte, wie meine Mutter mir früher sanft durch die Haare strich und leise Lieder summte, während ich im Bett liegend den Tee aus meiner Lieblingstasse mit Blumenmuster nippte, bis ich irgendwann einschlief. Ich vermisste die Zeit, in der wir noch Kontakt hatten und ich für sie nicht der verfluchte Sohn gewesen war.

Nun saß ich allerdings ohne sie und mit einer grauen Tasse auf dem Sofa, legte mir eine weiche Decke über die Beine und versuchte, mich darüber zu freuen, dass unsere Mission gelungen war und ich meine Arbeit erledigt hatte.

Stattdessen wanderten meine Gedanken zu Toni. Zu ihrem Lächeln und dem morgigen Abendessen. So langsam löste sich der Knoten in meinem Magen. Der Tee und die damit verbundenen glücklichen Kindheitserinnerungen waren die einzig logische Erklärung dafür, dass ich plötzlich lächelte.

TONI

Nach der gestrigen Aufregung genoss ich einen entspannten Tag, der auf einen spannenden Abend hinauslief. Doch Lydia hatte mir auch die Interview-Antworten von Luke Asakura geschickt. Nach allem, was in den letzten Tagen geschehen war, war ich noch neugieriger als jemals zuvor.

Mein Ziel war es, eine Lücke in der Erzählung zu finden. Einen Beweis für meine Theorie, dass mehr als ein Zeichner dahintersteckte.

Wer darf dir sagen, dass du falschliegst?
Ich nehme konstruktive Kritik gern von jedem entgegen. Nur Kritik hilft, besser zu werden.

Steht die Dunkelheit, die Haru verfolgt, für sein schlechtes Gewissen?
Die Finsternis, die Haru bekämpft, steht in der Tat einerseits für sein schlechtes Gewissen. Allerdings verkörpert sie auch die Angst vor dem Scheitern. Zurückweisung. Sie steht für alle schlechten Gefühle, die wir je kennenlernen. Er besiegt sie mithilfe seiner Hoffnung, denn Hoffnung ist es, was uns durch die dunkelsten Zeiten bringt.

Was würdest du an unserer Gesellschaft ändern, wenn du könntest?
Ich würde dafür sorgen, dass die Menschen sich wieder mehr um sich kümmern, denn ich verstehe nicht, wieso manche Leute sich mehr für das Leben anderer interessieren als für ihr eigenes. Damit meine ich nicht, dass man aufeinander achtet – sondern dieses gefährliche Stalking. Beispielsweise stehe ich selbst sehr stark im Mittelpunkt solcher Aktionen

und habe deshalb oft Angst um mein Leben. Dabei sollte nicht ich im Fokus stehen, sondern die Kunst, die ich erschaffe. Es gibt Gründe, warum ich anonym bleiben möchte, und ich wünschte, man würde das respektieren.

Was war der wertvollste Ratschlag, den dir dein Vater je gegeben hat?
Mein Vater zeigte mir, wieso am Ende jeder von uns auf sich allein gestellt ist.

Ich schluckte. Diese Antworten klangen unerwartet ehrlich. Nicht wie das Konglomerat aus vielen Menschen, die sich auf eine PR-taugliche Antwort geeinigt hatten, sondern … menschlich. Die Skeptikerin in mir raunte, dass sie vielleicht nur einen der Künstler für das Interview ausgewählt hatten, und dennoch … Ich las die Antworten erneut, machte mir Notizen, suchte systematisch nach Widersprüchen.

Mittlerweile war mein Kaffee kalt geworden und der Tag so weit vorangeschritten, dass mein Handywecker mich an das bevorstehende Date erinnerte.

Abendessen, korrigierte ich mich selbst. Es war kein Date, auch wenn ich gestern unter Chris' Anleitung ein neues Kleid dafür ausgesucht hatte.

Während ich meine Haare stylte, erinnerte ich mich daran, dass ich mir von Hikaru vor allem Hinweise zu *Haru no Hikari* und dieser Marketingfirma erhoffte. Ich wollte unbedingt herausfinden, wer für diese katastrophalen Unfälle verantwortlich war.

Auch die Aufregung, die wie eine Schmetterlingsarmee durch meine Eingeweide tanzte, hing definitiv nur mit den vielen Fragen und der Angst zusammen, dass Hikaru mich enttarnte.

Wegen meiner Neugierde rund um die Zeichner ließ ich ihn so nah an mich heran, dass er möglicherweise mein Geheimnis entdeckte. Ich konnte mir nicht ausmalen, wie er reagierte, wenn er feststellte, dass ich hinter BentoBooksAndComics steckte. Sicher würde er mich verurteilen, weil ich es ihm verheimlicht hatte. Der Gedanke, dass er mich abwertend ansah, war wie ein Schlag in die Magengrube. Kurz schüttelte ich den Kopf. Viel schlimmer wäre es, wenn er mich vor Wut enttarnte und meine Identität mit der Öffentlichkeit teilte. Das war die echte Bedrohung.

Ja, das Flattern in meinem Bauch war nichts als die Angst davor.

Da war ich mir ganz sicher.

HIKARU

Toni zu mir nach Hause einzuladen, war zweifelsohne die schlechteste Entscheidung, die ich in den letzten Monaten getroffen hatte, und das wollte schon etwas heißen. Das Haus war viel zu groß, die Möbel zu teuer. Andererseits hielt sie mich bereits für einen Mitarbeiter einer Marketingfirma, und wenn ich wirklich Werbung für *Haru no Hikari* machen würde, könnte eine solche Unterkunft angemessen sein.

Während ich Gemüse schnippelte und Zwiebeln anbriet, wanderten meine Gedanken zu den Comic-Seiten, die oben auf dem Schreibtisch lagen. Als vorgestern Toni in der Geschichte aufgetaucht war, hatte ich sofort versucht, sie verschwinden zu lassen. Vergebens. Immer wieder waren Versionen von ihr aufgetaucht, als hätte sie sich in meinem Kopf festgebrannt. Also hatte ich irgendwann aufgegeben und schwankte seitdem zwischen Panik, dass sie die Seiten las, und der Hoffnung, dass sie es nicht tat.

Falls sie es tat, würde ich behaupten, dass ich den Künstler als kleine Entschuldigung darum gebeten hatte. Das war zwar nicht sonderlich glaubwürdig, aber meine einzige Möglichkeit, nachdem meine Kraft sich geweigert hatte, eine Alternative zu liefern.

Die Zeichnungen lagen fein säuberlich sortiert in einem der vielen Ordner, die in einem verschlossenen Schrank standen. Selbst wenn Toni sich in mein Arbeitszimmer verlaufen sollte, würde sie nicht herausfinden, dass ich Luke Asakura war.

Sollte sie hier übernachten … Ich schnitt mir vor Schreck über diesen Gedanken beinahe in den Finger und legte das Messer weg. Nein, deshalb war sie nicht hier, erinnerte ich mich. Wir kochten und schauten einen Film, dennoch gab es diese geschäftliche Sache, die drin-

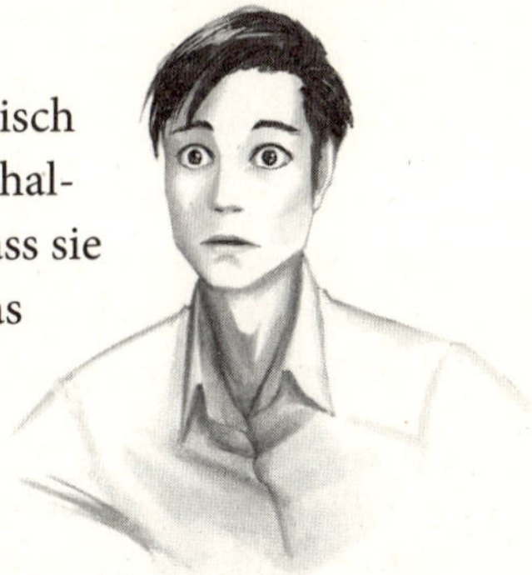

gend geklärt werden sollte. Auf dem Esstisch lag bereits ein zweiter Entwurf der Geheimhaltungserklärung, und ich hoffte wirklich, dass sie dieses Mal unterschreiben würde, damit das Thema endlich erledigt war.

Weshalb nur hatte ich gesagt, dass ich kochte? Ich starrte auf die dreckige Arbeitsfläche, die Pfannen und Töpfe. Ich liebte Kochen, aber ich hatte es schon eine Ewigkeit nicht mehr für jemand anderen getan.

Mein Curry war vorsorglich vegetarisch, und ich hoffte einfach, dass sie japanische Küche mochte. Es war so ziemlich das Einzige, was meine Mutter mir beigebracht hatte. Sie war der Ansicht gewesen, dass kochende Männer einen Vorsprung auf dem Heiratsmarkt hatten; sehr zum Leidwesen meines Vaters, der an traditionellen Werten festhielt. Da er mich aufgrund meines Fluches sowieso verabscheute, hatte er jede Chance genutzt, um mich aufzuziehen.

Schnell schob ich die Erinnerungen beiseite, wie immer.

Gerade als ich die Schale mit dem fertigen Essen auf den Tisch stellte, klingelte es. Ich überprüfte ein letztes Mal, ob alles aufgeräumt war. Die weichen Decken lagen zusammengefaltet auf dem Sofa. Die Oberfläche des Fernsehers war abgestaubt. Die Küche sah aus wie ein kleines Schlachtfeld, aber das würde Toni mir hoffentlich verzeihen, sobald sie das Essen probiert hatte.

Ich öffnete ihr die Tür, und sobald ich sie sah, musste ich lächeln. »Guten Abend.«

Ihre Ohren färbten sich leicht rot, aber sie erwiderte meinen Blick offen. »Schön, dass es geklappt hat.«

Damit folgte sie mir in den Flur, in dem ich ihr die überdimensionale Jacke abnahm. Darunter kam ein enges dunkelgrünes Kleid zum Vorschein. Ich versuchte, mir meine Überraschung nicht anmerken zu lassen. Auf einmal kam ich mir in dem schlichten weißen Hemd underdressed vor. Im Gegensatz zu unserem ersten Treffen hatte ich bewusst einen legeren Look gewählt, aber sie hatte mich durch den Anzug wohl komplett anders eingeschätzt.

Ihre Augen weiteten sich leicht, und ihre Ohren wurden noch dunkler. »Wir hätten über den Dresscode reden sollen«, scherzte sie und lachte.

Ich stimmte dankbar mit ein. »Ich gehe mich mal eben umziehen.« Doch als ich mich gerade umdrehte, hielt sie mich zurück. Ihre Berührung durchzuckte mich wie ein Blitz.

»Mir gefällt das«, erklärte sie und deutete mit einer vagen Handbewegung auf mich, woraufhin ich mir ein Grinsen nicht verkneifen konnte.

»Das Essen ist schon bereit.« Ich führte sie zum Esstisch und hörte einen anerkennenden Pfiff hinter mir.

»Hier wohnst du?«, fragte sie, und es enttäuschte mich ein wenig, dass ihre Reaktion nicht auf das verführerisch duftende Essen bezogen war.

Das Erdgeschoss war einer meiner liebsten Räume. Es war großzügig geschnitten und hatte nur wenig Wände. Küche, Wohnzimmer und Essbereich gingen nahezu nahtlos ineinander über, getrennt von hüfthohen Mauern, auf denen Pflanzen und Kunstobjekte standen. Die einzige Tür führte zur Gästetoilette.

Ich hielt mich gern hier auf, betrachtete die Bilder an den Wänden, schaute einen Film, kochte. Im oberen Stockwerk waren Schlaf- und Arbeitszimmer sowie ein großes Bad. Oben schlief und arbeitete ich, aber hier unten verbrachte ich mein Leben.

»Seit ein paar Jahren«, antwortete ich und deutete zu den Glasfronten. Die Jalousien waren heruntergelassen, zu groß war meine Paranoia wegen Sarah. Vor allem, da gestern alles gut gelaufen war, bestand die Gefahr, dass sie noch einmal genauer nachforschte.

»Wirklich schön.« Da fiel ihr Blick endlich auf die vollen Schüsseln, und ihr Grinsen wurde breiter. »Das sieht ja verdammt lecker aus.«

Das Leuchten in ihren Augen zog meine Mundwinkel nach

oben. »Danke«, erwiderte ich und winkte ab. »Ich bin kein sonderlich guter Koch, aber die ein oder andere Sache krieg ich hin … Setz dich doch.«

Sie kam der Aufforderung nach. »Oh.« In einer schnellen Bewegung griff sie nach der Geheimhaltungserklärung, die ich in einem Umschlag auf ihrem Teller platziert hatte.

»Ich dachte, wir bringen den unangenehmen Teil direkt hinter uns«, erklärte ich und vermied dabei, sie anzusehen, indem ich in die Küche ging und dort ziellos einen Topf von einer Herdplatte auf die nächste stellte. Aus dem Augenwinkel sah ich, wie Toni das Kuvert öffnete und die Zeilen überflog.

»Wenn du etwas beanstanden willst, könnten wir direkt einen neuen Vertrag aufsetzen. Mein Chef hat mir das …«

»Nein«, wiegelte sie hastig ab. »Das hier sieht gut aus.«

Sie griff nach dem Stift, der neben dem Besteck lag, und unterzeichnete. Einfach so. Dann steckte sie den Zettel wieder in den Umschlag und legte ihn mitsamt Stift beiseite.

»Dann können wir uns den angenehmen Dingen widmen, oder?«, fragte sie.

»Sehr gern.« Ich kam mit zwei Weingläsern und einer Flasche zurück. »Darf ich?«

»Bitte nur einen kleinen Schluck.«

Ihrer Bitte folgend, füllte ich das Glas nur bis zur Hälfte, dann schenkte ich mir ebenso viel ein und setzte mich zu ihr an den Tisch.

Die Stille wurde unterbrochen von der leisen Geigenmusik, die ich zum Kochen gehört und noch nicht ausgeschaltet hatte.

»Soll ich die Musik …?«

»Sie ist wunderschön«, kam Toni mir zuvor. Ich bemerkte ihre leicht geröteten Wangen und den unruhigen Blick, der nie zu lange auf irgendetwas verweilte. Als wäre es ihr peinlich, in meine Wohnung und damit in meine Privatsphäre einzudringen.

Tatsächlich kümmerte es mich erstaunlich wenig, dass sie hier war, obwohl ich mit dem Gegenteil gerechnet hatte. Auch die Stille zwischen uns empfand ich nicht als unangenehm, im Gegenteil: Ich genoss Tonis bloße Anwesenheit.

Diese Erkenntnis ließ die warme Blase um mich herum platzen, und ich verschüttete einen Teil des Essens, den ich mir gerade auflud. Ich stieß einen leisen Fluch aus und sprang auf, um eine Serviette zu holen.

»Heute ist einfach nicht mein Tag«, erklärte ich in einem plötzlichen Anflug von Redseligkeit. »Ich musste auch dreimal in den Supermarkt, bis ich alle Zutaten fürs Essen hatte. Irgendwie ist heute etwas in der Luft, oder? Aber ich bin froh, dass du unterschrieben hast, so können wir den restlichen Abend genießen und …« Mir fiel auf, was ich da gesagt hatte, und ich stockte. Nun waren es meine Ohren, die rot anliefen. »Also ich meine … Ich bin wirklich sehr froh, dass du hier bist und wir diesen Film zusammen schauen. Deine Meinung dazu interessiert mich sehr, und …« Ich wischte die Flüssigkeit auf, während Toni sich leicht auf die Unterlippe biss.

»Okay, das hier ist wirklich seltsam«, brach es schließlich aus ihr heraus. Dann lachte sie. »Tut mir leid. Irgendwie …«

»Ja«, pflichtete ich ihr bei. »Willst du noch einmal reinkommen, und wir fangen von vorn an?«

Zu meiner Überraschung stand sie tatsächlich auf und ging zur Haustür.

»Das war eigentlich nur ein Scherz«, rief ich ihr hinterher, doch da schlug die Haustür bereits zu, und sie klingelte erneut.

TONI

Als ich zum zweiten Mal die Wohnung betrat, war alles anders. Hikaru kam direkt auf mich zu und nahm mir den Mantel ab. Dieses Mal war seine Reaktion keine Überraschung, sondern ein anerkennendes Nicken.

»Du siehst gut aus«, sagte er, und obwohl der Satz bei jedem anderen abgedroschen geklungen hätte, lächelte ich.

»Gleichfalls«, gab ich zurück und folgte ihm zum Tisch. Der Umschlag war nicht mehr zu sehen. Ich setzte mich auf einen Stuhl und sog den köstlichen Duft des Essens ein. »Das riecht fantastisch.«

»Danke.« Er hob das Weinglas. »Auf einen schönen Abend.«

Ich stieß mit ihm an, und wir setzten unser Gespräch von unserem letzten Essen nahezu nahtlos fort. Nur dass auch er diesmal etwas aß und deutlich gelassener wirkte, was mich erleichterte. Der schlimmste Teil war geschafft, nun musste ich mich lediglich auf die unzähligen Fragen in meinem Kopf konzentrieren, was mir allerdings schwererfiel, je tiefer ich mich in eine Diskussion über die Darstellung von Liebe in Filmen verstrickte.

»Liebe auf den ersten Blick gibt es einfach nicht«, erklärte ich und schwenkte dabei mein Weinglas, als würde ich in einem Museum vor einem Kunstwerk stehen. »Das ist lediglich eine verknappte Darstellung von zwei Menschen, die sich Hals über Kopf ineinander verknallen. Passt besser in neunzig Minuten als fünf Dates, die kaum zum Plot beitragen.«

»Liebe auf den ersten Blick ist für dich also bloß lazy writing?« Er zog die Augenbrauen nach oben.

»So würde ich das nicht sagen«, erwiderte ich und versuchte, meine Gedanken zu sortieren. »Aber es ist schon so, dass wir zwei Menschen nicht dabei zusehen wollen, wie sie mehrmals miteinander essen gehen, oder? Das wäre eine ziemlich langweilige Geschichte, wenn sonst nichts passiert. Demnach … Ja, vielleicht ist es lazy writing. Oder die Menschen, die so etwas schreiben, haben nie wirklich erlebt, wie langsam Liebe wächst.«

»Oder sie haben Liebe auf den ersten Blick erlebt.« Er lehnte sich bei seinen Worten zurück und nippte an seinem Weinglas. »Dieser Moment, wenn du einen Menschen ansiehst und genau merkst, dass da etwas ist. Etwas, das deine Aufmerksamkeit erweckt. Ein Funken. Eine Verbindung.«

Die Art, wie er das sagte, ließ meinen Nacken kribbeln, aber ich winkte schnell ab. »Geschichten sind da, um ganze Lebenswege und Entscheidungsfindungen, für die ein Mensch Jahre braucht, in wenige Szenen zu pressen.«

»Du bist also keine Romantikerin.«

»Doch!« Meine Antwort war so heftig, dass ich sogar etwas Wein verschüttete. »Mist.«

Ich hielt meine Hand hilflos in der Luft, wollte sie nicht an dem neuen Kleid abwischen. Da stand Hikaru plötzlich hinter mir, lehnte sich über mich und wischte sie mit einem Tuch sauber. Vor Schreck zuckte ich zusammen und verteilte noch mehr von der klebrigen Flüssigkeit.

Die Wärme seines Körpers. Sein Geruch. Die Nähe. Hikaru lachte, nahm mir das Glas ab, stellte es auf den Tisch und überreichte mir das Papiertuch.

Als er sich wieder auf seinen Stuhl gesetzt hatte, glaubte ich noch immer, seine Präsenz neben mir zu spüren. Ich wischte das Nötigste ab, dann stand ich auf und wusch mir die Hände gründlich am Waschbecken. Das kalte Wasser über meinen Handgelenken half mir, mich zu konzentrieren.

Ich war nicht hier, um mit Hikaru über Geschichten zu sprechen, sondern weil ich Dinge wissen wollte. Zum Beispiel, wie es eine Figur, die mir so ähnlich sah, in *Haru no Hikari* geschafft hatte. Nur dass ich ihn darauf nicht direkt ansprechen konnte, da die Seiten noch nicht veröffentlicht waren.

Also versuchte ich es indirekter: »Hast du eigentlich Luke Asakura von mir erzählt?« Ich hatte ihm noch immer den Rücken zugewandt, denn obwohl ich einerseits gern seine Reaktion gesehen hätte, fühlte es sich falsch an, so abrupt das Thema zu wechseln. Wie ein kleiner Verlust.

»Tatsächlich habe ich das«, erwiderte er, und mir entging das Zittern in seiner Stimme nicht. »Und dabei habe ich ihn direkt um eine kleine Überraschung für dich gebeten. Wieso fragst du?«

»Ach, es hat mich einfach interessiert.« In einer schnellen Bewegung drehte ich mich um und strahlte ihn an, um die Stimmung aufzulockern. »Wie haben die Künstler denn auf die Sache reagiert?«

»Nur weil du die Geheimhaltungserklärung unterschrieben hast, kann ich dir nicht mehr verraten.« Seine Stimme war ebenso kalt wie sein Blick, was mich irritierte.

»Das weiß ich doch«, antwortete ich leichthin, aber mein Lächeln bröckelte.

»Weshalb fragst du dann nach dem Zeichner?« Er verschränkte die Arme vor der Brust, und ich verstand, dass meine Frage den Abend ruiniert hatte. Die Vorstellung von uns beiden auf dem großen Sofa rückte in unerreichbare Ferne.

»Den Zeichnern«, korrigierte ich trotzdem. Jetzt war es sowieso egal.

»Toni.« Hikaru seufzte. »Vielleicht solltest du besser gehen.« Damit erhob er sich und zeigte zum Ausgang.

»Und wir fangen noch einmal von vorn an?«, versuchte ich es mit einem Lächeln. Ein schmerzhaftes Stechen bohrte sich in meinen Brustkorb.

»Das hier war ein Fehler«, erklärte er bloß und hielt mir meinen Mantel entgegen.

»Ich …« Wie versteinert stand ich da und betrachtete seine große Hand, die den Stoff umklammerte. Ich wollte noch nicht gehen. »Es tut mir leid«, sagte ich und schluckte.

»Mir auch«, erwiderte Hikaru, und es klang so verdammt aufrichtig, dass meine Knie schwach wurden. Er meinte es ernst, und ich verstand nicht, wieso die Vorstellung, seine Wohnung zu verlassen, derartigen Widerwillen in mir auslöste.

»Wollen wir einfach den Film schauen und es vergessen?«, schlug ich vor und bemühte mich um ein unverfängliches Lächeln. Er sah mich nicht einmal an, während er die Tür aufzog.

»Danke, dass du unterschrieben hast«, sagte er.

Ich trat nach draußen in die kalte Nacht. Die Bewegungssensoren schalteten die Lampen an, und der Kiesweg wurde in weißes Licht getaucht. Die Tür fiel hinter mir ins Schloss, und ich setzte einen Fuß vor den anderen, versuchte herauszufinden, wo der Abend so falsch gelaufen war.

Natürlich lag es an meiner Frage zu Luke Asakura. Ich biss mir auf die Unterlippe. Es war naiv von mir gewesen, zu glauben, dass Hikaru einfach darauf antworten würde. Er schätzte seine Privatsphäre ebenso sehr, wie ich es tat, und ich schämte mich, derart nachgebohrt zu haben, obwohl ich es selbst hasste. Aber meine journalistische Neugier hatte mich vorangetrieben, und ich war bloß für Antworten hierhergekommen. Wenn er sie mir nicht geben wollte, war das vollkommen in Ordnung, und ich musste mich nicht weiter mit ihm treffen. Aber jeder Meter, den ich zwischen uns brachte, fühlte sich falsch an.

Wahrscheinlich lag es daran, dass ich so dringend Antworten wollte und sie ohne Hikaru niemals bekommen würde. Diese Figur, die mir so ähnlich sah, in diesen Entwürfen, die Lydia mir zugeschickt hatte. War das etwa die Überraschung, von der Hikaru gesprochen hatte? Er konnte nicht wissen, dass ich die Seiten bereits besaß, und musste davon ausgehen, dass ich sie erst bei der Veröffentlichung lesen würde. Doch da war noch etwas anderes …

Da blieb ich stehen, schlug mir mit einer Hand gegen die Stirn. Natürlich.

Nun verstand ich endlich, was mir so seltsam erschienen war. Ich drehte auf dem Absatz um und klopfte erneut gegen die Tür. Energisch.

Ich rechnete damit, abgewiesen zu werden, doch tatsächlich öffnete Hikaru und sah mich mit undurchdringlicher Miene an.

»Was ist?«

»Wieso dieses Monster?«, schleuderte ich ihm entgegen und trat auf ihn zu, versuchte, mich zurück ins Haus zu drängen, aber Hikaru bewegte sich keinen Millimeter.

»Was?« Seine Augen wurden kaum merklich größer, aber mir fiel es direkt auf, und ich setzte nach.

»Der Tag des Angriffs. Weshalb habt ihr euch nach der Sache mit dem Jungen ausgerechnet für eine riesige, aggressive Flammenwand entschieden?« Meine Worte unterstrich ich mit ausladenden Bewegungen.

Er runzelte die Stirn, setzte zu einer Antwort an, schluckte. »Das ist geheim.«

»Es ergibt keinen Sinn«, erklärte ich. »Ihr hättet auf Nummer sicher gehen müssen.« Dann hob ich den Zeigefinger und grinste stolz. »Es sei denn, wer auch immer das entschieden hat, ist an der Sabotageaktion beteiligt. Verstehst du? Ein Entscheidungsträger arbeitet gegen Luke Asakura, sonst hätte er nach dem Unfall irgendetwas Ungefährliches gewählt. Ayame, die kleine Fee oder so. Garantiert keine riesige Feuerwand, deren pure Existenz gefährlich genug ist, selbst wenn alles nach Plan läuft.«

»Toni …« Hikaru schloss die Tür ein Stück. »Ich kann mit dir wirklich nicht darüber reden.«

»Aber ich will helfen«, sagte ich und legte all meine Ehrlichkeit in diesen Satz. Als Antwort erhielt ich ein Kopfschütteln, und die Tür fiel ins Schloss.

Schockiert starrte ich auf das von den kleinen Lampen erleuchtete Weiß. Bisher hatte ich gedacht, dass Hikaru ebenso herausfinden wollte, wer dahintersteckte. Vor allem, da er alles getan hatte, damit ich schwieg. Doch seine Reaktion gab mir Rätsel auf.

Ich ballte die Hände zu Fäusten. Dann musste ich eben ohne Hikaru Nachforschungen anstellen.

HIKARU

Toni auf diese Weise vor die Tür zu setzen, war kein gutes Gefühl. Das Blut rauschte mir in den Ohren, und ein unangenehmer Kloß saß in meinem Hals. Ich hatte das Bedürfnis, ihr hinterherzurennen und ihren Vorschlag, einfach noch einmal von vorn zu beginnen, anzunehmen, doch das war keine gute Idee.

Sie war offensichtlich nur hierhergekommen, um mich auszufragen, und auch wenn ich ihr glaubte, dass sie nur das Beste wollte, durfte sie keine weiteren Nachforschungen anstellen. Vor allem nicht in meinem Zuhause.

Mein Geheimnis musste im Verborgenen bleiben. Dafür hatte ich in den letzten Jahren gekämpft, Freundschaften geopfert und sogar den Kontakt zu meiner Familie abgebrochen. Toni bildete keine Ausnahme. So gut wir uns auch verstanden und sosehr ich mir diesen Filmabend wünschte: Ich wusste kaum etwas über sie. Und jetzt würde ich sie auch niemals gut genug kennenlernen.

Als mir das klar wurde, spürte ich einen schmerzhaften Stich in meinem Herzen. Nur kurz, aber prägnant. Ich legte eine Hand auf meinen Brustkorb und atmete tief ein.

Zu viele Gedanken. Ich brauchte dringend eine Pause von meinem Leben, und meine Arbeit war das Einzige, das mich abzulenken vermochte. So stand ich wie versteinert im Flur und ging meine Optionen durch. Meine Hände zitterten vor Vorfreude auf das gewohnte Gefühl der Erleichterung, wenn mein Innerstes auf die Seiten floss. Ich wollte all diesen emotionalen Ballast loswerden und in eine Geschichte verwandeln. Etwas kreieren, das Toni gefiel. Mich frei fühlen. Das tun, wofür ich seit Jahren gefeiert wurde, damit ich mich weniger wie der Versager fühlte, der ich war. Wenn ich den Kontakt zu Toni schon für meine Arbeit aufgab, dann

durfte ich mich nicht von ihr abhalten lassen, sonst hätte ich sie für nichts geopfert.

Trotzig stapfte ich in mein Arbeitszimmer, zog blütenweiße Blätter aus der Schublade und konzentrierte mich auf Harus Geschichte. Darauf, dass er schon so oft die Welt gerettet hatte. Die Seiten füllten sich so schnell wie beim letzten Mal. Gezielte Linien, klare Einteilungen, ausdrucksstarke Gesichter. Ich liebte es, wie sich die Geschichte vor mir ausbreitete, wie ich mit jeder Seite etwas Neues über Haru lernte und wie die Realität immer weiter in den Hintergrund rückte.

Wieder und wieder wanderten meine Gedanken zu Toni. Ihr Lächeln, als sie mein Essen sah. Der hoffnungsvolle Ausdruck in ihren Augen, als sie glaubte, eine hilfreiche Entdeckung gemacht zu haben. Der Schmerz und die Ungläubigkeit, als ich ihr die Tür vor der Nase zuschlug.

Ich atmete scharf ein und zog die Hand zurück, ballte sie zur Faust. Es half niemandem, wenn ich zu viel darüber nachdachte, denn es gab keine andere Lösung als die, die ich gewählt hatte.

Toni und ich durften uns nie wiedersehen. Daran hielt ich mich fest und legte die Handfläche auf die nächste Seite. Wenn ich *Haru no Hikari: Sakura's Guardian* erschuf, war ich frei. Zumindest ein bisschen.

Ihr Lächeln, wenn ich über Liebe auf den ersten Blick redete, kam mir in den Sinn. Der Schmerz in meiner Brust verstärkte sich, und in diesem Augenblick geschah es erneut. Ein Leuchten, Linien, die aus dem Papier in die Realität wuchsen wie Unkraut.

Nicht jetzt, dachte ich, aber weder meine verzweifelten Gedanken noch mein energisches Nein zwangen das Ungetüm zurück auf die Seite. Es streckte seine tiefschwarzen Mottenflügel, die Facettenaugen schimmerten im Licht der Schreibtischlampe. Dann bleckte es die spitzen Zähne und stieß einen ohrenbetäubenden Schrei aus. Das Mottenwesen war so groß, dass der Wind seines Flügelflatterns die Papiere über den Boden verteilte.

»Nein, bitte!«, brachte ich noch hervor, bevor es verschwand.

TONI

Zu Hause schlüpfte ich in bequeme Kleidung, schnappte mir sofort mein Tablet und begann mit der Recherche. Ich öffnete die Webseite des Managements und überprüfte jede einzelne Person, die dort arbeitete, suchte sämtliche Social-Media-Profile und Interviews, die sie jemals gegeben hatten.

Irgendjemand aus den hohen Etagen wollte Luke Asakura schaden. Also holte ich meinen Notizblock hervor und legte eine Liste an. Strukturierte Listen waren die einzige Möglichkeit, meine Gedanken in den Griff zu bekommen.

Ich suchte nach Gründen, weshalb jemand *Haru no Hikari* sabotieren wollte. *Um einen Konkurrenten aus dem Weg zu räumen,* stand ganz oben, deshalb überprüfte ich sämtliche Entscheidungsträger des Managements nach Kontakten zu anderen Kunstschaffenden, obwohl *Haru no Hikari* weit außerhalb der Reichweite sämtlicher anderen Webcomics lag.

Persönliche Rache war ein weiteres realistisches Motiv, doch dafür müsste ich mehr über die Künstler wissen.

»Oh.« Ich runzelte die Stirn, starrte auf den Punkt und legte den Stift zur Seite. Bei allem, was ich über die Sachlage wusste, erschien mir das am realistischsten. Vielleicht war einer der Künstler rausgeworfen worden?

Aber dann hätte er keine Möglichkeit mehr, auf das Marketing einzuwirken. Es sei denn, er hätte eine Verbindung zu einem anderen Managementmitglied.

Mein Kopf schwirrte von so vielen Theorien und Fakten über die Mitarbeitenden, dass ich den Laptop zuklappte. Am frustrierendsten war, dass ich noch immer nicht den leisesten Schimmer hatte, welche Marketingfirma überhaupt verantwortlich war. Ein riesiger blinder Fleck, den lediglich Hikaru erhellen konnte.

Ich griff nach meinem Handy, öffnete unseren Nachrichtenverlauf, aber da erinnerte ich mich an seinen undurchdringlichen Gesichtsausdruck, als er die Tür zuschlug. Nein, ich durfte ihm auf keinen Fall schreiben. Vor allem nicht, um ihn auszuquetschen.

Es tat weh, dass er mich einfach vor die Tür gesetzt hatte, und ich bereute, überhaupt mit dem Thema angefangen zu haben. In einer anderen Realität lagen wir in diesem Moment gemeinsam auf seinem Sofa. Mein Kopf auf seiner Brust, sein Arm um meine Taille. Hitze schoss mir in die Wangen.

Energisch schnappte ich mir erneut den Notizblock und starrte auf die Liste. Es gab keine Antwort. Hinter den Angestellten des Managements hatte ich vage Anhaltspunkte notiert, die ich in Interviews aufgetan hatte. Eine Abneigung gegen Lydia, die Hauptverantwortliche des Projekts, beispielsweise. In meinen Augen rechtfertigte nichts davon einen derart gefährlichen Plan.

Das Feuermonster hätte mich töten können. Unwillkürlich wanderte meine Hand zu dem Verband um mein Bein. Ich war knapp mit dem Leben davongekommen. Dank Hikaru.

Da bemerkte ich aus dem Augenwinkel etwas an meinem Fenster. Ein Flattern. Ich drehte mich um und schrie. Eine riesige Motte tanzte durch die Nacht. Mit gigantischen Flügeln und glänzenden Augen, größer als meine Faust.

Ich sprang auf, wich zurück und suchte nach irgendetwas, womit ich mich verteidigen konnte, falls das Tier hereinkam. Meine Hände wanderten über Bücher, Stifte, ein Sofakissen. Nichts davon würde dieses Monster aufhalten.

Nach dem ersten Schock setzte mein rationales Denken ein, und ich begriff, dass es lediglich ein überdimensionaler Schmetterling war, vor dem ich mich fürchtete. Er war vielleicht riesig, aber harmlos.

Trotzdem jagten mir seine

gigantischen Beine mit den feinen Härchen darauf Schauer über den Rücken. Ein Bedürfnis, von diesem Tier berührt zu werden, war definitiv nicht vorhanden. Ich näherte mich dem Fenster und betrachtete das Tier genauer. Als es die spitzen Zähne entblößte, erkannte ich es sofort: Es war der Mottenkönig aus *Haru no Hikari*. Ein Wesen, das die Träume der Menschen in Albträume verwandelte und sie dort gefangen hielt.

Weshalb fand eine Marketingkampagne vor meiner Wohnung im 20. Stock statt? Verwirrt betrachtete ich dieses Wesen, das ich schon aus so vielen Episoden kannte. Hatte Hikaru das Ganze angeleiert? War das seine Überraschung?

Der Mottenkönig flog ein Stück zurück, und ich wollte gerade erleichtert aufatmen, da prallte er mit voller Wucht gegen das Fenster. Also tat ich das, was jeder Mensch in dieser Situation getan hätte: Ich machte ein Video.

HIKARU

Den Mottenkönig aufzustöbern, ging schnell. Allerdings war es ausgerechnet Toni, die mir eine aufgeregte Nachricht inklusive ihrer Adresse und eines Videos schickte, in dem die Motte wie ein wütender Zombie wieder und wieder gegen ihr Fenster klatschte.

»Bitte sag mir, dass das hier nicht mit deiner Firma zusammenhängt«, erklang ihre Stimme über das dumpfe Pochen der Motte gegen Glas.

Ich verstand natürlich, weshalb sie diese Kreatur direkt mit *Haru no Hikari* in Verbindung brachte, immerhin war der Mottenkönig schon in mehreren Episoden aufgetaucht.

Auf der Fahrt zu Tonis Adresse überlegte ich fieberhaft, wie ich ihr das erklären sollte. Das Ganze als Marketing-Gag zu verkaufen, war ein Kunststück, das ich in diesem Moment nicht vollbrachte.

Die Vorstellung, gleich Toni gegenüberzustehen und vor ihren Augen auf möglichst unauffällige Weise das Wesen zurück auf Papier zu bannen, bereitete mir Schweißausbrüche.

Das war schlimmer als eine Menschenmenge, denn Einzelpersonen ließen sich viel schwerer ablenken. Sie folgten nicht der Herde, sondern blieben dort, wo sie sein wollten.

In Tonis Fall war das wahrscheinlich in der Nähe des Mottenkönigs, um weitere Anhaltspunkte zu den vermeintlichen Sabotagen zu finden.

Ich klingelte und fuhr mit dem Aufzug nach oben, wo Toni mich mit einem Lächeln in Empfang nahm. Seltsamerweise ging es mir bei diesem Anblick sofort ein bisschen besser.

Der Mottenkönig flatterte noch immer vor ihrem Fenster und schlug wütend gegen das Glas.

»Es wundert mich, dass er noch keine Gehirnerschütterung

hat«, witzelte Toni. Dabei verschränkte sie die Arme vor der Brust und senkte den Blick.

Erst jetzt bemerkte ich den Zustand ihrer Wohnung: Kartons. Überall. Auf dem Boden, in den Ecken. Ich erinnerte mich daran, dass wir auf ihren Wunsch hin den Filmabend bei mir gemacht hatten, und beschloss, nicht darauf einzugehen, da es Toni offensichtlich unangenehm war.

»Der Mottenkönig.« Ich stellte mich vor das Fenster und beobachtete dieses riesige Ding, das meinem Unterbewusstsein entschlüpft war. »Ein ziemlich gefährlicher Gegner.«

»Solange er seine Armee um sich hat«, fügte Toni hinzu. »Allein ist er harmlos, wie man sieht.«

Trotzdem wusste ich nicht, wie ich ihn einfangen sollte. Das Papier in meiner Pullovertasche raschelte, als ich mich nach vorn lehnte, um das Wesen genauer zu begutachten. Dabei kreisten meine Überlegungen allerdings nur um Toni und wie ich sie ablenken konnte, um meine Arbeit zu machen.

Die Aussicht auf das im Anschluss anstehende Verhör verdrängte ich geflissentlich.

»Kannst du mir ein Glas Wasser holen?«, fragte ich. Aus dem Augenwinkel bemerkte ich, wie Toni sich erst nicht bewegte. Stumm musterte sie mich, und ich bemühte mich um einen neutralen Gesichtsausdruck. Schließlich setzte sie sich in Richtung Küche in Bewegung, und ich atmete tief durch.

Als ich rauschendes Wasser hörte, riss ich das Fenster auf. Der Mottenkönig summte wie ein Schwarm Wespen. Seine spitzen Zähne blitzten auf, und er verlor keine Sekunde, schoss sofort nach vorn.

Ich erwartete ihn mit einem leeren Stück Papier.

Ein letzter Flügelschlag, ein Rascheln, dann war er verschwunden. Gebannt in die gezeichnete Welt, in die er gehörte. Ich knüllte den Schnipsel zusammen und stopfte ihn in meine Pullovertasche.

»Was?« Toni stand hinter mir, das Glas Wasser in der Hand, die

Augen weit aufgerissen. Meine Kehle schnürte sich zu. Wie lange stand sie schon dort? Hatte sie das Geschehen beobachtet? War ich aufgeflogen?

Das Blatt knisterte verräterisch, als wollte der Mottenkönig Toni die Wahrheit sagen. Ich bemühte mich um ein Lächeln oder eine Erklärung, aber weder mein Gesicht noch meine Stimmbänder gehorchten mir.

»Wo ist er hin?«, fragte Toni. Sie drückte mir das Glas in die Hand, stürmte zum Fenster, lehnte sich nach draußen. Erleichtert atmete ich auf.

»Ich habe ihn zurückgeschickt«, erklärte ich und nahm einen Schluck Wasser, um Zeit zu schinden.

»Zurück?«, hakte Toni nach, und ich trank einfach weiter, obwohl die Angst mir die Kehle zuschnürte.

Schließlich war das Glas leer, und Toni wartete noch immer auf meine Antwort, also sagte ich schlicht: »In die Firma.«

»Wie …?« Ihre Augenbrauen wanderten in die Höhe.

»Betriebsgeheimnis«, erwiderte ich und richtete die Ärmel meines Pullovers, als wäre er ein teures Hemd. Ich musste souverän wirken, damit sie keine weiteren Fragen stellte.

Die Stille zwischen uns zog sich in die Länge, und fast wünschte ich, der Mottenkönig wäre zurück, um diese unangenehme Situation aufzulösen.

Ich spürte, dass Toni tausend Fragen durch den Kopf tanzten, und ich verübelte es ihr nicht. Dennoch würde ich keine beantworten.

»Also …«, setzte ich schließlich an. Mein Herz krampfte sich zusammen. »Ich mach mich dann mal auf den Weg?«

Ich wünschte mir nichts sehnlicher, als nach Hause zu gehen. Ich wünschte mir nichts sehnlicher, als bei Toni zu bleiben.

Dieser Widerspruch zerriss mich, als ich mit zittrigen Knien zur Wohnungstür lief. Ein Teil von mir wollte, dass Toni mich aufhielt. Der andere wünschte, dass sie es nicht tat.

Tatsächlich drückte ich gerade die Türklinke nach unten, da

hörte ich hinter mir ein Räuspern, das mich hoffnungsvoll und ängstlich zugleich innehalten ließ.

»Danke, dass du mir geholfen hast.«

Ich wusste ihre Tonlage nicht zu deuten und traute mich nicht, ihr ins Gesicht zu sehen. Also zog ich die Tür auf und stolperte schneller als nötig nach draußen.

TONI

Absurd. Das war der einzige Begriff, der mir zu der ganzen Situation einfiel. Ich stand in meinem schicken Date-Kleid in meiner Wohnung voller Kartons und hatte mich zum zweiten Mal an diesem Abend auf unangenehme Art und Weise von meiner Verabredung verabschiedet. Einem Typen, der meine Adresse kannte, weil ich sie ihm vor lauter Hilflosigkeit geschickt hatte.

Das allein wäre schon Grund genug für das drückende Gefühl auf meiner Brust, aber in Kombination mit dem Mottenkönig und der hastig unter einem Bücherstapel versteckten Liste zählte dieser Tag definitiv zu den absurdesten Momenten meines Lebens.

Ich holte den Notizzettel mit meinen Überlegungen heraus und starrte hilflos darauf. Als ich in die Küche ging, war der Mottenkönig noch da. Als ich zurückkam, war er verschwunden. Dazwischen standen Hikaru und ein Glas mit Wasser.

Schnell legte ich eine neue Liste an.

- Drohne
- Projektion

Schon kam ich ins Stocken. Das Ding war definitiv gegen meine Scheibe gedonnert, was eine Projektion ausschloss. Damit blieb die Frage, warum es ausgerechnet zu mir geflogen war. In den 20. Stock, wo niemand es sah. Absicht war auszuschließen, dafür war Hikaru zu überrascht gewesen.

Oder hatte man ihn nicht eingeweiht?

Der Stift glitt mir aus der Hand, als

mir eine weitere Option einfiel. Was, wenn dieser Mottenkönig nicht für die Toni bestimmt gewesen war, die Hikaru vor dem Flammenmonster gerettet hatte – sondern für Antonia Barnes, die Managerin von BentoBooksAndComics?

Wenn das zutraf … Ich verfluchte mich dafür, Hikaru benachrichtigt zu haben. Denn dann wäre meine Tarnung aufgeflogen, sobald er morgen zur Arbeit ging.

Spielte das eine Rolle? Eigentlich nicht. Immerhin hatte er bei seinem Rauswurf sehr deutlich gemacht, dass das zwischen uns – was auch immer das war – hiermit endete.

Sollte ich ihm folgen, damit er die Wahrheit von mir erfuhr? Die Vorstellung, dass ein Kollege ihn fragte, weshalb er die Aktion für BentoBooksAndComics frühzeitig beendet hatte, trieb mich dazu, meine Jacke und meine Schuhe anzuziehen.

Kurz vor der Türschwelle blieb ich allerdings stehen.

»Es macht keinen Unterschied«, sagte ich mir. Wenn ich ihm nachlief und mich offenbarte, würden wir nur wieder streiten. Zum dritten Mal an diesem Abend. Das Date war schlimm genug verlaufen.

Ich schlüpfte gerade aus den Schuhen, da fiel mir ein weiteres Detail ein, das mich einerseits erleichterte und gleichzeitig grenzenlos verwirrte: Lydia kannte gar nicht meine Privatadresse. Ich hatte bei der Geheimhaltungserklärung von Hikaru und den Rechnungen für Lydia stets meinen Impressumsservice verwendet.

HIKARU

Zu Hause angekommen, warf ich einen schnellen Blick auf die Uhr und stellte fest, dass ich das Pflaster erst morgen abreißen konnte. Kurz nach Mitternacht wäre Lydia definitiv nicht zu erreichen, sosehr ich ihr auch direkt Bescheid geben wollte.

Also wälzte ich mich die ganze Nacht mit Gedanken an Toni, den Mottenkönig, meine Zukunft. Im Morgengrauen stand ich auf, setzte mich mit einer Tasse Tee ins Wohnzimmer und schaltete den Fernseher an, wechselte die Programme, bis ich Sakura's Guardian hörte. Es lief gerade die Wiederholung einer Talkshow. Neben dem Moderator, einem großen Mann mit einem überdimensionalen Schnurrbart, saß ein mir bekanntes Gesicht.

Der kleine Junge. Sein Kopf steckte in einem dicken Verband, seine Mutter hielt das Kind im Arm. Sie war eine elegante Frau mit einem leidenden Ausdruck in ihrem erstaunlich symmetrischen Gesicht.

»Die seelische Verletzung lässt sich wirklich nicht mit einer Summe beziffern«, schloss sie gerade. Die Kameraeinstellung sprang zu einer Nahaufnahme auf das Gesicht des Kindes.

»Haru war mein großer Held.« Der Junge war kaum zu hören, so sehr zitterte seine Stimme. »Aber er ist gar nicht gekommen, als ich Hilfe brauchte.«

Am liebsten wollte ich direkt abschalten. Stattdessen lehnte ich mich ein Stück nach vorn. Die Kamera schwenkte ins Publikum, zeigte einen Mann, der seine Tochter an sich drückte und betreten den Kopf schüttelte. Dann das wutverzerrte Gesicht einer älteren Dame, die eine Hand hob.

Ein Mann hielt ihr ein Mikrofon vor die Nase.

»Die Macher von diesem Gekritzel sind unverantwortlich.« Mit jedem Wort bebten ihre Nasenflügel. »Sie verderben die Jugend und gefährden mit ihrem Werbungskram die Sicherheit unserer Kinder. Die Regierung sollte das verbieten.«

Zustimmendes Gemurmel. Eine weitere Hand schoss in die Höhe, und der Mikrofonträger beeilte sich, auch diesem Herrn das Wort zu erteilen.

»Ich war früher ein großer Fan«, begann er und zog den Kopf ein, als schämte er sich dafür. »Aber wenn ich mir die Geschichte so anhöre, bezweifle ich, dass ein paar schöne Lesestunden all das Chaos aufwiegen. Vor allem, wenn man bedenkt, wie schädlich die Hunter-Szene mittlerweile ist.«

»Die Hunter«, ergriff der Moderator das Wort, »sind eine Gruppe Hardcore-Fans, die herausfinden wollen, wer *Haru no Hikari: Sakura's Guardian* zeichnet. Der Künstler namens Luke Asakura hält sich nämlich seit Beginn der Veröffentlichung im Dunkeln, und es gibt viele Menschen, die ihn gern kennenlernen würden. Was würden Sie ihn fragen?« Er stellte die Frage der Mutter, die neben ihm saß.

Sie drehte sich zur Kamera, blickte direkt in meine Seele. »Können Sie nachts noch ruhig schlafen?«

Ich schaltete den Fernseher aus. Offensichtlich nicht, immerhin saß ich hier im Morgengrauen und nahm meinen Mut zusammen, um meiner Agentin endgültig die vorläufige Pause von *Haru no Hikari* zu verkünden. Aber das zählte nicht. Natürlich. Der Junge war verletzt, der Schaden angerichtet, mein Image beschädigt.

Ganz abgesehen davon, dass ich meinen Fluch noch weniger unter Kontrolle hatte als je zuvor in meinem Leben. Es war pures Glück, dass der Mottenkönig kein weiteres Aufsehen erregt hatte.

Sein direkter Weg zu Toni hatte mir zwar eine unangenehme Situation mit ihr eingebrockt, aber öffentliche Aufmerksamkeit erspart.

Ich runzelte die Stirn und griff nach dem Zettel, der auf dem Couchtisch lag. »Warum bist du zu ihr geflogen?«, fragte ich die Zeichnung, die so unauffällig wirkte. Erst jetzt realisierte ich, wie merkwürdig das war. Bisher hatten sich meine Ausbrüche nach großen Menschenmassen gesehnt. Sie waren zu meinem Leidwesen dorthin gegangen, wo die Öffentlichkeit sie fand. Belebte Straßen, gut besuchte Parks, Restaurants, U-Bahn-Stationen. Der zwanzigste Stock eines unscheinbaren Wohnhauses bildete eine große Ausnahme, und dass ausgerechnet Toni dort wohnte, war kein Zufall.

Nicht, nachdem das Flammenwesen sie bereits angegriffen hatte. Ich strich mit dem Zeigefinger über die leblosen Linien.

»Warum sie?«, fragte ich den Mottenkönig. Das Papier blieb stumm, und dennoch fasste ich einen Entschluss: Ich musste mehr Zeit mit Toni verbringen, um meinen Fluch besser zu verstehen. Um endlich herauszufinden, woher er kam. Doch nach dem katastrophalen Abend erschien mir das wie eine unlösbare Herausforderung.

Sobald die Anzeige der digitalen Uhr auf acht sprang, wählte ich Lydias Nummer. Ich musste das einfach hinter mich bringen.

»Luke?« Lydia klang überrascht. »Um diese Uhrzeit? Ist etwas passiert?«

»Ich brauche eine Pause.« Die Worte schossen schnell aus mir heraus, so oft hatte ich sie in den vergangenen Stunden geübt. Bei drei von vier Zeichenabenden hatte es Ausbrüche gegeben. Das war eine Quote von 75 Prozent. Damals hatte ich mir geschworen, aufzuhören, wenn sie jemals so hoch sein sollte. Normalerweise lag sie bei unter 5 Prozent. Irgendetwas stimmte nicht, und ich musste herausfinden, was. »Es ist aktuell ein bisschen zu viel. Ich muss mir Zeit für mich nehmen, um meine kreativen Akkus aufzuladen.«

Lydia schwieg eine ganze Weile, und obwohl ich diese Ruhe dringend unterbrechen wollte, hielt ich mich zurück. Gespannt stand ich vor dem Fenster in meinem Arbeitszimmer und starrte auf die Baumkrone und den blauen Himmel.

Schließlich seufzte Lydia. »Seit sieben Jahren lieferst du jede Woche eine neue Episode.«

»Ich weiß.« Jetzt zitterte meine Stimme doch, und ich schluckte.

»Und jetzt willst du damit aufhören?«

»Pause machen«, korrigierte ich. »Die Fans werden das verstehen.«

»Nach dem Unfall werden sie es als Schuldeingeständnis interpretieren«, widersprach Lydia verzweifelt. Dann wurde ihr Tonfall sanfter. »Ich verstehe, dass du eine Pause brauchst. Die hättest du dir längst nehmen sollen, und es geht mir nicht darum, dich zum Weitermachen zu zwingen. Ich sage nur, dass das gerade echt schlechtes Timing ist. Die Geschichte des Jungen geistert noch immer durch die Medien. Er wird von Talkshow zu Talkshow gezerrt und erzählt, wie schlecht es ihm durch diesen Sturz geht. Seine Mutter behauptet, er hätte seine Lebensfreude verloren, weil das, was er so sehr liebte, ihm solche Schmerzen zugefügt hat.« Lydia knirschte hörbar mit den Zähnen. »Sie wissen genau, wie sie Geld aus der Sache rausholen. Mittlerweile haben sie sogar einen Medienanwalt und einen Manager.« Etwas knackte. »Einen Manager! Wie weit kann man das denn treiben? Wenn du jetzt eine Pause einlegst, ist das ein gefundenes Fressen, und sie werden überall sagen, dass du Schuldgefühle hast.«

»Aber es hängt mit den Unfällen zusammen.« Ich schlug mit der flachen Hand auf die Tischplatte vor mir. »Natürlich tut es das. Denkst du, ich kann nach diesen Ereignissen einfach so weitermachen wie bisher? Das beschäftigt mich, Lydia. Es bereitet mir schlaflose Nächte. So zu tun, als würde mich das alles nicht kümmern, ist unmenschlich.«

Lydias nächste Frage war schneidend. »Was meinst du mit … Unfällen?«

»Ich …« Fieberhaft suchte ich nach einer Lüge, die mich rettete. Vergebens. »Müssen wir darüber reden?«

»Ich bin deine Managerin«, erwiderte Lydia schlicht. »Wir *müssen* gar nichts, aber ich schätze Ehrlichkeit, und wenn ich dein Image retten soll …« Sie ließ den unausgesprochenen Teil des Satzes in der Luft hängen.

Also gab ich nach. »Es wurde noch jemand verletzt«, sagte ich hastig. »Aber die Sache ist unter Kontrolle. Die Betroffene hat sogar einen Vertrag unterschrieben.«

Dieses Mal schwieg Lydia so lange, dass ich drei Runden in dem kleinen Raum drehte.

»Die Marketingfirma hat einfach einen Vertrag aufgesetzt, ohne mit uns Rücksprache zu halten?«

»Sie sind Profis«, erwiderte ich sofort. »Der Vertrag ist wasserdicht.« Sehr wahrscheinlich war er das nicht, immerhin hatte ich ihn selbst zusammengeschustert. »Die Sache wird uns keine Probleme bereiten.«

»Was, wenn doch?«

Ich wusste, was sie hören wollte. »Dann werde ich eine andere Marketingfirma engagieren.« Die Worte kamen mir schwer über die Lippen. »Versprochen.«

»Na schön.« Ihr Lächeln war unüberhörbar. »Versteh mich nicht falsch: Natürlich will ich nicht, dass die Sache schiefgeht, aber … du solltest trotzdem mal darüber nachdenken, ob du uns nicht endlich die Marketingverantwortung übertragen möchtest.«

»Du wirst mich das immer wieder fragen, oder?«

»Am Anfang hielt ich sie für Genies, aber mittlerweile glaube ich, dass wir etwas Ähnliches hinbekommen würden. An den finanziellen Mitteln sollte es nicht scheitern.«

Das entlockte mir ein schiefes Grinsen. Natürlich glaubte Lydia, dass ihre Firma das hinbekommen würde. Projektoren, Drohnen – für sie war das alles ein lösbares Geheimnis. Dabei war es ausschließlich mir möglich, so zeichnungsnahe und faszinierende Figuren ins Leben zu rufen. Sie waren Teil meines Fluches, und kein technischer Trick der Welt konnte Derartiges vollbringen. Vielleicht gab es den ein oder anderen Projektor, aber bei der ersten Berührung würde die Illusion zerplatzen.

Allerdings waren das alles Gedankenspiele für die Zukunft,

denn so schnell würde es keine Ausbrüche mehr geben. Ebenso wenig wie neue Seiten.

»Mir ist klar, dass du das alles gern in deiner Hand hättest«, sagte ich und schüttelte den Kopf. »Ich habe ja auch schon oft darüber nachgedacht, aber mein Entschluss steht: Es bleibt bei der Marketingfirma.«

»Deren Namen du uns weiterhin verschweigst.«

»So ist es.«

»Es sei denn, der letzte Vorfall wird trotz ihres Vertrages öffentlich«, stellte Lydia klar, und ihr Tonfall löste ein unangenehmes Ziehen in meinem Magen aus.

»Es wird geheim bleiben«, erwiderte ich steif. »Da bin ich mir zu einhundert Prozent sicher.«

»Und du bleibst bei der Pause?«

»Fürs Erste.« Ich schluckte. »Es tut mir leid, Lydia. Aber es ist das Beste für *Haru no Hikari*. Glaub mir.«

»Da bin ich anderer Meinung, aber ich kann dich kaum zum Zeichnen zwingen. Bitte melde dich, wenn du es dir anders überlegst. Heute geht übrigens das Interview bei BentoBooksAndComics online. Außerdem haben wir ja noch die Zusatzepisode, die wirklich großartig geworden ist. Vielleicht hilft das ein wenig über die plötzliche Pause hinweg. Deine Antworten waren zumindest sehr bewegend. Gut gemacht.«

»Danke. Bis dann, Lydia.« Ich legte auf und atmete tief ein.

An das Interview verschwendete ich keine Gedanken mehr. Sofort schrieb ich eine Nachricht an Toni. Ich verspürte das dringende Bedürfnis, sie wiederzusehen. Vielleicht half sie mir dabei, endlich herauszufinden, woher dieser Fluch kam. Immerhin war sie in den letzten Tagen gleich zweimal in das Zentrum der Ausbrüche geraten. Dafür gab es einen Grund, und ich war fest entschlossen, ihn herauszufinden.

TONI

Meine Nacht war alles andere als erholsam. Ständig drehten sich meine Gedanken um Hikaru und Luke, um die Sabotageaktionen und die Wesen. Darum, dass ein Mann, dem ich nicht vollständig vertraute, nun meine Privatadresse besaß.

In der Wohnung fand ich keine Ruhe, zu oft wanderte mein Blick zu dem Fenster. Also beschloss ich, nach draußen zu gehen. Ich wählte einen Park, der gut mit der U-Bahn erreichbar und sehr übersichtlich war. Die Bäume trugen ihr Herbstgewand, und der Himmel war leicht bewölkt. Es lag ein Hauch von Spätsommer in der Luft, als wollte die warme Jahreszeit sich noch nicht verabschieden. Der Park bot einige Bänke, die von Naturliebhabern gesponsert worden waren. Ihre Namen waren neben wenigen Grußworten auf silbernen Plaketten verewigt.

Ich suchte eine aus, auf der ironischerweise Momo und Ben folgenden Satz hinterlassen hatten: »Weil wir uns in diesem Park auf den ersten Blick verliebten.«

Ich setzte mich, seufzte und holte mein Handy heraus, um etwas zu arbeiten. Die Reaktionen auf das Interview mit Luke Asakura waren exakt, wie ich sie erwartet hatte. Seine Antworten erregten bei den meisten Menschen Mitleid. Einige beschimpften mich als Teil einer PR-Kampagne, aber damit hatte ich gerechnet. Ich wies lediglich auf meine bisherige Arbeit als unabhängige Journalistin und meine durchaus kritischen Kommentare zu *Haru no Hikari: Sakura's Guardian* hin. Darauf gab es einige Beleidigungen, die ich löschte.

Ich atmete tief ein und sah mich um, betrachtete die Menschen, um nach dem Stalker Ausschau zu halten. Gerade lief ein älteres Paar den Weg entlang. Die Frau hielt den Arm des Mannes, der kaum aufrecht gehen konnte. Langsam gingen sie voran, und ein Lächeln lag um ihre faltigen Mundwinkel.

Wie es sich wohl anfühlte, wenn man in so hohem Alter noch

glücklich miteinander war? Gern hätte ich sie gefragt. Stattdessen blickte ich wieder auf das Display.

Während ich gerade einen Kommentar las, in dem eine junge Frau erzählte, wie die letzte Episode ihre Sicht auf die Welt verändert hatte, erhielt ich eine Nachricht von Hikaru.

Ich war so überrascht und schockiert, dass ich sie einige Sekunden anstarrte, bevor ich das Handy ausschaltete und den Kopf schüttelte.

Können wir noch einmal reden?

Nach gestern lautete meine instinktive Antwort: *Ja, sofort!*

Zum Glück war mein Handy gesperrt, sodass ich sie nicht eintippte. Ich musste zuerst meine Gedanken sortieren, so viel war mir klar.

Mein Blick glitt erneut über die vielen Menschen. Waren schon immer so viele Paare in New York unterwegs gewesen? Eine junge Frau klaute gerade einer anderen die Mütze und wedelte damit triumphierend in der Luft herum. Sie lachten. Auf der Wiese saßen zwei Menschen auf einer Decke, neben sich eine Thermoskanne, jeder mit einem Buch in der Hand.

Auf einmal fühlte ich mich seltsam einsam. Anders ließ sich nicht erklären, dass ich meinen Bildschirm entsperrte und eine Nachricht tippte:

Triff mich vor dem Metropolitan Museum of Art.

HIKARU

Als ich Tonis Nachricht las, seufzte ich erleichtert. Immerhin hätte ich verstanden, wenn sie mich nach dem gestrigen Tag nie wiedersehen wollte. Aber sie war bereit, mich anzuhören, und das hieß, dass ich eine Chance hatte, mehr über meinen Fluch herauszufinden, wenn ich es geschickt anstellte. Mir war nicht klar, was Toni mit alldem zu tun hatte, aber sobald ich mehr über sie wusste, kam ich der Lösung sicher näher.

Ich warf mich schnell in halbwegs präsentable Kleidung und stieg ins Auto. Der Verkehr war wie immer katastrophal, und ich war dankbar, als ich endlich im Parkhaus ankam. Hier stank es allerdings extrem nach Urin und Autoabgasen, und deshalb war ich erleichtert, sobald ich nach draußen trat, obwohl mich volle Straßen und lautes Hupen erwarteten. Der Central Park war eine DER Touristenattraktionen in New York – oder zumindest häuften sich hier viele beliebte Ausflugsziele.

Der Central Park Zoo und unzählige Museen befanden sich in der weitläufigen Grünanlage und lockten mit Bildung und Erholung. Ich war so gut wie nie hier gewesen. Es war mir zu viel Wirbel um Dinge, die ich ebenso gut online auf unzähligen Fotos begutachten konnte.

Ich fand Toni wie abgemacht vor dem Metropolitan Museum of Art. Zu meinem Leidwesen musste ich zugeben, dass es von außen ziemlich beeindruckend aussah. Die großen Brunnen zu beiden Seiten der Treppe waren mit Menschen bevölkert, die Fotos von sich machten. Die hohen Säulen sollten wohl an griechische Tempel erinnern, aber irgendwie erschien mir diese gewollte Antike falsch. Wenn ich nach links sah, erkannte ich die Spitzen einiger Hochhäuser, und der Hotdog-Stand vor dem Museum widersprach ebenfalls dem altertümlichen Flair. Hinter mir erstreckten sich riesige Gebäude mit zu großen Fenstern in den Himmel, deren Fassaden sich dennoch auf seltsame Weise an die auf alt getrimmte Straße anpassten.

Toni saß auf einer Stufe, die Ellbogen lässig abgestützt, das Gesicht der Sonne entgegengestreckt, die sich hinter Wolken verbarg. Als ich auf sie zutrat, öffnete sie die Augen, und ich zuckte unter ihrem eindringlichen Blick zusammen. »Wird aber auch Zeit.« Sie sagte es mit einem Lächeln auf den Lippen, aber ich fühlte mich trotzdem schuldig.

»Entschuldige«, erwiderte ich. »Der Verkehr war schrecklich.«

»Wer fährt denn bitte in New York Auto?«, fragte Toni mit hochgezogenen Augenbrauen. Sie machte keine Anstalten, aufzustehen, also setzte ich mich neben sie auf die Stufen. Um uns herum strömten Menschen nach oben, unten, links, rechts, aber Toni wirkte, als würde sie all das nicht stören. Als wäre sie eine Ruheinsel im Chaos der Großstadt.

»Jemand, der Angst vor öffentlichen Verkehrsmitteln hat«, erwiderte ich schlicht und warf einen nervösen Blick zu einem Mann, der für meinen Geschmack deutlich zu nah an mir vorbeiging.

»Taxis?« Toni richtete sich auf und streckte sich ausgiebig. Dann deutete sie auf die unzähligen gelben Fahrzeuge, die vor dem Museum im Stau standen.

Ich rümpfte die Nase. »Sind ziemlich öffentlich, wenn du mich fragst.«

»Du sitzt allein auf der Rückbank. Die meisten Taxifahrer wollen nicht einmal mehr mit dir plaudern.«

»Ich bin lieber unabhängig.«

»Du hast also gern alles unter Kontrolle«, stellte Toni fest. Es klang nicht wertend, aber ich fühlte mich trotzdem verurteilt.

»Die Stimmung zwischen uns ist wirklich nicht die beste, oder?« Ich vermied es, sie bei meiner Frage anzusehen, und fixierte stattdessen einen kleinen Jungen, der gerade in einen Hotdog biss, wodurch Ketchup auf sein hellgelbes Oberteil tropfte. Seine Mutter seufzte bloß und begann, den Fleck mit einer Serviette notdürftig abzutupfen. Es half nicht viel, der rote Klecks blieb.

»Was hast du erwartet?« Toni klang erstaunlich müde. »Du verheimlichst so viel vor mir.« Ich versuchte nicht einmal, zu widersprechen, aber sie fuhr trotzdem so schnell fort, als könnte ich sie jederzeit unterbrechen. »Dieses Feuerding hat mich angegriffen. Danach der Mottenkönig. Und dann …« Sie hielt inne.

Ich drehte mich zu ihr, musterte sie eingehend, während sie nun diejenige war, die Blickkontakt mied. Stattdessen sah sie in den wolkenverhangenen Himmel.

»Und dann?«, hakte ich nach. Etwas gab mir das Gefühl, dass sie mir ebenfalls etwas verschwieg. Doch ich durfte nicht wütend sein, immerhin verheimlichte ich ihr die Wahrheit.

Sie schwieg und tippte mit ihrem Zeigefinger unruhig auf ihr Knie. Als sie gerade zu einer Antwort ansetzte, hörte ich eine mir bekannte Stimme.

»Du!« Ich hob den Kopf und sah Sarah auf mich zukommen. Sofort wurde mir eiskalt. Weshalb sprach sie mich an? Immerhin war ich bloß als Kellner aufgetreten und hatte sie auf der Toilette getröstet. Oder etwas Ähnliches. Es war unmöglich, dass sie mich mit dem Diebstahl der Bilder in Verbindung brachte.

Eigentlich. Aber vielleicht hatte sie mich gestalkt oder erinnerte sich doch daran, dass ich Matthews Freund war. Meine Gedanken rasten, während ich mir eine Ausrede vor Toni zurechtlegte.

Dann stutzte ich. Sarah grinste, als wäre sie gerade der glücklichste Mensch der Welt. »Ich kann nicht glauben, dass du hier bist!« Ihre Stimme rutschte eine Oktave höher.

Ich drehte den Kopf, glaubte, dass sie vielleicht mit jemandem hinter mir sprach, aber da war niemand. Stattdessen trat sie auf Toni zu, und ihr Lächeln wurde noch breiter.

»Ich kann nicht glauben, dass ich dich mal persönlich treffe.«

TONI

Damit war meine Tarnung dahin. Die ganze Zeit hatte ich mich vor diesem Moment gefürchtet, und doch reagierte ich nun nicht so, wie ich es in meiner Vorstellung getan hatte. Ich gab keine besonnene Antwort oder fand eine kluge Ausrede. Stattdessen sah ich nur Hikaru an, der seinerseits entgeistert die Frau beobachtete.

»Ich habe BibliophileBoulevard geliebt«, sprach diese weiter. »Schade, dass du damit aufgehört hast.«

Mein Herz pochte schmerzhaft gegen meine Rippen, als ich mich ihr zuwandte. »Danke.«

»Aber gut, dass du dich nicht unterkriegen lässt und weiterhin in der Branche geblieben bist.« Sie schenkte mir ein aufmunterndes Lächeln und schien nicht ganz zu begreifen, welchen Schaden sie angerichtet hatte. »Du machst als Managerin einen echt guten Job. BentoBooksAndComics ist unfassbar gut. Wie ist sie an das Interview mit Luke gekommen?«

Ihre Fragen prasselten auf mich ein wie Hagelschauer. Ich wünschte, sie würde verschwinden.

Plötzlich wurde mir Hikarus Nähe viel zu deutlich bewusst. Sein Gesicht war bleich, und er starrte mich an, als wäre ich ein Geist, während ich wünschte, einer zu sein, um einfach verschwinden zu können.

Stattdessen saß ich auf dieser Treppe fest und hatte nicht einmal schnell genug reagiert, um ihre Vermutung zu leugnen. Ich hätte sagen können, dass sie mich verwechselte. Stattdessen hatte ich mich bedankt. Mir wurde heiß, und ich verspürte den Drang, loszurennen. Stattdessen blieb ich und setzte ein professionelles Lächeln auf. »Das war bloß gute Managementarbeit.«

»Richtig beeindruckend! Ich meine, das war das erste Interview, das er jemals gegeben hat.« Sie schüttelte den Kopf. »Mein Name ist übrigens Sarah. Entschuldige, dass ich so direkt war. Aber dich zu treffen …« Statt den Satz zu beenden, holte sie ihr Handy hervor. »Können wir ein Foto machen?«

Eigentlich wollte ich das nicht. Aber wir waren an einem sehr zentralen Ort in New York, der keinerlei Rückschlüsse auf meinen Wohnort zuließ, und sie schien ein wirklich großer Fan zu sein. Auch wenn sie gerade meine Tarnung vor Hikaru zerstört hatte, durfte ich meinen Unmut nicht an ihr auslassen. Sie konnte nichts dafür.

»Natürlich.« Ich stand auf und positionierte mich neben ihr für ein Selfie.

»Mir ist schon klar, dass du wahrscheinlich keine Antworten geben darfst, aber … hast du Luke getroffen?«

Ich schüttelte den Kopf. »Natürlich nicht. Ich habe lediglich den Mailkontakt vermittelt. Er wird ja auch von einer Agentur vertreten.«

»Ich weiß«, erwiderte Sarah, und es schwang Stolz in ihrer Stimme mit. »Ich bin ziemlich gut informiert, weißt du? Und …«

»Tust du mir einen Gefallen?«, unterbrach ich sie schnell, da ich sah, wie ihre Finger bereits über das Display huschten. »Poste das Bild erst morgen, ja?«

»Ah.« Sarah ließ das Handy sinken und zwinkerte mir zu, als wären wir die besten Freundinnen. »Klar. Sonst ist hier alles voller Fans, verstehe.« Endlich steckte sie das Handy weg, und ein kleiner Teil des Knotens in meiner Brust löste sich. Immerhin das würde kein größeres Problem werden.

Hikarus Schweigen machte mich jedoch zunehmend nervöser. Ich wollte mit ihm allein sein, um die Sache zu klären, aber Sarah redete einfach weiter. »Geht ihr auch ins Museum?« Sie legte den Kopf in den Nacken und betrachtete das große Gebäude hinter mir. »Ich bin gern hier. Kunst ist magisch.« Ein nachdenklicher Ausdruck legte sich auf ihr Gesicht. »Außerdem habe ich die Hoffnung, eventuell Referenzen zu *Haru no Hikari* zu finden, weißt du? Irgendwo muss er seine Inspiration ja herhaben und … na ja. Deshalb gehe ich gern in Museen. In der Hoffnung, mehr über Luke herauszufinden.«

Zu gern hätte ich sie gefragt, ob sie damit bisher Erfolg gehabt hatte, aber neben Hikaru erschien es mir falsch. Ich wollte das Gespräch einfach beenden, um ihm alles zu erklären. »Klingt nach einem guten Plan.«

Leider ließ Sarah sich von meiner emotionslosen Antwort nicht beeindrucken. »BentoBooksAndComics hat sich übrigens richtig gute Fragen überlegt! Nur ein paar Dinge, also, da hätte sie schon intimere Details rauskitzeln können, die uns bei seiner Identität weiterhelfen, findest du nicht?«

»Mir ist seine Identität recht egal«, log ich. »Ich bin nur die Managerin.«

Hikaru hüstelte, und Sarahs Blick wanderte zu ihm. »Kennen wir uns?«

»Nicht dass ich wüsste«, sagte Hikaru eine Spur zu hastig. Dann lehnte er sich vor und griff nach meiner Hand. »Wir sind nur gerade auf einem Date, weißt du?«

Mein Magen fuhr Achterbahn. Meinte er das ernst? War das hier ein Date? Sarahs verwirrter Gesichtsausdruck spiegelte perfekt meine Gefühle wider. »Oh, ich wollte nicht stören. Habt noch viel Spaß.«

Damit verabschiedete sie sich und hastete die letzten Stufen zum Eingang des Museums empor. Hikarus Berührung ließ mein Herz flattern. Er hatte den Kopf gedreht, um Sarah zu beobachten. Sobald sie außer Sichtweite war, ließ er meine Hand fallen, als hätte er sich verbrannt, während ich wünschte, er würde sie weiterhin festhalten. Gerade hatte er doch noch von einem Date gesprochen. Offensichtlich als Ausrede, um Sarah schnellstmöglich loszuwerden. Die Erkenntnis schmerzte, aber ich hatte nicht die Gelegenheit, diese Regung weiter zu ergründen, denn Hikaru redete direkt auf mich ein: »Du bist also die Managerin von BentoBooksAndComics?«

Seine Worte und sein verurteilender Blick trafen mich gleicher-

maßen. Ich schluckte, suchte nach einer Erklärung, die es nicht gab.

»Ja«, antwortete ich schließlich und senkte den Kopf. »Ich … wollte es dir sagen.«

»Natürlich.«

»Ehrlich!« Ich stieß diese zwei Silben so leidenschaftlich aus, dass ich selbst erstaunt zurückwich und eine Hand vor meinen Mund legte. »Es war nicht einfach.«

»Natürlich.« Hikaru bewegte sich nicht. Er saß noch im- mer auf dieser Treppe, während ich vor ihm stand, ein unüberbrückbarer Abstand zwischen uns.

»Wenn ich es dir gesagt hätte, hättest du nichts mit mir zu tun haben wollen.« Ich wollte auf ihn zutreten, aber meine Beine weigerten sich, und ich hob lediglich hilflos die Hände.

»Natürlich.« Vollkommen ungerührt sah er zu mir empor.

»Kannst du bitte etwas anderes sagen?«, flehte ich. Als Antwort stand Hikaru auf, klopfte sich die Hose sauber und seufzte.

»Ich weiß nicht, was«, flüsterte er. Jetzt endlich war da eine Gefühlsregung, die ich einordnen konnte, und sie verdrehte mir den Magen. Hikaru war enttäuscht, und ich verstand nur zu gut, warum.

»Können wir darüber reden?« Hoffnung schwang in meiner Stimme mit, während Hikaru den Hotdog-Wagen fixierte.

»Hast du dich nur mit mir getroffen, um mehr über Luke herauszufinden?« Ruckartig wandte er sich mir wieder zu.

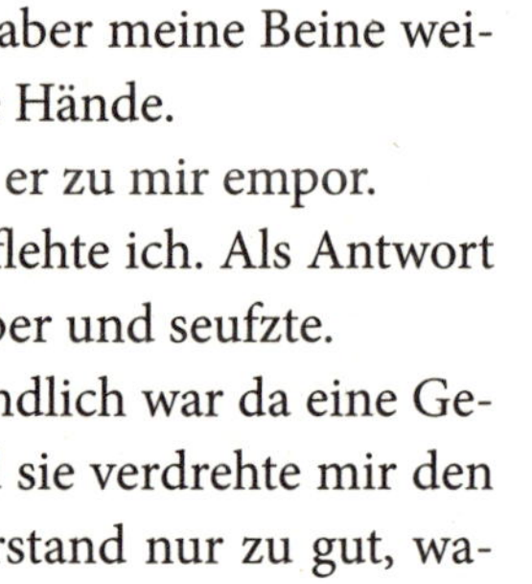

»Nein«, antwortete ich sofort, aber ich beschloss, wenigstens ab sofort ehrlich zu sein. »Nicht nur. Am Anfang. Natürlich sah ich eine Chance darin, mit jemandem von der Marketingagentur zu sprechen. Nenn es journalistische Neugier. Aber vor allem wollte ich herausfinden, wer hinter der

Sabotage steckt. Denn ob du es glaubst oder nicht: Der Künstler hinter *Haru no Hikari* liegt mir am Herzen.«

»Der Künstler …?«, hakte Hikaru nach, und seine Schultern entspannten sich etwas, der Anflug eines neckischen Lächelns trat in sein Gesicht.

»Oder die Künstler«, fügte ich hinzu. »Sie haben mit ihren Geschichten viele Menschen glücklich gemacht, und jetzt kommt irgendjemand daher und verletzt nicht nur einen Jungen, sondern jagt zusätzlich eine riesige Feuerwand durch New Yorks Straßen.« Ich deutete auf mein Bein. »Das war verdammt gefährlich, und ich glaube nicht, dass das ein Unfall war. Jemand will Luke Asakura schaden, und ich dachte, wir könnten gemeinsam herausfinden, wer.«

HIKARU

Sprachlos starrte ich Toni an. Sie zitterte, und in ihrem Gesicht lag ein Flehen, das ich so noch nie in meinem Leben gesehen hatte. Es tat ihr wirklich leid, dass sie mir ihren Job verschwiegen hatte, das wusste ich.

Bis zu ihrem letzten Satz wäre ich am liebsten davongestürzt, um mich in mein Auto zu verkriechen und laut zu schreien, aber jetzt zog ich sie einem Impuls folgend in meine Arme. Ihre Haare kitzelten mein Kinn, und sie verkrampfte sich unter der plötzlichen Berührung. Nach einem Atemzug entspannte sie sich und schlang ihre Arme um mich.

Der Lärm der New Yorker Straßen hatte auf einmal keine Bedeutung mehr. Ebenso wenig wie der Gestank des Frittierfetts oder der Schmerz über ihre Lügen. Bis Toni sich räusperte und langsam von mir löste.

»Das war unerwartet.« Sie legte den Kopf in den Nacken. Zum ersten Mal bemerkte ich, wie klein sie im Vergleich zu mir war. Das erinnerte mich an die Situation auf dem Dach. Wie Toni dort lag, das Bein verbrannt, vollkommen hilflos. Meinetwegen.

Ich trat einen Schritt zurück. »Entschuldige. Ich weiß nicht, was in mich gefahren ist.« Gelogen. Ihre Worte hatten mich zutiefst berührt. Zu wissen, dass sie anerkannte, was meine Geschichten den Menschen gaben, tat gut. Mehr als das: Es löste eine angenehme Wärme in meinem ganzen Körper aus.

Bisher hatte ich gedacht,

dass sie *Haru no Hikari* nicht leiden konnte und mich als Menschen deshalb auch nie wirklich mögen würde. Aber da hatte ich mich verschätzt. Das aus ihrem Mund zu hören, bedeutete mehr, als ich erwartet hatte. Bisher war da immer diese unsichtbare Wand gewesen, wenn ich an sie dachte. Erst jetzt wurde mir bewusst, dass es an der von mir erwarteten Ablehnung ihrerseits gelegen hatte. Ich hatte geglaubt, dass wir niemals wirklich Freunde werden könnten, wenn sie Harus Geschichte – mein Innerstes – langweilig fand. Aber das tat sie nicht, viel mehr noch: Sie erkannte, wie viel Gefühl in meinen Werken steckte, und schätzte meine Arbeit sehr.

Da wurde mir klar, dass sie nicht wusste, wer ich war. Meine Reaktion musste ihr vollkommen übertrieben erscheinen. Ich räusperte mich und sah peinlich berührt zu Boden, aber dort fand ich keine Ausrede.

»Es tut gut zu hören, dass sich noch jemand um Luke sorgt«, versuchte ich mich an einer Erklärung. Die Lüge kratzte in meinem Hals. Ich wollte ihr die Wahrheit sagen, aber da wurde mir das Menschengedränge und die vielen Ohren um uns herum bewusst. Obwohl uns niemand beachtete, kam ich mir überwacht vor. Also schluckte ich die Geschichte meines Fluchs hinunter und lächelte stattdessen.

»Wollen wir ins Museum gehen?«, fragte ich. Denn tatsächlich hatte mich Sarahs Überlegung fasziniert. Als Künstler verbrachte ich erstaunlich wenig Zeit damit, mir andere Werke anzusehen. Seit ich mein Haus eingerichtet hatte, war ich in Arbeit versunken. Ein paar neue Eindrücke würden meinen Geschichten guttun. Auch wenn ich gerade eine Pause machte.

»Ins Museum?«, echote Toni verständnislos.

»Na, weshalb wolltest du mich sonst hier treffen?« Ich deutete mit dem Daumen auf den Hotdog-Stand. »Wegen der guten Küche?«

Sie schüttelte den Kopf. »Ich mag es hier«, erklärte sie und nickte zu den Brunnen. »Die Atmosphäre ist großartig. In New York gibt es so viel Glas und Stahl, aber hier wirkt alles wie aus einer anderen Zeit. Dabei ist das Hauptgebäude von 1874. Also gar nicht einmal so alt.«

»Knapp hundertfünfzig Jahre«, rechnete ich vor.

»Und dabei wirkt es fast schon europäisch alt.« Tonis Augen funkelten, als sie die Fassade begutachtete, und ich brachte es nicht übers Herz, ihr meinen aufrichtigen Eindruck mitzuteilen. Diese erzwungene Antike berührte mich nicht, aber Tonis Reaktion darauf tat es. Ich lächelte.

»Es ist also wirklich okay?«

Ihre Frage traf mich unvorbereitet. »Was meinst du?«

»Dass ich die Managerin von BentoBooksAndComics bin?« Sie sah mich nicht an, starrte weiterhin die Stufen empor. »Bringt dich das in berufliche Schwierigkeiten?«

»Unsere Treffen begannen mit nichts als Problemen«, erinnerte ich sie und lächelte. »Nein, das Wissen hilft mir sogar, dich besser einzuschätzen. Es erklärt, weshalb du so viel Ahnung hast und warum du so interessiert daran bist, Luke zu schützen. Deine Klientin ist zwar kein Fan, aber ihr Interview zeigte, dass sie ein guter Mensch ist.«

»Ein guter Mensch?« Falten erschienen auf ihrer Stirn. »Das machst du an einem Interview fest?«

»Die Fragen«, erklärte ich. »Sie war so respektvoll. Interessiert, aber nicht übergriffig. Das erlebt man selten. Wenn ich überlege, wie oft Stars auf dem roten Teppich mit verflossenen Liebschaften konfrontiert werden …« Ich ließ den Satz unvollendet, da mir ein anderer Gedanke kam. »Aber natürlich kenne ich nur die Fragen, die beantwortet wurden. Vielleicht waren übergriffige Formulierungen dabei, die vom Management gekürzt wurden.« Ich wusste, dass dem nicht so war, und Lydia hatte mir erzählt, dass sie das Interview erstaunlicherweise vollständig weitergeleitet hatte. Aber das war etwas, das ich als Künstler wusste. Als Mitarbeiter der Marketingfirma lagen solche Interna außerhalb meines Tätigkeitsbereichs.

»Es wurde nichts gekürzt«, sagte Toni schnell. Dann räusperte sie sich und fügte hinzu: »Das weiß ich sicher, da die Betreiberin von BentoBooksAndComics den Fragenkatalog mit mir abgeklärt hat. Wir arbeiten da eng zusammen.« Sie hob die Hände. »Was nicht heißt, dass ich irgendetwas getan hätte. Ich meine nur, dass der Mailverkehr über meinen Schreibtisch lief.« Nach ihrem Redeschwall rieb sie sich den Nacken und setzte ein schiefes Grinsen auf. Ihre Nervosität war liebenswert, aber ich fragte mich, weshalb sie so unsicher war. Hatte sie Angst, dass ich insgeheim doch wütend war? »Jedenfalls wollte ich nicht klingen, als würde ich dein Lob für mich beanspruchen. Also, äh … gehen wir?«

Nach meinem Nicken setzten wir uns in Bewegung und erklommen gemeinsam die Stufen. »Wie ist sie so?«

»Wer?«

»Die Betreiberin von BentoBooksAndComics.« Ich versuchte, beiläufig zu klingen, aber es gelang mir nicht ganz. Seit ich ihre erste Rezension gelesen hatte, fragte ich mich, was für ein Mensch dahintersteckte. Sie schaffte es mit jeder Kritik, meine wunden Punkte zu treffen. Im Gegensatz zu den meisten Menschen sah sie meine Schwachstellen und traute sich auch, sie offen anzusprechen, obwohl meine Fans jedes Mal wütend wurden, wenn sie eine neue Episode kritisierte. Doch statt sich davon einschüchtern zu lassen, machte sie weiter und blieb bei ihrer ehrlichen Art. »Ich habe mich das schon oft gefragt.«

»Sie ist Mangafan.« Toni lachte. »Okay, das war offensichtlich. Ehrlich gesagt weiß ich nicht so recht, was ich über sie erzählen soll. Mir ist es wichtig, die Privatsphäre meiner Klientinnen zu schützen. Ich hoffe, du verstehst das.«

Wir betraten die riesige Eingangshalle mit ihren geschwungenen Bögen und hohen Decken. Auf der Galerie tummelten sich Menschen und sahen auf uns herab, während sich vor dem Informationsschalter eine kleine Schlange gebildet hatte. Meine Schuhe quietschten auf dem glatt polierten Boden. Das Licht fiel durch drei runde Fenster in der Mitte der Deckengewölbe. Es roch nach Reinigungsmittel und Staub, eine äußerst seltsame Kombination, die mich niesen ließ.

»Das verstehe ich sehr gut«, antwortete ich. »Privatsphäre ist wichtig, und für Personen, die in der Öffentlichkeit stehen …« Ich hielt kurz inne. »Sarah meinte vorhin, dass du früher auch ein Profil hattest. Du bist nicht nur die Managerin von BentoBooksAndComics.«

»Ich habe früher etwas Ähnliches gemacht«, erklärte Toni, während sie wie selbstverständlich die Tickets für uns beide löste. »Ein Profil auf Instagram, auf dem ich Bücher empfohlen habe. Es war recht erfolgreich.«

»Und dort hast du keine Manga empfohlen? Du bist ja durchaus ein Fan.«

»Das sind komplett unterschiedliche Zielgruppen«, erklärte sie. »Buchleser und Mangafans. Wenn ich das gemischt hätte, hätte das Profil nicht so gut performt.«

»Weshalb hast du aufgehört?« Ich war zu gefesselt von dem Gefühlsspiel hinter ihren Augen, um mich auf die imposante Umgebung zu konzentrieren. Eine Mischung aus Stolz und Angst glänzte in ihrem Blick.

»Das ist eine lange Geschichte«, sagte sie ausweichend. Sie holte Luft, als nehme sie Anlauf, um mir alles zu erzählen, aber dann seufzte sie und schüttelte den Kopf. »Du weißt ja selbst, wie schwer es für Menschen ist, die in der Öffentlichkeit stehen. Lass uns lieber die Kunst genießen.«

TONI

Während wir gemeinsam die Gemälde betrachteten, kämpfte ich gegen den Drang, Hikaru die Stalker-Geschichte zu erzählen. Er hatte gerade erst von meiner Arbeit erfahren, und ich war dankbar, dass er nicht wütend davongerannt war. Sein Interesse an BentoBooksAndComics empfand ich bei seinem Beruf als verständlich, immerhin war ihre Identität ebenso mysteriös wie die von Luke Asakura.

Doch wenn ich ihm von den Belästigungen, den schlaflosen Nächten und der permanenten Angst erzählte, wäre das, als würde ich an sein Mitleid appellieren, damit er blieb. Mir war es lieber, wenn er ohne dieses Hintergrundwissen einen angenehmen Nachmittag mit mir verbrachte. Vor allem, weil die neu gewonnene Freiheit durch die Wahrheit eine ziemliche Last von meinen Schultern genommen hatte.

»… trotzdem mag ich die Arbeit mit Agenturen«, beendete ich meine Erzählung.

»Dein Job klingt so spannend.« Hikaru betrachtete mich statt das Gemälde, das direkt vor uns hing.

Ich räusperte mich. »Sagt der Richtige.«

»Wie meinst du das?«

»Du arbeitest in der Marketingagentur von Luka Asakura. Ihr seid *die* Ikone mit euren Projektionen, Drohnen, was auch immer.« Mit meiner Hand zeichnete ich vage Figuren in die Luft. »Ihr könntet ein Vermögen verdienen, wenn ihr diese Geheimnisse teilt.«

»Sie sind nur so wertvoll, weil wir sie für uns behalten«, antwortete Hikaru. »Stell dir vor, es würde plötzlich überall von Seifenverkäufern wimmeln.«

»Seifen…verkäufern?« Ich lachte.

»Na ja, wenn wirklich jeder Zugang dazu erhält, ist es nicht unrealistisch, dass plötzlich überall digitale oder Drohnen- oder Was-auch-immer-Marktschreier erscheinen, um dir Seife oder Obst anzudrehen.«

»Das würde den Zauber ruinieren«, erwiderte ich. Die Vorstellung, dass neben dem Gemüseregal plötzlich ein kleines Fellknäuel auftauchte, das mir das Sonderangebot für Bananen nahelegte, war absurd, aber Hikaru hatte recht. Sobald die Technologie für andere erreichbar wäre, wäre sie überall.

»Das Marketing funktioniert so gut, weil niemand weiß, wie wir es machen«, fuhr Hikaru fort. »Also sollten wir es dabei belassen.«

Das wäre die perfekte Gelegenheit, einen Vorstoß zu wagen und erneut auf die Sabotage zu sprechen zu kommen. Stattdessen fragte ich: »Ist diese Verantwortung nicht hart?«

Bisher hatte ich nie das Bedürfnis gehabt, jemandem zu erzählen, dass ich hinter BentoBooksAndComics steckte, aber die Lügen kosteten Energie. Auch wenn ich mich an eine Version der Geschichte hielt und diese wieder und wieder erzählte, glaubte ich nicht selten, mich durch ein unachtsames Detail verraten zu haben.

Es war ein konstanter Drahtseilakt.

»Manchmal«, erwiderte Hikaru. Seine Stimme klang seltsam belegt, und er räusperte sich. »Es ist vor allem einsam.«

»Seid ihr nicht viele Leute?« Das überraschte mich, aber wenn ich genauer darüber nachdachte, erschien es logisch. Je weniger Mitarbeitende es gab, desto weniger konnten das Geheimnis weitertragen. Trotzdem hatte ich bisher geglaubt, dass hinter so etwas eine riesige Agentur stecken musste.

»Geheim«, antwortete Hikaru hastig und setzte ein schiefes Lächeln auf. »Nachdem wir nun die Gemälde im Eingangsbereich betrachtet haben … Welche Abteilung möchtest du dir anschauen?«

Das Metropolitan Museum of Art besaß eine umfangreiche Sammlung, und es war unmöglich, dass wir heute alles sahen. Nicht zuletzt, da große Teile der Kunst in den zwei anderen Standorten und nicht hier im Hauptgebäude gezeigt wurden.

»Die Entscheidung überlasse ich dir. Immerhin war ich schon häufiger hier.«

»Deswegen ja. Ich möchte nicht, dass du dich langweilst, weil ich dich zum zehnten Mal durch die Abteilung für mittelalterliche Kunst schleppe.«

»Die ist im Cloisters«, erwiderte ich. Seine Fürsorge zauberte mir ein Lächeln ins Gesicht. »Also keine Sorge.«

»Du weißt schon, was ich meine.« Hikaru sah sich um und wirkte dabei etwas verloren. Schließlich fiel sein Blick auf mich. Ich erkannte Neugier und … etwas anderes. Etwas, das ich nicht zuordnen konnte, das mir aber einen warmen Schauer über den Rücken jagte.

»Zeig mir dein Lieblingsstück.«

Verblüfft hob ich die Augenbrauen. »Was?«

»Bring mich zu dem Kunstwerk, das dir am meisten in Erinnerung geblieben ist«, bat er mich. »Immerhin bin ich deinetwegen hier. Nicht wegen der Kunst.«

Alles in mir brannte. Mein Gesicht, mein Magen, meine Ohren. Ich spürte die Hitze in meinen Wangen, war aber zu perplex, um mich abzuwenden. Stattdessen stand ich einfach da und starrte Hikaru an.

Diese geraden Linien in seinem Gesicht. Der durchdringende Blick. War das ein ernst gemeinter Flirt? Oder bezogen sich diese Worte auf meinen Beruf? Ich musterte ihn eingehend. Trotz meiner Erfahrung mit Henry hatte ich bei Hikaru nicht das Gefühl, dass er mich ausnutzen wollte. Mein Verstand bat mich dennoch um Vorsicht.

»Okay.« Mehr brachte ich nicht hervor, also setzte ich mich in Bewegung. Wir hatten schon vorher miteinander geflirtet, und ich verstand nicht, warum mich dieser Satz so aus dem Konzept brachte. Nein, es lag nicht an den Worten, die er gewählt hatte. Sondern an diesem durchdringenden Blick und der Tatsache, dass er geblieben war, obwohl er meinen Job kannte. Ein Stück meiner Maske war gefallen, und jetzt sah Hikaru einen Teil meines wahren Ichs.

Trotzdem war er nicht nur geblieben, sondern wollte mich weiter kennenlernen.

Da war wieder der Drang, ihm die Wahrheit zu sagen. Stattdessen bedeutete ich ihm, mir zu folgen, und führte ihn ins Tiefgeschoss. Hier reihten sich Manikins in den unterschiedlichsten Kostümen aneinander. Durchbrochen wurde diese bizarre Reihe durch Vitrinen, in denen allerlei Kleidungsaccessoires aufgestellt waren.

Ich führte Hikaru zu einer Vitrine, in der mehrere Bronze-Pins lagen. Sie waren bereits grün angelaufen, ihre verschlungenen Ornamente waren teilweise abgebrochen und fleckig.

»Hier«, erklärte ich und hoffte, dass Hikaru meine Sicht teilte. Er lehnte sich vor, betrachtete die Ausstellungsstücke durch das Glas. Ich tat es ihm gleich, den Blick auf die Pins gerichtet.

»Aus dem vierten Jahrhundert vor Christus«, las er auf einem der kleinen Schilder. »Warum gerade diese Stücke?«

»Weil …« Auf einmal erschien mir meine Erklärung kitschig und übertrieben. »Sie sind einfach schön.«

Hikaru drehte sich zu mir, sein Gesicht war so unfassbar nah. Nur ein kleines Stück und … Ich wich zurück und wandte mich ab, betrachtete die aufwändig gestalteten Puppen mit ihren historischen Kostümen, die unter den auf sie ausgerichteten Lampen so viel eindrucksvoller glänzten als die oxidierte Bronze in den kleinen Kästen.

»Sie sind alt«, fuhr ich vorsichtig fort. »Schon vor über 2000 Jahren haben die Menschen nicht nur um ihr Überleben gekämpft, sondern Zeit und Energie investiert, um Kunst zu schaffen.« Ich vermied es, bei meiner Erklärung Hikaru anzusehen. »Aber nicht nur das: Sie kreierten Geschenke. Kunst für andere. Mehr noch: tragbare Kunst. Es ging ihnen nicht nur darum, etwas zu hinterlassen, sie wollten auch etwas Wunderschönes tragen. Ist es nicht faszinierend, wie lange die Menschheit schon versucht, sich durch Kleidung nicht nur zu schützen, sondern auch auf die Details achtet, die Stil ausmachen?«

»In Japan trugen die Menschen bereits um dreihundert nach

Christus Seide, die über Korea aus China transportiert wurde«, erzählte Hikaru nachdenklich. »Vierhundert nach Christus klingt viel älter, als es eigentlich ist. Wenn wir annehmen, dass ein Mensch durchschnittlich mit achtzehn Jahren ein Elternteil wurde, so liegen lediglich knapp neunzig Menschen zwischen uns und vierhundert nach Christus.«

»Neunzig Menschen«, wiederholte ich ungläubig. »Das sind nicht viele.«

»Absurd, wenn man mal genauer darüber nachdenkt, oder?« Hikaru lächelte. »Ich bin so gespannt, was unsere Urenkel über unsere Instagram-Feeds sagen werden. Ob Museen irgendwann Räume voller Bildschirme sind, in denen die Generationen nach uns unsere digitalen Nachlässe durchscrollen?«

Die Vorstellung jagte mir einen Schauer über den Rücken. »Zum Glück sind Storys nur vierundzwanzig Stunden sichtbar«, scherzte ich, um den Knoten in meiner Brust zu lockern. »Stell dir vor, sie würden in fünfhundert Jahren darüber sinnieren, welche Bedeutung die Instagram-Story mit dem Sonnenuntergang hatte, obwohl ich einfach nur sagen wollte: Hey, schaut mal, ist das nicht hübsch?«

»Meine Ururururururoma hatte über 500 000 Follower.« Hikaru imitierte eine Kinderstimme und schüttelte den Kopf. »Vielleicht zählen sie irgendwann die Follower ihres Stammbaums zusammen.«

»Du nutzt kein Social Media, oder?« Die Frage trieb mich schon eine Weile um, immerhin hatte ich kein Profil unter seinem echten Namen gefunden, was aber nichts bedeutete. Weiter hatte ich nicht recherchiert, und die meisten Menschen nutzten Nicknames.

»Wieso? Willst du mein Mittagessen stalken?« Er setzte sich wieder in Bewegung, und gemeinsam betrachteten wir die Ausstellungsstücke: Chanel-Anzüge aus den 60ern, Roben aus dem 17. Jahrhundert, überladene Haute Couture aus der Neuzeit.

»Reine Neugier«, erklärte ich möglichst ungezwungen. Dabei wollte ich einfach mehr über ihn wissen. Darüber, für wen er sich hielt. Auf Social Media zeigten wir der Welt jene Dinge von uns, auf die wir stolz waren. Eine Kunstfigur, bestehend aus den Facetten, die wir für besonders liebenswert hielten. Ich wollte zu gern erfahren, welche Aspekte seines Lebens Hikaru zur Schau stellte oder ob ihm die Aufmerksamkeit egal war.

»Ich habe Instagram und Twitter«, antwortete Hikaru, während er eines der Kleider betrachtete. Es war aus Suppenverpackungen gefertigt, klassische Pop-Art. »Irgendwie muss ich ja auf dem Laufenden bleiben.«

»Aber du postest nichts«, stellte ich fest. Hikaru öffnete kurz den Mund, als wollte er etwas sagen, doch dann schloss er ihn wieder, schüttelte den Kopf.

»Ich lege großen Wert auf meine Privatsphäre«, erklärte er, sprach dabei ungewöhnlich langsam, als müsste er genau darüber nachdenken. »Es gibt viele gruselige Menschen da draußen. Zum Beispiel die Hunter. Ich verstehe nicht, wieso manche Leute sich mehr für das Leben anderer interessieren als für ihr eigenes.«

Einen Moment stutzte ich. Diese Worte kamen mir so bekannt vor, aber ich kam nicht darauf, wo ich sie schon einmal gehört hatte. Vielleicht in meinen eigenen Gedanken?

Ich hatte einen Stalker. Es wäre der perfekte Moment, um diese Worte zu sagen. Um zu zeigen, dass ich wirklich verstand, wie groß die Angst vor manchen Teilen des Internets sein konnte.

Stattdessen nickte ich und meinte: »Ja, es ist vermutlich besser, wenn du im Internet nicht auffindbar bist, falls eure Agentur irgendwann auffliegen sollte. Denn falls das passiert …« Ich ließ den Satz unvollendet.

»Niemals.« Hikaru blieb abrupt stehen. »Aber lass uns lieber über erfreulichere Dinge reden. Dafür sind wir doch hier, oder? Wir sollten uns von einer potenziellen negativen Zukunft nicht den Moment ruinieren lassen.«

»Du hast recht, entschuldige.« Ich hielt ebenfalls inne, suchte nach einem Weg, das Gespräch in eine andere Richtung zu lenken.

»Du musst dich nicht entschuldigen«, sagte Hikaru. »Die Antwort lautet übrigens: einen recht großen Salat mit Extratomaten.«

Verwirrt blinzelte ich. »Was?«

»Na, mein Mittagessen.« Damit setzte er sich lachend wieder in Bewegung, und ich folgte ihm erleichtert. Wir schlenderten durch das Museum, sprachen über Kunstwerke und ihre Inszenierung, bis sich schließlich mein Magen mit einem lauten Knurren meldete.

Peinlich berührt legte ich eine Hand auf meinen Bauch und räusperte mich. »Ich habe seit dem Frühstück nichts gegessen. War die ganze Zeit unterwegs.«

Hikaru warf einen Blick auf seine Armbanduhr. »Und das sagst du erst jetzt? Wir haben schon fast sieben Uhr. Wie hast du das denn bitte durchgehalten?«

»Gute Ablenkung«, erwiderte ich und zauberte damit ein Lächeln auf seine Lippen, das meine Knie schwach werden ließ.

»Gibt es etwas, worauf du Lust hast? Indisch? Chinesisch?«

Nun war ich es, die grinste. »Ich weiß ganz genau, wo wir heute essen!«

HIKARU

Tonis Essenswahl überraschte mich. Ich hatte aufgrund ihres modischen Kleidungsstils und ihrer Vergangenheit als Social-Media-Star mit einem noblen Restaurant gerechnet, mit dem sie mich beeindrucken wollte. Stattdessen bestellte sie nach kurzer Rücksprache mit mir zwei große Portionen Pommes am Imbiss-Stand vor dem Metropolitan Museum of Art.

Das Essen kam in rot-weiß gestreiften Pappschalen, und während Toni ihre in Ketchup ertränkte, ignorierte ich die verschmierten Soßenspender komplett.

»Nicht einmal ein bisschen?«, fragte Toni und spießte ihre erste Pommes mit der kleinen Holzgabel auf.

»Ich mag weder Ketchup noch Mayonnaise«, erklärte ich und griff mit den Fingern nach dem fettigen Essen. Es war schon eine gefühlte Ewigkeit her, seit ich zuletzt etwas derart Ungesundes in mich hineingestopft hatte, aber es war köstlich.

»Du bist seltsam.« Toni ertränkte die nächste Pommes in der roten Flüssigkeit, bevor sie sie in ihren Mund schob.

»Gleichfalls.« Wir lächelten, und die Welt wurde ein Stück heller. Die Abendsonne tauchte New York in rotes Licht, das sich in den Glasfassaden der entfernten Hochhäuser zu unserer Linken spiegelte. Die Straßen vibrierten aufgeregt unter den bevorstehenden Möglichkeiten einer neuen Nacht, und die Menschen strömten von ihren Büros nach Hause, in Bars, Klubs, Restaurants.

»Ich dachte, wir gehen spazieren«, erklärte Toni und deutete mit einer Kopfbewegung Richtung Central Park. Als ich nickte, liefen wir zeitgleich los. Schweigend gingen wir nebeneinanderher, aßen unsere Pommes, und ich suchte verzweifelt nach den richtigen Worten.

Ich war zu diesem Treffen gekommen, weil ich mehr über Toni herausfinden wollte. Vor allem darüber, wieso sie so plötzlich Ziel

meiner Ausbrüche wurde. Meine harte Reaktion auf ihre Nachfrage bezüglich Social Media tat mir leid.

Die Bäume verschluckten einen Teil des Großstadtlärms, breiteten ihre grünen Dächer schützend über uns. Hin und wieder leuchtete eine von der Abendsonne angestrahlte Hochhausspitze zwischen ihnen hindurch wie ein Leuchtturmfeuer. Ich fragte mich, ob die Ausbrüche zu Toni strebten, weil sie in ihr ebenfalls Licht sahen. Aus dem Augenwinkel beobachtete ich, wie sie die Pommes aß und dabei kaum ihre Umgebung wahrzunehmen schien. Wenn ich erfahren wollte, was die Wesen bei ihr wollten, musste ich sie besser kennenlernen.

»Seit wann bist du in New York?«, durchbrach ich schließlich die Stille zwischen uns. Irgendeinen Anhaltspunkt gab es, ich musste ihn lediglich finden.

»Ich kam direkt nach der Schule hierher.« Toni wischte sich die Hände an einer Serviette sauber und beförderte den Abfall in eine der Tonnen am Wegesrand. »Raus aus der Kleinstadt, rein in die sagenumwobene Metropole, um meinen Traum zu leben. Die Standardgeschichte.«

»Klingt für mich nicht nach Standard, sondern nach enorm viel Mut«, erwiderte ich. »Alles zurückzulassen, um in einer Stadt wie New York sein Glück zu versuchen.«

»Wir hatten nie genug Geld für ein College.« Toni starrte stur geradeaus. »Meine Eltern sind großartige Menschen, und sie haben alles für mich getan. Aber …« Sie wischte ihre Worte mit der Hand aus der Luft. »Egal. Es soll gar nicht um meine Familiengeschichte gehen. Jedenfalls kam ich nach New York und hoffte auf ein besseres Leben.«

»Hast du es gefunden?« Von außen betrachtet würde jeder sagen, dass Toni ihr Ziel erreicht hatte. Sie war zunächst als Influencerin durchgestartet und führte nun eine erfolgreiche Agentur mit großen Klientinnen. Aber ich wusste nur zu gut, dass privates Glück nicht immer mit dem von der Gesellschaft gezeichneten perfekten Leben zusammenhing. Es gab genug Leute, die nicht taten, was sie wollten, sondern vielmehr das, worum andere sie beneiden würden.

»Ein Stück davon«, erwiderte Toni. Sie streckte die Arme aus, drehte sich um sich selbst wie eine Tänzerin. »Schau dich um. New York ist ein Traum. Eine Großstadt voller Geschichten und interessanter Menschen. Ich war lange glücklich.«

»Jetzt bist du es nicht mehr?« Fühlten sich die Wesen deshalb zu ihr hingezogen? Weil sie ebenso zerbrochen war wie ich?

Toni lächelte wehmütig. »Manche Erlebnisse zerbrechen das Glück, aber das heißt nicht, dass die verbliebenen Scherben weniger wertvoll sind. Sie funkeln noch immer.«

Verblüfft blieb ich stehen, während Toni weiterlief, den Kopf in den Nacken gelegt, den Blick zum Blätterdach und dem immer dunkler werdenden Himmel gerichtet. Die Laternen gingen an, große Glühbirnen auf Eisenstangen, gehalten von verschlungenem Metall. Sie ergossen ihr gelbes Licht auf den gepflasterten Weg und Tonis Gesicht.

Da blieb sie stehen und drehte sich zu mir um. »Alles okay?«

Ich setzte mich wieder in Bewegung, räusperte mich. »Ja, es ist nur …« Kurz hielt ich inne, unsicher, ob meine Antwort im Vergleich zu ihrer Eloquenz nicht unfassbar peinlich wäre. Doch nichts zu sagen, erschien mir noch unangenehmer. »An Scherben kann man sich verletzen.«

»Liebe kann auch verletzen, aber das macht sie nicht weniger wertvoll.«

Unser ganzer Dialog erschien mir wie aus einem kitschigen Comic, und ich liebte es. Dann erinnerte ich mich an den Grund unseres Treffens. Ich durfte mich von Toni nicht ablenken lassen, ganz gleich, wie faszinierend ich sie fand und wie sehr ich die Zeit mit ihr genoss.

Am wichtigsten war es herauszufinden, was sie mit den Ausbrüchen verband. Danach blieb hoffentlich noch genug Zeit, mich auf einer persönlichen Ebene mit ihr zu beschäftigen.

Wurdest du schon einmal verletzt?, wollte ich fragen. Stattdessen sagte ich: »Das ist wohl wahr.«

»Jetzt darf ich eine Frage stellen«, erwiderte Toni. Sie legte einen Zeigefinger an ihr Kinn, bis sich ein Grinsen auf ihrem Gesicht ausbreitete. »Wenn du ein Naturphänomen wärst, welches wärst du und was verbindest du damit?«

»Bitte?« Ich lachte. »Du kommst mit so was Spannendem um die Ecke, nachdem ich dich gefragt habe, wie lange du schon in dieser Stadt wohnst?«

»Na ja, ich könnte dich auch fragen, wie lange du schon hier bist.« Toni zuckte mit den Schultern. »Aber ich interessiere mich viel mehr für den Menschen, der du jetzt bist, als für den, der du warst.«

»Ich kam ebenfalls nach der Schule her«, erklärte ich trotzdem. »Meine Eltern hatten zwar das Geld fürs College, gaben es mir aber aufgrund eines Streits nicht.« *Weil mein Vater mich für meinen Fluch hasste und ich nicht bereit war, die Comics aufzugeben.*

Ich hatte versucht, keine Geschichten zu kreieren, war auf Worte umgestiegen, um nicht mehr zu zeichnen. Vergebens. Nichts auf der Welt war für mich wertvoll genug, um die Comics zu vergessen. Sie gehörten zu mir.

»Als Naturphänomen …« Ich überlegte. »Nun. Vermutlich wäre ich ein schlafender Vulkan.« Die Antwort kam spontan und überraschte mich ebenso wie Toni, deren Augenbrauen in die Höhe schossen. »Sie sehen so harmlos aus, die meisten wurden von den Menschen vergessen. Aber das heißt nicht, dass sie nicht da sind oder keine Kraft mehr haben.«

»Du hast das Gefühl, dass die Menschen dich nicht sehen?«, fragte Toni leise. Mittlerweile hatte sich die Dunkelheit über New York gesenkt, so gut sie es in solch einer riesigen Stadt vermochte. Die Lampen des Central Parks leuchteten ebenso hell wie die Wolkenkratzer um uns herum.

»Haben wir nicht alle dieses Gefühl?«, wich ich aus. »Deshalb gibt es doch Social Media, oder? Damit wir hin und wieder die Bestätigung bekommen, gesehen zu werden.«

»Ich wäre der Donner.« Tonis Stimme war kaum mehr als ein Flüstern. »Menschen zucken bei Gewittern nicht zusammen, wenn es blitzt, obwohl es diese Tausenden von Volt sind, die ihnen gefährlich werden könnten. Stattdessen fürchten sie sich vor dem Donner, der keinerlei Macht über sie hat.«

Ich dachte kurz darüber nach. »Du glaubst, dass Menschen mehr Macht in dir sehen, als du besitzt?«

»Wenn du es so sagst, klingt es unfassbar traurig.«

»Nicht trauriger als ein schlafender Vulkan«, entgegnete ich. Meine Pommes waren mittlerweile kalt geworden, und ich hatte bereits keinen Hunger mehr. Also nutzte ich den Moment, als Toni mal wieder in den Himmel sah, um mich vom Rest des Essens zu verabschieden.

»Es hat dir nicht geschmeckt«, sagte sie mit einem Blick auf meine leeren Hände. »Tut mir leid. Möchtest du noch etwas anderes holen? Ich lade dich auf eine Pizza ein! Oder …«

»Nein«, unterbrach ich sie. »Es ist alles gut. Ich … esse nur nicht so viel, wenn ich nervös bin.«

»Ah.« Die Falten auf Tonis Stirn verschwanden, als sie sich an den eingepackten Salat von unserem ersten Treffen erinnerte. »Bist du denn oft nervös?«

»Eigentlich nicht«, erklärte ich. »In deiner Gegenwart allerdings schon.« Die Wahrheit rutschte mir einfach so heraus, und ich schob ein unsicheres Lachen hinterher.

»Unser Kennenlernen war auch kompliziert.« Toni ging nicht auf mein Lachen ein, stattdessen sah sie mir ernst in die Augen. »Und dass du auf diese Weise von meinem Job erfahren hast, macht natürlich nichts besser …«

Das war es also. Sie glaubte, dass ich noch immer wütend auf sie war, weil sie ihre Arbeit als Agentin vor mir verschwiegen hatte.

»Mir ging es wirklich nie darum, dich auszuspionieren«, redete Toni hastig weiter. »Okay, na schön. Am Anfang hoffte ich schon, dadurch mehr über die Zeichner zu erfahren, aber vor allem wollte ich verhindern, dass noch mehr Menschen Schaden nehmen, und herausfinden, wer für die Sabotage verantwortlich ist. Lydia ist eine wichtige Kundin und …« Sie raufte sich hilflos die Haare.

»Es ist okay.« Ganz sanft griff ich nach ihren Händen, nahm sie in meine. »Ich bin dir wirklich nicht böse. An deiner Stelle hätte ich dasselbe getan. Wenn du mir direkt gesagt hättest, dass du mit BentoBooksAndComics zusammenarbeitest, hätte es kein zweites Treffen gegeben. Aber jetzt bereue ich nicht, dass es stattgefunden hat, und könnte dir wegen so etwas niemals böse sein.«

Ihre Hände fühlten sich so warm an. Toni kaute auf ihrer Unterlippe, sah zweifelnd zu mir empor, und auf einmal war da dieses Verlangen, ihr die Unsicherheit zu nehmen. Sie im Arm zu halten und ihr zu versichern, dass zwischen uns alles gut war. Was für ein seltsamer Gedankengang, den ich so gar nicht von mir kannte. Obwohl er sich unfassbar schön anfühlte, jagte er mir Riesenangst ein, also ließ ich sie los und trat einen Schritt zurück.

»Ich glaube dir, dass du auf Lukes Seite stehst«, sagte ich und setzte mich wieder in Bewegung, damit sie mein errötetes Gesicht nicht sah. »Aber ich hätte dir am Anfang keine Chance gegeben, es mir zu beweisen. Deswegen hast du genau das Richtige getan. Manchmal verheimlichen wir Dinge aus gutem Grund.«

Der letzte Satz rutschte mir ebenso heraus wie viele andere Dinge an diesem Abend. Weshalb fiel es mir in Tonis Nähe so schwer, meine Zunge im Zaum zu halten?

»Hast du das schon einmal getan?« Ihre Frage klang nicht so, als würde sie mich verdächtigen, und das machte es nur noch schlimmer.

»Hin und wieder«, wich ich aus und setzte mich auf eine Parkbank, deren Lehne aus groben Ästen zusammengezimmert war. Von hier aus hatte ich einen guten Blick auf den See, auf dessen Oberfläche sich die Lichter New Yorks spiegelten. Am anderen Ufer hörte ich eine Gruppe Feierwütiger mit lauter Musik und Lachen. Ein wenig bereute ich, dass ich niemals Teil einer solchen Gruppe gewesen war.

Toni setzte sich neben mich, fixierte ebenfalls die dunklen Silhouetten, die sich im Laternenlicht des Parks abhoben.

»Ich bin wirklich froh, dass du das so siehst«, sagte sie. Als sie ihr Bein ausstreckte, verzog sie kurz das Gesicht vor Schmerz.

»Tut es noch sehr weh?«, fragte ich. Sie war den ganzen Tag herumgelaufen, und auch wenn der Spaziergang ihr Vorschlag gewesen war, wünschte ich, ich hätte abgelehnt, um ihr Bein zu schonen.

»Es geht«, erklärte sie. »Manchmal scheuert der Verband ein wenig, dann wird es unangenehm.« Sie schluckte, wandte mir den Kopf zu. »Wieso haben dieses Feuerwesen und der Mottenkönig gerade mich angegriffen?« Immer schneller stolperten die Worte über ihre Lippen. »Ich meine … das Erste hielt ich für einen Zufall, aber dann kam der Mottenkönig und … Also nicht dass ich denke, dass ich besonders wichtig wäre, aber … es ist einfach seltsam, findest du nicht?«

Ich studierte ihre sanften Gesichtszüge, den Schwung ihrer Augenbrauen, das kleine Muttermal am Kinn. Die Unsicherheit stand ihr ins Gesicht geschrieben, und einmal mehr wollte ich sie ihr nehmen.

»Das frage ich mich auch«, antwortete ich ehrlich und nahm meinen Mut zusammen. »Deswegen wollte ich dich treffen. Es erscheint mir seltsam, dass du zweimal in Folge im Fokus standest.«

»Meinst du, jemand aus deiner Firma will BentoBooksAndComics ein Zeichen schicken?« Toni stützte die Ellbogen auf die Knie und bettete ihren Kopf auf ihre Hände. »War das eine Warnung?«

»Weshalb sollte man die an dich schicken und nicht an die Bloggerin?«, hielt ich dagegen.

»Weil man nicht weiß, wer sie ist.« Mit einem Seufzen lehnte Toni sich zurück und schloss die Augen. »Die ganze Sache bereitet mir echt Kopfzerbrechen. Keine Ahnung, woher sie meine Adresse kennen.«

»Haben sie die nicht über die Verträge?«, fragte ich.

Toni schüttelte den Kopf. »Dafür nutze ich einen Impressumsservice. Irgendjemand hat also meine Adresse herausgefunden. Ich möchte gar nicht erfahren, wie … Aber ich muss wissen, wer.«

»Außerdem sorgst du dich um Luke«, erinnerte ich sie.

»Es ist mehr als das«, erwiderte sie. »Meine journalistische Neugier ist geweckt.« Dann hob sie schnell abwehrend die Hände. »Damit meine ich nicht, dass ich das Ganze öffentlich machen will. Aber ich wollte schon immer Dingen auf den Grund gehen. Diese Vorfälle … Sie sind wie ein Jucken an einer Stelle, die ich nicht erreiche. Meine Gedanken drehen sich viel zu oft darum, und ich fürchte, das wird so bleiben, bis ich herausfinde, wer dahintersteckt. Ich liebe Geheimnisse und entwirre sie nur zu gern. Die ganze Sache mit meiner Arbeit ist nur ein Bonus.«

»Ich denke, du bist gerade wegen dieser Neugier und der Fürsorge so gut in deinem Job«, hielt ich dagegen. »Deswegen bleibe ich bei meiner Aussage: Du tust das für Luke. Auch wenn dir das nicht so richtig bewusst ist.«

Toni zog die Augenbrauen hoch. »Du glaubst also, dass du mich besser kennst, als ich es tue?«

»Nein«, ruderte ich zurück. »Ich …« Mir fehlten die Worte, denn sie hatte recht. »Tut mir leid, mein Kommentar war anmaßend. Eigentlich wollte ich damit sagen, dass ich dich für selbstlos halte und das sehr bewundere.« Ich räusperte mich. »Aber das kam wohl ganz anders rüber.«

Jetzt endlich erschien ein Schmunzeln auf ihren Lippen. »Du hältst mich für selbstlos. Spannend.«

»Welches Adjektiv fällt dir denn zu mir ein?« Auf der anderen Seite des Ufers ertönte freudiges Gebrüll, und ich nutzte diese Ablenkung zu

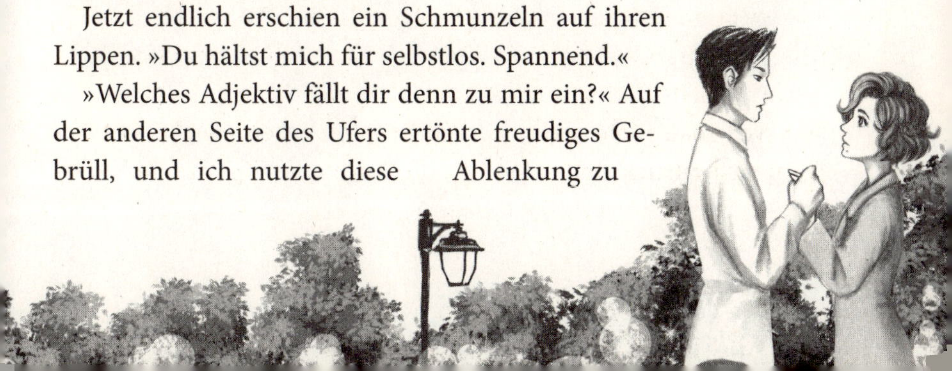

gern, damit ich Toni bei ihrer Antwort nicht ins Gesicht sehen musste. Die Stille hielt für meinen Geschmack zu lange an. Unruhe breitete sich in mir aus. Schließlich sagte sie: »Vielschichtig.«

Keine Ahnung, womit ich gerechnet hatte, aber das war es definitiv nicht gewesen. Ich runzelte die Stirn. »Vielschichtig?«

»Wir kennen uns noch nicht lange, aber ich bin mir sehr sicher, dass hinter alldem …« Sie wedelte mit der Hand unbestimmt in meine Richtung. »… ziemlich viel steckt, was du kaum jemandem zeigst. Wenn ich dich ansehe, sind da unzählige Geheimnisse.« Abrupt wandte sie sich ab, räusperte sich. »Das war jetzt vielleicht ein bisschen zu ehrlich, entschuldige.«

»Du liebst Geheimnisse«, überging ich ihren letzten Satz und erinnerte sie an ihre eigene Aussage. »Also fühle ich mich sehr geschmeichelt.«

»So war das nicht …« Sie verstummte so plötzlich, dass ich überrascht zu ihr sah.

TONI

Er hatte recht, verdammt. Ich war nicht nur wegen Luke Asakura hier, sondern auch weil Hikaru für mich ein Geheimnis war, das ich lüften wollte. Es erstaunte mich, dass es so lange gedauert hatte, bis ich das verstand, aber vor allem gefiel mir nicht, dass er derjenige war, der es bemerkt hatte.

Ich musterte die eleganten Hände, sein symmetrisches Gesicht, den Hemdkragen, der sich an seinen Adamsapfel schmiegte.

»Was wolltest du sagen?«, hakte er nach. Ein unterdrücktes Lachen schwang in seiner rauen Stimme mit, und ich schluckte.

»So war das nicht gemeint«, vollendete ich den Satz und hielt seinem Blick stand, um mir nicht noch mehr Blöße zu geben. Er hob leicht die Augenbrauen, seine Mundwinkel wanderten nach oben.

»Wirst du etwa rot, Toni?« Mir gefiel, wie er meinen Namen aussprach. Als wäre er ein Kosewort.

Schnell riss ich mich zusammen und hoffte, dass die Dunkelheit meine Lüge verdeckte. »Wieso sollte ich?«

»Ach …« Seine Lippen teilten sich zu einem Lächeln. »Kam mir nur so vor.«

Die Feierwütigen am anderen Flussufer waren weitergezogen, und auf einmal wurde mir die Stille des Parks überdeutlich bewusst. Aus der Ferne erklangen Verkehrslärm und leise Musik, aber sie vermochten es nicht, die Spannung zwischen uns aufzulockern. Ich musste ihn einfach ansehen, und er erwiderte meinen Blick offen und neugierig.

Da wurde mir klar, dass ich ihn wirklich gern küssen wollte. Jetzt, hier, auf dieser Parkbank. Nach einem Tag im Museum, mit den Bäumen um uns als einzige Zeugen.

Aber ich rief mir in Erinnerung, dass das zwischen uns geschäftlich war. Wir saßen hier, weil wir gemeinsam ein Problem lösen wollten. Es war kein Date.

Kein romantisches Treffen.

Doch es fühlte sich verdammt noch mal danach an. Der geplatzte Filmabend vor dem Mottenkönig-Ereignis war definitiv ein Date gewesen. Seitdem hatten sich die Dinge geändert, nicht wahr?

Ich wusste es nicht. Mein Kopf schwirrte. Weshalb hatte ich Hikaru treffen wollen? Um mehr über *Haru no Hikari* und die Angriffe herauszufinden. Aus Neugier.

Wirklich? Ich betrachtete ihn genauer: das herausfordernde Lächeln, den warmen Blick.

Mich selbst zu belügen war schon immer eine meiner Stärken gewesen. Ich wollte, dass mein Leben einer Geschichte folgte, aber manchmal war es nicht so einfach. Hikaru und ich waren keine Erzählung über Geschäftspartner, die einen gemeinsamen Feind jagten. Zumindest nicht in meinem Leben. Ich wollte mehr.

Nur leider änderte mein Wunsch nichts an seinen Beweggründen, und die waren offensichtlich geschäftlicher Natur. Als ich das realisierte, spürte ich einen scharfen Stich in meinem Herzen. Das kurze Zeitfenster, in dem Dating eine Möglichkeit gewesen war, hatte sich mit dem Auftritt des Mottenkönigs geschlossen.

»Alles okay?«, fragte er.

»Klar.« Meine Kehle war staubtrocken. »Ich habe nur nachgedacht.«

»Worüber?«

Uns. »Über den restlichen Abend«, log ich. »Was wollen wir denn noch machen? Hier am Ufer werden wir definitiv keine Antworten auf unsere Fragen finden.«

»Aber …« Hikaru rutschte ein Stück näher an mich heran, nahm meine Hände in seine. »… ich finde es gerade sehr schön hier.«

Ich war zu überfordert, um darauf zu reagieren. Seine Nähe ließ meine Haut kribbeln. Mein ganzer Körper versteifte, und er ließ sofort los, wich zurück.

»Entschuldige«, sagte er leise. »Ich dachte nur …«

Er wollte mich küssen. An diesem See, nach diesem gemeinsamen Tag, an dem er eine Wahrheit über mich erfahren hatte. Es würde alles verkomplizieren, immerhin waren wir so etwas wie Arbeitskollegen, aber …

»Ja«, sagte ich und lehnte mich nach vorn, griff nach seinen Fingern.

»Ja?«, wiederholte er, und erst da verstand ich, dass diese eine Silbe alleinstehend keinen Sinn ergab.

Als Antwort küsste ich ihn. In diesem Moment blitzte es.

HIKARU

Der Kuss war überraschend, und ohne das Blitzlicht hätte ich mich in diesem Moment verloren. Doch so wich ich erschrocken zurück, sah mich um und identifizierte den Fotografen hinter einem Baum.

Er stand dort mit einer recht großen Kamera, die sein Gesicht verbarg. Seine gebeugte Haltung und die Dunkelheit machten es mir unmöglich, seine Statur zu erkennen. Als er die Kamera senkte, kam ein schockiertes Gesicht zum Vorschein. Es war auffallend symmetrisch, mit einer geraden Nase und einem markanten Kinn. Seine runden Augen waren weit aufgerissen.

»Toni.« Von seinen Lippen klang ihr Name wie ein falsches Versprechen.

»Was machst du hier?«, erwiderte Toni. Sie war ebenfalls zurückgewichen, und ihr Gesicht war noch bleicher als sonst. »Du hast doch nicht wirklich gerade ein Foto geschossen?«

»Ich …« Der Fremde senkte den Blick zur Kamera, als realisierte er erst jetzt, dass er sie hielt. Dann wandte er sich mir zu. »Du hast ihn geküsst.«

Meine Ohren brannten, und auch Toni stieg die Röte ins Gesicht. Sie zog die Brauen zusammen, stand auf und ballte die Hände zu Fäusten. »Lösch das Bild. Sofort.«

Er presste die Kamera an seine Brust, als beschütze er ein rohes Ei. »Warum hast du das getan?«

»Wie hast du mich gefunden?« Mit einem energischen Schritt trat sie auf ihn zu, während ich noch immer auf der Bank saß. Ich musste irgendetwas tun, also sprang ich auf.

Meine abrupte Bewegung ließ ihn zusammenzucken, aber darauf nahm ich keine Rücksicht. Toni kannte ihn offensichtlich, und er war kein Freund. Ich streckte ihm eine Hand entgegen. »Her damit.«

Als er vor mir zurückwich, ging ich energisch zu ihm und riss ihm die Kamera aus der Hand. Glücklicherweise kannte ich mich durch die Recherche für die Sarah-Aktion ganz gut mit diesem Equipment aus, und so brauchte ich bloß wenige Momente, um das entsprechende Foto zu finden. Kurz hielt ich inne, betrachtete Toni und mich. Wie wir dort saßen, vor dem dunklen See, ganz ineinander versunken. Fast tat es mir leid, dass ich diese Erinnerung löschte, aber in den Händen eines Fremden durfte sie nicht bleiben. Mit einem letzten Knopfdruck landete sie im digitalen Nirwana.

»Hier.« Ich gab ihm das Gerät zurück und bemühte mich um einen möglichst einschüchternden Gesichtsausdruck. »Warum hast du uns überhaupt fotografiert? Wer bist du?«

»Toni kennt mich«, lautete seine Antwort. Er warf ihr einen flehenden Blick zu. Ein Ex-Freund, vermutete ich wegen der Art, wie er mit ihr sprach. »Kannst du ihm bitte sagen, dass von mir keine Gefahr ausgeht?«

»Verschwinde.« Ich zuckte unter der Härte dieses Wortes zusammen, und auch er reagierte wie ein geschlagener Hund.

»Toni, bitte…«

»Sofort«, unterbrach sie ihn und verschränkte die Arme vor der Brust. »Oder ich hole die Polizei.«

»Aber …« Er trat einen Schritt auf sie zu, als wäre ich nicht hier. Ein seltsames Verlangen lag auf seinem Gesicht, gemischt mit Angst vor Zurückweisung.

»Nein«, wiederholte Toni. Ihre Stimme zitterte. Diese Unsicherheit nahm er als Anlass, um den Abstand zwischen den beiden zu überbrücken, bevor ich ihn zurückhalten konnte.

Er hängte die Kamera um seinen Hals, damit er die Hände frei hatte, und legte sie Toni auf die Schultern. Sie war wie paralysiert.

Ihre Angst war alles, was ich brauchte.

Energisch ging ich dazwischen, drängte ihn mit meiner puren Anwesenheit zurück und stellte mich schützend vor Toni. »Du hast sie gehört.«

Er war knapp einen Kopf größer und sehr wahrscheinlich auch trainierter als ich. Die Vorstellung, gegen ihn kämpfen zu müssen, gefiel mir gar nicht, denn ich würde definitiv verlieren. Während ich meine Zeit mit Comics verbrachte, schien er zu trainieren. Seine Oberarme spannten sich an, aber ich wich nicht zurück. Ich würde Toni zur Seite stehen.

»Misch dich da nicht ein«, zischte er und lehnte sich so weit nach vorn, dass ich das Braungrün seiner Iris erkannte.

»Tue ich aber«, erwiderte ich so ruhig wie möglich, obwohl seine Feindseligkeit meinen ganzen Körper unter Strom stellte. »Ich lasse mir ungern ein Date ruinieren.«

»Toni und ich sind füreinander bestimmt«, erwiderte er ungerührt. »Bilde dir also nicht zu viel auf dieses Date ein. Sie wird dich sowieso fallen lassen, sobald sie das erkennt.«

»Wir gehören nicht zusammen.« Toni drängte sich an mir vorbei und bohrte ihm einen Zeigefinger in die Brust. »Das mit uns wird niemals passieren, hörst du?«

Also kein Ex-Freund. »Du solltest besser gehen.« Ich bemühte mich um einen gelassenen Tonfall, damit die Situation nicht eskalierte.

»Geh«, sagte auch Toni, wobei sie alles andere als ruhig klang. Ihre Stimme war ein grollendes Gewitter, und der Kerl zuckte sichtlich zusammen.

»Aber Toni …« Er hob die Hand, griff nach ihrer, strich sanft über ihre Haut. Der Anblick krampfte meinen Magen zusammen.

Mit einer energischen Bewegung riss Toni sich frei.

»Fass mich nicht an.« Sie stolperte zurück, traf mit ihrer Schulter gegen meine Brust, und ich spürte das Beben ihres Körpers. »Nie wieder.«

TONI

Das war schlimmer als jeder Albtraum, der mich in den letzten Monaten geplagt hatte, denn es war real. Da stand er. Der Mann, der mir seit so langer Zeit das Leben erschwerte. Der Kerl, der mich dazu gebracht hatte, das aufzugeben, was ich liebte. In diesem Moment war ich verdammt froh über Hikarus Anwesenheit, denn die Vorstellung, allein mit diesem mir fremden Menschen in einem dunklen Park zu sein … Gänsehaut kroch über meinen Nacken, und ich trat einen weiteren Schritt zurück, stieß mit den Kniekehlen gegen die Bank, stolperte und landete auf dem harten Holz.

»Wir gehören zusammen«, wiederholte er und kam auf mich zu. Hikaru reagierte sofort, indem er sich demonstrativ in den Weg stellte.

»Wenn du nicht sofort abhaust, hol ich die Polizei«, sagte er. Es war das erste Mal, dass er seine Stimme in meiner Gegenwart erhob. Ein donnernder Bass. Um seinen Worten mehr Gewicht zu verleihen, holte er sein Handy heraus.

Ich begann zu zittern, beobachtete den Stalker ganz genau, suchte seine eng anliegende Kleidung nach Waffen ab. Eine schwarze Jeans, eine ebenso dunkle Jacke. Am Gürtel erkannte ich keine Pistole.

Das gab mir neuen Mut, und ich erhob mich, reckte das Kinn. Dann zog ich mein Handy hervor und begann mit der Aufnahme, hielt die Linse demonstrativ in seine Richtung. Eine Provokation, das war mir bewusst. Aber endlich eine Möglichkeit, einen Beweis zu sammeln. Fast hoffte ich, dass er noch einmal zu weit ging. Einfach nur, um es endlich festzuhalten. Stattdessen rannte der Kerl davon und verschwand in der Dunkelheit.

Als er weg war, ließ ich das Handy sinken und starrte verloren ins Nichts. Meine Knie zitterten.

»Was wollte der Kerl von dir?« Hikarus Frage drang dumpf an mein Ohr. Ich schüttelte leicht den Kopf, als könnte ich so die Welt geraderücken. Dann realisierte ich, dass er vor mir stand, dabei aber einen gewissen Abstand hielt, als wollte er mich nicht erschrecken. »Wer war das?«

»Mein Stalker.« Endlich war es raus. Ich atmete tief ein, setzte zu einer weiteren Erklärung an, aber Hikaru zog mich einfach in seine Arme.

»Das tut mir leid.« Seine Stimme war kaum mehr als ein Flüstern.

»Mir tut es leid«, erwiderte ich ebenso leise. »Das hätte … böse ausgehen können. Verzeih, dass ich dich in diese Situation gebracht habe.«

Allein die Vorstellung, dass der Stalker mit einer Pistole auf Hikaru zielte … Ich drückte mich noch enger an ihn, vergrub mein Gesicht in seinem Shirt und atmete tief ein. Er roch nach Buchseiten. Heimat. Sicherheit.

»Dafür musst du dich nicht entschuldigen.« Hikaru seufzte, und sein Atem kitzelte an meinem Ohr. »Mir wäre es lieber, wenn du heute Nacht bei mir schläfst.«

Ich versteifte. Nicht wegen des Angebots, sondern der Gedanken, die mitschwangen. Der Stalker könnte mir in der Dunkelheit auflauern, mich verfolgen. Aufgrund der Abweisung noch energischer als sonst hinter mir herlaufen, bis zu meiner Wohnungstür, immerhin war ihm das schon häufiger gelungen.

»Ich möchte nicht, dass er weiß, wo du wohnst.« Ich schluckte und löste mich widerwillig aus der Umarmung.

Hikaru zog leicht den Mundwinkel nach unten. »Mir wäre es auch lieber, wenn er das nicht herausfindet, aber es ist die bessere Option.« Er zuckte mit den Schultern. »Besser kennt er meine Adresse als deine.«

Meine Gedanken wanderten zu Hikarus riesigem Haus mit all den schönen Dingen darin und dann zu meiner ungeliebten Wohnung voller Kartons.

»Mittlerweile bin ich Umzüge gewohnt«, sagte ich deshalb. »Ich … möchte nicht, dass du …«

Er weitete kaum merklich die Augen. »Deshalb bist du …«

Mein Nicken unterbrach seinen Satz. »Ja. In den letzten Monaten bin ich oft umgezogen, weil er …« Erneut kribbelte mein Nacken, als würde mich jemand beobachten. Ich fröstelte. »Können wir das Gespräch woanders fortsetzen?«

Noch vor wenigen Minuten war mir die Einsamkeit des Parks wie ein sicherer Vorhang erschienen, der Hikaru und mich verbarg, doch nun wirkte sie bedrohlich.

Hikaru nickte ernst. »Hast du einen Vorschlag?«

HIKARU

Tonis Wahl überraschte mich. Schnellen Schrittes hatten wir den Park verlassen und waren auf eine betriebsame Straße gestoßen.

Das Hupen der Autos, untermalt von den Rufen feierwütiger Passanten, die sich unter letzte abgehetzte Büroangestellte mischten.

Auf mich wirkte diese Welt mit ihren Neonanzeigen und Leuchtreklamen viel zu grell und bunt. Es gab Bars, Kleidungsgeschäfte, Schuhläden.

Tony steuerte zielsicher eines der Gebäude an. Im Schaufenster drehten sich an durchsichtigen Fäden aufgehängte Bücher. Ich ließ den Blick darüberwandern, studierte die goldgeprägten Buchstaben auf dunklem Untergrund. Die Wand hinter den Büchern war tiefschwarz gestrichen und ließ keinen Blick auf den Laden zu.

Eine Buchhandlung.

An der Glasscheibe las ich ungeheuerliche Öffnungszeiten.

Montag bis Sonntag, 08:00 bis 23:00 Uhr

Toni ging unbeirrt auf den Eingang zu. Die Schiebetüren glitten zur Seite, und gemeinsam traten wir über die Schwelle. Sofort umfing mich angenehme Stille. Vor mir erstreckten sich mehrere Etagen voller Bücherregale, verbunden durch ein mindestens zwanzig Meter hohes Foyer. Die Möbel waren aus hellem Holz, und angenehm goldenes Licht strahlte aus unzähligen kleinen Lampen. Der Geruch nach Druckerschwärze hing in der Luft, und überall waren Menschen. Leute, die sich auf den geschwungenen Treppen fotografieren ließen. Menschen mit Büchern unter den Armen. Viele saßen auf den umherstehenden Bänken und schmökerten.

»Warst du schon einmal hier?«, fragte Toni und grinste mich an.

»Nein«, antwortete ich wahrheitsgemäß.

»Es ist eine meiner liebsten Buchhandlungen«, erklärte Toni.

Mit ihrer heute offenbarten Vergangenheit als Bookstagram-Star ergab das enorm viel Sinn. Das hier war der perfekte Ort, um solch ein Profil zu betreiben. Eine traumhafte Fotokulisse. »Wegen der großen Auswahl.«

Damit hatte ich nicht gerechnet, sondern war mir sicher gewesen, dass Toni die Ästhetik in den Vordergrund rückte. Ich zog die Augenbrauen hoch, und Toni grinste, während sie auf die vielen Stockwerke zeigte. »Hier gibt es nicht nur Neuerscheinungen, sondern einfach *alles*.«

»Vor allem viele Menschen«, antwortete ich und ließ den Blick über die Menge schweifen, um herauszufinden, ob der Stalker noch hinter uns her war. Nach der Vorgeschichte erschien es mir unwahrscheinlich, dass er so schnell aufgab.

»Auch das.« Toni nickte. »Deshalb war ich schon lange nicht mehr hier. Aber gerade … wollten wir nicht allein sein.«

Unsicher blickte sie zu mir empor. Natürlich. Wir hatten den Park verlassen, um Schutz zwischen anderen zu suchen. »Denkst du, wir können ihn hier drinnen abhängen?«

Toni runzelte die Stirn. »Es gibt einen Hinterausgang«, erklärte sie. »Aber eigentlich wollte ich erst einmal …« Ihre Wangen röteten sich, und mir wurde klar, dass sie Zeit hier verbringen wollte. Wir hatten uns eben geküsst. Gerade hob ich meine Hand, um nach ihrer zu greifen, als ich eine aufgeregte Stimme hörte.

»Das ist sie! Ganz sicher, Mama!«

Toni versteifte, und ihr Lächeln veränderte sich. Die Fältchen rund um die Augen verschwanden, die Mundwinkel wanderten dafür ein Stück weiter nach oben. Sie nahm etwas Abstand zu mir und tat so, als würde sie den am Eingang aufgebauten Bücherstapel inspizieren. Ein neuer Thriller mit dunklem Cover und weißer Schrift.

»Toni?« Das Mädchen, das so laut geschrien hatte, trat mit großen Augen auf sie zu. Ich schätzte sie auf höchstens vierzehn. Sie hielt einen ganzen Stapel Bücher in der Hand. »Du bist doch Toni von BibliophileBoulevard, oder?«

Die Mutter war in einiger Entfernung stehen geblieben und lächelte entschuldigend.

»Das bin ich.« Toni nickte. »Und wer bist du?«

»Readergirl2006«, antwortete das Mädchen leise.

»Ach was!« Die Fältchen kehrten um Tonis Augenwinkel zurück. »Wie schön, dich mal zu treffen!« Toni legte die Stirn in Falten. »Rachel, oder?«

Rachels Kinnlade klappte nach unten, und auch mir entgleisten kurz die Gesichtszüge.

»Ja!« Ihre Antwort mischte sich unter ein leises Quieken. »Du kennst mich?«

»Natürlich! Du warst eine der aktivsten Followerinnen.«

»Aber …« Rachels Blick wanderte orientierungslos umher.

»Wollen wir zusammen ein Foto machen?«, bot Toni an und grinste der Mutter zu.

»*Ja bitte!*« Sofort wandte Rachel sich zu ihrer Mutter um und winkte sie heran. »Wo ist mein Handy?« Die Mutter zog das Gerät aus ihrer Handtasche und hielt es ihrer Tochter entgegen. »Kannst du das Foto machen?«

»Du musst es erst entsperren.« Der Tonfall verriet mir, dass ihr die Situation hochgradig unangenehm war. Sie hielt ihrer Tochter das Handy hin, und als diese den Code eintippte, sah ich, dass ihre Hände zitterten.

Rachel benötigte zwei Anläufe, bevor sie sich neben Toni stellte und für ein Foto posierte. Nach weiteren Wortwechseln sprang irgendwann die Mutter ein.

»Rachel, wir müssen weiter. Die Dame hat sicher noch etwas zu tun.«

»Ach, kein Thema«, winkte Toni mit einem Lächeln ab. »Es hat mich echt gefreut, dich zu treffen, Rachel.«

»Mich auch«, erwiderte das Mädchen, dann wurde es von seiner Mutter an der Hand aus dem Laden gezogen.

Mit einem peinlich berührten, aber auch stolzen Lächeln trat Toni zu mir. »Normalerweise passiert mir das nie. Wirklich.«

»Und heute direkt zweimal?« Ich grinste. »Als ob …«

»Früher war es schlimmer.« Mit einem Mal wurde Toni ernst. »Da konnte ich keine Buchhandlung betreten, ohne erkannt zu werden. Seit ich den Account stillgelegt habe, wird es immer weniger. Die Bekanntheit sinkt.«

Ich nickte. »Wolltest du hierher, um mich damit zu beeindrucken?« Es sollte neckend klingen, aber Toni zuckte getroffen zusammen.

»Nein, ich …« Ein Seufzen. »Ich fühle mich hier einfach sicher. Es ist bekanntes Gebiet.«

»Hey.« Vorsichtig legte ich eine Hand auf ihre Schulter. »Entschuldige, das war ein schlechter Scherz. Ich meinte das nicht ernst. Danke, dass du mir diesen Ort zeigst.« Ich deutete auf die vielen Bücher. »Es ärgert mich ehrlich, dass ich noch nie zuvor hier war.«

»Wo kaufst du denn deinen Lesenachschub?«, fragte Toni, während sie mich tiefer in den Laden führte. Sie schien nicht vollkommen versöhnt, denn sie hatte die Lippen leicht zusammengepresst und mied meinen Blick.

Meine ehrliche Antwort würde ihr nicht gefallen, aber Lügen kam für mich in diesem Belang nicht infrage. Ich hatte Toni schon genug verschwiegen. »Online.«

Wie erwartet blieb sie stehen. »Das ist ein Scherz, oder?«

»Ich gehe nicht gern raus«, erklärte ich. »Und generell lese ich sehr wenig, muss ich gestehen. Mir liegen Filme mehr.«

»Aber …« Toni wirkte noch verwirrter, und ich verstand, weshalb. Wir hatten bei unseren Treffen viel über Bücher und Plotstrukturen geredet, aber ich hatte ihr nie gesagt, dass ich die meisten von mir erwähnten Werke nie gelesen hatte. Ihre nächsten Worte bestätigten meinen Verdacht: »… du hast so viel Ahnung.«

»Theoretisches Wissen«, erklärte ich, und jetzt war ich es, der sie nicht mehr ansah. Meine Ohren glühten. Irgendwie fühlte es sich an, als wäre ich enttarnt worden. »Vor allem aus Ratgebern.«

»Ah, verstehe.« Endlich wanderten Tonis Mundwinkel ein Stück nach oben. »Beeindruckend. Wenn du mir gesagt hättest, dass du in der Woche drei Bücher liest, hätte ich dir das ohne Zögern geglaubt.«

»Ich wünschte, ich hätte die Zeit dazu.« Nachdenklich blieb ich vor einem Regal stehen und ließ meinen Blick über die Buchrücken gleiten. Als Toni bemerkte, dass ich zurückblieb, drehte sie sich zu mir um.

»Die Arbeit?«, fragte sie, und ich nickte. »Das verstehe ich.« Sie trat zu mir und zog zielsicher eines der Bücher hervor. »Das könnte dir gefallen. Die Hauptfigur ist eine Hexe, die allerlei Zutaten sammeln muss, um ihre Schwester von einer tödlichen Krankheit zu heilen. Dabei muss sie sich zum ersten Mal in ihrem Leben auf andere verlassen, und das fällt ihr alles andere als leicht.«

»Möchtest du mir damit was sagen?« Fragend hob ich beide Augenbrauen, und Tonis Wangen färbten sich sofort rosa.

»Also, äh … nicht direkt«, erwiderte sie und winkte ab. »Ich meine nur … Also … Das ist doch generell eine schöne Botschaft, oder nicht?«

»Durchaus.« Sanft nahm ich ihr das Buch aus der Hand und betrachtete den dunkelroten Umschlag. Irgendwie kam er mir bekannt vor. »Ich habe noch nie ein Buch über Hexen gelesen.«

»Du hast …?« Toni starrte mich mit leicht geöffnetem Mund an. »Noch nie?«

Mit gerunzelter Stirn dachte ich an die wenigen Bücher, die ich

bisher verschlungen hatte. »Ich kann mich zumindest an keins erinnern.«

»Möchtest du denn überhaupt, dass ich dir etwas empfehle?« Auf einmal klang ihre Stimme ganz vorsichtig.

»Ja«, antwortete ich sofort. »Natürlich.«

»Wie viele?« Das Strahlen in ihren Augen wärmte mein Herz.

»Wie viele was?«

»Wie viele Bücher darf ich dir empfehlen?« Sie sprach eine Spur schneller als sonst. »Und was genau suchst du? Einzelbände? Reihen? Eher etwas Langes? Oder lieber kürzere Kapitel, um vor dem Schlafengehen runterzukommen? Wie blutig darf es sein? Oder lieber etwas Romantisches?« Sie ratterte so viele Fragen herunter, dass es mir schwerfiel, mitzuhalten. Doch das lag nicht nur an der Geschwindigkeit, sondern vor allem an ihrem Strahlen, das mich vom Inhalt ihrer Worte ablenkte.

»Ich …«

Schon nach dem ersten Wort unterbrach mich eine freudige Stimme: »Antonia! Wir haben uns ja schon ewig nicht mehr gesehen!«

TONI

»Rose!« Ich setzte mein freundlichstes Grinsen auf und breitete die Arme aus, um die Frau zu umarmen, die gerade auf uns zukam. Sie war ein gutes Stück kleiner als ich und trug ihre honigblonden Haare als modischen Kurzhaarschnitt. Die Bücherregale spiegelten sich in ihren runden Brillengläsern. Ihr Blick wanderte sofort zu Hikaru. Natürlich. Es war das erste Mal, dass ich jemanden mit in diese Buchhandlung brachte, und ich spürte, wie meine Wangen brannten.

»Es ist so schön, dich zu sehen«, murmelte ich, während wir uns zur Begrüßung umarmten.

»Gleichfalls.« Sie drückte mich ein Stück von sich weg, um mich zu mustern. Rose war eine der wenigen, denen ich damals die Wahrheit gesagt und sie um Stillschweigen gebeten hatte. »Geht's dir denn gut? Wir haben uns ja nicht mehr gesehen, seit …« Sie beäugte Hikaru noch misstrauischer.

»Das ist ein guter Freund«, stellte ich ihn vor. »Hikaru. Er weiß Bescheid. Wir …« Ich schluckte. »… waren gerade gemeinsam im Park und sind *ihm* begegnet. Dem Stalker, meine ich.« Meine Stimme zitterte bei diesen Worten, und ich spürte eine erneute Welle der Ohnmacht über mich hinwegschwappen. Schnell blickte ich mich um, suchte in der Masse nach dem verhassten Gesicht. Vergebens. Allerdings drängten sich die Leute scharenweise zwischen den Regalen, immerhin war dies einer der wenigen Läden, die noch geöffnet hatten. »Deshalb sind wir hierhergeflüchtet.«

»Freut mich, dich kennenzulernen, Rose.« Hikaru reichte ihr die Hand und schenkte ihr ein warmes Lächeln.

»Rose ist die Besitzerin«, erklärte ich. »Sie hat das alles aufgebaut.«

»Wollen wir dieses Gespräch lieber hinten fortführen?«, bot Rose an, und ich nickte dankbar. »Dann kommt.«

Sie führte uns durch mehrere Gänge zu einer Tür, durch die wir die Büroräume betraten. Hier lag alles bereits im Halbdunkeln. Leere Schreibtische, Kartons voller Bücher und Verlagsvorschauen. Rose betätigte einen Lichtschalter und bedeutete uns, auf zwei Stühlen Platz zu nehmen.

»Dasselbe wie immer?«, fragte sie mich.

»Ja bitte.« So langsam normalisierte sich mein Puls.

»Was darf es für dich sein?« Rose wandte sich an Hikaru. »Kaffee? Tee? Wasser? Softdrinks?«

»Ein Wasser wäre großartig«, antwortete Hikaru, woraufhin Rose sofort in die Küche am Ende des Flurs verschwand.

»Ich war früher oft hier«, erklärte ich. »Also in den Büroräumen, meine ich. Rose und ich haben viele Gespräche über Bücher geführt. Sie liest unfassbar viel. Die meisten meiner Empfehlungen habe ich von ihr.«

»Es ist auf jeden Fall ein toller Laden.« Hikaru beugte sich ein Stück vor, griff nach meiner Hand. »Wie geht es dir gerade?«

Die plötzliche Berührung schickte heiße Wellen durch meinen Körper. »Es ist surreal.« Hikaru legte leicht den Kopf schief, und ich fuhr fort: »Hier zu sein. Mit dir. Es fühlt sich an wie eine Reise in meine Vergangenheit und Zukunft gleichzeitig.« Sein Griff wurde fester, und ich schluckte. »Also … Weil … Na ja, ich war einfach wirklich lange nicht mehr hier.«

Zum Glück kam in diesem Moment Rose zurück und stellte die Getränke vor uns ab.

»Soll ich euch allein lassen?«, fragte sie mit einem Schmunzeln. Schnell riss ich mich von Hikaru los und schüttelte den Kopf.

»Wir haben uns ewig nicht mehr gesehen. Ich wüsste zu gern, was du gerade liest …« Wenn sich nichts verändert hatte, saßen wir gerade in der Nähe ihres Schreibtischs, also ließ ich den Blick darüberwandern. Das Cover eines Buches stach mir sofort ins Auge.

Repeat – Again and again von Henry. Ich schluckte.

»Ein echt langatmiges Buch«, erklärte Rose direkt. Sie wusste nicht, dass ich Henry gedatet hatte. Natürlich nicht. »Der Autor hört sich echt gern selbst reden, vermute ich. Zumindest führt er sämtliche Gedanken extra lang und breit aus.« Sie zuckte mit den Schultern und nippte an ihrer Cola. »Na ja, manchen Leuten wird das sicher gefallen. Ich werde ein oder zwei Exemplare ordern. Keine Empfehlung von mir.«

Ich teilte ihren Eindruck, wollte aber nicht zugeben, dass ich das Buch bereits gelesen hatte, denn dann wäre ich bloß in Erklärungsnot geraten. Vor allem wollte ich vor Hikaru nicht die Geschichte meines Ex-Freundes ausbreiten, also nickte ich bloß, während er nach dem Buch griff und die erste Seite aufschlug.

»Was liest du denn gern?«, fragte Rose an Hikaru gewandt. »Antonia kann dir bestimmt etwas empfehlen. Sie ist enorm gut darin, den Büchergeschmack von anderen zu analysieren und dann den richtigen Titel zu empfehlen.« Sie grinste mich an. »Falls du dir mein Angebot doch noch mal überlegen möchtest …«

Ich lachte ebenfalls. »Sollte ich meinen Job verlieren, komme ich auf jeden Fall darauf zurück. Aber gerade bin ich sehr glücklich.«

»Das freut mich.« Sie zwinkerte Hikaru zu. »Ich versuche seit vielen Jahren, Antonia als Angestellte zu gewinnen.«

»Sie wäre sicher sehr gut darin«, antwortete er unerwartet ernst.

»Wie wäre es mit einem Thementisch?«, schlug ich vor. »So wie früher?« Mir hatte es damals enormen Spaß bereitet, zueinanderpassende Bücher auf einem Tisch zu drapieren. Rose hatte diese dann mit einem Foto von mir beworben, was mir ein wenig unangenehm war, aber laut ihr hervorragend funktionierte. *Von BibliophileBoulevard empfohlen* war damals ein Qualitätsmerkmal gewesen.

»Oder ich frage BentoBooksAndComics, ob sie Lust darauf hätte«, redete ich weiter. »Sie hat ebenfalls eine enorme Reichweite. Wie sieht es denn mit deiner Comic-Abteilung aus? Die wollte ich mir heute eigentlich mal anschauen …« Es tat gut, über die Arbeit zu reden. In diesem Bereich fühlte ich mich kompetent und sicher. »Das macht sie bestimmt auch unentgeltlich, wenn wir dafür Bilder vom Tisch auf Social Media verwenden dürfen.«

»Unsere Comic-Abteilung ist tatsächlich recht schwach«, gab Rose zu. »Es wäre schön, wenn wir da kompetente Beratung hätten. Lass uns da gern mal drüber reden. Aber nicht heute. Jetzt solltest du erst einmal runterkommen.« Besorgnis stand in ihren Augen. »Hast du denn ein Bild von dem Kerl? Dann kann ich Ausschau nach ihm halten.«

Eifrig zog ich mein Handy hervor, mit dem ich ihn gerade gefilmt hatte. »Ja, endlich! Vorher habe ich nie dran gedacht, weil es immer so schnell ging, aber dieses Mal …« Ich hielt ihr das Display hin, und Rose studierte mit gerunzelter Stirn das Video.

»Hm, schwierig«, sagte sie schließlich. »Die Aufnahme ist ganz schön finster.« Sie nahm mir das Gerät ab und rückte die Brille auf ihrer Nase zurecht. »Keine Ahnung, ob ich ihn wiedererkennen würde. Durch die Dunkelheit ist alles recht unscharf.«

Enttäuscht nahm ich das Handy an mich und studierte die Aufnahme. Rose hatte recht. Es war das erste Mal, dass ich mir das Video ansah, und was ich zuvor für einen guten Beweis gehalten hatte, war nicht mehr als eine verwackelte Aufnahme von einem Kerl mit Kamera. Frustriert kniff ich die Lippen zusammen.

»Ich würde ihn erkennen«, erklärte Hikaru. »Und …« Er sah mich eindringlich an. »Ich könnte ihn auch zeichnen.«

HIKARU

Der Vorschlag war unvorsichtig, und dennoch hatte ich ihn gemacht, weil ich es nicht ertrug, Toni so verzweifelt zu sehen. Hier zu zeichnen, stellte eine große Gefahr dar, immerhin konnte mein Fluch jederzeit ausbrechen und die Dinge vom Papier in die Realität zerren. Wenn Toni und Rose das beobachteten, war ich erledigt.

Doch irgendwie schaffte es Tonis hoffnungsvoller Blick, dass mir diese Gefahr relativ egal war, solange es ihr half.

»Das wäre großartig«, flüsterte sie. »Du kannst zeichnen?«

Ich nickte. Natürlich wusste sie das nicht. Wie auch? Sie kannte mich als den Marketingmenschen für *Haru no Hikari,* nicht als den Künstler, der ich war. Immerhin würde sie kaum meinen Zeichenstil erkennen, wenn ich mich an ein realistisches Porträt setzte. Hoffte ich.

»Ist eins meiner größten Hobbys«, erklärte ich. »Bringt der Beruf so mit sich.« Der subtile Hinweis auf die Wahrheit ließ mich schmunzeln. »Allerdings habe ich weder Papier noch Stift dabei.«

Rose musterte mich skeptisch. »Ich habe noch nie erlebt, dass jemand meint, er könnte so realistisch zeichnen. Na ja. Also doch, in Polizeiserien, in denen von Profis Fahndungsskizzen angefertigt werden, aber …« Sie zuckte mit den Schultern. »Wir werden sehen. Papier haben wir auf jeden Fall genug.« Sie ging zu einem der Drucker und zog aus einem Vorrat ein Blatt hervor. Dann legte sie es gemeinsam mit einem Kugelschreiber vor mich auf den Tisch. »Jetzt bin ich wirklich gespannt.«

Die Blicke der beiden Frauen lagen auf mir, und ich spürte, wie sich mein ganzer Körper verkrampfte. Vor ihnen durfte ich meine Gabe nicht nutzen.

»Es macht mich nervös, wenn ihr zuschaut«, sagte ich. »Normalerweise zeichne ich ohne Publikum.«

Zu meiner Verblüffung stand Toni sofort auf und ging einige Schritte zurück. »Das kenne ich sehr gut.« Sie packte Rose am Ellbogen und zog sie ein Stück mit sich. »Ich mag es auch nicht, wenn man mir auf den Bildschirm starrt, während ich mir Notizen mache.«

Ich schenkte ihr ein dankbares Lächeln, woraufhin sie ebenfalls ihre Mundwinkel anhob. Dann bugsierte sie Rose Richtung Küche und verwickelte sie in ein Gespräch über die neuesten Buchveröffentlichungen. Das Gespräch drang nur ganz leise an meine Ohren, während ich in dem sonst leeren Büro saß und auf das Blatt vor mir starrte. Es war nicht nur eine Ewigkeit her, seit mir jemand zugesehen hatte – ich erinnerte mich nicht mehr daran, wann ich zuletzt an einem anderen Ort als an meinem Schreibtisch gezeichnet hatte.

Ein merkwürdiges Gefühl. Der Stift in meiner Hand war nicht mein eigener, diese Umgebung völlig unbekannt. Es fiel mir schwer, mich unter diesen Umständen auf das Gesicht des Stalkers zu konzentrieren. Aber dann dachte ich daran, wie sehr ich Toni damit helfen würde, und machte den ersten Strich.

Ganz leise kratzte der Kugelschreiber über das Papier. Dann übernahm meine Gabe. Mein Fluch.

Stück für Stück brachte ich die Erinnerung an diesen widerlichen Kerl auf das Blatt vor mir. Wie immer formte sich die Tinte von selbst, fügte sich problemlos zu einem perfekten Abbild. Das symmetrische Gesicht, der widerliche Blick.

Nach getaner Arbeit lehnte ich mich schwer atmend zurück. Die Zeichnung war mir gelungen, und mein Fluch hatte nicht zugeschlagen. Zum zweiten Mal in Folge. Ein großer Triumph. Ich grinste.

TONI

Als Hikaru meinen Namen rief, klang er überraschend euphorisch. Sobald er mir die Zeichnung hinhielt, verstand ich, warum. Sie war großartig. Rose stieß ein anerkennendes Pfeifen aus.

»Und das nennst du Hobby?«, fragte sie. »Du könntest das beruflich machen. Ich würde für solche Porträts zahlen.«

Da musste ich ihr zustimmen. Die Zeichnung wirkte grotesk lebensecht. Unauffällig warf ich einen Blick auf die Uhr an der Wand. Es waren keine dreißig Minuten vergangen. Ein unangenehmes Ziehen machte sich in meiner Magengrube bemerkbar. Das war unglaublich.

»Vor allem in so kurzer Zeit!«, sagte nun auch Rose und nahm Hikaru das Blatt ab, um es genauer zu studieren. »Das ist ja übermenschlich.«

Bei diesen Worten versteifte Hikaru sich sichtlich und warf mir einen kurzen Blick zu, den ich nicht zu deuten vermochte.

»Du kannst wirklich enorm gut zeichnen«, sagte ich und bemühte mich um ein Lächeln.

»Als Kind wollte ich immer Künstler werden«, erwiderte Hikaru und kratzte sich am Hinterkopf.

Am liebsten wollte ich nachfragen, wieso er das nicht verfolgt hatte, aber vor Rose erschien mir das unpassend.

»Du bist ein Künstler geworden«, erklärte Rose in diesem Moment mit ungewohnt ernster Stimme. Sie wedelte mit dem Bild vor seiner Nase herum. »*Das* hier *ist* Kunst. Auch wenn du damit nicht dein Geld verdienst, bist du trotzdem Künstler. Das kann dir niemand nehmen.«

Ich nickte zustimmend, woraufhin Hikaru unsicher lächelte.

»Das ist lieb. Danke.« Dann deutete er auf die Zeichnung. »Aber das heißt, ihr könnt mit der Zeichnung den Kerl identifizieren?«

»Definitiv.« Rose nickte energisch. »Ich kümmere mich direkt darum. Ihr geht erst wieder hier raus, wenn wir sicher sind, dass die Luft rein ist.«

»Danke«, flüsterte ich. Im Vorbeigehen legte sie mir kurz eine Hand auf den Unterarm, dann verschwand sie Richtung Verkaufsraum.

»Sie ist ein toller Mensch.« Hikaru stand auf und streckte sich, als hätte er stundenlang gesessen. Ich musste den Kopf ein wenig in den Nacken legen, um in seine Augen zu schauen.

»Eine gute Freundin«, erklärte ich. »Gerade bin ich wirklich ein wenig traurig, dass ich mich so lange nicht mehr bei ihr gemeldet habe.«

»Das verstehe ich. Manchmal zieht man sich zurück, obwohl man eigentlich Kontakt möchte. Bei deinen Erlebnissen der letzten Monate ist das kein Wunder.«

»Wieso bist du kein Künstler geworden?«, lenkte ich das Gespräch schnellstmöglich von mir weg. Im Halbdunkel dieses Büros fühlte sich Hikaru seltsam nah an. Mein Körper erinnerte sich an den Kuss im Park, und ich senkte den Blick, räusperte mich. »Also, ich meine … Vollzeit. Immerhin kannst du wirklich gut zeichnen.«

»Viele Menschen in New York können hervorragend zeichnen. Das garantiert noch keinen Erfolg. Die Kunstszene ist groß.«

»Um ehrlich zu sein, kenne ich mich damit nicht wirklich aus.« Als ich ihn wieder ansah, bemerkte ich, wie intensiv er mich musterte. Als suchte er nach einer Antwort, die ich absichtlich vor ihm versteckte. »Meine Welt sind die Bücher. Ja, ich besuche gern Museen, aber wie alles hinter den Kulissen abläuft … Das ist mir ein Rätsel. Wahrscheinlich ist es ähnlich wie mit den Menschen, die Bücher schreiben, oder? Es gibt viele, und nur weil jemand gut ist, garantiert das noch keinen Erfolg.«

»So in etwa.« Hikaru nickte. »Man muss zur richtigen Zeit am richtigen Ort sein, damit die eigene Kunst entdeckt wird. Den Zeitgeist treffen.«

»Hast du es je versucht?«

»Was genau?«

An der Art, wie er die Schultern leicht hochzog, erkannte ich, dass dieses Gespräch in eine für ihn unangenehme Richtung ging. Ich wollte nicht in offenen Wunden bohren und winkte deshalb schnell ab, bevor er zu einer Antwort gezwungen war. »Von der Kunst zu leben, meinte ich. Aber es ist eigentlich egal. Entschuldige. Ich wollte nicht zu persönlich werden.« Ich zwang mich zu einem freundlichen Lächeln. »Du erzählst mir nur, was du mir erzählen möchtest. In deinem Tempo. Alles gut.«

Hikaru seufzte, und seine Schultern entspannten sich wieder. »Ich bereue es nicht.«

»Hm?«

Bedächtig kam er ein Stück näher, überbrückte den geringen Abstand zwischen uns. Ich spürte seine Körperwärme. »Den Kuss.«

»Oh.« Mehr brachte ich nicht hervor.

»Oh?« Ein Schmunzeln.

»Ich auch nicht«, flüsterte ich. Sein darauffolgendes Lächeln machte meine Knie weich. »Aber es tut mir leid, dass du deswegen so … ich … dass du in so ein Chaos gezogen wurdest.«

Da nahm er meine Hände, und mein ganzer Körper kribbelte unter der sanften Berührung. »Mach dir deswegen keine Gedanken. Du kannst nichts dafür. Der Kerl ist das Problem, nicht du. Er verhält sich falsch. *Enorm* falsch. Eigentlich sollte er dafür in den Knast.«

»Sollte er«, murmelte ich. »Aber das ist eben nicht so einfach. Leider.«

Hikarus Griff verstärkte sich. »Bitte fühl dich deshalb nicht schlecht. Das musst du nicht. Du hast nichts falsch gemacht. Ich hätte dich auch geküsst, wenn ich vorher davon gewusst hätte.«

Ein Kloß bildete sich in meinem Hals. Damit sprach er eine Angst aus, von der ich nicht einmal gewusst hatte, dass sie mich derart belastete. Einem Impuls folgend, stellte ich mich auf die Zehenspitzen und küsste ihn.

Seine Lippen waren warm und weich, während seine Hände zielsicher meine Arme hinaufwanderten und schließlich über meinen Rücken fuhren, bis er mich um die Taille packte und näher zog. Ich spürte sein Lächeln an meinem Mund und erwiderte es, indem ich den Kuss vertiefte.

Meine Finger strichen über seinen Oberkörper, den Hals hinauf bis in seine weichen Haare. Der Moment wurde zu einer Ewigkeit.

Dann hörte ich ein leises »Oh, Entschuldigung«. Hikaru und ich fuhren auseinander, und meine Ohren begannen zu glühen. Ich wirbelte zu Rose herum, die mit einem schiefen Grinsen in der Tür stand.

»Äh … wir haben alles überprüft, der Stalker ist definitiv nicht hier.« Ihre Mundwinkel wanderten weiter nach oben. »Aber ihr könnt gern noch einen Moment der Ruhe genießen, wenn ihr wollt. Ich … gehe dann wieder nach vorn.«

Sie zwinkerte mir zu und verschwand. In der Stille, die sie hinterließ, pochte mein Herzschlag umso lauter. Da lachte Hikaru. Einfach so. Frei und ungezwungen.

»Was …?« Verdutzt beobachtete ich, wie er sich eine Lachträne aus dem Augenwinkel wischte.

»Das war mit Abstand das spannendste Date, das ich jemals hatte.« Er schüttelte den Kopf. »Ehrlich. Ich … Keine Ahnung, mit welcher Erwartung ich dich getroffen habe. Aber das Museum, die Pommes, der Kuss … Nichts davon habe ich kommen sehen. Nicht einmal ansatzweise. Ehrlich.« Sein Lachen ebbte zu einem Glucksen ab. »Und dann landen wir backstage in einer Buchhandlung und knutschen rum wie Teenager.«

Unwillkürlich stimmte ich in sein Lachen ein. »Du hast recht.«

Ich schüttelte den Kopf. »Das war wirklich das merkwürdigste Date, das ich je hatte. Entschuldige.«

Da wurde Hikaru schlagartig ernst. »Es gibt keinen Grund, dich zu entschuldigen.« Er sah mir tief in die Augen. »Gar keinen. Das war der schönste Tag, den ich seit langer Zeit hatte.«

Auch mein Lachen verstummte. Ich nahm all meinen Mut zusammen. »Möchtest du mich trotz … dieser Schwierigkeiten wiedersehen?«

HIKARU

Toni derart unsicher zu sehen, verunsicherte mich ebenso.

»Warum sollte ich das nicht wollen?«, fragte ich geradeheraus und runzelte die Stirn. »Immerhin habe ich gerade gesagt, wie schön ich alles fand.«

»Aber …« Sie gestikulierte vage und seufzte schließlich.

»Nichts aber.« Ich griff nach ihren Händen. Eine Geste, die sich mittlerweile seltsam vertraut anfühlte. »Unser erstes Date wurde von Arbeit ruiniert, das zweite von der Vergangenheit. Die Drei soll doch eine Glückszahl sein, oder?«

Ihr hoffnungsvolles Lächeln wärmte mein Innerstes. »Dann also Nummer drei.«

»Sehr gut. Aber jetzt bringe ich dich erst einmal zu mir nach Hause.« Toni hob die Augenbrauen, und ich ließ ihre Hände los. »Also, das, äh … ich meinte … wegen des Stalkers.« Meine Ohren brannten. »Wir hatten doch gesagt, dass du heute lieber nicht zu dir solltest, falls er noch irgendwo ist und …«

Worte. Ich brauchte ganz dringend Worte. »Mein Haus ist groß genug, also … Du könntest auf dem Sofa … Oder ich. Ich schlafe auf dem Sofa, du bekommst das Bett.« Hastig trat ich einen Schritt zurück, während Toni die Augenbrauen noch höher zog. »Also nur, wenn du dich damit wohlfühlst. Wenn nicht, kannst du auch aufs Sofa. Oder ich zahle dir ein Hotel. Vielleicht wäre das …«

Toni unterbrach mich mit einem Kuss. Sie überbrückte den Abstand, ging leicht auf die Zehenspitzen und hauchte ihn mir auf die Lippen.

»Ist das ein Ja?«, fragte ich mit einem schiefen Lächeln, und als sie nickte, fühlte ich mich viel leichter.

»Danke«, flüsterte sie.

»Wofür?«

»Dass du so verständnisvoll bist.«

»Das ist doch selbstverständlich.« Ich runzelte die Stirn und wartete darauf, dass Toni etwas sagte, aber sie schwieg, bis sie schließlich mit einer vagen Geste zur Tür deutete.

»Wollen wir gehen?«

Es gab so vieles, was ich ihr noch sagen wollte. In diesem Moment, zu so später Stunde in diesem halbdunklen Büro, nachdem wir so intime Minuten miteinander verbracht hatten, erschien es mir wie die perfekte Möglichkeit, ihr alles zu offenbaren. Ihr zu sagen, wer ich war. Was ich konnte.

Es war das erste Mal in meinem Leben, dass ich dieses Gefühl hatte. Erschrocken schob ich es beiseite. Ich würde mich nicht von diesem Augenblick dazu hinreißen lassen, etwas derart Brisantes preiszugeben.

Nachdenklich musterte ich diese Frau, die mir derart unter die Haut ging. Es war das erste Mal, dass ich mich jemandem so nah fühlte. Verbunden.

»Möchtest du vorher noch etwas holen?«, fragte ich.

»Was meinst du?«

»Keine Ahnung … Ich habe keine zweite Zahnbürste. Frische Unterwäsche wird auch eher schwierig, aber ein Shirt zum Schlafen kannst du von mir haben.« Der Gedanke, Toni in einem meiner Oberteile zu sehen, machte meine Knie kurz schwach. Ich schluckte und fuhr fort: »Eventuell finden wir einen Laden, in dem wir das Nötigste zusammenkaufen können.«

»Ach.« Toni winkte ab. »Eine Zahnbürste reicht mir. Morgen gehe ich dann direkt nach Hause und ziehe mich um.«

Also verabschiedeten wir uns von Rose, wobei Toni sichtlich rot anlief, als diese ihr verschwörerisch zuzwinkerte, und besorgten dann eine Zahnbürste, die Toni sich unter keinen Umständen von mir bezahlen lassen wollte.

Anschließend zeigte ich ihr den Weg zum Parkplatz.

»Du bist ja wirklich mit dem Auto hier.« Mit großen Augen starrte Toni es an. Ein schlichter, schwarzer Wagen mit getönten Scheiben.

Ich räusperte mich. »Habe ich doch gesagt.«

»Ja, ich weiß …« Toni blinzelte. »Aber es zu sehen, ist richtig absurd.« Sie wandte sich mir zu. »Du fährst wirklich in New York Auto.«

Auf der gesamten Heimfahrt merkte ich aus dem Augenwinkel, wie Toni sich immer wieder nach hinten umdrehte, aber ich konzentrierte mich auf die Straße und tat so, als wäre ich vollkommen vom Verkehr abgelenkt.

»Niemand folgt uns«, sagte sie irgendwann und lehnte sich mit einem Seufzen zurück. »Das eine Taxi ist vier Blocks hinter uns geblieben, aber gerade abgebogen. Wir sind sicher.«

Das brachte mich dazu, zu ihr rüberzusehen. Das erklärte ihre Unruhe. »Also soll ich dich lieber zu dir nach Hause bringen?«

Der Gedanke, mich jetzt von ihr zu verabschieden, schmerzte, und ich verstand nicht, weshalb ich diese Frage überhaupt gestellt hatte. Immerhin hatten wir extra eine Zahnbürste besorgt, damit sie bei mir blieb. Ich hätte ihr von Anfang an anbieten können, so lange mit dem Auto herumzufahren, bis sie sicher war. Aber der Gedanke war mir nicht einmal gekommen. Ich wollte sie in meiner Nähe, so viel wurde mir in diesem Moment klar.

»Ich wäre ungern allein«, flüsterte Toni, und ich atmete erleichtert aus, woraufhin sie leise lachte.

»Es war nur ein Angebot«, erklärte ich. »Aber ich fühle mich auch wohler, wenn du nach diesem Erlebnis heute nicht einsam in deiner Wohnung sitzt.«

Ich konnte mir nicht einmal ansatzweise vorstellen, wie Toni sich fühlen mochte. Meine Angst vor den Huntern war gigantisch, obwohl ich nie mit ihnen konfrontiert gewesen war. Ich war ihnen begegnet, aber sie hatten nie mit mir geredet, geschweige denn mich wahrgenommen. Erst recht nicht als Luke Asakura, den Zeichner von *Haru no Hikari.*

Das war etwas vollkommen anderes. Dieser Kerl war Toni bis nach Hause gefolgt, hatte sie bedrängt und sie dazu gebracht, das aufzugeben, was sie liebte.

Sie mit Rose so leidenschaftlich über Bücher sprechen zu hören, hatte mich nachhaltig beeindruckt. Toni liebte das geschriebene Wort, und obwohl ich das vorher bereits gewusst hatte, war es etwas anderes, sie in ihrem Element zu erleben.

»Das ist wirklich sehr lieb«, unterbrach sie meine Gedanken, und ihr warmes Lächeln ließ meinen ganzen Körper kribbeln.

TONI

Es erleichterte mich ungemein, diese Nacht nicht allein zu verbringen. Gleichzeitig erinnerte mich Hikarus Esstisch an die peinliche Begegnung, die wir hier zuletzt erlebt hatten. Daran, wie er mich rausgeworfen hatte. Jetzt, als er mir meine Jacke abnahm, um sie an die Garderobe zu hängen, erschien mir dieses Erlebnis wie aus einem anderen Leben.

In dem großen Wohnraum war es angenehm warm, und als ich die Schuhe auszog, bemerkte ich die Fußbodenheizung. Die Miete musste unverschämt teuer sein.

Hikaru krempelte die Ärmel seines Hemdes zurück und warf mir ein unsicheres Lächeln zu. »Hast du noch Hunger?«

»Nicht wirklich.«

»Möchtest du dann vielleicht einen Tee? Wasser?«

»Tee wäre super.« Unsicher stand ich in der Tür, während er vorauslief und die Kücheninsel umrundete, um den Wasserkocher in Betrieb zu nehmen.

»Vorlieben?« Er holte einen Teekasten aus einem der Hängeschränke und stellte ihn auf die polierte Oberfläche. Das nahm ich dankbar als Möglichkeit, um näher zu kommen und endlich einen Platz im Raum zu finden, der sich nicht nach Abstellecke anfühlte.

Ganz langsam ging ich die verschiedenen Beuteltee-Sorten durch. Hikarus Sammlung war erstaunlich umfangreich. Schließlich zog ich einen Kräutertee hervor, der auf dem Etikett angenehme Ruhe versprach.

»Den nehme ich auch«, sagte Hikaru, während er in zwei Tassen heißes Wasser füllte. Ich holte einen zweiten Beutel heraus, und Hikaru bedeutete mir mit einem Nicken, ihm zum Sofa zu folgen.

Dort stellte er die Tassen auf dem niedrigen Tisch ab und lehnte sich schließlich mit einem tiefen Seufzen zurück. Dabei schloss er die Augen, was mir die Gelegenheit gab, ihn unauffällig zu mustern. Dunkle Schatten lagen unter seinen Augen, und seine vollkommen entspannte Körperhaltung weckte in mir das Bedürfnis, ihn zuzudecken.

Als er die Augen aufschlug und mich ansah, wandte ich schnell ertappt den Blick ab und betrachtete stattdessen ein riesiges Kunstwerk, das an der Wand hing. Dunkle Schattierungen mit weißen und grauen Punkten. Ein wenig Gelb dazwischen.

»Faszinierend, wie akkurat das Farbenspiel des Nachthimmels dargestellt ist«, sagte ich. »Ganz oft wird er mit tiefem Schwarz gemalt, dazwischen lieblos ein paar Sterne. Aber das hier …« Mein Blick wanderte vom dunkelblauen Fleck hin zu einer kaum sichtbaren Ansammlung von Sternen. »Es ist wunderschön.«

»Ich habe es Anfang des Jahres erstanden«, erklärte Hikaru, und ich vermied es weiterhin, ihn anzusehen. »Genau aus diesem Grund. Ich sah es und dachte: Wow, da hat jemand wirklich lange den Nachthimmel studiert. Hier in New York sieht man so wenig Sterne. Mir gefiel der Gedanke, ein kleines Stück Sternenlicht bei mir zu haben.«

»Das verstehe ich.« Ich zog die Knie an die Brust und seufzte. »Als Kind auf dem Land wusste ich den Sternenhimmel nie wirklich zu schätzen. Er war einfach immer … da. Seit ich in New York lebe, verbringe ich die Nächte bei meinen Eltern häufig damit, in den Himmel zu starren.«

»Wie sind sie so?« Hikaru richtete sich leicht auf. »Deine Eltern, meine ich.«

»Sie sind großartig«, antwortete ich ehrlich. »Mein Dad arbeitet halbtags in einem Lager eines Baumaterialversands, meine Mum ist leitende Angestellte in derselben Firma. Sie haben sich bei der Arbeit kennengelernt. Als ich auf die Welt kam, übernahm mein Vater die ersten Jahre meine Betreuung komplett. Er war immer für mich da.« Ich dachte daran, wie verzweifelt sie seit der Stalker-Sache versuchten, mich dazu zu bewegen, zu ihnen zurückzukehren. Aber ich wollte den Traum von New York nicht aufgeben.

»Das klingt wirklich schön.« Seine Stimme verriet mir nicht,

wie er darüber dachte. Oft hatte ich bei dieser Erzählung schon Neid gespürt. Unverständnis. Oder Unglauben. Aber Hikaru sah mich einfach offen an und wartete darauf, dass ich weiterredete.

»Ist es auch. Wir hatten nie viel Geld, aber uns mangelte es an nichts. Abgesehen von den College-Gebühren. Leider reichten meine Noten nicht für ein Stipendium.«

»Was wolltest du denn eigentlich machen?«

Der Gedanke daran, dass ich diesen Traum nie erreichen würde, schmerzte, aber ich sprach trotzdem weiter: »Ich wäre gern Lektorin geworden. In einem großen Verlag. Den ganzen Tag Geschichten lesen. Sie entdecken. Mit ihnen arbeiten. Sie mit der Welt teilen.« Ich seufzte. »Eine Zeitlang dachte ich, wenn ich mich auf Social Media als Buchexpertin positioniere, würden die Verlage merken, dass ich auch ohne Studium Ahnung von Geschichten habe.« Die Erinnerungen an unzählige unbeantwortete Mails und schockierte Blicke bei Vorstellungsgesprächen kamen in mir hoch, und ich verdrängte sie schnell. »Na ja. Hat nicht funktioniert. Dann habe ich mit dem Gedanken gespielt, auf freiberuflicher Basis Texte zu lektorieren, aber … die Menschen, die mich engagierten, wollten nur Posts auf meiner Instagramseite. Mein Feedback zu den Geschichten war ihnen herzlich egal. Ihnen ging es um Reichweite. Als ich meinte, dass meine Lektoratsdienste kein Marketing beinhalten, wurden die ersten Leute ungehalten. *Sehr* ungehalten.« Wütende Mails, noch empörtere Anrufe. »Dann habe ich es einfach gelassen.«

»Verständlich.« Hikaru griff nach einer Teetasse und reichte sie mir. Mittlerweile war er auf eine angenehme Trinktemperatur abgekühlt. »Das tut mir leid. Ich glaube, du wärst eine hervorragende Lektorin. Immerhin verstehst du, wie Geschichten funktionieren.«

»Das ist nur leider nicht alles, was man dafür braucht«, erklärte ich. »Man muss mehrere Sprachen sprechen, um ausländische Texte zu prüfen. Und dann benötigt man noch das Feingefühl, mit

Schreibenden an ihren Texten zu arbeiten. Kritik konstruktiv formulieren. Nur weil ich weiß, dass eine Geschichte nicht funktioniert, heißt das nicht, dass ich einen Vorschlag habe, wie es besser ginge.«

»Deshalb die Rezensionen?« Hikaru nippte an seinem Tee.

»Genau. Ich wollte …« Mit der freien Hand gestikulierte ich vage. »… beweisen, dass ich konstruktive Kritik kann. Aber es hat nicht funktioniert.« Ich zuckte mit den Schultern und nahm ebenfalls einen Schluck Tee. »Na ja. Jetzt kann ich dafür sorgen, dass großartige Geschichten mehr Menschen erreichen. Nur eben anders als gedacht.«

»Hast du den Traum vollständig aufgegeben?« Hikaru stellte die Tasse ab, ließ mich dabei aber nicht aus den Augen. Nachdenklich fixierte ich den gemalten Sternenhimmel. Damals, als ich bei meinen Eltern wohnte, hatte ich nachts oft nach oben geblickt und mir vorgestellt, die Lichter wären die New Yorker Skyline.

»Ja«, sagte ich schließlich, und das Wort wog seltsam schwer. »Irgendwann muss ich insgeheim realisiert haben, dass ich niemals Lektorin werde. Aber die Instagram-Sache ist eine gute Alternative.«

»Aber die musstest du wegen dieses Arschlochs aufgeben!« Hikarus plötzliche Lautstärke überraschte mich. »Jetzt managst du andere, die deinen Traum leben. Weil der Kerl sich danebenbenimmt. Das ist ungerecht.«

Es dauerte einen Moment, bis ich realisierte, dass Hikaru gar nicht wusste, dass ich hinter BentoBooksAndComics steckte. Für ihn war ich eine Managerin, die keine Rezensionen mehr schrieb.

»Das ist okay«, sagte ich vorsichtig.

»Ist es nicht«, schleuderte er sofort zurück. »Kann man denn da gar nichts machen?« Er stellte den Tee so energisch ab, dass ein dumpfes Geräusch erklang. Dann stand er auf und begann, im Raum auf und ab zu tigern. »Also klar, du hast dich sicher schon informiert und alles getan. Es ist nur … Es macht mich so wütend.« Da erhellte sich sein Gesicht plötzlich. »Kannst du kein zweites Profil anlegen? Anonym? So wie BentoBooksAndComics?«

Es fiel mir enorm schwer, bei diesen Worten meine Maske aufrechtzuerhalten. Hikaru sah mich voller Hoffnung an, ein leichtes Lächeln auf den Lippen.

Wir hatten heute intime Augenblicke miteinander geteilt und einiges übereinander gelernt. Er wusste von meinem früheren Traumberuf, ich kannte seine Zeichenkünste. Er hatte Rose getroffen und meinen Stalker, wusste so viel mehr über mich als viele andere. Wir saßen auf dem Sofa, auf dem wir damals einen Film schauen sollten, bevor alles so schieflief.

Das hier war der perfekte Moment, um ihm die Wahrheit zu sagen. Reinen Tisch zu machen.

Ich ließ ihn verstreichen.

Hikaru hatte heute schon so viel über mich erfahren, und ich hatte Angst, ihn mit der kompletten Wahrheit zu überrollen.

»Wollen wir einen Film schauen?« Mein Versuch, das Gespräch in eine andere Richtung zu lenken, kam mir selbst äußerst erbärmlich vor.

»Ist das eine so schlechte Idee?«, fragte Hikaru, und das Leuchten in seinen Augen erstarb. »Tut mir leid, ich wollte nicht … Natürlich kennst du die Branche viel besser. Bitte fühl dich zu nichts gedrängt. Ich dachte nur …« Er seufzte. »Entschuldige.«

»Du musst dich für nichts entschuldigen«, erwiderte ich schnell. »Es war einfach ein anstrengender Tag, und ich möchte mich gerade nicht damit befassen. Dafür fehlt mir die Kraft.«

»Verstehe.«

»Das ist nichts Persönliches.« Plötzlich bekam ich Angst, dass er das als

Zurückweisung auffasste, obwohl ich ihn nur nicht vor den Kopf stoßen wollte.

»Habe ich auch nicht so aufgefasst.« Er biss sich auf die Unterlippe. »Es tut mir einfach leid, dass ich dich offensichtlich in eine unangenehme Situation gebracht habe, indem ich mit so einem Vorschlag um die Ecke kam. Das war nicht meine Intention.«

»Ich weiß.« Intuitiv lehnte ich mich zu ihm und legte meine Hand auf sein Bein. Es war angenehm warm. »Wir können uns jetzt noch zehnmal entschuldigen oder einen Film schauen. Wie entscheidest du dich?«

HIKARU

Es tat gut, Toni gegenüber nicht behaupten zu müssen, dass ich dieses Haus sittete. Immerhin dachte sie, dass ich bei einer bekannten Marketingagentur arbeitete, dementsprechend passte das Haus durchaus zu den Gehaltsvorstellungen, die damit einhergingen.

Generell empfand ich Toni als angenehmen Gast. Während des gesamten Films legten wir mehrmals eine Pause ein, um über die Entwicklung der Charaktere oder den Einsatz von Musik, Licht und Kamerawinkel zu sprechen. Ich genoss ihre Sicht auf die Geschichte und hatte das Gefühl, dass sie auch meine Einwürfe spannend fand.

Als schließlich der Abspann lief, stellte sich in mir ein seltsames Gefühl der Traurigkeit ein. Ich wollte nicht, dass dieses Erlebnis schon endete. Also wählte ich im Menü der Streamingplattform den nächsten Film aus und zog fragend die Augenbrauen hoch. Ihr breites Grinsen reichte mir als Antwort, und ich drückte auf Play.

Sie griff nach der Teetasse, die ich mittlerweile dreimal nachgefüllt hatte.

»Möchtest du noch einen?«, fragte ich und sprang sofort auf, um den Wasserkocher anzuschalten. Doch bevor ich loslaufen konnte, erhob Toni sich ebenfalls.

»Bleib sitzen, ich mach das.« Sie ging wie selbstverständlich zur Küchenzeile und nahm den Teekasten aus dem Hängeschrank. Der Anblick löste ein angenehmes Kribbeln in meinem Brustkorb aus.

»Dann hol ich mal eine Decke«, bot ich an. Als ich aus dem Schlafzimmer zurückkehrte, saß Toni bereits gemütlich auf dem Sofa und wärmte ihre Hände an der Tasse.

»Die sieht unfassbar flauschig aus«, sagte sie, als ich triumphierend meine Beute in die Höhe hielt. »Ist das eine Ghibli-Decke?«

Um ihren Verdacht zu bestätigen, breitete ich das Motiv vor ihr aus. Sie zeigte die Waldgeister aus *Prinzessin Mononoke.* »Meine Lieblingsdecke.«

»Mein liebster Ghibli-Film«, erwiderte Toni in dieser ganz bestimmten Stimmfarbe, die sie immer dann anschlug, wenn sie wirklich begeistert war. Es erinnerte mich an unser Gespräch damals bei Stefano, und obwohl ich ihre Argumente schon kannte, unterbrach ich sie nicht. Es war so schön, ihre Begeisterung zu sehen. »Diese komplexe Darstellung der Charaktere und ihrer moralischen Graustufen … Einfach großartig und damals ein so angenehmer Kontrast zu Disney mit ihrem Gut-versus-Böse.«

»Absolut!« Ich setzte mich zu ihr und breitete die Decke über uns. Damit wir darunterpassten, musste ich näher an sie heranrutschen, aber ich achtete darauf, sie nicht zu berühren. Es kam mir falsch vor, sie nach der Sache mit dem Stalker körperlich zu bedrängen. Sie hatte mich zwar im Buchladen geküsst, aber das hieß nicht, dass ich mich ihr nähern durfte, wie ich wollte. Auch wenn ich gerade nichts sehnlicher tun würde, als den Arm um sie zu legen und ihren Kopf auf meinem Brustkorb zu spüren.

Allein der Gedanke brachte meinen Körper zum Glühen, und ich fokussierte mich mit aller Macht auf die Ghibli-Diskussion. Ich sah sie bewusst nicht an, um nicht in ihren Augen zu versinken. »Was ist dein zweitliebster Ghibli-Film?«

Toni überlegte kurz, dann sagte sie schließlich: »Das ist jetzt sehr klassisch, aber *Das wandelnde Schloss*. Ich mochte auch die Bücher von Diana Wynne Jones richtig gern.«

»Du kennst sie?« Das hätte mich nicht überraschen sollen.

Als ich Toni schließlich ansah, erkannte ich dieselbe Ungläubigkeit in ihrem Blick. »Natürlich. Du auch?«

Schuldbewusst grinste ich. »Leider nein. Sie wurden mir aber sehr oft empfohlen.«

»Zu Recht!« Toni richtete sich ein Stück auf und stellte die Tasse ab. »Die Bücher sind großartig. Allein wie Diana Wynne Jones Howl darstellt und seine ganze Hintergrundgeschichte, die es leider nicht in den Film geschafft hat. Wusstest du, dass …« Während sie über das Buch sprach, schien sie zu leuchten. In diesem Moment verstand ich, weshalb sie als Influencerin solch eine große Reichweite bekommen hatte. Ihre Leidenschaft war absolut ansteckend. Am Ende wollte ich nichts lieber, als sofort in der Geschichte zu versinken.

»Das klingt unfassbar spannend«, sagte ich und kam mir dabei sehr plump vor, nachdem sie gerade mit so blumigen Worten ein zauberhaftes Bild gemalt hatte.

»Ich kann es dir gern mal ausleihen«, erwiderte sie sofort. »Das Buch habe ich nämlich nicht aussortiert.«

»Du verleihst Bücher?« Ich zog die Augenbrauen hoch, und Toni lief leicht rot an, was sie noch hübscher machte.

Sie nippte erneut an ihrer Tasse, dann sagte sie betont locker: »Nur an besondere Menschen.«

Dieser Satz löste ein Feuerwerk an Gefühlen in mir aus. Am liebsten wollte ich Toni in meine Arme ziehen und nicht mehr loslassen. Mein Gesicht in ihren weichen Haaren vergraben und den Geruch nach zu Hause einatmen. Die Intensität der Emotionen überraschte mich so sehr, dass ich automatisch ein Stück von ihr wegrutschte.

»Ich würde mich freuen«, sagte ich dennoch und bemühte mich um ein Lächeln, während mein Herz so schnell schlug, als hätte ich gerade eine Treppenstufe verpasst. »Und es sehr pfleglich behandeln. Keine Eselsohren, keine Buchrückenbrüche.«

»Davon bin ich ausgegangen«, erwiderte Toni. »Ansonsten hätte ich dir niemals das Angebot gemacht.«

Stille breitete sich zwischen uns aus, doch dieses Mal war es nicht die angenehme Stille, die zwei Menschen miteinander teilten, die bloß die Existenz des anderen genossen. Es war jene Art Ruhe, die gefüllt werden musste. Also räusperte ich mich und fragte: »Lust auf Prinzessin Mononoke?«

TONI

Hikaru blieb auf Abstand, und ich fragte mich, warum. Den ersten Film über hatten wir so viel miteinander geredet, und ich hatte den Austausch geliebt. Aber obwohl wir jetzt näher beieinandersaßen und sogar eine Decke teilten, fühlte er sich weiter entfernt an als zuvor. Unser Gespräch verlief stockend und nicht so mühelos wie am Anfang.

Dabei sehnte sich mein ganzer Körper danach, ihm nah zu sein. In seinen Armen zu liegen und diesen chaotischen Tag zu einem guten Ende zu bringen. Bei jeder zufälligen Berührung kribbelte meine Haut und verlangte nach mehr.

Unwillkürlich fragte ich mich, was ich falsch gemacht hatte. Lag es an meiner flammenden Rede für *Das wandelnde Schloss?* War mein Satz mit den besonderen Menschen zu viel gewesen? Oder realisierte er so langsam, dass alles, was ich sagte, doch ziemlich langweilig war?

Als der Waldgott gerade seinen Kopf verlor, hielt ich es nicht mehr aus. Ich stoppte den Film und drehte mich energisch zu ihm um.

»Okay, was ist los?«

Er riss überrascht die Augen auf. »Was meinst du?«

Ich deutete zwischen uns beiden hin und her. »Irgendwas hat sich verändert. Oder bilde ich mir das bloß ein, weil ich so unsicher bin?« Bei der Frage schlug mir das Herz bis zum Hals. Ich fühlte mich seltsam entblößt. Aber die Situation weiterhin unkommentiert zu ertragen, erschien mir noch schwerer, als über meinen Schatten zu springen.

»Es …« Hikaru holte tief Luft, und ich bereitete mich innerlich darauf vor, einen Korb zu kassieren. »Ich bin nicht so gut mit Dates.«

»Was?« Verdutzt sah ich ihn an.

»Ich möchte dich einfach nicht bedrängen«, fuhr er fort, und seine Schultern sanken ein Stück hinab. »Die Sache mit deinem Stalker und dann die unfreiwillige Offenbarung deiner Vergangenheit. Ich möchte nicht, dass du dich in meiner Nähe unwohl fühlst.«

Er hatte also nicht Abstand gehalten, weil er mich nicht mochte. »Der Kuss war kein Fehler?«, fragte ich zaghaft nach, und Hikarus Augen wurden noch größer.

»Nein!« Dann hob er abwehrend die Hände. »Also für mich nicht. Für dich?«

Abwartend sah er mich an, und ich atmete erleichtert aus. Ich spürte, wie meine Mundwinkel nach oben wanderten, dann lehnte ich mich zu ihm und küsste ihn.

Seine Lippen waren genauso weich wie in meiner Erinnerung. Hikaru schien den Atem anzuhalten, und ich fragte mich, ob mein forsches Vorpreschen doch ein Fehler gewesen war. Dann spürte ich seine Hand in meinem Rücken.

Ich gab dem leichten Druck nach, lehnte mich weiter zu ihm. Mein ganzer Körper schrie nach seiner Nähe, und ich erfüllte ihm diesen Wunsch, drückte mich näher an Hikaru, schwang ein Bein über ihn, sodass ich auf ihm saß. Er lachte rau und vertiefte den Kuss, seine Hand wanderte meinen Rücken hinauf in meinen Nacken, strich sanft über meine Haut.

Wo er mich berührte, fing ich Feuer. Ich wollte mehr.

Hikaru wich ein Stück zurück. »Langsam.«

Mein Blick verfing sich in seinem. Seine dunklen Augen glänzten, und das Licht des Fernsehers spiegelte sich darin.

»Entschuldige«, brachte ich hervor und spürte, wie mir das Blut ins Gesicht schoss. Mit einem Mal wurde mir seine Nähe überdeutlich bewusst. Sein rasender Herzschlag unter meinen Fingerspitzen. Sein warmer Körper zwischen meinen Beinen. Ich schluckte.

»Es gibt nichts, wofür du dich entschuldigen musst«, sagte er und strich eine Haarsträhne aus meinem Gesicht. »Ich nehme an, das bedeutet, dass du den ersten Kuss nicht bereust?«

Erwartungsvoll sah er mich an, und ich lachte leise. »Das fragst du gerade nicht wirklich.«

»Ich muss sichergehen«, erklärte er unerwartet ernst, während er mir fest in die Augen sah. Schlagartig verstummte ich. Die Stille lag schwer zwischen uns, und ich schluckte.

»Ich bereue den Kuss kein bisschen«, sagte ich schließlich.

Als Antwort zog Hikaru mich erneut an sich, und als sich unsere Lippen trafen, vergaß ich für einen Moment alles andere. Da waren nur noch wir beide, die Hitze unserer Körper, das Sofa, die Decke.

Meine Finger wanderten seine Oberarme entlang, über seine Schulter, hinab über sein Schlüsselbein zu seinem Hemdkragen und weiter nach unten. Ganz langsam öffnete ich den ersten Knopf, und Hikaru erbebte. Er vertiefte den Kuss, zog mich an sich heran, sodass ich ganz deutlich seine Erregung spürte.

Meine Finger zitterten stärker, je mehr Knöpfe ich öffnete. Darunter trug Hikaru ein Unterhemd, das eng an seinem Körper anlag. Ich streifte das Hemd über seine Schulter nach unten, und er löste sich für einen Augenblick von mir, um sich dessen zu entledigen.

HIKARU

Diese Nacht würde mir für immer in Erinnerung bleiben. Toni schlief ruhig neben mir, den Kopf im Kissen vergraben, den Körper halb unter der Decke verborgen. Ihre Haare fielen über ihr Gesicht, und sie atmete tief und gleichmäßig.

Sanftes Morgenlicht drang ins Zimmer, da ich gestern die Rollläden nicht geschlossen hatte. Toni in meinen Armen zu halten, war mir wichtiger erschienen. Doch dafür hatte die Sonne mich geweckt, und ich lag hellwach in meinem Bett und überlegte, wie unhöflich es wäre, einfach aufzustehen.

Erwartete Toni, dass sie in meinen Armen aufwachte? Wie würden wir einander im Tageslicht begegnen, nachdem der Zauber der Nacht verflogen war?

Vielleicht sollte ich aufstehen und ihr so die Möglichkeit geben, still und heimlich zu verschwinden, aber ich hatte Angst, dass sie genau das tat. Am liebsten wollte ich sie hierbehalten und den ganzen Tag mit ihr Gespräche führen. Ich wollte für sie Frühstück machen und ihr Lachen hören. *Prinzessin Mononoke* fertig schauen.

Da schlug Toni die Augen auf. Ihr Blick irrte durch den Raum und verhakte sich in meinem.

Ich lächelte. »Guten Morgen«, flüsterte ich.

Sie antwortete nicht, sondern rutschte näher an mich heran, vergrub ihr Gesicht an meiner Brust, und mein Herz setzte einen Schlag aus.

»Gut geschlafen?«, versuchte ich es weiter, aber Toni brummte nur leise, was mir ein Lachen entlockte. »Soll ich Frühstück machen?« Vorsichtig versuchte ich, mich von ihr zu lösen, aber sie schlang ein Bein über meine und hielt mich so fest.

»Ist das wirklich passiert?«, lauteten ihre ersten Worte.

»Was genau?« Ich konnte nicht anders, als sie zu necken. Unbeholfen fing ich an, mit einer Hand ihren Kopf zu streicheln.

»Also doch nur ein Traum«, murmelte sie. »Schade.«

»War es denn ein guter Traum?«

»Der beste«, erwiderte sie mit einem Seufzen. »Ich wünschte, ich könnte dorthin zurück.« Dabei hob sie den Kopf und sah mir direkt in die Augen, die voller freudiger Erwartung glänzten. Ich schluckte, als mir bewusst wurde, worauf sie gerade anspielte.

Der Sex mit ihr war wundervoll gewesen, aber so früh am Morgen konnte ich ihr nicht auf diese Art nah sein. Dafür fühlte ich mich zu ausgelaugt und nicht attraktiv genug.

»Nach der Dusche«, sagte ich und küsste sie auf die Stirn, um das Brennen in meinem Gesicht zu verbergen. Ich kannte viele Filme, in denen Frischverliebte es direkt am nächsten Morgen erneut trieben und dann den ganzen Tag weitermachten. Wenn Toni das von mir wollte, hatten wir ein Problem, denn dazu war ich nicht in der Lage.

Sofort wich sie ein Stück zurück. »Oh.«

Ihre Enttäuschung traf mich mitten ins Herz und durchbohrte mein Ego. »Tut mir leid«, fügte ich hinzu und vermied es, sie anzusehen.

Toni schlüpfte unter der Bettdecke hervor und setzte sich auf die Bettkante, sodass sie mir den Rücken zudrehte. »Könntest du mir ein Handtuch geben?«

Perplex starrte ich auf diesen wunderschönen Menschen, der im Sonnenlicht badete. »Was?«

»Na … wegen der Dusche«, erklärte sie. »Es tut mir leid, dass ich …« Sie gestikulierte vage, und mir wurde klar, wie sie meine Worte aufgefasst hatte. In einer schnellen Bewegung überbrückte ich den Abstand zwischen uns und vergrub meine Nase in ihren Haaren. Ich spürte ihre Anspannung, als sie ihre Schultern ein Stück nach oben zog und komplett versteifte.

»Du musst nicht sofort duschen«, flüsterte ich und küsste ihren

Hals. »Außerdem wollte ich nicht sagen, dass du duschen musst. Ich … fühle mich gerade einfach nicht sauber. Das klingt komisch, ich weiß. Aber …«

Da lockerten sich ihre Muskeln, und sie seufzte erleichtert. »Ich dachte, du wolltest mir mitteilen, dass ich stinke.«

»Auf gar keinen Fall!« Zur Bestätigung meiner Worte atmete ich hörbar ein. »Du riechst großartig.«

Das entlockte ihr ein leises Lachen, und ich genoss, wie es ihren Körper zum Beben brachte. »Das hat mich gerade echt ganz schön aus der Bahn geworfen.«

»Entschuldige.« Ich hauchte erneut einen Kuss auf ihre warme Haut, und sie erschauderte. »Das werde ich wiedergutmachen.«

»Hikaru!« Mein Name aus ihrem Mund entzündete ein loderndes Feuer in meinem Bauch. »Du bist echt …« Sie rang nach Worten.

»Ich weiß«, sagte ich bloß und schwang mich aus dem Bett. »Dann gehe ich mal schnell duschen, ja? Bleib einfach liegen oder …« Etwas hilflos sah ich sie an.

»Ich finde schon eine Beschäftigung.« Sie lächelte mich an, und als ich sie im sanften Licht der Morgensonne so in meinem Bett sitzen sah, hatte ich das Gefühl, die ganze Welt erobern zu können.

TONI

Sobald ich die Dusche hörte, sammelte ich meine Klamotten auf und schlüpfte hinein. Mein Handy hatte ich im Wohnzimmer liegen lassen, also beschloss ich, nach unten zu gehen und ein paar Mails zu bearbeiten, während Hikaru sich frisch machte.

Ich schätzte sehr, dass er seinen Wunsch nach einer Dusche so klar kommuniziert hatte und ich deshalb nicht das Gefühl hatte, er wollte einfach keinen Sex mehr mit mir. Auf dem Weg nach unten blitzten immer wieder Bilder des gestrigen Abends vor mir auf.

Ich auf Hikarus Schoß.

Seine Hand auf meinen Brüsten.

Das Blut schoss mir ins Gesicht, und ich beschloss, dass ich mich dringend auf etwas anderes konzentrieren musste, um den Drang, ihm unter die Dusche zu folgen, zu ersticken.

Also nahm ich mein Handy, setzte mich auf das Sofa und öffnete das Mailprogramm. Es waren ein paar Nachrichten angekommen, und eine erweckte sofort meine Aufmerksamkeit. Genauer gesagt war es der Betreff, der mein Herz stehen bleiben ließ.

Repeat – Again and Again: Anfrage bezüglich einer Kooperation

Sehr geehrte Frau Barnes,
unser Autor Henry hat den expliziten Wunsch geäußert, eine Besprechung von BibliophileBoulevard zu erhalten. Uns ist bewusst, dass Sie diesen Blog stillgelegt haben, dennoch wollten wir unser Glück nicht unversucht lassen, Sie mit diesem

wirklich einzigartigen Werk zu überzeugen. Vor allem, da der Autor mehrmals betonte, wie nahe Sie ihm stehen.
Selbstverständlich sind wir bereit, ein Posting entsprechend zu entlohnen, und da wir bei BentoBooksAndComics bereits so gut zusammengearbeitet haben, hoffen wir auf eine positive Antwort.
Mit freundlichen Grüßen

Fassungslos starrte ich auf diese Zeilen.

Vor allem, da der Autor mehrmals betonte, wie nahe Sie ihm stehen.

Meine Finger wanderten zur Nachrichtenapp, und ich tippte einige wütende Worte, die ich sofort wieder löschte, um dann mein Handy frustriert auf das Sofa zu pfeffern.

In diesem Moment kam Hikaru nach unten. Er trug ein schwarzes eng anliegendes Shirt und eine blaue Jeans. Seine Haare waren noch nass und sein Gesicht leicht gerötet.

»Huch, was ist passiert?« Er legte den Kopf schief und kam auf mich zu.

»Mein Ex-Freund«, sagte ich nur.

»Möchtest du darüber reden?« Hikaru setzte sich neben mich und sah mich aufmerksam an. Eigentlich kannten wir uns nicht lange genug, um bereits über vergangene Beziehungen zu sprechen, und ich wollte nicht die Frau sein, die über Ex-Partner herzog.

»Er kann nicht loslassen.« Ich zuckte mit den Schultern, als wäre es keine große Sache, obwohl es mich rasend machte, dass Henry es wagte, mich in einem geschäftlichen Kontext zu kontaktieren. Schlimmer noch: Er zog meine Geschäftspartner in die Sache mit rein und zwang mich so zu einer Antwort, die er auf privater Ebene nicht bekam.

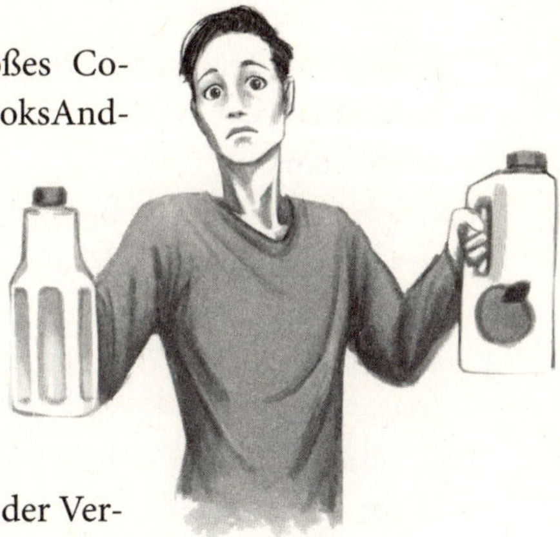

Sein Verlag hatte ein recht großes Comic-Programm, für das sie BentoBooksAndComics regelmäßig buchten, wie sie in ihrer Mail betonten. Eine recht deutliche Nachricht. Ich konnte sie nicht ignorieren, sondern musste darauf antworten und hoffen, dass sie sich mit einer einfachen Absage zufriedengaben.

Doch die Vorstellung, dass Henry der Verlagsmitarbeiterin erzählt hatte, wie nahe wir uns angeblich standen, machte mich rasend. Nach allem, was er mir angetan hatte, war das die absolute Krönung.

»Ätzend«, antwortete Hikaru und riss mich so aus meinen Gedanken. Sein nachdenklicher Gesichtsausdruck weckte in mir die Angst, dass er mich in einem neuen Licht sah und es nicht mochte. »Was kann ich tun, damit es dir besser geht?«

Die Frage überraschte mich. Mit großen Augen starrte ich Hikaru an, während er aufstand und in die Küche eilte.

»Kaffee? Tee? Vielleicht ein paar Pancakes? Wir können auch außerhalb frühstücken, wenn du möchtest, allerdings dachte ich, dass dir das wegen … na ja … Also ich dachte, dass du heute vielleicht lieber drinnen bleiben möchtest. Aber falls nicht, können wir gern rausgehen!« Er öffnete den Kühlschrank und drehte sich dann hilflos zu mir um. »Für die Pancakes müsste ich allerdings kurz einkaufen gehen. Ist das okay? Der Supermarkt ist direkt um die Ecke.«

Perplex saß ich auf dem Sofa und wusste nicht, was ich antworten sollte. Hikaru hingegen wirkte ebenso überfordert, wie er über die Theke hinweg zu mir sah.

»Ich …« Das Wort kam mir seltsam schwer über die Lippen. Ich schluckte. In meinem Hals saß ein Kloß, den ich nicht zuzuordnen vermochte. »Danke.« Dieses Wort schien so klein im Anbetracht dessen, was Hikaru mir hier gerade bot. Er wollte, dass es mir gut ging. Ihm ging es nicht darum, was ich für ihn tun konnte, sondern um meine Gefühle.

»Wofür?« Fragend blinzelte er mich an.

»Alles.« Ich stand auf und ging auf ihn zu, und er blieb einfach stehen und wartete auf meine Umarmung. Als ich meinen Kopf an seiner Brust vergrub, schlang er die Arme um mich und hielt mich fest.

»Du möchtest also kein Frühstück?«, fragte er zögernd, und ich lachte.

»Ich hätte gern Frühstück. Pancakes klingen super. Wollen wir gemeinsam zum Supermarkt?«

»Bleib lieber hier«, sagte er und küsste meine Stirn. »Natürlich nehme ich dich mit, wenn du das möchtest, aber du kannst dich auch einfach entspannen und einen Kaffee trinken.«

»Das klingt himmlisch«, gab ich zu.

»Dann machen wir das so.« Er löste sich aus der Umarmung und schmiss die Kaffeemaschine an. »Möchtest du etwas Bestimmtes zu den Pancakes haben?«

»Ahornsirup«, erwiderte ich.

»Verstanden.« Er reichte mir eine dampfende Tasse, die einen verführerischen Geruch verströmte. »Soll ich sonst noch etwas mitbringen?«

Kurz überlegte ich, bevor ich den Kopf schüttelte. »Ich weiß, dass ich mich wiederhole, aber … danke.«

»Nicht dafür.« Er hauchte mir einen Kuss auf die Lippen, dann ging er in den Flur, und kurz darauf fiel die Haustür ins Schloss.

Während ich mit dem Kaffee in Hikarus Küche stand und darauf wartete, dass er mit Frühstück zurückkehrte, beschlich mich das seltsame Gefühl, als wäre ich hier zu Hause.

HIKARU

Der Morgen mit Toni war wie ein Traum. Ihre Freude über meine Pancakes war süßer als der Ahornsirup, den ich für sie besorgt hatte.

Sie lag in meinen Armen, wir genossen die letzten Minuten des Films, und als der Abspann lief, brummte sie widerwillig.

»Was ist?«, fragte ich besorgt.

»Ich möchte nicht aufstehen«, murmelte sie und kuschelte sich noch enger an mich. Mein Herz schmolz dahin.

»Hast du nicht auch noch Dinge zu erledigen?«, fragte ich und küsste ihren Scheitel. »Arbeit? Freunde?«

»Hm.« Sie seufzte. »Du hast ja recht.«

»Du kannst gern hier duschen«, bot ich an.

»Danke.« Langsam löste sie sich aus meiner Umarmung und streckte sich. »Dann werde ich erst einmal das in Angriff nehmen, bevor ich mich um den Rest kümmere.«

Sie hauchte mir einen Kuss auf die Lippen, und gemeinsam gingen wir nach oben. Ich reichte ihr ein paar frische Handtücher und bot ihr an, mein Shampoo zu verwenden. Dann ließ ich sie im Badezimmer zurück und schloss die Tür hinter mir.

Sobald ich das Wasserrauschen der Dusche hörte, schlüpfte ich ins Arbeitszimmer. Dann setzte ich mich an den Schreibtisch und starrte das leere Blatt an.

In diesem Moment vibrierte mein Handy. Sobald ich den Namen las, verschwand meine gute Laune, und ich überlegte, den Anruf einfach zu ignorieren.

Da verstummte das Gerät, nur um kurz darauf erneut zu vibrieren. Also aktivierte ich die Stimmenverzerrer-App und ging widerwillig dran.

»Hallo, Luke«, trällerte Lydia in mein Ohr, und ich zuckte ob der Lautstärke zusammen. »Ich wollte einfach mal hören, wie es dir geht.«

»Äh …« Damit hatte ich nicht gerechnet. »Gut, schätze ich?«

»Das höre ich gern«, erwiderte Lydia sofort.

»Worum geht es denn?«, fragte ich. »Falls du fragen möchtest, wann ich zurückkomme …«

»Nein, nein«, unterbrach Lydia mich schnell. »Ich wollte wirklich nur hören, was dich gerade beschäftigt.«

»Okay?« Unsicher trommelte ich mit den Fingerspitzen auf die Arbeitsfläche. »Ich genieße die Auszeit.«

»Tut sie dir gut?«

Ich dachte an Tonis Lächeln, und meine Mundwinkel hoben sich ebenfalls. »Sehr.«

»Das freut mich.« Eine kurze Pause. »Hey … Ich … Mir war es nur wichtig, dir zu sagen, dass du für mich mittlerweile mehr bist als ein Künstler. Wir arbeiten seit vielen Jahren zusammen. Meine letzte Reaktion war … nicht nett.« Die vielen Pausen in ihren Sätzen waren für Lydia enorm ungewöhnlich, und mir fiel es schwer einzuschätzen, ob sie der Unsicherheit oder Unehrlichkeit entstammten. »Niemand hat etwas davon, wenn du in einen Burn-out schlitterst. Es ist gut, dass du auf dich achtest. Das wollte ich dir noch sagen.«

»Danke«, antwortete ich und seufzte. »Das tut sehr gut zu hören. Ich werde so schnell wie möglich zurückkehren. Versprochen.«

»Das weiß ich doch«, sagte sie sofort. »Pass auf dich auf, ja?«

»Mache ich. Du auch. Bis bald.«

Damit beendete ich das Gespräch und legte das Handy zurück auf den Schreibtisch. Ein ungewohntes Gefühl von Freiheit überkam mich.

Toni war nur wenige Meter entfernt und duschte. Meine Fähigkeiten einzusetzen, war absolut riskant.

Trotzdem saß ich vor dem Papier und wünschte, ich könnte zeichnen. In mir tobten so viele Gefühle, dass ich explodierte, wenn ich sie nicht sofort in Geschichten verwandelte. Es erinnerte mich an meine Jugend. Damals, als ich noch völlig unbekannt und meine Gabe ein Ventil gewesen war.

Heute nutzte ich sie, um Geld zu verdienen, produzierte aus Gewohnheit heraus. Ja, ich liebte meine Geschichten, aber seitdem ich die ganze Sache beruflich machte, hatte sich etwas verändert. Diese angestauten Emotionen, denen ich nun gegenüberstand, hatte ich schon lange nicht mehr gespürt.

All die Eindrücke, die ich mit Toni gesammelt hatte, wollten raus. Kurz überlegte ich, es zu ignorieren, doch meine Hand griff bereits nach dem Stift, setzte ihn an. Da floss die Tinte aufs Papier, zauberte Linien, Gesichter, Monster.

Ich fühlte mich frei. Mit einem zufriedenen Grinsen betrachtete ich die Zeichnung, die unverkennbar meine Handschrift trug und doch etwas anders war als die letzten. Es war Stolz, der meine Brust wärmte. Die Tür zum Arbeitszimmer hatte ich geschlossen, und als Toni anklopfte, schreckte ich zusammen.

Schnell versteckte ich die Zeichnungen in der Schublade, dann ging ich zur Tür und schlüpfte hinaus. Toni stand in ein Handtuch gehüllt vor mir, die Haare noch feucht. Unsicher strich sie sich eine Strähne hinters Ohr, doch die fiel direkt wieder zurück.

»Ich wollte nicht stören.«

»Hast du nicht.« Ich zog die Tür hinter mir ins Schloss. »Möchtest du etwas von mir anziehen?«

»Was? Ach nein.« Toni winkte ab, und ihre blassen Wangen röteten sich. »Ich schlüpfe nur ungern nach dem Duschen direkt in Kleidung. Das fühlt sich immer so … unsauber an.«

»Auch nicht in frische Klamotten?« Interessiert beobachtete ich Tonis Reaktion. Ihre Wangen färbten sich noch röter. Es faszinierte mich, solche alltäglichen Gewohnheiten von ihr kennenzulernen.

»Wenn sie direkt von der Wäscheleine kommen …« Toni zuckte mit den Schultern. »Dann schon. Aber ansonsten warte ich gern eine halbe Stunde, bis ich mich anziehe.« Da ging sie einen Schritt zurück. »Oder stört dich das? Ich kann auch im Bad warten, bis …«

»Darf ich dich küssen?«, unterbrach ich sie, und ihre Augen weiteten sich. Als sie nickte, trat ich auf sie zu, legte meine Hand in ihren Nacken und küsste sie. »Du musst dich vor mir doch nicht verstecken«, flüsterte ich danach und zog sie eng an mich. »Du störst mich nicht. Ich habe dich sehr gern bei mir. Genauso wie du bist.«

»Oh.« Ich hörte an ihrer Stimme, dass sie lächelte. Sanft strich ich ihr über den Rücken. Ihre nackte Haut war noch warm vom heißen Wasser. Auch ihre Hände begannen, über meinen Körper zu wandern. Still und eng umschlungen standen wir im Flur, bis Toni sich schließlich mit einem leisen Räuspern von mir löste.

»Ich ziehe mich dann mal an.« Sie sah zu mir hoch, und ihre geröteten Wangen und das Glänzen in ihren Augen entfachten in mir den Wunsch, sie erneut an mich zu drücken. Stattdessen ließ ich sie gehen und begab mich nach unten, um dort auf sie zu warten.

TONI

Als ich nach unten kam, wartete Hikaru in der Küche und tippte auf seinem Handy herum. Ich klaubte meines vom Sofa und überprüfte die eingegangenen Nachrichten. Candice fragte nach, ob ihr Foto in Ordnung war. Sie posierte lächelnd vor einem Regal, auf dem sämtliche Bücher mit dem Schnitt nach vorne gedreht waren. Nur das Buch, das sie präsentieren wollte, stand frontal mit dem Cover darin. Ein pastellfarbener Liebesroman. Kurz überlegte ich, ob das Buch zu wenig hervorstach, vor allem, da Candice ein zum Cover passendes Kleid trug. Allerdings war es perfekt abgestimmt, und die Menschen, die Candice folgten, liebten es, wenn sie präsent auf den Fotos war. Also schrieb ich ihr kurz ein positives Feedback und öffnete die nächste Nachricht.

Hey, T! Lust auf einen Kaffee?

Das entlockte mir ein Grinsen. Mich mit Christopher zu treffen, erschien mir wie der perfekte Anschluss an diese Nacht.

»Gute Nachrichten?«, fragte Hikaru lächelnd.

»Die Einladung eines Freundes zu einem Kaffee«, erklärte ich aufrichtig und streckte mich. »Ich denke, dass ich sie annehmen werde. Dann arbeite ich heute Abend einfach ein wenig länger.«

»Das klingt nach einem grandiosen Plan.« Hikaru legte sein Handy zur Seite und lehnte sich mit den Unterarmen auf die Kücheninsel. »Toni, ich …« Auf einmal klang er so unsicher.

»Ja?« Angst stieg in mir auf. Würde er mir nun sagen, dass das alles ein Ausrutscher gewesen war? Mein Herz klopfte schmerzhaft schnell. Ich schluckte und sagte: »Du, wir müssen nicht, also … Wir sind ja beide erwachsen.«

Daraufhin runzelte Hikaru die Stirn. »Wovon redest du?«

»Ich meine nur, also …« Ich seufzte. »Ich bin dir überhaupt

nicht böse. Manchmal lassen wir uns von unseren Hormonen, also … Ach, du weißt schon.«

»Ich habe ehrlich keinen Schimmer, was du meinst.« Hikaru richtete sich wieder auf, umrundete die Kücheninsel und kam zu mir. Dann nahm er meine Hände in seine. Sie waren angenehm warm.

»Eigentlich wollte ich dich fragen, wann wir uns wiedersehen. Ich meine … ob du Lust hast, das zu wiederholen?« Er sah mir dabei tief in die Augen, aber ich spürte, wie schwer ihm das fiel. Bei seinen Worten fiel eine Last von mir ab, die ich bis zu diesem Zeitpunkt überhaupt nicht bemerkt hatte. Ein Seufzen kam über meine Lippen.

»Wir müssen natürlich nicht«, fuhr Hikaru direkt fort. Offensichtlich hatte er mein Seufzen falsch gedeutet. »Deshalb die Frage, ob du überhaupt Lust hast, ich meine …«

»Sehr gern«, unterbrach ich ihn.

Daraufhin weiteten sich seine Augen, und seine Mundwinkel wanderten nach oben.

»Ehrlich?«

»Aber natürlich.« Jetzt kam ich nicht umhin, zu lachen. »Wir haben heute Morgen zusammen einen Film geschaut, und ich habe bei dir geduscht. Wenn mir das alles wie ein Fehler erschienen wäre, wäre ich viel früher geflüchtet.«

»Vielleicht wolltest du einfach höflich sein.« Er zuckte mit den Schultern, und sein Grinsen wurde noch breiter. »Oder die Pancakes haben dich hier gehalten. Das würde ich verstehen. Meine Pancakes sind echt verdammt lecker.«

»Sind sie wirklich«, stimmte ich zu. »Aber kein Essen der Welt hält mich bei einem Mann, auf den ich keine Lust habe.«

Stumm sahen wir einander in die Augen, und ich fragte mich, was in seinem Kopf vorging. Wie er mich in diesem Moment sah. Ohne Make-up, leicht übermüdet, in den Klamotten von gestern. Sein Kuss gab mir die Antwort darauf.

»Ich werde trotzdem immer wieder nachfragen«, erklärte er. »Ich möchte niemals etwas tun, was dir unangenehm ist. Lieber frage ich einmal zu viel nach.«

»Danke«, sagte ich aufrichtig. Erneut breitete sich Stille aus, und mir fiel auf, wie angenehm ich mit Hikaru schweigen konnte. Doch irgendwann musste dieser Moment enden, und so löste ich mich von ihm. »Dann lasse ich Christopher mal nicht länger warten.«

»Bitte schreib mir, wenn du sicher daheim angekommen bist, ja?« Hikaru fuhr sich mit einer Hand durch die Haare. »Also ich will dich nicht kontrollieren oder so. Ich … mache mir bloß Sorgen. Wegen der Sache gestern. Du musst dich auch nicht bei mir melden. Ich würde mich einfach freuen.«

Als Antwort küsste ich ihn. »Es ist sehr lieb, dass du dir solche Sorgen machst. Wirklich.«

Er begleitete mich bis zur Tür. »Heute Abendessen?«, schlug er hoffnungsvoll vor. »Ah, nein, du musst ja länger arbeiten. Morgen?«

Zu gern wäre ich direkt heute mit ihm essen gegangen, aber ich traute mich nicht, das einzufordern, nachdem er aufgrund meiner Arbeit Rücksicht genommen hatte. »Sehr gern.«

»Dann melde ich mich.«

Ich nickte und stellte mich auf die Zehenspitzen, um ihn erneut zu küssen. »Bis dann.«

HIKARU

Sobald die Tür hinter Toni ins Schloss fiel, nahm ich mir einen Moment, um meinen aufgeregten Herzschlag zu beruhigen. Sie hatte einem weiteren Treffen zugesagt und mir damit eine große Angst genommen. Auch wenn sie mir nie einen Anlass dazu gegeben hatte, zu glauben, dass es sich hierbei um eine einmalige Sache handelte, so war die Unsicherheit mein ständiger Begleiter gewesen.

Aber sie wollte mich wiedersehen. Allein der Gedanke ließ mich grinsen. Mit einem Blick auf die Uhr stellte ich fest, dass es gerade einmal früher Nachmittag und der Tag damit noch jung war. Dabei hatte ich schon so viel erlebt. Das Einkaufen, die Pancakes, der Film, die neuen Seiten.

Letzteres lockte mich zurück in mein Arbeitszimmer, und ich holte das Papier hervor, begutachtete die Striche und Linien. Stolz fuhr ich mit dem Zeigefinger über eine Buchhandlung, die im Hintergrund erstaunlich detailliert zu erkennen war. Das hatte meine Gabe bisher noch nie getan. Normalerweise fokussierte sich die Geschichte, die durch sie entstand, auf die Hauptcharaktere, und der Hintergrund waren generische Szenerien. Aber das hier … Es war voller Leben.

Ich wollte unbedingt wissen, was andere zu diesen Seiten sagten, also schickte ich sie Lydia und lächelte zufrieden. Gestern hatte ich noch geglaubt, mich erst in Monaten wieder an den Schreibtisch zu trauen, aber die ganzen Gefühle, die Toni in mir auslöste, hatten den Prozess beschleunigt und mir gezeigt, wie wichtig meine Gabe mir war.

Da beschlich mich ein anderer Gedanke. Vielleicht war meine Gabe nicht wichtig, sondern mein Fluch zu übermächtig. Ich fröstelte und schob die Überlegung schnell zur Seite, immerhin war kein Monster ausgebrochen. Dieses Mal war alles glattgelaufen, und ich hatte als Ergebnis großartige Seiten in der Hand gehalten.

Wenige Minuten nachdem ich die Mail abgeschickt hatte, klingelte schon mein Handy.

»Du machst mich fertig!« Der Satz klang gemein, aber Lydias Stimme überschlug sich vor Glück. »Meintest du nicht vorhin, du bleibst bei der Pause? Wie kannst du jetzt ein ganzes Kapitel fertig haben?«

»Ich war motiviert«, erklärte ich leichthin. »Und inspiriert.«

»Jetzt bin ich sehr gespannt.« Ich hörte ein leises Klicken und vermutete, dass Lydia die Seiten durchlas. »Luke … Die sind …« Ich hielt den Atem an. »Großartig!«

»Hast du sie etwa schon komplett gelesen?«, fragte ich.

»Nein«, gab Lydia zu. »Ich habe sie gerade nur überflogen, aber die Zeichnungen … Sie wirken anders als sonst.«

»Wie meinst du das?«

»Kraftvoller.« Ein weiterer Klick. »Damit meine ich nicht, dass deine Zeichnungen sonst keinen Ausdruck hatten. Aber diese Seiten … Ich liebe sie.«

»Kannst du sie direkt BentoBooksAndComics schicken?«, fragte ich.

»Wieso denn das?«

»Als Dankeschön«, erwiderte ich.

»Als Dankeschön?«, echote Lydia. »Sie schreibt regelmäßig negative Rezensionen.«

»Sie hat mich bei den ganzen negativen Kommentaren unterstützt.«

»Weil wir sie bezahlt haben.«

»Bitte, Lydia.« Ich seufzte. »Mir ist ihre Meinung wichtig.«

»Obwohl sie kein Fan ist?«

»Gerade deshalb.«

»Ah. Du glaubst, dass du sie mit diesen Seiten endlich von dir überzeugen kannst.« Stille breitete sich zwischen uns aus. Ein weiterer Klick. »Da stimme ich dir zu. Es könnte sein, dass sie die hier wirklich mag.« Wärme breitete sich in meiner Magengrube aus. »Aber sei nicht enttäuscht, wenn es nicht so ist.«

»Bin ich nicht«, log ich. Abgesehen von meinem Wunsch nach Bestätigung gab es noch einen weiteren Grund, weshalb ich wollte, dass BentoBooksAndComics die Seiten sah. Ich wusste, dass sie auch in Tonis Postfach landeten, und ich wollte so sehr, dass sie sie mochte. »Außerdem müsste ich dich um einen Gefallen bitten.«

TONI

Christopher und ich trafen uns wie immer in einem Café. Die Sonne stand heute hell am herbstlichen Himmel, und dennoch trugen die Menschen graue Kleidung, sodass Christopher mit seinem Lächeln und dem knallroten Mantel alle überstrahlte.

»Schön, dass es geklappt hat, T!« Er zog mich in seine Arme. »Freut mich echt, dich zu sehen.«

»Mich auch«, erwiderte ich. »Danke, dass du geschrieben hast.«

»Natürlich.«

Wir betraten gemeinsam das Café, und der Geruch von Kaffee schlug mir entgegen. Die Einrichtung bestand aus dunklen Ledersofas und niedrigen Holztischen.

»Setz dich schon mal. Schwarzer Kaffee?«

Ich nickte und setzte mich auf das von Christopher ausgesuchte Ledersofa. Möglichst unauffällig ließ ich meinen Blick schweifen und scannte die Umgebung nach möglichen Verstecken, hinter denen sich der Stalker verbergen konnte. Im Café hatten die Menschen ihre Schals und Mützen abgenommen, sodass ich mich irgendwann entspannt zurücklehnte. Er war nicht hier.

Als Christopher mit den Getränken kam, setzte er sich direkt neben mich.

»Danke für den Kaffee. Ich zahl die zweite Runde, ja?«

»Oh, brauchen wir heute zwei Getränke?« Er hob die Augenbrauen. »Was ist passiert?«

Es erschien mir seltsam, gerade ihm davon zu erzählen, immerhin war er mit Henry befreundet. Andererseits war dies eine Möglichkeit, ihm zu zeigen, dass wir eine echte Freundschaft führten.

»Ich bin verliebt«, gab ich also unumwunden zu und griff nach meinem Kaffee, damit ich nicht weiterreden musste. Christophers Kinnlade fiel nach unten.

»Was?« Er fuhr sich mit einer Hand durch die blonden Locken und lachte. »Damit habe ich jetzt nicht gerechnet. Dachte, du gehörst zu den Frauen, die nach einer Trennung erst einmal jahrelang Single bleiben.«

»Normalerweise ja«, gab ich zu und stellte die Tasse wieder ab. »Es war auch mehr ein Zufall.«

»Also keine Dating-App? Keine Barbekanntschaft?«

Ich schnaubte. »Von Klubs und Bars halte ich mich seit der Trennung fern. Da gibt's mir einfach zu viel Balzverhalten. Und Dating-Apps waren noch nie meins. Komme damit leider nicht klar.«

»Versteh ich.« Christopher nippte an seiner Tasse. »Wobei ich sagen muss, dass ich schon einige echt gute Dates über so 'ne App hatte. Zumindest Männer finde ich dort leichter als im echten Leben. Bei Frauen klappt es auch so.« Er zuckte mit den Schultern. »Aber zurück zu dir: Wer ist es? Wie ist es passiert? Ich will alles wissen.« Gerade setzte ich zu einer Antwort an, da fügte er noch recht leise hinzu: »Keine Sorge, ich werde Henry nichts davon erzählen.«

Ich griff nach seiner Hand und drückte sie leicht. »Das weiß ich doch. Sonst hätte ich es gar nicht erst angesprochen.«

Unsere Blicke trafen sich, und seine Mundwinkel wanderten nach oben. »Jetzt spann mich nicht länger auf die Folter!«

Also erzählte ich ihm vom Date im Museum und der letzten Nacht. »Es war erst rein geschäftliche Neugier, weil ich dachte, dass ich so mehr über Luke Asakura erfahren kann. Aber …«

»… dann wurde es so viel mehr«, unterbrach Christopher mich und legte theatralisch den

Handrücken an die Stirn. »Eine Geschichte wie aus einem Liebesfilm.«

Ich grinste. »Könnte man so sehen, ja.«

»Aber dein Interesse an dem Zeichner ist noch vorhanden, oder?« Bei dieser Frage zog Christopher beide Augenbrauen nach oben. »Würdest du Hikaru in den Rücken fallen, wenn du dafür mehr über diesen Luke herausfindest?«

Sofort versteifte ich. Die Kaffeetasse war mittlerweile leer, trotzdem umklammerte ich sie fest. »Natürlich nicht.«

»Das klang selbstsicher.« Er legte den Kopf leicht schief. »Was mich ehrlich gesagt überrascht. Ich meine … du kennst den Kerl gar nicht, aber dieses Geheimnis rund um den Zeichner – oder die Zeichner – beschäftigt die ganze Welt.«

»Wer auch immer hinter dem Comic steckt, hat ein Recht auf Privatsphäre«, erinnerte ich ihn. »Mit diesem Wunsch kenne ich mich aus.«

»Natürlich, aber …« Christopher winkte ab. »Na ja, egal.«

»Was wolltest du sagen?« So leicht ließ ich ihn nicht davonkommen.

»Ich dachte einfach immer, dass dein Beruf dir wichtiger ist als die Liebe«, erklärte Christopher und senkte den Kopf. »Bitte nimm mir das nicht übel. Das meine ich keineswegs negativ!«

»Ich wüsste auch nicht, weshalb das etwas Negatives sein sollte«, sagte ich ruhig und stellte die Tasse auf den Tisch. Mein Magen fühlte sich an, als hätte ich eine Tonne Steine geschluckt. »Allerdings fühlt es sich aus deinem Mund wie ein Vorwurf an. Nach allem, was mit Henry geschehen ist.«

»Das hat doch gar nichts mit ihm zu tun!«

»Ich habe sein Buch nicht gut bewertet, weil mir meine Ruhe wichtiger war als er«, stellte ich klar. »Nicht weil ich meinen Job über die Liebe stelle. Er hat mich gedatet, damit ich sein Buch promote.«

»T, ich …« Er seufzte. »Du hast recht, es tut mir leid. Das waren Henrys Worte, nicht meine. Offensichtlich habe ich sie einfach zu oft gehört.«

»Und seine Denkweise übernommen«, stellte ich trocken fest. »Scheiße, Christopher. Ich dachte echt, wir wären Freunde.«

Jetzt war er es, der nach meinen Händen griff und sie festhielt. »Das sind wir auch, T. Ehrlich. Bitte entschuldige.«

Ich sah in seine Augen und seufzte. »Na schön. Wie geht es Henry denn?« Ob ich diese Frage aus ehrlichem Interesse oder aus Mangel an anderen Themen stellte, war mir selbst ein Rätsel.

»Er ist völlig fertig«, erwiderte Christopher. »Sein Buch wird kaum verkauft.«

Als ich die Antwort hörte, war mir klar, dass es ehrliches Interesse war. Er mochte mich angelogen und benutzt haben, aber meine Gefühle waren echt gewesen. »Das ist für einen Debütanten doch nichts Ungewöhnliches.«

»Das wenige Feedback, das er bekommt, ist durchweg negativ.« Christopher seufzte. »Er redet die ganze Zeit davon, das Schreiben aufzugeben.«

»Das wäre schade.« Da ich gefragt hatte, wie es Henry ging, fühlte ich mich zu einer Antwort verpflichtet, aber eigentlich wollte ich nun bloß das Thema wechseln. »Vielleicht findet er neue Inspiration in der Kritik und versucht, das nächste Mal ein besseres Buch zu schreiben.«

»Glaubst du das wirklich?« Christopher griff nach seiner Tasse und leerte sie, bevor er sie energisch zurückstellte. »Seit Wochen geht es ihm mit diesem Buch mies. Ich glaube nicht, dass er das noch mal durchsteht.«

»Ich hoffe es trotzdem.« Krampfhaft suchte ich nach den richtigen Worten. »Manchmal sind es gerade solche Rückschläge, die Kreativität zu neuen Höhenflügen antreibt.«

Christopher brummte. »Darf ich ihm das so sagen?«

»Solange du nicht sagst, dass es von mir ist.« Ich zog einen Mundwinkel nach oben und warf einen Blick auf mein Handydisplay. »Hey, es war echt schön, dich zu sehen. Aber ich muss langsam los. Die Arbeit ruft.«

Wir standen gemeinsam auf und umarmten uns vor dem Café

länger als sonst. Der Lärm der Großstadt umhüllte uns, als Christopher mir Worte ins Ohr flüsterte, die er sicher nett meinte, die mir aber Übelkeit bereiteten: »Das Schlimmste, was Henry je gemacht hat, war, dich ziehen zu lassen.«

HIKARU

Nach dem Gespräch mit Lydia befiel mich eine merkwürdige Unruhe. Ich tigerte durch das Haus, putzte, räumte auf, stand verloren herum. Erst nach einer Weile begriff ich, dass es die Aussicht auf Tonis Feedback war, die mich umtrieb.

Sobald ich das verstanden hatte, ging es mir ein bisschen besser. Dann realisierte ich, dass sie mir noch nicht geschrieben hatte. Ich warf einen Blick auf die Uhr. Es war früher Nachmittag, sie war vor knapp drei Stunden gegangen. Je nachdem, in welchem Café sie sich trafen, gab das keinen Anlass zur Sorge, aber mein Gehirn spuckte trotzdem zahlreiche Horrorszenarien aus. Toni, die in der U-Bahn von diesem Typen bedrängt wurde. Toni, die von ihrem Stalker in eine dunkle Seitengasse gezerrt wurde.

Ich ballte die Hände zu Fäusten und atmete tief ein. Dann nahm ich mein Handy und tippte eine kurze Nachricht an Toni.

Hey, geht es dir gut?

Ich löschte sie wieder. Sie hatte versprochen, sich zu melden und ich wollte nicht aufdringlich sein. Da vibrierte das Gerät und Matthews Name tauchte auf.

Ohne zu überlegen ging ich direkt dran und bereitete mich auf das Schlimmste vor. Vielleicht hatte Sarah uns nun doch auffliegen lassen.

»Hey, Mann.« Er klang locker und sofort entspannte ich mich.

»Hey.«

»Habe gerade Mittagspause und wollte nur mal checken, wie es dir so geht.«

Das überrumpelte mich. Es war das erste Mal seit langer Zeit, dass mich jemand anrief, um nach meinem Befinden zu fragen. Dementsprechend eloquent fiel meine Antwort aus: »Ganz gut, schätze ich.« Eine kurze Pause, dann fiel mir ein, wie man angemessene Gespräche führte. »Und dir?«

»Wird schon«, antwortete er. »Die Sache mit Sarah war echt hart, aber so langsam komm ich wieder klar. Ey, danke dir noch mal.«

»Jederzeit«, erwiderte ich. Ich hatte Matthew vor allem geholfen, weil es um meine Sicherheit ging. Dass er das als riesigen Freundschaftsdienst auffasste, gab mir ein schlechtes Gewissen, aber ich konnte ihn nicht aufklären, ohne meine Identität zu verraten. »Ich bin sehr froh, dass alles geklappt hat.«

»Ich auch, Mann. Ich auch.« Er seufzte. »Wollen wir heute Abend was trinken gehen?«

»Was trinken gehen?«, echote ich.

»Ja. Muss kein Bier sein. Cola geht auch. Wie du willst. Fände es einfach schön, ein bisschen gemeinsam abzuhängen. Moment.« Rascheln, Knistern. »Ich hätte gegen siebzehn Uhr Feierabend. Bock?«

»Gern«, erwiderte ich, ohne nachzudenken. »Schickst du mir den Treffpunkt?«

»Wird gemacht!« Matthew lachte. »Ey, ich freu mich, Mann! Bis später!«

»Bis dann.« Ich beendete das Gespräch und starrte überfordert auf mein Handy.

Hatte ich mich gerade zu einem abendlichen Drink mit einem Freund verabredet? Was geschah nur mit mir? Ein angenehm warmes Gefühl breitete sich in meinem Bauch aus. Mein ganzes Leben hatte ich mich vor Nähe gefürchtet. Davor, verletzt zu werden. Enttäuscht. Verraten. Aber gerade fühlte sich die Aussicht auf Veränderung unfassbar gut an.

TONI

Der Weg nach Hause war gekennzeichnet von misstrauischen Blicken über die Schulter und extra vielen Umwegen. Sobald ich meine Wohnung betrat, atmete ich erleichtert aus.

Zu Hause. In Sicherheit. Wie versprochen schickte ich Hikaru eine kurze Nachricht, dass ich angekommen war. Die Antwort kam direkt.

Danke.

Dahinter ein kleines, rotes Herz, bei dessen Anblick sich mein Puls beschleunigte. Sofort schickte ich eins zurück. Mit einem seligen Lächeln streifte ich meinen Mantel ab und warf ihn über die Sofalehne. Dann ging ich in die Küche, holte mir einen Kaffee und kehrte damit zum Sofa zurück.

Während ich den angenehmen Geruch des Heißgetränks einatmete, erinnerte ich mich daran, dass das meine letzte Tasse für heute sein musste. Ich hatte definitiv zu viel Koffein intus.

Gewissenhaft ging ich meine Mails durch. Candice hatte mir geschrieben und mich auf einen Cocktail eingeladen. Ich runzelte die Stirn, denn normalerweise versuchte sie, persönlichen Treffen aus dem Weg zu gehen. Sie mochte nicht einmal Telefonate. Kurz wog ich ab, ihr abzusagen, da ich darauf hoffte, mich doch mit Hikaru zu treffen, aber sobald dieser Gedanke aufkam, sagte ich ihr zu. Ich würde nicht anfangen, mein Leben nach unausgesprochenen Hoffnungen auszurichten. Zufrieden trug ich den Termin in meinem Kalender ein.

Dann erinnerte ich mich an die Mail, die Henrys Verlag mir geschrieben hatte, und an Christophers Worte im Café.

Ich wusste, dass es falsch war, aber die Neugier trieb mich voran.

Also suchte ich in den sozialen Netzwerken nach dem ersten Feedback zu *Repeat.* Die Reaktionen waren vernichtend.

Das nichtssagendste Buch, das ich seit Langem gelesen habe.

Belanglose Gedanken eines Narzissten.

Der Verlag wartete noch auf eine Antwort von mir und ich seufzte. Die Begründung, dass BibliophileBoulevard nicht mehr aktiv war, hatte ich bereits als Mailvorlage eingespeichert. Ich nutzte sie und fügte noch einige private Worte hinzu, die hoffentlich weder Henry noch mich in einem schlechten Licht dastehen lassen würden.

Natürlich wünsche ich dem Autor aufgrund unserer persönlichen Verbindung alles Gute und hoffe, dass das Buch den gewünschten Erfolg erzielt!

Gerade hatte ich die Mail abgeschickt, da flatterte eine weitere in mein Postfach. Neue Seiten von *Haru no Hikari: Sakura's Guardian.* Verblüfft öffnete ich die Datei.

Erst als ich alles gelesen hatte, merkte ich, dass ich den Atem angehalten hatte. Geräuschvoll stieß ich die Luft aus und legte das Tablet neben mich.

Das neue Kapitel war unfassbar gut. Es traf exakt meinen Geschmack, was das Pacing anging: stringent und dennoch an den richtigen Stellen mit Überraschungen. Dabei hielt es sich an altbekannte Erzählstrukturen, um im richtigen Moment damit zu brechen. Kurzum: Es enthielt alles, wovon ich Hikaru vorgeschwärmt hatte.

… wir würden uns sehr über direktes und zeitnahes Feedback von BentoBooksAndComics und dir freuen.

Ich legte die Stirn in Falten und tippte schnell eine Antwort.

Liebe Lydia,
vielen Dank für die neuen Seiten! Heißt das, ich soll euch die Bewertung schicken, bevor sie gepostet wird? Normalerweise arbeitet BentoBooksAndComics nicht mit Freigaben. Eine ehrliche und unabhängige Meinung ist ihr sehr wichtig. Und ich muss leider nachfragen: Deine Mail klingt, als wollte Luke Asakura auch Feedback von mir? Das ist sehr ungewöhnlich.

Ich hoffte, dass die Worte nicht zu harsch klangen, immerhin waren sie einer meiner besten Kunden, und ich durfte neulich das Interview mit Luke Asakura führen, das mir enormen Traffic gebracht hatte.

Die Antwort folgte erstaunlich schnell.

Liebe Toni,
entschuldige die Verwirrung: Uns geht es nicht um eine Freigabe. Der Zeichner möchte direktes Feedback haben, bevor er die Seiten veröffentlicht. Gern auch von dir, da du früher einen großartigen Blog hattest. Aber ich verstehe, wenn das zu viel verlangt ist, da du diese Arbeit ja nicht mehr machst. Wichtig ist, dass es uns hierbei nicht um ein öffentliches Statement geht. Er würde einfach gern deine Meinung hören.

Entgeistert starrte ich auf die Worte. Sie waren unmissverständlich klar. Ich litt nicht an Größenwahn und nahm mich selbst nicht zu wichtig, nein. Luke Asakura wollte wirklich wissen, was ich – was Toni – zu seinem Werk sagte.

Ich stieß ein ungläubiges Lachen aus. Zu Beginn meiner neuen Arbeit war es nicht selten vorgekommen, dass mich Verlage nach

Feedback fragten, und während ich dem am Anfang nachgekommen war, hatten sie dann zu oft versucht, meine Worte als Blurb auf die Bücher zu drucken oder sie auf Social Media als Marketinginstrument zu verwenden.

Aber Lydia betonte, dass es lediglich um privates Feedback und nicht um die Öffentlichkeit ging. Meine Fingerspitzen kribbelten freudig, aber je länger ich darüber nachdachte, desto mehr glitt das Lächeln aus meinem Gesicht.

Wie sollte ich diese Seiten sowohl als BentoBooksAndComics als auch als Toni rezensieren? Ich schrieb in meinen Bewertungen immer die Wahrheit, und auch wenn ich sie doppelt verpackte, so blieb der Inhalt. Das könnte Lydia stutzig machen. Oder sie glaubte einfach, dass ich von BentoBooksAndComics abgeschrieben hatte, um mir Arbeit zu sparen.

Ich seufzte und tippte eine Antwort.

Liebe Lydia,
was für eine Ehre! Es freut mich sehr, dass ihr euch auch für meine Meinung interessiert, allerdings habe ich aktuell viel zu tun, deshalb kann ich nur einen kurzen Eindruck geben: Sie sind enorm gelungen! Die ausführliche Meinung von BentoBooksAndComics folgt so schnell wie möglich.

Wieder dauerte es keine Minute, bis Lydia mir antwortete.

Liebe Toni,
das verstehe ich natürlich! Trotzdem vielen Dank, dass du dir Zeit für das Kapitel und ein kurzes Feedback genommen hast. Wir sind sehr gespannt, was BentoBooksAndComics dazu sagt!

Zufrieden zog ich meinen Notizblock heran und begann, an der ausführlichen Rezension zu arbeiten. Dafür las ich die Seiten erneut. Die Hintergründe waren viel detaillierter als sonst, was mir ausnahmslos gut gefiel. Doch dann stutzte ich. Im Hintergrund eines Panels erkannte ich eine Buchhandlung, die mir sehr bekannt vorkam. Ich kniff die Augen zusammen, begutachtete die Zeichnung. An Seilen hängende Bücher im Schaufenster. Es war definitiv Rose' Laden.

War das Hikarus Art, mit mir zu flirten? Immerhin hatte er die Szene mit mir damals als Entschuldigung einbauen lassen. Wann hatte er Luke die Informationen zu diesem Ort geschickt? Ich ließ das Tablet sinken. Nein. Das musste ein Zufall sein. Sicherlich war diese Dekoration nicht so außergewöhnlich. Außerdem war Hikaru erst gestern mit mir in der Buchhandlung gewesen. Es war unmöglich, dass sie sich keine vierundzwanzig Stunden später in *Haru no Hikari* befand. Dann erinnerte ich mich daran, wie schnell Hikaru die Zeichnung des Stalkers gefertigt hatte, und ein Gedanke formte sich in meinem Kopf.

Mir fiel der Stift aus der Hand. Die Hinweise waren eindeutig, aber weitere Grübeleien würden mich nicht voranbringen. Also beschloss ich, das ganze pragmatisch anzugehen, und rief Hikaru einfach an.

HIKARU

Als mein Handy klingelte und ich Tonis Namen erkannte, hüpfte mein Herz vor Freude. Sofort nahm ich den Anruf entgegen und stand auf, schlenderte zur Küchentheke.

»Hey.« Eigentlich wollte ich sexy klingen, stattdessen raunte ich das Wort ins Mikrofon, als hätte ich vorher die ganze Nacht durchgegrölt. Ich räusperte mich und wiederholte die Begrüßung, stützte mich mit einer Hand auf der Arbeitsfläche ab und kam mir dabei ziemlich lächerlich vor. Also richtete ich mich wieder auf, strich mir über den Nacken. »Was verschafft mir die Ehre?«

»Wir müssen reden.«

So wie ich Toni kannte, war das nicht ihre wütende Tonlage, dennoch verkrampfte bei dem Satz mein Magen. In Filmen stand er immer für den Anfang eines sehr schwierigen Gesprächs. Also setzte ich mich auf den Boden, winkelte die Beine an. Aus dieser Perspektive wirkte meine Küche seltsam riesig.

»Schieß los.«

»Ich habe gerade die neuen Seiten von *Haru no Hikari* erhalten.«

Sie klang darüber nicht erfreut. Mein Brustkorb zog sich zusammen. »Ich habe sie auch schon gelesen. Wie findest du sie?« Ihre Meinung interessierte mich wirklich brennend.

»Großartig«, erwiderte sie, und pure Freude durchströmte meinen Körper. Ich lehnte den Hinterkopf gegen den Küchenschrank und schloss die Augen. »Die Details im Hintergrund sind umwerfend. Ich liebe, dass Haru sich endlich mehr den Menschen gegenüber öffnet, die schon die ganze Zeit so nett zu ihm sind. Das ist eine erfrischende Abwechslung.«

Ihre Worte waren das Schönste, das ich seit Ewigkeiten gehört habe. Ein stolzes Grinsen breitete sich auf meinem Gesicht aus. »Nicht wahr? Ich finde, es ist die beste Episode seit Langem.«

»Eigentlich die beste Episode seit Beginn«, pflichtete Toni mir bei. Ihre Stimme klang seltsam belegt, und ich öffnete die Augen.

»Ist alles okay? Du wirkst so …« Ich suchte nach dem passenden Wort. »… distanziert?«

Am anderen Ende der Leitung hörte ich Toni seufzen, und ich sah sie förmlich vor mir. Wahrscheinlich saß sie gerade auf ihrem Sofa, das Tablet mit dem Webcomic noch vor sich, den Blick zum Fenster gerichtet. In mir regte sich das Bedürfnis, sie in den Arm zu nehmen. Es tat so gut, dass sie positiv über diese Episode sprach. Immerhin hieß das, dass sie auch mein aktuelles Ich mochte. Diese Episode war das Ergebnis meines Lebens mit ihr.

Es war so gut wie noch nie, und sie sah das genauso.

»Ich muss dich was fragen«, sagte Toni, und ich hörte, wie sie tief durchatmete. »Sag mir die Wahrheit, Hikaru: Steckst du hinter Luke Asakura?«

Die Worte fühlten sich surreal an. Meine Fingerspitzen wurden kalt, mein Hirn war wie leer gefegt.

Toni fuhr fort: »In der neuen Episode ist die Buchhandlung zu sehen, in der wir gestern waren. Der Laden, in dem du innerhalb von nur dreißig Minuten ein quasi fotorealistisches Porträt gezeichnet hast. Es … es würde so viel Sinn ergeben.«

»Toni, ich …« Mein ganzer Körper zitterte. Mein Wunsch nach Tonis Anerkennung hatte mich waghalsig werden lassen. Jetzt zahlte ich die Strafe dafür. Niemand durfte wissen, wer ich war.

Oder von meiner Gabe erfahren. So war es schon immer gewesen. So war ich sicher. Meine Gedanken weigerten sich, eine Lösung zu finden.

Bisher hatte mich noch nie jemand direkt darauf angesprochen, ob ich Luke Asakura war. Niemand war mir je so nah gekommen. Es gab keinen Ausweg. Nichts, was mich zuverlässig rettete. Die Küche wirkte überdimensional riesig. Die Welt wie eine Aufgabe, die ich nie bezwingen würde. Das Schweigen am anderen Ende der Leitung konnte alles bedeuten. Wut. Enttäuschung. Angst.

»Es …«, setzte ich erneut an, aber wieder kam ich ins Stocken. Ich raufte mir mit einer Hand die Haare.

Toni nahm mir die Antwort ab: »Ruf mich an, wenn du eine Antwort hast, ja?«

Dann legte sie auf.

TONI

Ich freute mich auf den Abend mit Candice und die willkommene Ablenkung. Es tat mir leid, dass ich Hikaru derart konfrontiert hatte. Meine Neugier hatte die Kontrolle übernommen, dabei hätte meine Empathie im Vordergrund stehen sollen. Jetzt blieb mir nur zu hoffen, dass Hikaru mir meine forsche Art verzeihen würde. Wenn er wirklich hinter Luke Asakura steckte, hatte ich ihn vielleicht zu hart vor den Kopf gestoßen. Immerhin war es sein bestgehütetes Geheimnis, mit dem ich ihn einfach konfrontiert hatte. Ich verfluchte meine Direktheit, aber ich hätte meinen Verdacht auch nicht vor ihm verheimlichen wollen. Nein, es war gut, dass ich es sofort angesprochen hatte und er jetzt die Zeit für sich nutzen konnte, um damit umzugehen. Für mich blieb also in den nächsten Stunden nichts als Ablenkung.

Als ich in meinem schwarzen, knielangen Kleid in die angesagte Szenebar trat, fühlte ich mich vollkommen fehl am Platz. Die Leute hier trugen zerrissene Jeans und bauchfreie Oberteile, kombiniert mit grellen Accessoires. Rockmusik drang aus den Lautsprechern, und die Inneneinrichtung schrie nach einer Kombination aus 80ern und Cyberpunk. Grelle Neonröhren, kräftige Farben, glatte Oberflächen.

Hinter der Bar hing ein leuchtendes rosagrünes Schild, das *Drinks* verlauten ließ. Es spiegelte sich verschwommen in der polierten Theke der Bar. Direkt davor stand ein Mann in meinem Alter. Er trug die langen dunklen Haare zu einem Zopf gebunden, und ein Piercing steckte in seiner Unterlippe.

Das hier war definitiv nicht der Ort, den ich erwartet hatte, als Candice mich ins *Paradise* bestellte.

»Toni!« Als ich meinen Namen hörte, ließ ich suchend den Blick über die Menge schweifen. Eine blonde Frau winkte mir zu. Sie saß an einem der hohen runden Tische auf einem Barhocker und trug eine Lederjacke mit Nieten, dazu ein neongrünes Oberteil. In ihren Ohren steckten riesige, goldene Kreolen.

»Candice?« Ich trat auf sie zu, und Candice zog mich ohne Umschweife in eine Umarmung.

»Wie schön, dich endlich mal zu treffen«, flötete sie und winkte einen vorbeieilenden Kellner heran. »Bitte noch einmal den Neon Noir. Was darf es für dich sein?« Sie sah mich auffordernd an.

»Dasselbe«, erwiderte ich in Ermangelung an Alternativen. Der Kellner trug einen gelb leuchtenden Plastikring um den Hals und nickte uns zu. Dann wandte ich mich wieder Candice zu. »Das ist unser erstes Treffen, oder?«

Sie nickte. »Ja, tut mir leid. Ich habe mich nicht früher getraut.« Obwohl ihre Worte schüchtern klangen, sah sie mich direkt und offen an. Sie trug sehr starkes Make-up, das perfekt zu ihrer Kleidung passte.

»Okay?« Verwirrt ließ ich

mich auf den freien Barhocker gleiten. »Mich beschleicht das Gefühl, dass wir einiges zu bereden haben, oder?«

»Ich fürchte.« Candice seufzte und fuhr sich mit einer Hand durch ihre blonde Lockenmähne. In diesem Moment kamen die Getränke. Hohe Gläser mit leuchtend blauem Inhalt. »Aber lass uns erst einmal anstoßen!«

Das Klingen unserer Gläser ging in der allgemeinen Lautstärke unter. Skeptisch nippte ich an dem Getränk. Es schmeckte angenehm sauer.

»Ziemlich lecker«, gab ich zu. Dann lehnte ich mich über den Tisch hinweg. »Also, was gibt's?«

»Ich habe einiges zu erklären«, begann Candice und seufzte. »Das hier ist meine Lieblingsbar.«

Irritiert legte ich die Stirn in Falten. Candice' Blog stand für romantischen Cottagecore. Sie trug pastellfarbene Kleider, trank Tee aus altmodischen Tassen und lichtete sich vor alten Holzmöbeln ab. Ihr Make-up war stets dezent. Kurzum: Das *Paradise* war das genaue Gegenteil dessen, wofür sie im Internet stand.

»Okay?«, sagte ich vorsichtig.

»Und zwar schon echt lange«, fuhr Candice fort und sah mich auffordernd an. Offensichtlich wollte sie, dass ich es aussprach.

Ich tat ihr den Gefallen. »Das passt gar nicht zu dir.«

Sofort nickte Candice. »Es passt nicht zu dem, wie ich mich im Internet präsentiere. Aber es passt zu hundert Prozent zu mir, wenn du verstehst.«

»Dein Social-Media-Account ist eine Internetpersona.« Das war nicht selten. Es wunderte mich nur, dass ich es bei Candice nie bemerkt hatte. Andererseits war unser Kontakt bisher hauptsächlich über Mail gelaufen, was ich nicht hinterfragt hatte, immerhin gehörte ich selbst zu den Menschen, die lieber allein von zu Hause aus agierten.

»So ist es.« Candice seufzte. »Es tut mir so leid, dass du das erst jetzt erfährst, immerhin arbeiten wir schon einige Jahre zusammen.«

»Wie hat es begonnen?«, fragte ich nur.

»Ich habe früher für ein Unternehmen Social-Media-Management gemacht und war ziemlich gut darin. Als ich mich selbstständig machen wollte, habe ich analysiert, was gerade im Buchbereich funktioniert, und bin auf den Zug aufgesprungen.«

»Mit großem Erfolg«, stellte ich fest. Candice war vor zwei Jahren quasi über Nacht zu einer der größten Buch-Influencerinnen geworden. »Aber warum gerade Bücher? Du hättest eine Branche nehmen können, in der Influencer deutlich besser bezahlt werden.«

»Ich liebe Bücher.« Gedankenverloren fuhr Candice mit dem Zeigefinger am Rand ihres Glases entlang. »Das war nie gelogen. Ich wollte immer in die Branche. Ich dachte, wenn ich genügend Follower sammle …«

Verständnisvoll nickte ich. »Meine Geschichte war damals ähnlich. Ich wollte Lektorin werden.«

»Mein Ziel war immer Buchmarketing«, erklärte Candice. »Deshalb habe ich alles gemacht, was in dem Bereich funktionierte. Aber diese Frau bin ich nicht.« Sie holte tief Luft. »Ich liebe Fantasyromane. Und Science-Fiction!«

Zerknirscht sah sie mich an, als hätte sie gerade zugegeben, dass sie gern Hundewelpen häutete.

»Also suchen wir zukünftig Kooperationen in diesem Bereich«, sagte ich.

»Wir wissen beide, dass das nicht so einfach ist. Wir haben eine Marke aufgebaut. Meine Followerschaft interessiert sich nicht für Phantastik.« Sie trank einen Schluck. »Es ist so frustrierend, wie wenig Frauen in der Literaturwelt ernst genommen werden.«

Wissend nickte ich. »Man erwartet Liebesromane von uns. Immer.«

»Und dann haben die auch noch so ein schlechtes Image!« Candice warf frustriert die Arme in die Luft. »Versteh mich nicht falsch: Romance ist echt nicht mein Genre, aber das liegt an mir, nicht an den Geschichten. Ich verstehe nicht, wie Menschen ständig sagen können, dass Romance nur seichte Unterhaltung ist. Dabei ist es wirklich schwierig, innere Konflikte so spannend zu gestalten, dass die Leute am Ball bleiben. So ganz ohne Drachen und Cyberware.«

»Du hast dich also den Liebesromanen gewidmet, weil du dachtest, dass du als Frau in der Fantasy keine Chance hast?«

»Könnte man so sagen«, gab Candice zu und senkte den Kopf. »Ich weiß, dass das feige war. Aber ich wollte einfach nur einen erfolgreichen Account, um dann im Verlagswesen zu landen. Und Liebesromane in Verbindung mit Cottagecore haben funktioniert. Am Anfang habe ich noch hin und wieder einen Fantasyroman eingestreut, aber die Interaktionszahlen waren katastrophal. Und du kennst das ja: Man macht das, was auf Social Media funktioniert, und hofft, dass es das nächste Mal wieder erfolgreich ist.«

»So geht das Spiel.« Ich seufzte. Die Vorstellung, dass Candice zwei Jahre online ein Doppelleben geführt hatte, beunruhigte mich. Einerseits weil ich es nicht gemerkt hatte, andererseits weil ich mir kaum vorstellen konnte, was sie durchgemacht hatte. Auch wenn ich BibliophileBoulevard aufgeben musste, so liebte ich doch BentoBooksAndComics. Manga und Comics waren mein Ding, und ich war damals froh gewesen, dass ich eine zweite Leseleidenschaft gehabt hatte, die ich für Instagram nutzen konnte.

»Aber so langsam glaube ich, dass ich niemals eine Stelle im Marketing eines Verlages bekommen werde.« Candice seufzte, aber der Laut ging in der Musik vollkommen unter.

»Wissen die Verlage denn, dass du gern im Marketing arbeiten würdest?«

Verblüfft sah Candice auf, und das Licht der Bar spiegelte sich in ihren großen Augen. Das *Paradise* füllte sich mit Menschen, Leben und Lachen, und Candice' Verzweiflung wirkte seltsam fehl am Platz. Sie strich mit ihren Fingern über das Glas vor ihr.

»Natürlich«, antwortete sie schließlich und senkte den Kopf. »Immerhin habe ich mich damals nicht direkt selbstständig gemacht, sondern erst Bewerbungen geschrieben, um direkt von meiner alten Stelle ins Verlagswesen zu wechseln. Ohne Erfolg.«

»Oh.« Ich nickte verständnisvoll. »Aber denkst du wirklich, dass die Menschen von damals sich noch an deine Bewerbung erinnern? Und dass sie die Verbindung herstellen zwischen dir und deinem Instagram-Account?« Eindringlich legte ich meine Hand auf ihre. »Nicht einmal ich wusste von deinem Traum.« Ich sagte es sanft, damit es nicht wie ein Vorwurf klang, denn so war es auch nicht gemeint.

»Weil ich Angst hatte, dass du keine Zeit in mich investierst, wenn du weißt, dass ich irgendwann sowieso abhaue.«

Das entlockte mir ein leises Lachen. »Ich wollte doch ebenfalls immer Lektorin werden.«

»Aber das wusste ich nicht«, erinnerte Candice mich. »Dabei wärst du sicher eine großartige Lektorin. Du hast ein Gespür für das, was den Leuten gefällt.«

»Danke.« Ich nippte an meinem Glas, um die Röte zu überspielen, die mir dieses Kompliment ins Gesicht trieb. Als ich es abstellte, hatte ich einen Plan gefasst. »Ich werde deinen Wunsch bei unseren Geschäftspartnern anbringen.«

»Was?« Candice wollte gerade ebenfalls einen Schluck trinken und hielt inne.

»Die Verlage sollten wissen, dass du als Kandidatin für Marketingstellen zur Verfügung stehst. Ich bin mir sehr sicher, dass es nicht lange dauern wird, bis jemand zuschlägt.« Die Idee gefiel mir zunehmend besser.

»Aber dann verlierst du mich als Klientin.«

»Das stimmt«, erwiderte ich. »Aber das würde ich früher oder später sowieso. Oder möchtest du dieses Doppelleben noch länger führen?« Eindringlich sah ich sie an. »Es ist furchtbar anstrengend, oder nicht? All die Lügen …«

»Ich habe mich immer gefragt, ob mein Leben nicht leichter wäre, wenn ich wirklich diese Candice wäre. Die Candice, die an die große Liebe glaubt und romantische Geschichten feiert. Die Candice, die wunderschöne lange Kleider in erdigen Tönen trägt und ganz sanft ist. Schüchtern, zurückhaltend.« Jetzt glänzten ihre Augen verräterisch feucht. »Ob diese Candice vielleicht einfach mehr geliebt wird als die, die ich bin.«

Ein schwerer Kloß bildete sich in meinem Hals. »Du denkst, dass man dein wahres Ich nicht mögen würde?«

»Ich habe doch den Beweis.« Jetzt lief eine Träne über ihre Wange, und Candice wischte sie schnell weg. »BookHooked hat eine halbe Million Follower. Die Leute feiern, was sie erzählt. Man hört ihr zu und schätzt ihre Meinung. Sogar die Männer …« Sie schüttelte den Kopf. »Und ich weiß, dass das überhaupt kein Kriterium sein sollte, aber es fühlt sich einfach mies an, weißt du? Ich bekomme oft Nachrichten mit Date-Angeboten, und in meinem echten Leben herrscht Flaute.« Sie wedelte mit der Hand in der Luft herum. »Hier spricht mich kaum jemand an.«

Das war für mich schwer vorstellbar, immerhin sah Candice atemberaubend aus und hatte diese Energie, die nur Menschen besaßen, die sich trauten, extravagante Kleidung zu tragen. Aber sie hatte keinen Grund, mich anzulügen.

»Ich weiß«, fuhr sie schnell fort, »dass ich mich nicht anpassen soll, um einen Mann zu finden, weil ich jemanden möchte, der mich so liebt, wie ich bin. Aber es tut trotzdem weh, dass dieses falsche Ich auf jeder Ebene erfolgreich ist. Auf. Jeder. Einzelnen. Beschissenen. Ebene.« Sie stürzte den Rest des Glases mit einem Schluck herunter und winkte dann den Kellner heran, um nachzubestellen. Ich deutete auf mein halb volles Glas und setzte diese Runde aus.

»Über Social Media nach einem Date zu fragen, ist immer leichter, als das in echt zu tun«, sinnierte ich. »Man kassiert immerhin keine direkte Abfuhr.«

»Hast du früher oft Date-Angebote bekommen?«

Ich kniff die Lippen zusammen, und ein Schauer lief meinen Rücken hinab, als ich an die übergriffigen Nachrichten dachte, die in meinem Postfach gelandet waren. »Einige.« Normalerweise hätte ich dieses Thema nicht weiter vertieft, aber Candice hatte sich mir gegenüber so sehr geöffnet, dass es mir leichtfiel, das ebenfalls zu tun. »Die meisten waren echt beschissen. Einige waren nett, aber ich bin nie darauf eingegangen. Am Ende hatte ich sogar einen Stalker. Das ist auch der Grund, weshalb ich BibliophileBoulevard nicht mehr mache.«

»Das wusste ich gar nicht.« Candice wirkte ernsthaft bestürzt. Sie griff nach meiner Hand und drückte sie sanft. »Wie furchtbar.«

»Er lauerte mir auf«, erzählte ich weiter. Es fühlte sich seltsam befreiend an, darüber zu sprechen. Gehört zu werden. »Sogar zu Hause. Ich musste mehrmals umziehen, weil er immer wieder meinen Wohnort herausgefunden hat. Er stand erst vor Kurzem wieder nachts vor mir. In einem Park.«

»Ach du Scheiße.«

»Aber ich war nicht allein. Zum Glück. Dennoch …«

Der Kellner brachte das bestellte Getränk. Der Ring um seinen Hals leuchtete noch immer gelb. Als er Candice das Glas hinstellte, lächelte er sie vorsichtig an, aber sie nahm davon keine Notiz, zu gefangen war sie von meiner Erzählung.

»Dennoch?«, hakte sie nach, als ihr die Pause zu lang wurde. Ich räusperte mich.

»Na ja, es war unfassbar gruselig.« Das nutzte ich als Gelegenheit, um mich umzusehen. Mein Blick glitt über die zahlreichen Gesichter in der immer voller werdenden Bar. Er war nicht darunter. »Ich denke so oft, dass er hinter mir stehen könnte. Mich anspricht. Herausfindet, wo ich wohne.« Nun war ich es, die den letzten Schluck Alkohol leerte. »Candice, ich packe nicht einmal meine Kartons aus, weil ich denke, dass sich das nicht lohnt.« So direkt hatte ich das noch nie vor jemandem zugegeben, und ich hatte nicht damit gerechnet, dass ausgerechnet Candice die Person sein würde, bei der ich das alles ablud. Vor allem, da die Candice, die ich zu kennen glaubte, nicht einmal existierte.

»Das ist scheiße«, kommentierte sie, während ich bei dem Kellner mit dem freundlichen Lächeln ein weiteres Glas bestellte.

»Absolut scheiße«, bestätigte ich. »Aber es tut echt gut, mir das endlich mal von der Seele zu reden.«

»Du hast bisher mit niemandem darüber gesprochen?« Ihre Überraschung war zweifelsfrei echt.

Ich zuckte mit den Schultern. »So etwas gibt man nicht gern zu. Ich war bei der Polizei, und dort wollte man mir nicht helfen. Also dachte ich, dass ich alles dramatisiere und mich einfach nicht so anstellen sollte.« Den nächsten Satz flüsterte ich und hegte dabei die Hoffnung, dass Candice ihn nicht hörte. »Ich dachte, dass es meine Schuld ist.«

Ein lauter Knall. Candice hatte mit der Hand so fest auf den Tisch gehauen, dass er noch immer vibrierte. »Schlag dir das direkt wieder aus dem Kopf, Antonia.« Sie kniff die Augen zusammen. »Dieser Typ ist ein Arschloch, und du bist garantiert nicht schuld.«

Abwehrend hob ich die Hände. »Ich weiß. Also … irgendwie weiß ich das. Aber es fühlt sich trotzdem manchmal so an.« Ich seufzte. »Aber … darum soll es ja gar nicht gehen. Wir waren gerade bei dir und deinen Herausforderungen.«

»Aber …«

»Kein Aber«, unterbrach ich sie schnell. »Ich rede gern mal bei einem weiteren Cocktail über mein Chaos, aber heute sind wir hier, um deines zu lösen. Das ist wichtig.«

»Und deine Probleme sind es nicht?« Herausfordernd hob sie die Augenbrauen. Mein Getränk wurde geliefert.

»Doch, nur …«

»Na siehst du.«

»Wir werden mein Problem aber heute nicht lösen«, erklärte ich. »Für deines können wir allerdings einen Ausweg finden.«

»Manchmal muss man für Dinge keine Lösung finden. Es reicht, wenn man darüber redet, um sich leichter zu fühlen.«

Das entlockte mir ein Grinsen. »Wie wäre es mit einem Kompromiss? Erst lösen wir dein Problem, dann bestellen wir noch einen Cocktail, und ich rede über dieses Arschloch?«

Candice nickte. »Das klingt nach einem guten Abend.« Sie hob ihr Glas, und ich stieß mit ihr an.

HIKARU

Voll cool, dass es geklappt hat, Mann!« Matthew klopfte mir auf den Rücken und grinste. Ich für meinen Teil hatte eher schlechte Laune. Meine Gedanken kreisten um Toni und eine Lösung, aber ich hatte beschlossen, mich dennoch mit Matthew zu treffen. Nach allem, was er für mich getan hatte, wollte ich ihn nicht hängen lassen. Ein Teil von mir sehnte sich sogar nach seiner Gesellschaft, was für mich ein ziemlich neues Gefühl war. »Hätte echt nicht gedacht, dass wir beide in diesem Leben noch mal so richtig ausgehen. Bisher hast du dich ja immer davor gedrückt. Ein kleines Bier war alles, wozu ich dich überreden konnte.«

»Das tut mir leid«, gab ich zu. Zumindest diese Ehrlichkeit schuldete ich ihm. »Ich bin einfach nicht so gut mit sozialen Kontakten.«

Matthew hatte mich zu einer Bar namens *The Living Room* geordert. Wir saßen auf einem Sofa in einem kleinen Raum, an dessen Wänden Bilder von einer mir unbekannten Familie hingen. Auf einem Sideboard standen ein altes Radio und mehrere kleine Holzfiguren. Ein überdimensionaler Frosch, ein Drache, ein kleiner Fisch, ein Falke mit ausgebreiteten Flügeln, ein schlafender Fuchs. Daneben lagen einige Muscheln, als hätte sie jemand aus dem Strandurlaub mitgebracht.

Die Beleuchtung war gedimmt, ein dunkles Orange, das seltsam tiefe Schatten malte. Es war wenig los, außer uns befand sich nur ein knutschendes Pärchen in dem Raum. Die Frau saß auf dem Schoß ihrer Partnerin, während sie einander zärtlich über die nackten Arme streichelten.

»Muss an deinem Job liegen«, erwiderte Matthew und nippte an seinem dunkelblauen Cocktail. »Wenn du darüber mit niemandem reden kannst, fallen viele Gesprächsthemen weg, oder? Also … stelle ich mir zumindest so vor. Mit den meisten Leuten plaudere ich über ihren Job, weil sie da so viel Zeit verbringen und ihnen im Leben nicht mehr viel bleibt.«

»Vielleicht.« Ich ließ den Blick weiterschweifen, sog die Details in mich auf. Die Flecken auf dem dunklen Holzboden. Die abgebröckelte Farbe an der Wand.

»Oder es liegt daran, dass du generell nicht so gesprächig bist«, fuhr Matthew fort und stieß mit seiner Schulter an meine. »Also, erzähl mal: Wie läuft es mit den Frauen?«

Ich starrte Matthew mit großen Augen an. Noch nie hatte ich mit jemandem über mein Liebesleben gesprochen. Die Situation überforderte mich komplett. Vor allem, da mit Toni gerade alles so kompliziert war.

»Oder mit den Männern?«, legte Matthew nach. Ich beschloss, ehrlich zu sein.

»Es gibt da jemanden.« Die Worte kamen mir schwer über die Lippen, und ich schluckte. Auf einmal fühlte sich mein Hals sehr trocken an, und ich nippte an dem Glas Wasser, das ich bestellt hatte.

»Ach, wirklich?« Matthew ließ sich ins Sofa sinken und fuhr sich mit einer Hand durch die Haare. »Eigentlich dachte ich, dass du mir jetzt von deiner Einsamkeit erzählst und ich dich heute Nacht verkuppeln kann.«

»Lieber nicht.« Ich trank erneut einen Schluck.

Ein Grinsen zog Matthews Mundwinkel nach oben. »Erzähl mir alles.«

»Was genau möchtest du denn wissen?«

»Wie heißt die Person? Wie habt ihr euch kennengelernt? Beruht es auf Gegenseitigkeit?«

»Toni.« Allein ihren Namen auszusprechen, schmerzte. »Antonia. Wir haben uns …« Nun geriet ich ins Stocken. Immerhin konnte ich Matthew nicht unsere Kennenlerngeschichte auftischen. Andererseits dachte er, dass ich für das Marketing von *Haru no Hikari* arbeitete, also brauchte ich mir nichts komplett Neues auszu-

denken. »… bei der Arbeit kennengelernt, könnte man sagen.«

»Oh, das erleichtert natürlich vieles.« Ein verständnisvolles Nicken. »Wenn sie deine Kollegin ist, kannst du offen und ehrlich mit ihr reden. Das ist wichtig in einer Beziehung. Wenn man Liebe auf Lügen baut, kann das nämlich nichts werden, glaub mir, Mann.«

Seine Worte fühlten sich an wie eine eiskalte Dusche, und meine Mundwinkel sackten noch weiter nach unten.

»Oh, sie mag dich nicht?« Offensichtlich deutete Matthew meinen Gesichtsausdruck falsch, aber das war mir lieber, als dass er die Wahrheit bemerkte. Toni und ich hatten unsere Liebe auf einer gigantischen Lüge gebaut, und deshalb war sie zerbrochen – so wie ich auch diese Freundschaft auf Unwahrheiten baute. Mein Magen zog sich zusammen.

»Mann, dich hat's erwischt.« Matthew nickte. »Ich kenne diesen Gesichtsausdruck nämlich. Du bist bis über beide Ohren verliebt.«

»Bei ihr zu sein, fühlt sich richtig an.«

»Wie zu Hause?«

»Besser.« Das zuzugeben führte mir bloß vor Augen, was ich verloren hatte, und ich sank ein Stück tiefer ins Sofa.

»Also so schlimm, ja?« Als ich nickte, sah Matthew mich eindringlich an. »Und warum seid ihr dann heute Abend nicht zusammen aus?« Seine Augen weiteten sich. »Jetzt sag nicht, das liegt daran, dass wir uns verabredet haben. Du hättest mich jederzeit für sie versetzen können. Echt jetzt.«

»Sie muss arbeiten.« Das war keine Lüge. Ursprünglich hatten wir uns morgen treffen wollen, da bei Toni heute viel anstand. Trotzdem tat es weh zu wissen, dass dieses Date morgen nicht stattfinden würde.

»Ach ja, ihr kennt quasi keinen Feierabend, oder? Übernimmt sie deine Schicht, damit du hier sein kannst?«

»Nicht ganz«, wich ich aus. »Hey, sei mir nicht böse, aber ich möchte echt nicht darüber reden.«

TONI

Candice hatte recht behalten: Mit ihr über die Stalker-Sache zu reden, fühlte sich an wie ein Befreiungsschlag. Keine Verurteilung in ihrem Blick. Kein Mitleid.

Nur Wut über die Situation und dieses Arschloch, das mich einfach nicht in Frieden ließ.

»Männer sind einfach scheiße«, sagte sie gerade.

»Nicht alle«, widersprach ich und konnte nicht verhindern, dass sich ein Lächeln auf meine Lippen stahl.

»Oh.« Sofort leuchteten Candice' Augen auf. »Denkst du da an jemand Bestimmten?«

Ich grinste breiter. »Schon.« Nachdem ich ihr bereits mein Innenleben in Bezug auf den Stalker ausgebreitet hatte, sah ich keinen Grund, Hikaru zu verschweigen. Der Alkohol tat sein Übriges, meine Zunge zu lockern. »Er ist sehr aufmerksam«, erklärte ich. »Außerdem intelligent, liebevoll, empathisch …« Ich seufzte. Dachte an die Zeichnungen und daran, dass sie vermutlich von ihm waren. »Künstlerisch sehr begabt.«

»Da ist aber jemand verknallt.«

»Ich bin ihm absolut verfallen«, gab ich grinsend zu. »Aber es ist kompliziert.«

»Oh?«

»Arbeit«, sagte ich und fragte mich erneut, ob ich einen riesengroßen Fehler gemacht hatte. Sollte ich ihm vielleicht schreiben? Mich entschuldigen?

»Ein Influencer?« Interessiert lehnte Candice sich vor und lenkte damit meine Gedanken zurück ins Jetzt. »Jemand, den ich kenne?«

»Nein«, erwiderte ich eine Spur zu hastig. Immerhin wusste ich nicht, ob er wirklich Luke Asakura war. Es spielte auch keine Rolle, denn verliebt hatte ich mich in Hikaru. Nicht in den Künstler. »Ich würde niemals freiwillig … Oh nein. Das wäre mir viel zu anstrengend.« Allein der Gedanke ließ mich schaudern. »Stell dir vor, wie es wäre, wenn er ständig sein Mittagessen mit der Öffentlichkeit teilt, man auf einem Foto meinen Schmuck erkennt und rauskommt, dass wir zusammen sind. Dann habe ich wieder diese Menschen an der Backe, die alles über mich wissen wollen und …« Ich verstummte schlagartig.

… und das Versteckspiel ist schon mit BentoBooksAndComics anstrengend genug.

Beinahe hätte ich Candice mein großes Geheimnis verraten. Es war eindeutig an der Zeit, zu gehen. Ruckartig stand ich auf. »Ich sollte los. Hab gar nicht gesehen, wie spät es ist.«

»Okay?« Candice wirkte von meiner überraschenden Aufbruchsstimmung ehrlich verletzt, und nach den letzten Stunden tat mir das enorm leid. Also ließ ich mich wieder auf den Hocker sinken.

»Vielleicht ein Getränk noch«, murmelte ich. »Aber ohne Alkohol.«

HIKARU

»Trotz schlechter Laune bist du hier. Das bedeutet mir echt viel, Mann.«

Ich zuckte mit den Schultern, als wäre es keine große Sache, dabei pochte mein Herz so heftig in meiner Brust, dass ich das Gefühl hatte, gerade ein hundertstöckiges Treppenhaus im Eilmarsch erklommen zu haben. Meine Gedanken kreisten die ganze Zeit um Toni.

»Ich hol mir noch ein alkoholfreies Bier«, sagte ich und stand auf, um die Bar anzusteuern. Matthew folgte dicht hinter mir. Neben der Bar im Vorraum gab es auch eine Küche. Dunkle Holzmöbel, helle Arbeitsflächen. Der Kühlschrank surrte. Direkt daneben befand sich ein kleiner Tresen, hinter dem ein älterer Herr gerade Schnapsgläser füllte. Er hatte einen langen dunklen Bart, der wie seine Haare mit grauen Strähnen durchzogen war, und unzählige tiefe Falten im Gesicht.

Mit geübten Bewegungen füllte er eine Reihe kleiner Gläser, die von einer Truppe Frauen mit freudigem Gejohle in Empfang genommen wurden.

»Geht aufs Haus«, sagte er, woraufhin er begeisterte Jubelrufe erntete. »Matthew!« Der Mann wandte sich uns zu und grinste ihn freudig an. »Schön, dich wiederzusehen!«

»Hey!« Die beiden stießen ihre Fäuste aneinander, dann richtete er den Blick auf mich.

»Hey, ich bin Charles.« Er hielt mir seine Hand hin, und ich wollte sie ergreifen, allerdings bemerkte ich im letzten Moment, dass er eine Faust gebildet hatte, und tat es ihm gleich.

»Hikaru«, stellte ich mich vor.

»Ein Freund von Matthew?«

»Einer meiner besten Freunde!«, sprang Matthew ein und grinste mich stolz an. Sofort wurde mir richtig warm ums Herz. Noch nie hatte mich jemand als besten Freund bezeichnet. »Ich schulde ihm echt viel.«

»Also eine Runde auf mich.« Bei diesen Worten holte Charles mit einer seiner Pranken bereits zwei Schnapsgläser hervor und griff mit der anderen Hand nach einer Flasche, in der eine klare Flüssigkeit umherschwappte. Eine elegante Bewegung später waren die Gläser gefüllt, und er schob sie uns zu.

Etwas betreten hob ich eine Hand, um abzulehnen. »Für mich bitte nur alkoholfrei. Ein Bier vielleicht?«

»Na dann …« Charles drehte sich zu dem Kühlschrank um und holte eine Flasche heraus, während ich bereits meinen Geldbeutel gezückt hatte.

»Ne, geht aufs Haus«, sagte Charles mit einem Blick auf den Schein, den ich ihm rüberreichen wollte. Einen Shot kostenfrei zu bekommen, war eine Sache, aber eine Flasche Bier …?

»Sicher?«, fragte ich. Jetzt fühlte ich mich unverschämt, weil ich das Freigetränk abgelehnt und um etwas anderes gebeten hatte. Als hätte ich Charles in Zugzwang gebracht, mir diese Flasche kostenfrei zu geben, um vor Matthew nicht geizig dazustehen.

»Absolut sicher.« Sein breites Grinsen schien mir aufrichtig. »Aber das gehört dann mir.« Er griff nach dem Glas, das er zuvor mir hingeschoben hatte, und hob es in die Luft. »Auf gute Freunde.«

»Auf die besten«, fügte Matthew hinzu, und wir stießen an.

Nachdem er das Glas geleert hatte, legte er seinen Ellbogen auf den Tresen und beugte sich nach vorn. »Charles hat enorm viel Ahnung vom Leben«, erklärte Matthew mir. »Bisher hatte er für jedes meiner Probleme einen großartigen Ratschlag.«

Mit einer ausladenden Handbewegung wischte Charles diese Worte aus der Luft. »So ein Quark. Ich gebe einfach zu oft meinen Senf dazu. Auch wenn ich nicht gefragt werde.«

»Bisher immer sehr guten Senf«, beharrte Matthew, und ich lächelte. Die beiden miteinander reden zu hören, löste ein warmes Gefühl in mir aus. Es fühlte sich an, als wäre ich plötzlich Teil einer Gruppe. Etwas, das ich zuvor noch nie gewesen war.

»Gibt viele, die das Gegenteil über meine Ratschläge behaupten würden.«

»Tja, ich aber nicht.« Erneut sah Matthew mich eindringlich an, als würde er etwas von mir erwarten.

Völlig überfordert sagte ich das Erste, was mir in den Sinn kam: »Es ist schön, dass ihr euch so gut versteht.«

Für einen kurzen Moment starrten sie mich beide verwirrt an, dann lachten sie los.

»Matthew und ich kennen uns schon echt lange.«

»Ich saß damals heulend am Tresen.« Er lachte, als wäre es eine lustige Erinnerung. »Wegen Carol.«

»Die hat dir echt übel zugesetzt.«

»Sie ist mit meinem damaligen Kumpel durchgebrannt«, erklärte Matthew und zuckte mit den Schultern. »Hat sich in dem Moment richtig scheiße angefühlt.« Er deutete mit dem Daumen auf Charles. »Aber er war für mich da. Werde ich dir niemals vergessen, Mann.«

»Das ist Teil meiner Jobbezeichnung«, erwiderte Charles grinsend. »Apropos … Entschuldigt mich kurz.«

Damit ging er einige Schritte zur Seite, um einen Mann mit feuerrotem Haar zu bedienen.

»Ich glaube, Charles könnte dir helfen.«

Perplex starrte ich Matthew an. »Womit?«

Als Antwort deutete er mitten auf meine Brust. »Er weiß, was zu tun ist.«

»Können wir nicht über etwas anderes reden?«

»Na ja, deine Arbeit fällt raus.« Seine Tonlage klang, als würde er scherzen, aber die Aussage verletzte mich. Sie rief mein schlechtes Gewissen auf den Plan. Ich hatte Matthew angelogen und benutzt, um mich selbst zu schützen, und jetzt saß er hier und bezeichnete mich als einen seiner besten Freunde. Schnell trank ich einen Schluck.

»Wir könnten über Filme reden«, schlug ich vor. »Oder über Bücher.«

»Oder …« Matthew lehnte sich leicht zur Seite und sah an mir vorbei. Dann lenkte er seinen Blick auf mich und wackelte vielsagend mit den Augenbrauen. Ich wandte mich um und erkannte sofort, worauf er anspielte. Gerade hatten zwei Frauen die Bar betreten. Eine trug die dunkelblonden Haare zu einem Zopf und einen schwarzen Jumpsuit, der ihre helle Haut und die langen Beine betonte. Die andere ein kurzes dunkelrotes Kleid, das zu ihrem Lippenstift passte. Ihre dunklen Haare umrahmten in glänzenden Locken ihr Gesicht. Gerade als ich mich zu ihnen umdrehte, fiel ihr Blick auf mich, und sie verzog die vollen Lippen zu einem Lächeln.

Panisch drehte ich mich wieder zu Matthew. »Das ist nicht dein Ernst.«

»Ey, es ist nur ’ne Option. Nach der Sache mit Sarah würde mir das einfach guttun.« Er seufzte. »Muss aber nicht sein.« Dann warf er einen Blick auf sein Handy. »Ist ja auch schon spät. Vielleicht gehen wir einfach demnächst.«

»Hey.« Eine sanfte Stimme. Die schwarzhaarige Frau war auf uns zugekommen und lächelte Matthew freundlich an. »Darf ich dich auf einen Drink einladen?«

»Ich äh …« Er wirkte seltsam verloren. »Das ist Hikaru.« Er deutete auf mich, aber die Frau schenkte mir nicht mehr als einen kurzen Blick.

»Und wie heißt du?«, fragte sie ihn.

»Matthew.« So langsam verzog sich sein Mund zu einem Grinsen.

»Irene«, erwiderte sie und reichte ihm eine Hand, an der mehrere goldene Ringe steckten. Matthew umschloss sie mit seiner, und seine Mundwinkel wanderten noch weiter nach oben.

»Schön, dich kennenzulernen, Irene.«

»Was möchtest du trinken?« Sie lehnte sich bereits an den Tresen und versuchte, Charles' Aufmerksamkeit zu erhaschen. Als er sie bemerkte, kam er direkt zu ihnen.

»Ein Bier bitte«, sagte sie und sah dann abwartend zu Matthew.

»Für mich auch«, warf Matthew ein, und Charles holte zwei Flaschen aus dem Kühlschrank. Irene zahlte mit einem Schein und einem Lächeln, dann wandte sie sich Matthew zu.

»Ich hoffe, das erscheint dir nicht zu forsch.« Sie gestikulierte vage zwischen ihm und ihr hin und her, und ich verbarg mein Schmunzeln, indem ich schnell einen Schluck trank.

»Kein bisschen.« Matthew wirkte sichtlich überfordert. Immer wieder warf er mir hilflose Blicke zu, doch ich hatte keinerlei Erfahrung mit solchen Dingen, und so blieb mir nichts anderes übrig, als ihn aufmunternd anzulächeln. Irgendwann hob ich schlicht einen Daumen. Daraufhin bemühte auch Matthew sich um ein Grinsen und ließ sich in das Gespräch mit Irene verwickeln.

In diesem Moment trat Charles zu mir. »Weißt du, was ich an dem Jungen echt bewundere?« Er nickte Richtung Matthew und senkte die Stimme, als dürfte dieser das folgende Kompliment auf keinen Fall hören. »Er gibt nie den Glauben an die Liebe auf. Ganz egal, was ihm passiert: Er traut sich immer wieder, sein Herz zu verschenken. Das ist selten. Aber ich bin mir sicher, dass sein Mut sich irgendwann auszahlen wird. Die Liebe ist mit den Waghalsigen.«

TONI

Die Körper badeten in einem bunten Lichtermeer. Um mich herum ergaben sich die Menschen dem schnellen Rhythmus der Musik, während ich versuchte, mit Candice mitzuhalten, die über die Tanzfläche wirbelte, als wäre sie ihr Zuhause. Die Lederjacke hatte sie ausgezogen und auf dem Barhocker zurückgelassen, sodass ihr neongrünes Oberteil komplett zur Geltung kam. Am Rücken war es weit ausgeschnitten und zeigte viel Haut. Candice bewegte sich mit einer Selbstsicherheit, um die ich sie beneidete. Sie packte meine Hand und wirbelte mich einmal um meine eigene Achse, was mir ein leises Lachen entlockte, das von der Musik übertönt wurde.

Danach ließ Candice mich los, schloss die Augen und wiegte sich hin und her, während ich mehr schlecht als recht hin und wieder einen Fuß anhob. Ziemlich sicher würden die meisten Menschen das nicht als Tanzen bezeichnen. Aber ich genoss es zunehmend, lachte ausgelassen, wenn Candice einen besonders albernen Move aufführte, und versuchte mich irgendwann sogar daran, sie zu imitieren. Es war ein ganz neues Gefühl von Freiheit, das ich schon vor langer Zeit vergessen hatte.

Da spürte ich, wie mich jemand von hinten anrempelte. Also trat ich einen Schritt nach vorn, um der Person Platz zu machen. Erneut stieß ein harter Körper gegen meinen Rücken. Ich drehte mich um und sah direkt in glasige Augen. Ein Mann, gut eineinhalb Köpfe größer als ich, stand vor mir und grinste. Er trug einen dunklen Bart, der seine blasse Haut betonte. Seine Hüfte kreiste im Takt der Musik und kam mir immer näher, sodass ich zurückwich und die Hände hob. Dabei schüttelte ich den Kopf und war mir sicher, dass er diese Geste als eindeutige Ablehnung verstehen würde.

Stattdessen wanderten seine Mundwinkel noch weiter

nach oben, und er legte seine Hand auf meine Schulter. Die Berührung ließ mich erstarren. Er zog mich an sich heran, und etwas in mir klickte. Mit aller Kraft stieß ich ihn von mir weg. Dann wirbelte ich herum und stürmte von der Tanzfläche.

Mein Herz klopfte schneller als die Musik, meine Ohren dröhnten, und der Geruch nach Alkohol und Schweiß wurde mir überdeutlich bewusst. Hektisch ließ ich den Blick in alle Richtungen schweifen, um festzustellen, ob der Stalker in der Nähe war. Ich war auf der Tanzfläche unaufmerksam gewesen. So gefangen im Moment, dass ich nicht einmal gemerkt hatte, wie ein Typ sich von hinten anschlich. Es hätte der Stalker sein können.

Bei dieser Vorstellung wurde mir schwindelig und übel. Ich wollte die Augen schließen, damit das Schwanken stoppte, aber ich durfte nichts verpassen. Nicht erneut unaufmerksam sein.

Als ich mich umdrehte, sah ich, wie Candice mit gerunzelter Stirn auf mich zukam. Sie beugte sich nah an mein Ohr.

»Alles okay?«

Ich schüttelte den Kopf. »Gruseliger Typ auf der Tanzfläche.«

»Verstehe.« Candice' Gesichtszüge verfinsterten sich, und sie blickte sich um, als wollte sie den Übeltäter eigenhändig erwürgen.

»Ich denke, ich geh dann besser«, sagte ich und klaubte meine Jacke vom Barhocker. »Aber es war ein echt schöner Abend.«

»Fand ich auch.« Candice legte den Kopf schief, und das Licht der bunten Scheinwerfer spiegelte sich in ihren goldenen Kreolen. Sie ließ den Blick erneut über die Menge schweifen, dann packte sie mit einer Hand beherzt ihre Lederjacke und griff mit der anderen nach meinem Handgelenk.

Überrascht ließ ich mich von ihr Richtung Ausgang ziehen. Wir stolperten in die kühle Nacht, und ich atmete erleichtert aus, als das laute Wummern des Basses nicht mehr auf meine Ohren drückte. Es standen einige Menschen hier draußen, die ausgelassen miteinander plauderten und dabei an ihren Zigaretten zogen. Der Geruch nach Tabak hing in der Luft.

»Was machst du?«, fragte ich Candice und merkte erst am Ende meines Satzes, dass ich ziemlich laut gebrüllt hatte. Ich räusperte mich und sprach mit gesenkter Stimme weiter: »Du musst doch nicht meinetwegen gehen.«

»Ich bringe dich zur U-Bahn«, erwiderte Candice und hakte sich bei mir ein. »Auf gar keinen Fall lasse ich dich nach so einem Erlebnis allein. Was wäre ich dann für eine Freundin?«

Freundin.

Das Wort lief wie ein warmer Schauer über meinen Rücken. Bisher hatte ich Candice als Klientin meiner Agentur betrachtet, aber sie hatte recht: Dieser Abend hatte uns deutlich näher zusammengebracht.

Gemeinsam liefen wir über den Gehsteig. Um diese Uhrzeit waren vor allem andere Partygäste unterwegs, die laut grölend durch die Straßen zogen oder vollkommen fertig an Häuserwänden kauerten. Wir wichen einigen Gruppen aus und plauderten über den schönen Teil des Abends. Über die Cocktails, das nette Lächeln des Barkeepers, unsere Gespräche.

»Es tut so gut, mich dir endlich anvertraut zu haben«, sagte Candice, als die hell erleuchtete Rolltreppe, die in den Untergrund führte, in mein Blickfeld kam. »Das lag mir schon seit Ewigkeiten im Magen.«

»Ich bin sehr froh, dass du es getan hast«, erwiderte ich und blieb stehen, um mich mit einer Umarmung zu verabschieden. »Sobald ich was wegen einer freien Marketingstelle im Verlag gehört habe, sage ich Bescheid, ja?«

Dann löste ich mich aus der Umarmung, und Candice grinste mich verlegen an. »Ich muss auch zur U-Bahn.«

»Oh.« Also stellten wir uns auf die Rolltreppe, und ich grinste Candice unsicher an. »Ich hoffe, das Ende hat dir nicht den Abend versaut.«

»Weil du dich von mir verabschiedet hast, obwohl wir denselben Weg haben? Wohl kaum.« Sie lachte.

»Ich meine, weil ich wegen dieses Typen so durchgedreht bin.«

»Nach allem, was du erlebt hast, ist das mehr als verständlich.« Sie schüttelte den Kopf. »Auch wenn du keinen Stalker hättest, wäre deine Reaktion vollkommen in Ordnung.«

»Er hat mich nur angetanzt.« Beschämt senkte ich den Blick. »Da ist doch nichts dabei.«

»Bitte?!« Ihr schockierter Ausruf ließ mich zusammenzucken, und ich sah wieder zu ihr. Absolute Fassungslosigkeit stand ihr ins Gesicht geschrieben. »Ganz im Ernst: Alles, was kein eindeutiges Ja ist, heißt Nein. Ende.«

Ein riesiger Stein fiel mir vom Herzen, und ich zog Candice erneut in eine Umarmung. »Danke.«

»Wofür?« Sie klang ehrlich überrascht.

»Bisher habe ich oft gehört, dass ich mich nicht so anstellen und solche Dinge als Kompliment sehen soll.«

»Und genau das ist das Problem«, murmelte Candice und strich mir über den Rücken, bevor sie sich von mir löste, damit wir unfallfrei die Rolltreppe verlassen konnten. »Mach dir keine Gedanken. Ich bin nicht wütend auf dich, weil du klare Grenzen gegenüber einem völlig Fremden ziehst.«

Wir traten auf den U-Bahnsteig, und Candice deutete auf die Anzeige. »Da kommt bereits meine Bahn. Soll ich eine später nehmen, damit du hier nicht allein bist?«

Ich sah mich um, betrachtete die fleckigen neongelben Streifen am Bahnsteigrand und die weißen Fliesen. Die Menschen, die um diese Uhrzeit hier waren, wirkten auf mich unberechenbar. Drei Männer in meinem Alter standen ein Stück entfernt und warfen immer wieder Blicke zu uns herüber. Dabei musterten sie vor allem Candice, und die Vorstellung, sie hier allein zu lassen, bereitete mir größere Sorge, als noch zwei Minuten auf meine Bahn warten zu müssen. Mit lautem Rattern fuhr ihr Zug ein.

»Ich komm klar«, sagte ich und nahm sie noch einmal zum Abschied in den Arm. »Mach dir keine Sorgen. Ehrlich.«

»Wäre echt kein Thema.«

»Geh jetzt.« Ich setzte ein Lächeln auf. »Danke dir für den schönen Abend.«

Ein letztes Mal zog Candice mich kurz an sich, dann stieg sie in die U-Bahn. Die Türen schlossen sich, und der Zug setzte sich in Bewegung. Einsam blickte ich den Rücklichtern hinterher, dann bewegte ich mich auf die andere Seite, um dort auf meine Bahn zu warten.

Dabei vermied ich es, irgendjemanden anzusehen, was im krassen Gegensatz zu meinem Bedürfnis stand, die Umgebung ständig auf den Stalker zu scannen. Aber ich wusste, dass manche Menschen Blickkontakt als Aufforderung sahen, und das musste ich unbedingt vermeiden.

Also holte ich mein Handy hervor und begann, durch den Social Media Feed zu scrollen. Dann öffnete ich Candice' Profil und betrachtete ihre Fotos. Das zurückhaltende Lächeln, die gedämpften Farben. Jetzt, nachdem ich den Abend mit ihr verbracht hatte, sah ich die echte Candice zwischen den Zeilen ihrer Postings durchschimmern.

Sie verbarg sich in den Antworten auf Kommentare und in Kleinigkeiten auf ihren Fotos.

Als ich die App schloss, bemerkte ich eine kleine rote Eins bei den Nachrichten. Eine Nachricht von Hikaru.

Lass uns morgen reden. Persönlich. 12 Uhr bei mir?

Meine Finger schwebten über den Tasten, als hätten sie verlernt, wie man das Gerät bediente. Damit hatte ich nicht gerechnet, aber es fühlte sich so gut an, seinen Namen zu lesen.

Ein Treffen. Direkt morgen. Das war mehr, als ich mir erträumt hatte. In freudiger Erwartung sagte ich zu.

HIKARU

Am nächsten Morgen fühlte ich mich, als hätte ich einen Kater, dabei hatte ich am gestrigen Tag keinen Tropfen Alkohol zu mir genommen. Doch mein Kopf dröhnte, und ich verspürte nicht das geringste Bedürfnis, aufzustehen.

Dann dachte ich daran, was mir heute bevorstand: das Treffen mit Toni. Charles' Worte hatten etwas in mir bewegt. Seit ich Matthew in meinem Leben hatte, fühlte ich mich sicherer. Glücklicher. Und Toni gab mir das Gefühl, angekommen zu sein. Verstanden zu werden. Wenn jemand die ganze Sache mit Luke Asakura und dem Fluch verstand, dann Toni. Ich würde ihr die Wahrheit sagen. Heute. Falls es schiefging, konnte ich mich noch immer darum kümmern. Bis dahin würde ich optimistisch bleiben.

Angst hatte ich natürlich trotzdem.

Ich ging in die Küche und trank erst einmal ein großes Glas Wasser, um etwas gegen die dröhnenden Kopfschmerzen zu unternehmen.

Bald würde Toni hier sein, und ich überlegte, wie ich die Sache am besten angehen sollte.

Meine Gedanken trieben mich an den Schreibtisch. Ich holte meine alten Zeichnungen heraus. Jene, die ich als Kind geschaffen hatte. Damals, als mein Vater mich noch unterstützte. Vor dem ersten Ausbruch. Vor dem Fluch. Es waren die Erzählungen eines fröhlichen Kindes. Helle Bilder, glückliche Charaktere. Die Sonne am Himmel zeigte ein breites Lächeln. Ich erinnerte mich noch gut daran, wie begeistert mein Vater von diesen ersten Versuchen gewesen war. Bis das erste Reisbällchenwesen durch unsere Küche rollte und dabei ein Kinderlied sang. Ab diesem Zeitpunkt verschlechterte sich unsere Beziehung rapide, bis wir schließlich in einem großen Streit komplett den Kontakt abgebrochen hatten.

Zwei Jahrzehnte später war ich mit dem, was mein Vater hasste, erfolgreich. Er hatte unrecht behalten. Schließlich hatte ich die Sache unter Kontrolle, die letzten Male hatte es keinen Ausbruch gegeben.

Trotzig zog ich ein Stück Papier heran. Heute würde ich meinen Vater in einem weiteren Punkt Lügen strafen: Toni würde die Wahrheit erfahren und mich nicht hassen oder verurteilen. Endlich, nach all den Jahren, war ich frei von den Ängsten, die mein Vater mir eingetrichtert hatte.

Siegessicher nahm ich einen Stift und setzte die Spitze auf die raue Oberfläche. Sofort strömte die Tinte in wilden Wirbeln heraus, bildete Formen, Muster.

Beinahe fühlte es sich so an wie damals, als ich meine Gabe zum ersten Mal verwendet hatte. Als ich den Stift ansetzte und Ruhe fand. Wenn ich die Gabe nutzte, genoss ich Frieden. Meine aufgewühlten Gedanken wurden klar und manifestierten sich in einer Geschichte, auf die ich stolz sein konnte. Es war das perfekte Ventil für meinen vollen Kopf. Eine unbeschreibliche Gabe.

Es ist ein Fluch, keine Gabe.

Die Worte meines Vaters in meinem Ohr. Sie drängten aus meinem Unterbewusstsein an die Oberfläche, ignorierten meine eben gefundene Zuversicht.

Da verstand ich, dass ich seinen Hass niemals loswerden würde. Ganz gleich, wie großartig die Dinge waren, die ich erschuf, mein Vater würde meine Kreativität immer als Fluch bezeichnen. Für ihn würde keine Folge jemals gut sein.

War es wirklich eine kluge Idee, Toni die Wahrheit zu sagen? Was, wenn sie mich mit dem gleichen Hass ansah wie mein Vater? Immerhin hatten meine Kreaturen sie verletzt. Das würde ich nicht ertragen.

Die Realität schlug über mir zusammen, und ich keuchte. Da schälte sich etwas aus dem Papier. Ein Bein nach dem anderen schob sich in die Wirklichkeit, bis die riesige Spinne in voller Größe vor mir an der Wand hing. Ihr Körper war flauschig, ihre Kieferwerkzeuge glänzten pechschwarz. Sie blinzelte mich mit ihren unzähligen Augen an. Das kleinste war so groß wie meine Faust.

»Nein«, sagte ich vehement. Weshalb war ich nur so übermütig gewesen? Die Spinne kam auf mich zu, und mein kalkweißes Gesicht spiegelte sich in ihren unzähligen Augen.

Dann verschwand sie, und mir wurde klar, dass ich einen großen Fehler begangen hatte.

In diesem Moment klingelte es.

TONI

Die Tür flog auf, und Hikaru stürmte direkt an mir vorbei. »Wir müssen los.«

Ich stellte keine Fragen, sondern folgte ihm zu seinem Auto. Dort stiegen wir ohne Umschweife ein, und ich schnallte mich an. Hikaru startete den Motor.

»Ich brauche deine Hilfe.« Er klang angespannt. Panisch. Verzweifelt.

»Okay«, erwiderte ich bloß. »Was soll ich tun?«

»Gibt es Neuigkeiten über *Haru no Hikari?*«

Ich wusste sofort, worauf er anspielte. »Gibt es eine weitere Sabotageaktion?«, fragte ich und begab mich auf Social Media, um mit der Recherche zu beginnen. Es dauerte nicht lange, da entdeckte ich ein Video einer riesigen Spinne, die über eine Straße huschte. Die Gegend war mir unbekannt. Viele Einfamilienhäuser mit gepflegten Vorgärten, in denen das Herbstlaub auf ordentlichen Haufen lag. In den Einfahrten standen glänzende Autos. Die Spinne war so groß wie der schwarze Jeep, an dem sie vorbeihuschte. Dann verschwand sie in einer Garage.

Getaggt war *Haru no Hikari: Sakura's Guardian.*

Endlich kommt das Marketing auch zu uns! Kommt vorbei und trinkt einen Kaffee. Mit dem Codewort: *Haru no Hikari: Sakura's Guardian* erhaltet ihr 10 Prozent Rabatt. Nur heute!

Das Café, das den Beitrag erstellt hatte, hatte auch die Location verlinkt.

Ich nannte Hikaru die Adresse. Sie lag erstaunlich weit außerhalb.

Er wurde noch blasser und trat aufs Gas.

Gedankenverloren klickte ich die Storys durch, in denen das

Café verlinkt worden war. In einer raste die Spinne mit voller Wucht gegen die Glasfront. Sie zersplitterte. Menschen schrien.

Mein Herz setzte einen Schlag aus. Mir wurde eiskalt. Kurz überlegte ich, Hikaru darüber zu informieren, wie brutal das Wesen vorging, aber er starrte konzentriert auf die Straße. Seine Hände umklammerten das Lenkrad so fest, dass seine Knöchel weiß hervortraten. Das Ausmaß der Sabotage würde ihn nur durcheinanderbringen, also behielt ich die Nachricht für mich und schwieg, während er über New Yorks Straßen jagte.

HIKARU

Ausgerechnet hier. Ich verstand nicht, weshalb das Monster an diesen Ort gekommen war. Nie wieder hatte ich zurückkehren wollen, und nun starrte ich auf die Straße, die ich vor so vielen Jahren hinter mir gelassen hatte. Neben mir war Toni, die rücksichtsvoll schwieg, wofür ich ihr sehr dankbar war. Aus einer Kurzschlussreaktion heraus hatte ich sie mitgenommen, und jetzt war ich vollkommen überfordert. War das der Moment, in dem ich ihr die Wahrheit sagte? Trafen hier Vergangenheit und Zukunft aufeinander?

Das Haus, in dem ich aufgewachsen war, schien unverändert.

Dieselbe helle Fassade, dieselben Vorhänge, derselbe Baum im Vorgarten. Lediglich die Schaukel, die früher von einem der Äste gehangen hatte, war entfernt worden. Die Vorstellung, wie mein Vater diese Erinnerung an meine Kindheit völlig emotionslos entsorgte, versetzte mir einen Stich.

Sobald der Motor verstummte, schnallte Toni sich hastig ab.

»Wir müssen uns beeilen. Es sind vielleicht bereits Menschen verletzt worden.«

Die Worte ließen mich versteinern.

Da bewegte sich einer der Vorhänge, und das Gesicht meines Vaters erschien am Fenster. Falten zeichneten es, und die einstmals dunklen Haare waren ergraut. Es war bizarr, ihn auf diese Art wiederzusehen, und ich verspürte den Drang, mich zu verstecken. Stattdessen saß ich da und beobachtete, wie mein Vater das Fenster öffnete, um zu sehen, woher die Schreie kamen. Er beugte sich hinaus, und die Falten auf seiner Stirn wurden tiefer. Dann lehnte er sich zurück und schloss das Fenster. Ich sah, wie seine Lippen sich bewegten, und ahnte, dass er meiner Mutter irgendetwas zurief.

Ich fragte mich, wie es ihr ging.

Da riss Toni meine Tür auf. »Komm schon!«

Ich war dankbar für ihre Unterstützung. Ihre klaren Anweisungen gaben mir Orientierung. Sie stürmte voran, und ich folgte ihr. »Irgendjemand will dir wirklich schaden. Wir müssen den Verantwortlichen finden und stoppen, bevor jemand ernsthaft verletzt wird.« Sie lief schneller. »Falls es nicht schon zu spät ist. Wie kontrollierst du es normalerweise? Mit einer Fernbedienung?« Sie sah mich abwartend an, und ich konnte nicht mehr tun, als hilflos zurückzustarren. »Hey, ich weiß, dass du diese Geheimnisse nicht verraten darfst, aber ich will dir wirklich helfen.« Aufrichtigkeit lag in ihrem Blick. »Du kannst mir vertrauen.«

Das wollte ich. Aber ich befürchtete, dass sie mir die Wahrheit nicht glauben würde, bis sie es selbst sah.

Toni schaute mir direkt in die Augen, und ihr Blick gab mir Mut. Sie war hier. War ohne Rückfragen mitgekommen. Ich durfte sie nicht enttäuschen.

»Wir müssen die Leute dort wegbringen«, sagte ich.

»Hast du schon eine Idee?«

»Ich habe absolut keinen Schimmer.«

»Okay.« Mit gerunzelter Stirn musterte sie die Szenerie: Die Menschenmenge wurde immer größer. Leute kamen aus ihren Häusern, um das Schauspiel zu beobachten und zu filmen. Von unserem Standort aus sahen wir nicht, was die Spinne im Laden anrichtete, aber hin und wieder hörte ich splitterndes Glas und einen lauten Schrei.

»Wir haben wenig Zeit«, sagte Toni. »Wir müssen eingreifen, bevor jemand ernsthaft verletzt wird. Oder … Schlimmeres.«

Schlimmeres. Mein größter Albtraum war wahr geworden. Vielleicht kamen wir sogar zu spät, und es lag bereits jemand verletzt an der Straße. Oder es klebte wahrhaftig Blut an meinen Händen.

»Aber wir dürfen dabei nicht gesehen werden. Die Hunter werden sonst …« Jetzt klang Toni so frustriert und verängstigt, wie ich mich fühlte. Immerhin stand für sie viel auf dem Spiel. Sie war bereits einmal verletzt worden, und ihr Stalker konnte jederzeit auftauchen, sobald er sie auf einem Foto oder Video erkannte. Es war zu gefährlich, sie helfen zu lassen, aber das interessierte sie nicht. Sie redete weiter auf mich ein: »Also: Wie steuerst du das Ding? Kann ich die Fernbedienung mal sehen?«

»Es gibt keine Fernbedienung.«

»Eine App?«

»Nein.« Meine Hand wanderte in meine Jackentasche, und ich umklammerte das Stück Papier, mit dem ich die Spinne einfangen wollte.

»Ich weiß nicht, wie ich dir helfen soll, wenn du alles vor mir verheimlichst.« Toni legte eine Hand auf meine Schulter und sah mich eindringlich an. »Ernsthaft, Hikaru. Es tut mir leid, wie unser letztes Gespräch gelaufen ist, aber … all das ist gerade nicht wichtig. Da vorn sind Menschen in Gefahr.«

»Ich möchte nicht, dass du verletzt wirst«, brachte ich schließlich hervor. Meine Stimme brach. Da war so viel Liebe in ihrem Blick. Sie war auf meiner Seite, wollte mir helfen, obwohl sie mittlerweile sicher schien, dass ich Luke Asakura war. Ich hatte sie belogen, aber das war ihr egal.

Mein Blick wanderte über ihr Gesicht, über die großen Augen hin zu den weichen Lippen und dem kleinen Muttermal an ihrem Kinn. »Das könnte ich mir nie verzeihen.«

»Ich werde dir helfen«, erwiderte sie bloß, und ich erkannte, dass Widerspruch zwecklos war.

Chaos. Mit einer unbedachten Aktion war mein ganzes Leben Chaos geworden. Meine Finger zitterten, und das Papier in meiner Jackentasche raschelte leise. Keine Geheimhaltung der Welt rechtfertigte, dass jemand meinetwegen verletzt wurde.

Also rannte ich los und hoffte, dass Toni mir folgte. Zielsicher stürmte ich zu den Menschen, die noch immer mit erhobenen Handykameras das Spektakel filmten. Unter empörten Rufen bahnte ich mir einen Weg nach vorn. Eine große blonde Frau maulte mich an, während sie gleichzeitig ihr Handy auf das Chaos vor ihr hielt. Erleichtert bemerkte ich, dass noch niemand blutend am Boden lag. Ich war nicht vollkommen zu spät.

Das kleine Café, in dem ich früher an Sommertagen so gern ein Eis gegessen hatte, lag in Schutt und Asche. Die rosafarbenen Plastikstühle waren zersplittert, die großen Glasfenster zerstört. Das Spinnenmonster hockte an der Decke und starrte mich mit großen Augen an. An seinen haarigen Beinen klebten Essensreste, und sobald es mich sah, holte es mit einem von ihnen aus und schleuderte voller Wucht einen Tisch in meine Richtung.

Die Leute um mich herum schrien. Die Frau neben mir riss die Arme hoch, und ich zog sie mit zur Seite. Mit einem lauten Rums landete das Trümmerteil auf dem Asphalt. Ich nutzte die Gelegenheit und rief: »Das Ding ist vollkommen außer Kontrolle! Weg hier!«

Tatsächlich setzten einige Menschen sich in Bewegung und flüchteten. Manche rannten panisch weg, andere wichen unsicher zurück und behielten dabei die Spinne im Auge, die ihrerseits mich fixierte. Es bestand kein Zweifel daran, dass sie mich erkannte.

»Das Ding ist gemeingefährlich!«, rief eine mir wohlbekannte Stimme. Mein Herz setzte einen Schlag aus. Matthew.

Ich drehte mich um und sah, wie er begann, Menschen fortzuschicken. Dabei hielten unzählige Kameras auf sein Gesicht, und ich registrierte einige Hunter, die aufgeregt miteinander tuschelten, während sie Matthews Evakuierungsversuch filmten.

Mit zusammengekniffenen Augenbrauen führte er seine Aufgabe fort und vermied dabei, mich anzusehen. Da realisierte ich, dass er die Aufmerksamkeit von mir ablenken und auf sich ziehen wollte. Ein echter Freund. Mir wurde warm ums Herz, aber ich hatte keine Zeit, um ihm dankbar um den Hals zu fallen. Das würde ich später nachholen.

Also trat ich ein Stück zurück und tat so, als wäre ich ein neugieriger Passant, der fortgeschickt wurde. Ich verzog mich in die Seitengasse neben dem Café, von der aus eine Tür in das Innere führte. Der damalige Besitzer hatte oft hier geraucht und mir gratis Streusel versprochen, wenn ich seinem Mann nichts verriet. Dort beobachtete ich Matthew dabei, wie er die Menschen fortschickte.

Neben ihm stand Toni und tat dasselbe. Wie sie sich für mich in Gefahr begab, erinnerte sie mich an Sakura, die Heldin aus *Haru no Hikari*. Ein seltsam tröstlicher Gedanke, der in mir die Hoffnung säte, dass es zukünftig immer so sein könnte. Bald schon würde ich ihr die Wahrheit sagen. Gerade bewies sie, dass sie das mehr als verdiente.

Sie wies Menschen an, den Platz zu verlassen, und beide erzählten etwas von außer Kontrolle geratener Technik und ernsthaften Risiken.

Mir erschloss sich nicht, wieso manche Leute diese mutwillige Zerstörung als PR-Gag einordneten und sich noch immer weigerten, zu gehen. Erst als Matthew lauter wurde und sie anbrüllte, verzogen sie sich. Dabei registrierte ich ganz genau, dass sie sich lediglich hinter Häuserecken und Autos versteckten, um das Geschehen weiterhin zu beobachten.

Toni stapfte auf sie zu und gestikulierte aufgebracht. Der Platz rund um das Café war geräumt, und doch waren noch immer Menschen da, die alles aus sicherer Entfernung filmten. Durch die eingeschlagenen Glasfassaden hatten sie sicher einen guten Blick auf die Spinne, die fett und zufrieden an der Decke hing.

Aber eine bessere Gelegenheit würde sich mir nicht bieten, also huschte ich durch die Seitentür in das Café und duckte mich hinter die Theke.

»Komm da runter«, zischte ich dem Monster zu, als hätten meine Verhandlungsversuche je funktioniert. Natürlich zeigte das Vieh sich gänzlich unbeeindruckt und klackte mit seinen Scheren.

»Ernsthaft«, fuhr ich fort. »Du hast genug Schaden angerichtet.«

Die Beine des Biests setzten sich in Bewegung. Ganz gemächlich drehte es sich zu mir um und fixierte mich mit seinen unzähligen

Augen. Ich kauerte weiterhin hinter der Theke und hoffte, dass mich von hier aus niemand filmen konnte. Mit einer Hand umschloss ich fest das Papier, mit der anderen gestikulierte ich dem Ungetüm, dass es näher kommen sollte.

Erstaunlicherweise gehorchte es. Allerdings nicht so, wie ich es mir gewünscht hätte. Ruckartig setzte es sich in Bewegung und sprang von der Decke, direkt in meine Richtung, die spitzen Zangen an seinem Maul weit aufgerissen. Panisch holte ich das Blatt hervor und hielt es wie einen Schild nach oben.

Ein kleines Stück Papier gegen ein riesiges Monster. Wie lächerlich das aussehen musste. Aber es funktionierte. Sobald ein Bein der Spinne das blanke Weiß berührte, steckte sie fest. Panisch ruderte sie mit den restlichen Beinen, aber vergebens: Die Welt der Tinte holte sich zurück, was ihr gehörte, und es blieb von der Spinne nicht mehr als eine wunderschöne, akkurate Zeichnung.

Mit klopfendem Herzen lehnte ich mich rückwärts an die Wand und schloss die Augen.

»Was ist da gerade passiert?« Toni stand vor mir und starrte mich mit offenem Mund an. Ihr Blick wanderte zu dem Stück Papier in meiner Hand. Bevor ich etwas tun konnte, entriss sie es mir und starrte darauf. Dann ging sie in die Hocke.

Hinter der Theke tauchte Matthew auf. »Wir sollten verschwinden, Mann. Auch wenn das wahrscheinlich gar keine große Rolle mehr spielt.«

TONI

»Ich bin Matthew«, stellte sich der große Mann mit den längeren Haaren vor und hielt mir die Hand hin, während wir uns schnellen Schrittes vom Tatort entfernten. Geistesabwesend schüttelte ich sie, doch mein Blick blieb auf die Zeichnung in meiner Hand gerichtet.

»Toni«, erwiderte ich.

»Ach, *das* ist Toni.« An seiner Stimme hörte ich, dass er grinste, und jetzt wandte ich mich ihm doch zu. Gerade blickte er in Hikarus Richtung und wackelte mit den Augenbrauen.

Sie hatten also über mich geredet. In jeder normalen Situation hätte mir das entweder geschmeichelt oder mich verunsichert, aber gerade war mein Kopf zu voll mit anderen Dingen.

Beispielsweise mit der riesigen Spinne, die plötzlich verschwunden war. So wie sie das Café demoliert hatte, konnte es sich nicht um eine Projektion gehandelt haben. Aber eine Puppe hätte nicht von einem Moment auf den anderen verschwinden können.

Hikaru war leichenblass, und sein Blick huschte hektisch umher. »Danke, dass ihr mir geholfen habt.« Er fiel Matthew um den Hals.

»Jederzeit, Mann«, sagte der und klopfte ihm auf die Schulter, woraufhin Hikaru sich von ihm löste.

»Bist du hierhergefahren, nachdem du von dem Chaos gehört hast?«, fragte ich ihn, und er nickte. »Dann bist du ein echt verdammt guter Freund.« Ehrlicherweise war ich etwas erstaunt, dass Hikaru einen Menschen so nah an sich herangelassen hatte. Vor allem, wenn meine Theorie stimmte und er Luke Asakura war. Oder steckte Matthew da ebenfalls mit drin und log mich gerade an?

»Ich hole euch jederzeit wieder aus der Scheiße«, erklärte er mit einem stolzen Grinsen. »Für Hikaru und seine Lieblingskollegin mache ich doch alles.«

Hikarus Augen weiteten sich, und er sah mich flehend an. Also hatte Matthew ebenso wenig Ahnung wie ich.

Ich bin keine Arbeitskollegin, wollte ich sagen, stattdessen nickte ich einfach. Genau genommen arbeiteten wir tatsächlich zusammen. Nur eben nicht für *Haru no Hikari.*

»Danke dir«, erwiderte ich. »Das hätte alles echt schiefgehen können.«

»Wurde denn jemand verletzt?«, fragte Hikaru mit zitternder Stimme.

Matthew schüttelte den Kopf. »Ich habe zumindest nichts mitbekommen.«

Das entlockte Hikaru ein erleichtertes Seufzen. »Was für ein Glück.«

Wir liefen die Straße entlang und drangen immer tiefer in das Wohngebiet vor, entfernten uns dabei von Hikarus Wagen. Aber das Wichtigste war, dass wir Abstand zwischen uns und den Ort des Geschehens brachten und durchatmen konnten, weil keine Hunter mehr in der Nähe waren. Hikaru wirkte noch immer ziemlich mitgenommen, aber langsam kehrte Farbe in sein Gesicht zurück.

Ich sah mich um und bemerkte zu meiner Erleichterung, dass wir tatsächlich allein waren. Die Häuser schienen so friedlich und erinnerten mich an meine eigene Kindheit.

»Was machen wir jetzt?«, fragte Matthew. »Wir sind ziemlich sicher auf enorm vielen Videos zu sehen. Ich hab echt Schiss vor den Huntern.«

»Das verstehe ich«, erwiderte Hikaru, und eine tiefe Falte bildete sich auf seiner Stirn. »Es tut mir wahnsinnig leid, dass ihr beide euch so in die Schussbahn begeben habt.« Dabei sah er mir tief in die Augen, und ich zuckte mit den Schultern.

»Ich stand ja bereits in der Öffentlichkeit«, sagte ich betont lässig, obwohl mein Herz raste. Aber es half ihm nicht, wenn ich jetzt zugab, wie sehr mich das ängstigte. Ganz im Gegenteil: Er würde sich nur noch mehr Vorwürfe machen. Also bemühte ich mich darum, die Sache runterzuspielen. »Die werden schnell herausfinden, wer ich bin, und dann seltsame Theorien aufstellen. Ich freu mich schon auf die Mails in meinem Businesspostfach.«

»Sarah wird meinen Namen verraten«, murmelte Matthew. »Da bin ich mir sicher.« Er bemerkte meinen verwirrten Blick. »Meine Ex-Freundin. Sie ist Teil der Hunter und echt fanatisch, was das angeht.«

»Also kannst du einfach behaupten, dass du ihretwegen hier warst«, schlug ich vor, obwohl mir klar war, dass das die Hunter keineswegs von ihrer Spur abbringen würde. »Um sie zu suchen.«

»Und warum habe ich dann alle evakuiert?« Er schüttelte den Kopf. »Ne, so einfach wird das nicht. Aber im Zweifel ziehe ich eben um oder so. Keine Ahnung.« Sein Schulterzucken drückte absolute Hilflosigkeit aus. Das Gefühl kannte ich nur zu gut. Wahrscheinlich drohte mir das Gleiche. Ich wusste genau, wie Matthew sich jetzt fühlte, und hatte das Bedürfnis, ihn in den Arm zu nehmen.

Hikaru kam mir zuvor. Er presste Matthew erneut an sich und klopfte ihm dabei auf den Rücken.

»Ich helfe dir, wo ich kann«, sagte er. Seine Stimme klang belegt. »Versprochen. Ich schulde dir echt viel.«

»Darum kümmern wir uns, wenn es so weit ist«, antwortete Matthew und löste sich aus der Umarmung. »Erst einmal sollten wir zurück in die Stadt, damit du das Chaos ordnest, das dieser Vorfall ausgelöst hat, oder? Ich rufe mir ein Taxi.«

Hikaru schüttelte sofort den Kopf. Ein seltsamer Glanz lag in seinen Augen. »Ich kann dich mitnehmen. Das ist das Mindeste.«

»Das wäre super.«

Obwohl ich an Hikaru schätzte, dass er das anbot, wäre ich lieber mit ihm allein gewesen. Ich hatte so viele Fragen, und meine Vermutung, dass er Luke Asakura war, stand noch immer zwischen uns. Aber ich musste mich wohl gedulden, denn er hatte recht: Es gab gerade Wichtigeres.

Hikaru wich meinem Blick aus. »Dann mal los.«

Schweigend liefen wir zurück zu seinem Auto. Ich war froh um die Stille, denn so war es mir möglich, meine Gedanken etwas zu sortieren. Als ich in das Café getreten war, hatte die Spinne gerade zum Sprung angesetzt. Einen Augenblick später war sie verschwunden. Ich verstand nicht, wie das möglich war, und setzte es auf meine imaginäre Liste der Fragen, die ich Hikaru stellen wollte.

Dann war da noch der Zettel. Die Zeichnung der Spinne, die ich in meine Manteltasche gesteckt hatte. Es gab keinen Grund, weshalb Hikaru in solch einer gefährlichen Situation ein Stück Papier in der Hand halten sollte.

Mein Kopf brummte, und sämtliche Szenarien aus mir bekannten Fantasybüchern und Manga schossen mir in den Kopf. Monsterjäger. Dämonen. Lebendige Zeichnungen. Aber wir steckten nicht in einem Anime, und Hikaru trug weder Maske noch Cape. Nein, es musste eine logische, rein wissenschaftliche Erklärung für all das geben.

Wir bogen gerade um die letzte Ecke, als ein Mann aus einem Haus stürmte. Seine Statur war drahtig, das Haar dicht und dunkel. Er steuerte zielsicher auf uns zu und fixierte dabei Hikaru, als wäre er das pure Böse.

»Mir war klar, dass *du* damit zu tun hast!« Eine raue Stimme, ein wütender Blick.

HIKARU

»Vater«, grüßte ich ihn. Nach all den Jahren der Stille erschien mir dieses Wort unangebracht, und doch war es der einzige Name, den ich je für diesen Menschen gehabt hatte. Die Zeit hatte Falten in sein Gesicht gezeichnet, die ich nicht kannte. Es war merkwürdig, ihn anzusehen. Teilweise wirkte er fremd und gleichzeitig schmerzhaft vertraut.

»Dass du es wagst, hierherzukommen«, blaffte er. »Und dann auch noch *damit*.« Er gestikulierte Richtung Café, und ich wünschte mir, in Grund und Boden zu versinken. Diese Körpersprache kannte ich.

Mit einem Mal fühlte ich mich wieder wie ein fünfjähriger Junge, der dabei erwischt worden war, die Wände des Wohnzimmers mit Wachsmalstiften zu beschmieren.

»Geht schon mal vor«, sagte ich an Toni und Matthew gewandt. Ich wollte wirklich nicht, dass sie das miterlebten, also holte ich meinen Autoschlüssel hervor und drückte ihn Toni in die Hand.

Zögerlich setzten die beiden sich in Bewegung.

»Du und dein beschissener Fluch«, tobte mein Vater weiter, und ich sah aus dem Augenwinkel, wie Toni überrascht die Augenbrauen hob und stehen blieb.

»Was meint er damit?«, fragte sie.

»Natürlich hast du ihr nichts erzählt.« Mein Vater schnaubte. Ein mir bekanntes Geräusch.

»Lass gut sein«, flehte ich. Ich wollte Toni alles erzählen, sie musste es nicht aus seinem Mund hören.

»Er belügt dich, Mädchen«, fuhr mein Vater erbarmungslos fort. Dabei sprach er nicht lauter, aber er betonte jede Silbe wie einen Peitschenschlag.

»Komm.« Es war Matthew, der sich bei Toni einhakte und sie sanft mit sich zog. Erstaunlicherweise ließ sie es geschehen, und ich war einmal mehr dankbar, ihn in meinem Leben zu haben.

»Deine Freundin?«, fragte mein Vater verächtlich.

»Was willst du von mir?« Scham und Wut kämpften um die Vorherrschaft. Ich wollte ihn anschreien, weil er mir in meiner Kindheit Schuldgefühle eingeredet und sich seit meiner Jugend nicht mehr für mich interessiert hatte. Ich wollte im Boden versinken, weil er offensichtlich recht behalten hatte. Meine Zeichnungen waren außer Kontrolle geraten. Ganz so, wie er es prophezeit hatte.

»Du bist hierhergekommen«, sagte er scharf. »Also sollte ich wohl eher dir diese Frage stellen. Hast du eine Ahnung, was das mit deiner armen Mutter macht, wenn sie es herausfindet? Sei dankbar, dass ich deinen kleinen Webcomic seit Jahren erfolgreich vor ihr verberge.«

Er wusste also von meinem Erfolg. »Wie hast du …?«

»Denkst du, ich bin von gestern? Marketing? Dass ich nicht lache. Schon beim ersten Mal war mir klar, dass dieser angebliche Marketinggeniestreich nichts anderes ist als dein verdammter Fluch. Seitdem prüfe ich jede Zeitung, bevor ich sie deiner Mutter gebe. Wir schauen keine Nachrichten mehr. Ich weigere mich, einen PC anzuschaffen. Sie hält mich für einen rückständigen Technikhasser, weil ich ihr kein Smartphone erlaube. Alles deinetwegen.«

Mein Gesicht brannte. »Das …«

»Wenn sie herausfindet, dass du hier bist, flippt sie aus. Also verschwinde. Und wag es ja nicht, zurückzukommen.«

Mir lagen so viele Worte auf der Zunge, aber keines kam über meine Lippen. Ich wollte ihn anschreien, ihm sagen, dass er meine Mutter falsch behandelte und sie eine erwachsene Frau war, die eigene Entscheidungen treffen durfte. Ich wollte in das Haus meiner Kindheit stürmen und in die Arme meiner Mutter flüchten. Ihr sagen, wie sehr ich sie liebte und wie leid mir alles tat.

Stattdessen drehte ich mich wortlos um und hastete zum Auto. Die Fahrt nach New York verlief schweigend. Matthew akzeptierte schnell, dass ich gerade Raum für meine Gedanken brauchte. Irgendwann hielt ich an und ließ ihn aussteigen. Er verabschiedete sich mit einem kurzen Winken, dann brauste ich direkt los. Doch endlich mit Toni allein zu sein, fühlte sich seltsam an.

»Wo sollen wir hin?«, fragte ich sie.

Sie legte nachdenklich den Kopf schief. »Wir sollten dringend reden, und ich denke, es wird kein einfaches Gespräch.« Bei diesen Worten zogen sich meine Eingeweide zusammen. Nein, es würde ganz sicher nicht *einfach* werden. Zum ersten Mal in meinem Leben würde ich jemandem außerhalb meiner Familie die Wahrheit sagen. Die Aussicht darauf, dass Toni mich danach ebenso hasserfüllt ansah wie mein Vater, bereitete mir Übelkeit. Aber ich hatte beschlossen, es durchzuziehen. Nach allem, was sie durchgemacht hatte, verdiente sie die ganze Geschichte.

»Irgendwo in die Natur?«, schlug sie vor. »Harriman State Park?«

»Da war ich noch nie«, erwiderte ich.

»Könnte dir gefallen.«

Also lotste sie mich über den Palisades Interstate Parkway Richtung Norden. Bis auf ihre Anweisungen schwieg sie, und ich fragte mich, was in ihr vorging. Hatte sie schon die Wahrheit herausgefunden? Oder tappte sie vollständig im Dunkeln? Toni war schlau, aber ein dunkler Fluch, der Zeichnungen zum Leben erweckte, war nun wahrhaftig keine naheliegende Schlussfolgerung.

Nach knapp einer halben Stunde war die Straße nicht mehr gesäumt von Wolkenkratzern, sondern von kleinen Hütten mit pastellfarbenem Anstrich. Kurz darauf fuhren wir bereits durch die ersten Ausläufer des Parks. Die Bäume trugen ihre Herbstkleider stolz zur Schau.

Schließlich wies sie mich an, Richtung Lake Welch Beach abzubiegen. Ich steuerte den Wagen auf einen Parkplatz und stellte den Motor ab.

Wir verließen das Auto und liefen gemeinsam einen kleinen Weg entlang, der hinab zum See führte. Der blaue Himmel spiegelte sich in dem klaren Wasser. Rund um den See erstreckte sich der Park mit seinen unzähligen Bäumen.

Als wir auf dem Sandstrand ankamen, drehte ich mich zu ihr. Endlich war es an der Zeit, Toni die Wahrheit zu sagen. So oft hatte ich darüber sinniert, wem ich wohl als Erstes von meinem Fluch erzählen würde. Ob dieser Tag jemals wirklich kommen würde.

Aber jetzt standen wir am Ufer eines Sees, den ich noch nie zuvor besucht hatte, und ich schuldete Toni Antworten.

Doch sie kam mir zuvor. »Ich bin BentoBooksAndComics.«

TONI

Es ist mein anonymes Zweitprofil.« Erleichterung breitete sich in mir aus. Endlich war es raus. Wenn meine Vermutung stimmen sollte und Hikaru wirklich Luke Asakura war, wollte ich, dass er meine Identität kannte, bevor er mir das Geheimnis anvertraute.

Falls er das tat. Natürlich lag das ganz in seiner Hand, und ich wäre nicht sauer, wenn er weiterhin schweigen würde. Allerdings war ich mir nach dem heutigen Tag sehr sicher, dass er hinter Luke steckte – und dass das nicht einmal sein größtes Geheimnis war.

Vielleicht vertraute er mit mittlerweile genug, um mir alles zu verraten. Vielleicht auch nicht. Ich wusste nur, dass ich weiterhin an Hikarus Seite bleiben und ihn unterstützen wollte. Bis er eines Tages bereit war, mir die ganze Geschichte zu erzählen. Ich konnte warten.

»Das ergibt so viel Sinn«, erwiderte er. Seine Augen weiteten sich, als hätte er die Antwort auf alle Fragen gefunden. »Deshalb bleibt sie … also du … auf dem Profil anonym. Wegen des Stalkers. Und natürlich hast du damit Erfolg, du weißt ja, wie das Business funktioniert, weil du vorher bereits einen sehr erfolgreichen Blog hattest.«

»Genau.«

Seine Stimmlage ließ keine Schlussfolgerung auf seine Gefühle zu. Die Falten auf seiner Stirn glätteten sich. »Und das Management ist ein Vorwand, damit du die Mails unter deinem Namen bearbeiten kannst. Wegen der Verträge.«

»Ja.« Langsam wich die Erleichterung der Angst, dass er sauer war, weil ich ihm das so lange vorenthalten hatte.

»Das ist ganz schön durchdacht«, fuhr er fort.

»Danke.« Ich musterte ihn eingehend. Sein verschlossenes Gesicht. Den traurigen Blick. Die weichen Lippen, die ich geküsst hatte. Die ich gern wieder küssen wollte. Aber war das nach dieser Offenbarung noch eine Option? Ich musste sichergehen, nahm all meinen Mut zusammen und stellte die Frage, die mir auf der Seele brannte: »Also bist du nicht wütend auf mich?«

»Warum sollte ich? Allerdings frage ich mich, ob du mich wirklich magst.«

HIKARU

Wie meinst du das?« Mit großen Augen sah sie mich an. Mit diesen wunderschönen Augen, in denen so viel Neugier und Zuneigung lagen. Einen Moment länger genoss ich diesen Blick, denn ich fürchtete, dass sie mich nach der Wahrheit nie wieder so ansehen würde.

Was ich ihr gleich offenbarte, würde ihre Meinung über mich grundlegend ändern.

Wenn man Liebe auf Lügen baut, kann das nämlich nichts werden, glaub mir, Mann.

Matthews Worte in meinem Kopf. Ich wollte eine stabile Beziehung mit Toni aufbauen, und dafür musste ich riskieren, ihr alles zu erzählen und sie vielleicht zu verlieren. Also nahm ich ihre Hände in meine.

»Du solltest etwas über mich wissen.« Ich schluckte. »Wenn das hier weitergehen soll, meine ich.«

Die Verwirrung stand ihr ins Gesicht geschrieben. Ganz sanft fragte sie: »Das mit uns?«

Ich nickte.

»Das fände ich sehr schön«, flüsterte sie, und ein unsicheres Lächeln zierte ihre Lippen. »Also, wenn es weitergehen würde, meine ich.«

»Ich hoffe sehr, dass du das nach meiner Erzählung auch noch denkst.« Nur einen Moment länger. Einen kurzen Augenblick diesen Zustand genießen, in dem sie mich so vertrauensvoll ansah. Vorsichtig legte ich eine Hand an ihre

Wange. In mir kam der Wunsch auf, sie ein letztes Mal zu küssen. Aber ich hielt mich zurück, denn wenn sie mich nach meiner Erzählung wirklich hasste, würde sie mir diesen Kuss übel nehmen. Also ließ ich die Hand sinken und trat einen Schritt zurück. Atmete tief ein.

»Ich bin verflucht.«

Das Rauschen des Windes in den Bäumen. Das Plätschern des Wassers. Der Sand knirschte, als Toni leicht ihr Gewicht verlagerte.

»Was?« Sie klang verwirrt, und ich traute mich nicht, sie anzusehen. Stattdessen fixierte ich die sanften Wellen, die der Wind auf der Wasseroberfläche kreierte.

»Schon seit ich ein Kind bin«, fuhr ich hastig fort. Es war das erste Mal, dass ich diese Geschichte jemandem erzählte, aber gedanklich hatte ich es schon so oft getan, dass sich die Worte wie ein auswendig gelerntes Gedicht anfühlten. »Wenn ich sie kreiere, werden meine Geschichten lebendig. Als ich das erste Mal einen Stift in die Hand nahm, geschah nichts Besonderes. Kein Funkenregen, kein mystisches Kribbeln in meinem Brustkorb. Ich nahm einfach dieses Werkzeug und zeichnete Linien. Kleine, runde Tierchen mit schiefen Augen. Manche hatten große Zähne, andere Flügel oder Hörner. Diese anfänglichen Zeichenversuche waren weder etwas Besonderes, noch waren sie Kunst.

Natürlich nicht. Denn meine Magie entstand nicht mit Linien. Sie brauchte leeres Papier. Erst Jahre nachdem ich meine erste Zeichnung mit den Händen angefertigt hatte, entdeckte ich meinen Fluch. Ich saß am Esstisch und zeichnete. Ein kleines Reis-

bällchen mit großen Augen. Es kugelte aus dem Papier, und ich quietschte wohl begeistert. Meine Mutter wurde leichenblass. In den ersten Jahren verheimlichten wir es meinem Vater. Offensichtlich war meiner Mutter klar, wie er reagieren würde. Aber als ich fünfzehn war, erschuf ich ein gefährlicheres Wesen. Eine Spinne, wie heute. Sie war allerdings viel kleiner und nicht ganz so aggressiv. Leider besuchte sie meinen Vater unter der Dusche. Er rutschte aus und zog sich eine üble Prellung am Steißbein zu. Das war der Tag, an dem meine Eltern mir verboten, jemals wieder zu zeichnen. Aber natürlich konnte ich es nicht lassen. Irgendwann kam es, wie es kommen musste: Ich zog von zu Hause aus, brach den Kontakt ab und zeichnete meine Comics. Na ja … Wenn man das zeichnen nennen kann. Mein Innerstes fließt direkt auf das Papier. So ist es mir möglich, unfassbar viel zu kreieren. Nur manchmal … brechen sie eben aus. Die Kreaturen. Und dann muss ich sie wieder einfangen.«

So langsam kamen wir an den Punkt, an dem Toni verstehen musste. Ich war mir sicher, dass sie langsam zusammensetzte, was meine Worte bedeuteten, also ließ ich ihr kurz Zeit.

»Du bist also wirklich Luke Asakura«, sagte sie. »Du ganz allein.«

»Luke bedeutet Licht. Ebenso wie Hikaru.«

»Natürlich. *Haru no Hikari* übersetzt man mit *Harus Licht.*« Ihre Tonlage ließ keinen Rückschluss auf ihre Stimmung zu, aber noch immer traute ich mich nicht, sie anzusehen. »Und diese Kreaturen sind kein raffiniertes Marketing, sondern Teil deiner Gabe.«

Gabe.

Jetzt blickte ich doch zu ihr. Ein seltsames Funkeln lag in ihren Augen und ein Lächeln auf ihren Lippen. »Hikaru, das ist Magie!«

»Es ist ein Fluch.« Ich knirschte mit den Zähnen. »Ich habe gezeichnet, obwohl die Monster immer aggressiver wurden. Einfach weil ich nicht anders konnte.« Frustriert stieß ich einen Schwall Luft aus. »Ach Quatsch. Weil ich das Gefühl hatte, zeichnen zu müssen und es unter Kontrolle zu haben. Ich habe mich selbst belogen und damit unzählige Menschenleben in Gefahr gebracht.«

Mein Blick wanderte zu dem Bein, an dem Toni bei unserer ersten Begegnung verbrannt worden war. Als sie das bemerkte, rutschte das Lächeln von ihrem Gesicht, und ernste Sorge trat an seine Stelle.

»Das ist …« Sie kniff die Lippen zusammen.

»Wahr«, vollendete ich ihren Satz. »Und ich weiß bis heute nicht, woher diese Ausbrüche kommen. Es passiert nicht immer. Aber zu oft.«

»Sie haben dich berühmt gemacht«, erinnerte Toni mich.

»Und Menschen verletzt.« Ich schüttelte den Kopf. »Also muss ich damit aufhören. Ab heute werde ich nichts mehr kreieren. Luke Asakura ist Geschichte.« Meine Schultern sackten ein Stück nach unten. »Dann bleibt mir nur zu hoffen, dass auch die Hunter bald aufhören, uns nachzustellen, und vielleicht kann ich dann ein normales Leben führen.« *Mit dir.*

Ich traute mich nicht, die letzten Worte laut zu sagen. Der Wind spielte mit Tonis Haaren und wirbelte sie ihr ins Gesicht. Nachdenklich strich sie sich eine Strähne hinters Ohr und betrachtete mich dabei unverwandt.

»Und weil ich die ersten Episoden langweilig finde …«, sagte sie schließlich, und ihre Worte trafen mich unerwartet hart, »denkst du, dass ich auch dich nicht mag.«

»Es ist naheliegend, oder? Der Comic ist mein Innerstes. Du magst vielleicht die wenigen Dinge, die du von mir kennst, aber meinen Kern … den nanntest du vorhersehbar.«

»Ich finde dich vor allem unfassbar stark. Du hast so lange weitergemacht, obwohl es dein Leben massiv eingeschränkt hat. Du hast dich versteckt und keine Nähe zugelassen, weil du Angst hattest, dass jemand dein Geheimnis entdeckt. Wie Haru.«

Bei dem Vergleich verzog ich die Lippen zu einem bitteren Lächeln. »Ja, Haru war mir stets recht ähnlich. Nur der Mut, den er an den Tag legt, fehlt mir. Und die Leidenschaft.«

Sie schüttelte vehement den Kopf. »Natürlich teilst du seine Leidenschaft. Du liebst es, Geschichten zu kreieren.« Sie nahm meine Hände in ihre, und die Berührung durchzuckte wie ein Stromschlag meinen ganzen Körper. »Damit kann man nicht von einem Tag auf den anderen aufhören.«

»Aber ich muss«, erwiderte ich und entzog mich ihr, obwohl ich sie so gern näher an mich heranziehen wollte.

»Wer sagt das?«

»Mein gesunder Menschenverstand«, erwiderte ich härter als beabsichtigt und trat einen Schritt zurück.

»Weil du niemanden mehr verletzen möchtest.« Mit einem Seufzen trat Toni auf mich zu und griff erneut nach meinen Händen. Dieses Mal ließ ich sie gewähren. »Das verstehe ich. Das verstehe ich so, so, so gut. Aber vielleicht können wir einfach herausfinden, woran es liegt?«

»Was?« Ihre warme Haut auf meiner fühlte sich in der kalten Herbstluft so gut an.

»Wieso die Kreaturen manchmal … Wie hast du es genannt?«

»Ausbrechen.« Ein bitteres Lächeln verzerrte meine Gesichtszüge. »Denkst du wirklich, ich hätte nicht bereits versucht, es herauszufinden? Seit ich davon weiß, suche ich nach einer Antwort, Toni.« Verzweifelt befreite ich meine Hände aus ihrem Griff und raufte mir die Haare. »Warum ich? Wann hat mich dieser Fluch ereilt? Bereits bei der Geburt? Habe ich irgendetwas getan, um ihn auf mich zu ziehen? Wie werde ich ihn wieder los?« Ich gestikulierte wild umher. »Keine Ahnung, wie viele Stunden ich bereits in die Recherche alter Sagen investiert habe, aber es waren unzählige. Trotzdem bin ich kein Stück schlauer.«

Da wurde Toni ganz ruhig. Sie drehte sich weg, machte einen Schritt auf den See zu und holte tief Luft. »Es tut mir leid, dass ich das sage. Aber … vielleicht hast du all die Zeit über die falschen Dinge nachgedacht.«

Verblüfft trat ich neben sie. »Wie meinst du das?«

»Du hast darüber nachgedacht, warum es dich getroffen hat.

Woher der *Fluch* kam.« Bei dem Wort malte sie mit den Fingern Gänsefüßchen in die Luft. »Wie du ihn loswirst.«

»Ja.«

»Aber hast du jemals darüber nachgedacht, in welchen Momenten die Kreaturen ausbrechen?«

TONI

Sein Schweigen verriet mir, dass ich einen wunden Punkt getroffen hatte. »Oft lassen wir uns von dem *Warum* ablenken, statt uns mit der eigentlichen Herausforderung zu befassen. Menschen suchen immer einen Grund für alles. Dabei gibt es manchmal einfach keinen. Manchmal passieren Dinge, und man muss lernen, damit umzugehen.«

»Das klingt ziemlich weise.«

Ich grinste freudlos. »Habe ich gelernt, nachdem ich monatelang darüber nachgedacht habe, warum dieser Stalker ausgerechnet mein Leben ruiniert hat. Dabei war das egal. Die Antwort auf ein *Warum* würde mir nicht helfen. Das Einzige, was mich weitergebracht hat, ist, über den direkten Umgang damit nachzudenken.«

Angenehme Stille breitete sich zwischen uns aus, und ich merkte, dass Hikaru sehr intensiv über meine Worte nachdachte. Sein Blick schien so leer, während er auf das Wasser sah, und er kaute nervös auf seiner Unterlippe.

»Es klingt für mich, als wären deine Geschichten sehr emotional«, fuhr ich nachdenklich fort. »Wie hast du dich in dem Moment der … Wie nanntest du es? Ausbrüche?« Als er nickte, sprach ich weiter. »Was hast du in diesen Augenblicken gefühlt?«

Er runzelte die Stirn. »Das Feuerwesen … Es entkam, als ich wegen einer Rezension so unsicher war. Deiner Rezension.« Ich musterte sie. »BentoBooksAndComics gefiel die neueste Episode nicht. Das traf mich, und ich wollte etwas Besseres erschaffen.« Nachdenklich legte er den Kopf schief. »Der Mottenkönig entkam nach dem Date mit dir. Da war ich wütend auf mich selbst, weil ich dich weggeschickt habe und dieses versteckte Leben führen muss.« Die Falten auf seiner Stirn wurden tiefer. »Die Spinne, als ich mich auf das Treffen mit dir vorbereitete und darüber nachdachte, was mein

Vater von mir hält, seitdem er die Wahrheit kennt. Da war nichts als Panik.«

Interessiert musterte ich diesen Mann, der seit Jahren Monstern nachjagte wie ein echter Manga-Held und sich dennoch für feige hielt. Schließlich formte sich in meinem Kopf eine Idee, und ich sprach sie einfach aus: »Ich glaube, dass es deine Unsicherheit ist, durch die die Monster entkommen.«

»Was?«

»Na ja, du hast mir gerade von den letzten Ausbrüchen erzählt, und sie alle begannen damit, dass du dich ängstlich, verletzt oder wütend gefühlt hast. Das klingt für mich ganz danach, als wären es diese negativen Emotionen, die dafür verantwortlich sind. Deshalb hat die Feuerwand auch mich angegriffen. Das ging nicht gegen Toni, sondern gegen BentoBooksAndComics. Die Spinne kam hierher, zu deinem Vater. Der Mottenkönig zu mir. Deine ganz persönlichen Racheengel.«

»Das …« Hikaru stutzte. »… ergibt erstaunlich viel Sinn. Weshalb habe ich das nicht früher bemerkt?« Er packte mich an den Schultern und küsste mich auf die Stirn. »Toni, du bist ein Genie!«

Seine Freude löste ein warmes Gefühl in meiner Brust aus. Ich lächelte ihn stolz an. Dann stellte ich mich auf die Zehenspitzen und küsste ihn. Es fühlte sich an, wie nach Hause zu kommen. Endlich kannte er die Wahrheit über BentoBooksAndComics und mich. Und ich wusste von seiner Gabe, die er vor der ganzen Welt verheimlicht hatte. Wir beide hatten uns davor gefürchtet, diese Dinge mit anderen zu teilen, aber am Ende hatten uns diese Geheimnisse vereint. Ich hatte das Gefühl, dass er besser als jeder andere verstand, weshalb ich meine Identität geheim gehalten hatte. Gleichzeitig verstand ich, weshalb er diese Gabe vor anderen versteckte.

Ich hoffte, dass er all das ebenfalls verstand.

Als er den Kuss erwiderte und eine Hand in meinem Haar vergrub, war ich mir sicher, dass es so war. Nach einer gefühlten Ewigkeit lösten wir uns voneinander.

»Du hast mir heute so sehr geholfen«, flüsterte er.

Da kam mir ein Gedanke, und obwohl er viel zu kitschig war, sprach ich ihn aus: »Weißt du noch, als ich damals zu dir meinte, dass es viel besser wäre, wenn Haru und Sakura endlich ehrlich miteinander wären und als Team gegen die Finsternis vorgehen?«

Ein Lächeln breitete sich auf seinem Gesicht aus, und er legte eine Hand an meine Wange. Liebe lag in seinem Blick, und mein ganzer Körper prickelte. Zum ersten Mal seit langer Zeit fühlte ich mich wirklich gesehen. »Möchtest du etwa meine Sakura sein?«

Ich grinste ihn an. »Bin ich das nicht schon?«

»Dann können wir ja jetzt gemeinsam Monster jagen.«

Ende

DANKSAGUNG

Es gibt unfassbar viele Menschen, die zu diesem Buch beigetragen haben. Eigentlich zu viele, als dass es mir möglich wäre, allen zu danken.

Ich möchte es dennoch versuchen.

Danke an Paula, die dieses Projekt so lange begleitete.

Danke an meinen Agenten Markus, der all das überhaupt erst ermöglichte.

Danke an Natalja. Wenn ich alles aufschreiben müsste, wofür ich dir dankbar bin, wäre es ein ganzer Roman.

Danke an Maria für die großartige Betreuung.

Danke an die Falkenfreunde für die emotionale Unterstützung.

Danke an Team Weltherrschaft für eure kreative Energie.

Danke vor allem auch an Megumi für die großartige Zusammenarbeit und die wunderschönen Illustrationen. Sie machen dieses Buch zu etwas ganz Besonderem.

Danke an alle, die dieses Buch lesen und die Geschichte so lebendig machen.

Danke vor allem auch an meine Patreon-Crew, die es mir ermöglicht, meinen Traum zu leben. Namentlich möchte ich hierbei unbedingt die mutigen Einhörner erwähnen. Ich danke euch von Herzen!

Sebastian Eggert
Edward Crést
Masterspike
Julian Wünsch
LuxTenebra
Tobias Lechler
Stephan Blum
Tim Steinhöfel

GreatKingRat
Eduard Wolf
Marvin Wöbke
Andre Sabusch
Thomas Andres
Peter
B0rbor4d
Michelle CookieMonster

Bernfried Malamute
Tobi Ketterer
Sebastian Zeschke
Sabrina Graupner
Christian Wolff
benne3101
Lucas Nawrotzki
Skynet1402
Daniel MacLean
Chriscros
Thandor01
David Becker
lovegirlAiko
LionTrouble
Khrenn
Haylie
Stefan Groth
CozyLara
WeisseFedern
F.P. Black
Mel Kraller
Harald Demler
Eric Varpunen
Lisa-Marie Lanz

Ein Magiekonzept, das ebenso unwiderstehlich ist wie der Zirkel junger Magier: Lassen Sie sich von den Hexen von Edinburgh verzaubern!

LIZA GRIMM

TALUS

Die Hexen von Edinburgh

Eine skeptische Studentin, die plötzlich einem echten Geist gegenübersteht. Ein begabter Tarotleger, der sich vor der Zukunft fürchtet. Eine junge Hexe, die ihre Begabung verflucht. Ein stolzer Wasserhexer, der die Wahrheit sucht. Sie alle haben einen Herzenswunsch – und als das sagenumwobene Artefakt Talus auftaucht, scheint die Erfüllung ihrer größten Träume zum Greifen nah. Aber ein so mächtiger Gegenstand ruft auch böse Kräfte auf den Plan. Und je näher sie Talus kommen, desto dunkler werden die Geheimnisse, die das Artefakt enthüllt.

»Eine Geschichte, die so magisch ist, dass die Realität plötzlich ziemlich langweilig erscheint.«
Lea vom Buchblog Liberiarium

KNAUR